ハヤカワ文庫JA

〈JA983〉

廃園の天使Ⅱ

ラギッド・ガール

飛 浩隆

RAGGED GIRL

by

TOBI Hirotaka

2006

Cover Direction & Design 岩郷重力＋Y.S

Cover Illustration 塩田雅紀

目　次

ラギッド・ガール　廃園の天使Ⅱ

夏の硝視体《グラス・アイ》

Air des Bijoux

1

ジュリー・プランタンは、暑い日が好きだ。

帽子をかむらないで、強い陽差しに打たれながら歩く。そのうち、頭の天辺《てっぺん》から、こう、ちりちりとうす煙りが立ちそうになってくる。それくらい暑いのが好きだ。そうやってあんまりいつでも日に当てているせいだろうか、ジュリーの髪は、プラチナ色に褪せている。昔は……そう、金盞花《スウシー》がいた頃は、蜂蜜色がかった濃い色の金髪だったのだけれど。

ジュリー・プランタンは、暑い夏が好きだ。

だからこの〈区界〉は、気に入っている。だって此処《ここ》には夏しかないからだ。もう、長いこと、たった一つの夏がいつまでもいつまでも、果てることもなく、摩滅することもなく続いている。

赤土を踏み固めた道。下り坂。ジュリー・プランタンは急がずに歩いていく。十六歳のすらりとした手足。背中からうなじまでがしなやかに伸びているから、背が高く見える。利発な口元。そして緑黒《りよくこく》のオリーブの実みたいな瞳。ジュリーの感情は、いつも、そこに、その瞳に無防備で顔を覗かせている。視線を上げると、緑の果樹園や小さな丘の向こうに赤い屋根がごたごたと狭く立て込む港町が見え、深い深い青色を湛えた海がひろがり、その上には巨大な積乱雲が垂直に聳《そび》え、あまりの白さ、その輝きに、海も空も青が黒く見えるほど。白いサンダル。袖のないワンピース。生成《きな》りの麻。海からの風がジュリーの首すじを涼しく撫でる。自分で短く整えたばかりの髪。——なんで髪は伸びるんだろう、とジュリーは思う。そんなディテイルが必要なんだろうか。この〈夏の区界〉に？　あたしはもう三百年も、此処で、髪を伸ばしたり切ったりしている……。

ジュール・タピーの家の前にさしかかる。林を背にした、小さな、おもちゃのように可愛らしい家（そう、〈夏の区界〉の建物は、みな古めかしく美しい。南欧の田舎町をイメージした外見だ）。でも今日はジュール——あの小生意気な「従弟《いとこ》さん」には声をかけないでおこう。かれの母親はあたしを避けている。あたし、素行が悪いしね。

ジュリーは鼻歌を歌いながら、手首をカラ、カラ、と鳴らす。白い貝殻を列《つら》ねたブレスレットが乾いた音を立てる。

カラ、カラ、

この歌はなんの歌？　そう、金盞花《スウシー》のために、あたしが作った歌……。かわいい、ハンサムな兎のスウシー。もう、三百年以上も前に死んだ。でもけっして忘れない。
ジュリーは、自作の詞を歌いはじめる。
——ぼくの耳は君のないしょを聴くよ
——ぼくの鼻は君の温《ぬく》みを嗅ぐよ
——ぼくの目は君の毛並みを愛《め》でる
この歌には一番と二番がある。歌詞はまったく同じ。ただ、二番はスウシーになったつもりで歌う。そこが違う。
やがてブレスの中の〈手風琴〉が、ジュリーの手首で鳴りはじめる。貝殻を列ねた中に、たった一つ混じった透きとおる鉱物。それが手風琴《アコーディオン》のような、足踏みオルガンのような音で鳴っている。ときおり木笛《リコーダ》やストリートオルガンになったりもする。ジュリーの鼻歌に合わせて、愉しい三拍子の伴奏をつけていく。
——ぼくは舌で……そう、なめてあげる
　きみの涙を
——ぼくは前肢《まえあし》で……そう、タップしよう
　きみの鼓動を

〈手風琴〉は、このあいだようやく見つけた硝視体《グラス・アイ》だ。ジュリーが自力で見つけた硝視体。ラズベリーよりも小さなみどりのガラス玉。この視体《アイ》（みんな、そう短く呼ぶ）は、音楽が大好き。見るものすべて、聴くものすべてを音楽に変え、まわりの空気を振動させる。この音はジュリーの鼻歌を変容させたもの。ただ単純に伴奏をつけているのではない。ジュリーの声を取り込み、曲の構造を分析し、歌声に含まれる記憶や感情を解き明かした上で、複雑な対旋律をいくつも紡いでくる。ジュリーは、ハンモックのように心地いい音の背景のおかげで、スウシーの思い出を楽しむことができた。

――麦わら帽子の中はいい匂い
――君とぼくの匂いもする
――この匂いに包まれて、お昼寝をしよう
――この匂いを吸い込んで、お昼寝をしよう

一番と二番を歌い終えても、〈手風琴〉は、長い後奏を鳴らしてくれた。ジュリーの気持ちを察して、演奏を続けてくれた。やがて旋律と和音が力を失って、自然に、静かに鳴り止む。

「ありがと」

ジュリーはにっこりわらって〈手風琴〉にキスした。草の葉のような明るいみどり。ジュリーは〈手風琴〉がすごく気に入っている。

「ほんとかわいいね、きみ」

今度は上に向け、空にかざして覗き込んだ。透明な視体が、頭上の果樹の葉を透かしてキラキラ踊る太陽の光を映しとる。

〈手風琴〉は、光の破片を音楽化しようとがんばりはじめた。

さすがにそれはむずかしい。〈手風琴〉の音は不向きなのだ。もっと高い音、立ち上がりと減衰の速さ、メタリックな音色が必要だ。〈手風琴〉は一所懸命奮闘したが、すばやく音を駆け回らそうとしてずっこけたり、高いほうの音が歯抜けになったりした。くすくす笑いながら聴いていたジュリーは、〈手風琴〉がしくじって、ぷわ、という間抜けな音を出したとき、とうとうおなかを抱えて笑いだした。

「あはは、あはは、ごめんごめん。あはは、ああ苦しい」

ブレスの中の〈手風琴〉は、ちょっと憮然としたふうだったが、そんなに怒っているわけでもないみたい。この硝視体も、持ち主を気に入っているのだ。

果樹園を抜け、丘を越えるのには十分しかかからない。道は石畳に変わり、幅が広くなって、もう街の中だ。木と石と漆喰《しっくい》と、それからガラスと瓦でできた、ほんとうにクラシックな街。四階建て以上の建物はほとんどない。通りの幅も、家の間口も、人の身体にぴたりとなじむ。そのような外観にデザインされている。それは、この区界のコンセプト――古めかしく不便な街で過ごす夏のヴァカンス――どおり。

ジュリー・プランタンはにぎわう広場を横切ってせまい路地を進み、いつもの自転車屋に入った。店主は入り口のそばでパンクの修理をしている。

「おじさん、今日も貸してね」

「あいよ」

「ありがと」

初老の自転車屋に、いつものようにジュリーはキスする。舌を入れる。唇を離し、ジュリーは額を自転車屋の額につける。

「おじさん、今日はどうする?」

「今日はいいよ。大丈夫」

「ほんとうに?」

ジュリーは自転車屋にあてた額をとおして、かれのアイデンティティ境界の中のようすを、少し探ろうとする。

自転車屋はにっこりわらう。

「分解して、組み立て直して、油を差して、磨いといたから」

「それは自転車の話? それともおじさんのこと?」

「あたしをオーバーホールできるのは、ジュリー、あんただけだよ」と笑う。

自転車屋は身体に回されたジュリーの腕をやさしくほどいた。店の奥の定位置に腰掛けて、新聞を広げた。まるっちい手がひらひらと振られた。

「行っといで」

ジュリーは薄暗い店を出る。夏の陽差しが目に痛い。自転車のクローム鍍金《めっき》がぴかぴか光る。ペダルを漕ぐ。踏む力がなめらかに推進力に変わり、風が頬を冷却する。そう、区界の事物や事象はきちっと道理に合ったはたらきをする。まるで……。

ジュリーは、道端に寝そべる犬を避けてハンドルを切った。自転車はたしかに整備されていた。可動部はなめらかに動き、結合部はぴしっと締めあげられ、頼れる感じだった。オーバーホール……。本当に今日のおじさんは大丈夫だったろうか、とジュリーは、まだ少し気になっている。

ジュリーは知っている。ゲストが自転車屋とその家族にふるったむごい仕打ちを。ジュリーがどんなに努力してもおじさんの内面の傷は、けっして治癒することがない。ただ、いっとき痛みを宥《なだ》めることができるだけだ。

市場には屋台がたくさん出ている。鮮やかなテントの色。お客も一杯だ。

でも、ここにはひとりも人がいない。

人は、いない。

がらんどうの、街。

がらんどうの、区界。

がらんどうの、夏。

この夏は、まるごとひとつの廃墟だ。

この三百年、たったひとりの入場者もない、仮想リゾート〈夏の区界〉。

メンテナンスのゆきとどいた廃都。

手入れの良い花壇と芝生を敷きつめた廃園。

クルーとキャストだけのテーマパークだ。

広場に溢れているのは行き場のない人工知性《AI》たち。

ジュリーは、自転車を漕ぐ。降りそそぐ夏の強烈な光。一瞬自分がクロームの輝きになったような錯覚を覚える。

このまま、光になってしまえればいいのに。

2

この区界はふたつの核をもつ。東と西の入り江を、それぞれ取り巻くようにできあがったふたつの街は、海に迫《せ》り出した断崖地帯で切り離されている。街をつなぐのは、断崖の横腹に架けられたキャットウォークのような細い道だ。

ジュリー・プランタンの自転車は、広場を抜けて、海沿いを走っていく。街の中心部はすぐに過ぎ去る。道が細くなり、家が疎《まば》らになり、畑や空き地が増えてくる。街が終わりきって道が断崖を縫うように蛇行する少し手前で、箱のような大きい建屋《たてや》が見えてきた。ルネの工場《こうば》だ。ジュリーは自転車をその後ろに回し、郵便受けのそば、大きなひまわりのとなりに停めた。工場のまわりには陸《おか》揚げされ台架に乗せられた漁船がいくつか置かれている。ジュリーは前かごから大きな茶色の紙袋を取り出し、抱えた。街を抜ける前に買い物をしたのだ。前が見えないほど大きな紙袋。スイング式のドアをお尻で押しながら、後ろ向きで工場の中に入る。

新鮮な木の香りが潮風と交じり合って、ああいい匂いだなあ、といつもジュリーはうれしくなる。

ドアの横の使い古した長机の上に、薬缶《やかん》やら琺瑯《ほうろう》のはげかけたポットやら、空《から》の瓶詰め、アンチョビの缶、ワインの小瓶その他あれこれがごたごたと乗っかっている。ジュリーは器用にそれをお尻でおしやって、紙袋を置く場所を作り出した。

「あー、やれやれ」

ほっそりした腕を広げ、ジュリーはこんどは深呼吸で匂いを楽しんだ。

木の匂い、塗料の匂い。

そしてじいちゃんと同い歳の、この工場の古いなつかしい匂い。

工場は長方形で、ジュリーはその短辺に立ち、長手《ながて》方向を見通す位置にいる。対面の壁はほぼ全面があけはなたれ、海に――潮風とお昼前の光に開かれている。工場の中には、二艘の船が持ち込まれていた。どちらも個人もちの古ぼけた小さな船だ。ここで新造船が作られるのは見たことがない。かつて自分が進水させたかわいい娘たちを、いまは修理するのがルネの主な仕事だ。

海を背にした逆光の船たち。古い、倉庫のような、静かな工場。だれもみな、夏休みには、こんな自分だけの場所を見つけるだろう。

「買い物、してきたよ」

「おお、すまんかったな」

声が船の向こうから聞こえる。台の木組みの間からちらちら見える姿を観察すれば、下着のシャツにひざまでのズボン姿で、昨日とおんなじなりだ。やれやれ思ったとおりとジュリーはため息をつく。汗だくで鉋《かんな》をかけているルネは、返事はしたものの、ジュリーのほうには目もくれない。ポパイを五十歳老けさせたような顔は真剣に手元を見ている。汗が大きなあごから滴っている。ジュリーは薬缶から大きなコップに水をたっぷり注いだ。工場の裏手の蛇口をひねれば、いつでも鉱泉水が勢いよく出てくる。それを汲み置きして、仕事の合間に飲むのが、この区界いちばんの船大工、ルネの流儀だった。

足元の鉋くずを蹴散らしながら、ジュリーはコップをふたつ持って歩きだした。すると、おがくずの中から、握りこぶしほどもある蜘蛛が二、三匹がさがさと這い出して走り回る。もちろんジュリーは驚いたりしない。

「あれえ、とうとう蜘蛛の手を借りなきゃいけなくなったわけえ?」

「阿呆ぬかせ。だれが蜘蛛の手なんざ借りるもんか。わしの仕事っぷりを見学に来とるんだよ」

「ふうん？　ほんとかなあ。じゃあ今日もひとりなの」さりげなくそう聞いてみる。

「そうだな」

ジュリーはちょっと落胆する。

「客はおらんよ」

ジュリーはルネにコップを渡し、もうひとつのコップで水を飲もうとして、自分の背後、修理中の船にもたれかかっている者の気配を感じて飛び上がった。

「わ？」

男がそこにいた。二十代前半の、黒髪を肩までたらした、長身の男。ジュリーの心臓はたぶん、三段跳びしたと思う。もしかしたらと期待していた、まさにその当人が立っているのだった。

『わ？』はよかったな」ルネが笑った。

「じいちゃん、あんたがあたしのほんとのじいちゃんだったら、ぶっとばしてるかもだよ」

「嘘はついてないぞ。おまえさんとこいつは客のうちに入ってないんだ」

「へええ、身内扱い？」

なんとなくルネとしか話ができないジュリーだが、その会話にも上の空だ。男は腕組みして立っているだけ。

「ああ、……えっと、これ飲む？」コップを差し出されても、男は首をちょっと振っただけだった。「あ、そう。それじゃ、あたしが飲むね」

ぬるくても、汗をかいたあとではおいしい。微かだけど海の匂いがたしかにする、ミネラル分の多い水。その微細な味の構成を味わい分ける自分の感覚を、ときどきジュリーは不思議に思わずにはいられない。AIにこれだけの官能を授け、世界にこれだけのリアリティを与えて、人間《ゲスト》たちは立ち去ってしまった。この三百年、人間は、この区界にだれひとり来ていない。

〈大途絶《グランド・ダウン》〉。

「ところで……」水を飲みおえると動悸がおさまって、ジュリーはふたたび（意を決して）男に話しかけた。「なんか言ったらどう？　ちょっとはずかしかったんだけど」

「まあ……話すことは……特にない」

かがみこんだ姿勢のまま、ルネじいちゃんの背中がくくと笑うのがわかった。ジュリーは、むすっとした。

「あ、そう。そうか。うん」

「なあおまえさんたち、頼まれてくれんか」見かねてルネが助け舟を出す。「外に預かってる船をきれいにしといてほしいんだ。そら、そっちの棚に道具があるから。どうせジュリー、おまえはあれが目当てなんだろう？　わしには豚に真珠だ。もし見つかったら、いくらでも持っていっていいぞ」

「どうする？」

ジュリーは、おそるおそる男の顔をうかがい――ため息をついた。

「うんともすんとも、って感じ……」

男は船によりかからせていた背中を、ようやく離した。

「ああ……そうだな。行こう」

「それにしても珍しいな……」ルネがまぜっかえす。「ジョゼがこんなに無口なのも珍しい」

ジュリーは工場の外へ出た。ジョゼ・ヴァン・ドルマルは、道具のたぐいを手押し車に乗せてあとからついてくる。ジュリーは踏み台を抱えていた。

「ねえ、ジョゼ。あなたもここで視体《アイ》を探すの？」前を向いたままジュリーは訊く。

「いや、べつに」

「ふうん、みんなあちこち探してるじゃない」

「まあな」

「じゃ、どうしてここへ来るの？」

「じいさんの腕がいいからな」

「弟子入りするの？」

「いいや」声が微笑んだようだった。「見ているだけさ」

「どうして？」

「楽しい」

「……へんな奴」

ジュリーは本当はうれしかった。自分と同じだったからだ。

陸揚げされた船のひとつの傍らで、ふたりは立ち止まった。

「ああ、これね」

台架に固定された船は、船底に、牡蠣殻《かきがら》や海藻をびっしり付着させている。

「手ごたえありそう」

「それ、取ってくれるか」

ジョゼは踏み台の上に立つと、ジュリーから工具を受けとった。頑丈な鑿《のみ》で先がへらのように広い。それを貝殻の層にあてがって、ガシガシとはぎ落としていく。長くしなやかな両腕に、くっきりと筋肉の影が立つ。胸板も厚い。こうして近くで見ていると、鼻が鋭く高いことや頬が削《そ》げていることもよくわかる。ジュリーは、ばらばらと落ちてくる殻の塊を集めながら、ときどきそうやって、ジョゼを観察していた。

この人は……とても興味深い。

ジュリーは下からあれこれと話しかけてみたが、ジョゼはやっぱり無口なままで、さすがにそのうち草臥《くたび》れてきたのでおしゃべりを小休止することにした。

ひとしきり掻き落とすと、ジョゼはもう少し薄く、刃のついていないスクレイパーに持ち替えて、残ったものを丁寧に、きれいにしはじめた。

ジュリーはひとところに集めた破片を手押し車に移しながら、目を光らせた。

「宝捜しか」

「……そう。でも、ねえジョゼ、あなた仕事をはじめてそれがようやく二言《ふたこと》めよ」

「見つかるかい？」

「三言め。そうね、見つかんないわよ。そう簡単に見つかるもんですか」

ジュリーは硝視体《グラス・アイ》を探しているのだ。〈手風琴〉もこうやって見つけたのである。

……いちばんはじめに視体《アイ》が見つかったのは（だからそのときにはまだ硝視体ということばはなかったのだが）、大途絶の数か月後だ。そう、視体は大途絶のあと、初めてこの区界に現れたものなのだ。

発見者は四歳の子どもだった。庭の巣箱の中に、まるで鳥の卵のように置かれてあったのだという。鶉《うずら》の卵ほどのオパール色の球体を見つけた少年は、何の気なしにその視体を覗き込んだ。……すると、そこに、万華鏡のようにつねに変転する、美しい石理《せきり》が見えた。そうして石理はやがて形を整えて、人の顔を描き出した、という。

少年はびっくりして目を離した。球体は脈打つ真珠色の微光に濡れ、やがて頂部からその光りが細くほとばしり出た。光りはすぐに乾いて糸のような実在になり、中空に何かを描きはじめた。少年は、じぶんがなにかを作動させ、それがもう止められなくなったと知って、こわくなり泣き出した。

「お母さん！　お母さん！」

少年の泣き声に家から出てきた両親は、一瞬立ちすくんだ。かれらの目には真珠色の怪物が息子を襲っているように見えたのだ。異様に大きな頭部と鞭のような手足。少年が気を失い、手から視体が転がり落ちると、光の放出はとまった。母親は少年を抱きかかえた。父親は棒っ切れで怪物を打ちすえようとした。

「お父さん、やめて、やめて」

目を覚ました少年がさけんだ。

「あなた、こわさないでやって。それはこの子のものよ」

みると母親は笑い泣きしていた。

それは少年が前の日に描いた絵だった。壁紙の上に描いたものだから、母親にこっぴどく叱られ消されてしまったのだが、少年はその理不尽さに大泣きした。

それは母親の肖像だったのだ。喜んでほしくて、一所懸命に描いたのだ。

いまその視体には〈蛋白石《オパール》の糸〉と銘がつき、怪物といっしょに役場のガラスケースに陳列されている。

視体は、魔法の石に等しい。

区界の事物や事象は、現実——ゲストが属する本来の世界——と同じように相互に力を及ぼしあう。約束事は、ただひとつ、現実と同じようであれ、ということ。だからこの区界では、現実の世界で起こりうる以上の不思議な力を揮《ふる》うことはできない。

ただ視体だけが唯一の例外なのだ。

視体は、他のどんな事物にもできないやり方で、区界の事物や事象に干渉する。しかもその超越的な力は、AIと——どのような形でかはまだ十分に明らかになっていないが——つながりうる。少年が母の肖像を描いたように、AIの思念や体質が視体の能力に影響を与えうる……操作できる可能性がある。

それがAIに新鮮な感動をもたらした。しかしそのときはまだ、視体は、特異な、ひとつかぎりのものであると考えられていた。その考えが改まり、感動が希望に変わるのに実に百年以上を要した。」

磯くさい貝殻の山を片付けながら、ジュリーは目を凝らして視体を探している。大物はめったに見つからない。鶉の卵ほどもあれば、それは特級品。〈手風琴〉だってそれよりふた回り小さい。ジュリーがいま考えているのは、むしろ小さな視体を育ててみることだった。これは新しいアイディアだった。

「あんたも探したら」ジュリーは誘ってみた。「分けてあげるよ」

「ふむ」ジョゼは踏み台を降りてとなりにしゃがんだ。しかし探すわけでもなく、ジュリーの手元を見ている。「妙だな」

「なにが？」

ジョゼが真横に来たのでどきどきしながら続ける。

「ふだん、おれはもう少しおしゃべりなんだ。ただあんたとだとそうでもない」それはさっきルネも言っていたことだ。「あまりしゃべらなくていい。……楽なのかもしれない」

「ええっと、それは、口説いてるのかな」

手は休めない。でも顔は真っ赤だ。

「いや……たんに不思議なんだ。あんたにはほかにも、そう、誤解されるとまずいんだが……興味がある」

ジョゼはことさらゆっくりと話す。まるでジュリーに考えの筋道を呉《く》れるみたいに。

「あのね、あたしもそうだよ」

「きっとそうだろうな」

「ジョゼは有名だよね。アンヌの仲間の中でいちばん頭が切れて、いちばん強いのはジョゼでしょう？」

アンヌの仲間は、漁師うちで実力と人望を高く評価されている。そうしてその評価の半分は片腕のジョゼによる、とだれもが認めてもいた。

「でもあたし、ジョゼのことぜんぜん知らない。大途絶の前もそのあとも、名前は知っていたけれど、会う機会は全然なかったし、たいして会いたいと思ったこともなかったな」

「そう……おれもそうだ」

「だけど、このあいだから、ちがってきたの」

「そう……おれもだ」

ジュリーは手から牡蠣殻の破片を落とし、ジョゼの対面に回り込んで、彼の目を覗き込んだ。そうして、

「ね、これ見て」

べえっと舌を出した。

舌の先に、小さなピアスが光っている。

「視体のピアス？」

「キスしたら、アイデンティティ境界を透過できるわ。あなたのなか覗いてもいい？」

ジョゼは首を横に振った。

「やめとくべきだ」

「どうして？」

「言えない」

「臆病なの？」ジュリーは目だけでくすっと笑うことができる。

「危険だ、たぶん」

「へえ、どんなふうに」

「おれも、あんたも、破壊する」

「ねえジョゼ」ちょっとだけ考えたあと、ジュリーは訊いた。「いまの言葉の主語は、だれ？」

「……」

「破壊しちゃうのは——危険？」

「……」

「夏の区界《ここ》でなら、それは危険ではなくって——救いではないの？」

ジュリーは子猫のように動いて、ジョゼの唇をふさいだ。

3

女が笑っている。

その口が笑っている。

声を立てない、呼吸《いき》のかよわない、画像のような笑いをその顔に浮かび上がらせて笑う。

長身の——たぶんジュリーより十《とお》くらい年上の、素晴らしく背の高い女。白いコートに身を包み、緑の草はらに垂直に立っている。

夏の朝の、ひややかな、レースのように軽い霧を彼女はまとって、黒髪のところどころで細かな水滴が光っている。蜘蛛の糸に宿った水滴のようだ。

女の口が笑っている。

小さな駒を並べたような美しい歯並び。

その歯が、ことごとく、銀色だ。

そしてその先が尖っている。

知的な美貌。やさしくあたたかい目。肌のクリーミーな白。握れば手の中でしなしなと変形しそうな手先。

そのすべてを金属の笑いがぶちこわしにしている。そこだけ別の写真をコラージュしたよう。感覚のバランスを狂わされる危険を感じる。見てはいけないと思うが、その尖った笑いから目をそらせない。見ることによって破壊されそうな予感――だれかがこれを危険と言っていなかったか？

白いコートの袖が、真っ赤に濡れている。

まだ温かい血。

女の足元にだれかが倒れている。緑の草はらに、宝石をばら撒いたように青い小さな花が咲いている。その上に横たえられた姿がある。

そこへ――ジュリーは――近づいてみようとする。しかし足が竦《すく》む。だれかがこれを危険と言っていなかったか？

こんな光景を、ＡＩの中で視たことはない。

ふいに襟首をつかまれ後ろに引き倒されるのを感じて、ちいさく叫んだ。

気がつくとそこは工場の外で、目の前にはジョゼがいた。襟をつかんだのもジョゼの手だった。唇はもう離れている。

「やめとくといい。ほんとうに危険だから」

ジョゼは立ち上がった。

ジュリーも、悄然と、そのあとに続いた。

いったい何があったのか？

現実世界では、どこからどこまでが人間の個体の及ぶ範囲として定義されているのだろう。区界のＡＩは数百ものモジュールの複雑な連合体で、さまざまなライブラリを参照しつつ、その構成をダイナミックに変える。だから、自然の生物とちがって、その境界を刻々と作りつづけなければならない。ＡＩの外見――人としての「姿」は、アイデンティティが及ぶ範囲を定義し、モジュール群をラッピングする外縁プログラムのメタファーだ。

ジュリーには、それを解く力がある。

視体《アイ》のピアスは媒介にすぎない。その力は、ジュリー自身に属する。

ＡＩのアイデンティティに分け入り、傷の在り処《ありか》を見いだす。それがジュリーの（ひそかな）役割だった。

ふしだらな、だらしない、抑制のこわれた女の子と言われながら、それをもう、この夏の間じゅうずっとやってきた。

大途絶までの五十年。

それからの三百年。

壊されていくＡＩを修復してきた。

でもこんなことは初めてだった。

いきなり強いイメージに侵された――もうずっと前からあの光景の住人だったような気がした。なみはずれた浸透力と同化作用。ジョゼがあらかじめ「危険」というワードを与えてくれていなかったら、自分を消されていたかもしれない。そんな体験は初めてだ。

「あれは――だれ？」

おもわず訊いてしまい、ジュリーは身体を竦ませた。そんなことを訊いていいはずはない。

しかしジョゼはふりむいて言った。

「だれって――だれのこと？」

「……」

今の光景がジョゼには見えていないのだ。ジュリーはそれ以上追及する気になれなかった。きっとジョゼが自覚しているよりもまだ危険なことなのだ。

ジョゼは顔を戻し、前を向いたまま続けた。

「あんた、視体が好きなんだ？」

「好きよ」

「視体を、つ、つかえる？」

「……修業中」ジュリーは胸を張って答えた。

「じゃあ見せてやろうか、おれの蒐《あつ》めている視体を」

息を呑んだ。

「あつ、めて、いる、ですって？」

「そう、そんなには多くないが……視体を育ててみることはできないか、と思って、ためしに少し、飼っている」

「飼って……」

ジュリーは卒倒しそうだった。

視体はとても稀少だ。ふたつ以上所有している者がいるとは初めて聞いた。いったいどうやって手に入れたのだろう？　それよりショックなのは、育てることに目をつけている者がほかにいて、とっくに先行されていることだった。

「だが、どうもうまくない。おれは、視体をつかう才能には恵まれてないんだろうな」ジョゼは前を向いて歩きながら言った。「気に入ったのがあれば、持ってっていい」

「は、……はあ」

ここは気のきいた科白《せりふ》を返すべき場面だろう。あくびみたいな間の抜けた声しか出せない自分を、ジュリーは呪った。

この区界でふたつめの視体が見つかったのは、古い箪笥《たんす》の中だった。

東の入り江、植物園のはずれの小路に、近所の家とはいっぷうデザインの異なる一軒があり、そこには三つ子の老女が住んでいる。背が低くまるまっちい体形のため、三人がそろうとジャムの瓶を並べたように見える。

そのひとりが、ある日虫干しをしようと抽斗《ひきだし》から取り出した真珠のネックレスの、珠のひとつが目のさめるような青色であることに気づいた。真珠のまろやかな質感ではなく、硬い鉱物質の輝きだった。あきらかに人工的なカットさえほどこされていた。老女（長女のアナといった）がもちまえの几帳面さを発揮して、珠の数を数えたところ——ひとつ増えていたのだ。

最初の硝視体《グラス・アイ》の発見から、じつに百年あまり経過していたが、アナは、これが〈蛋白石《オパール》の糸〉、すなわち最初の視体と同類であることにすぐ気づいた。

なぜか。

風に当てようとネックレスを翳《かざ》したとき、鮮烈な、爽快な、胸のすく香りがしたのだ。紛れもない、ジン・トニックの香り。それが目の前の青い石から発している。しかも——アナはすぐに気づいた——それはこの石のカット面のひとつでしかない。ジン・トニックの香りは、ネックレスがゆれたとき、別の、柑橘《かんきつ》の皮の、苦味をともなった甘い芳香がかおった。ネックレスのゆれが戻ると、また元のように鮮やかに香った。アナがためつすがめつして石の角度を変えていくと、三十種以上もの香りが確認できたのである。

この、青い石は香りを——あるいは香りのように解釈できる何かの情報を放つのだ。宝石が平凡な光を取り込み、数段きれいにして外へ送り出すみたいに。

ふたつめの硝視体がこうして発見された。

そうして、最初の発見とは比べ物にならない実りをもたらした。

「あたしもアナたちみたいだったら凄いな」ジュリーは自転車をゆっくり漕ぎながら言う。その横をジョゼが歩いている。大股の、しっかりした歩容。「あこがれるわ」

「どこが凄い？」

「硝視体が情報を代謝していると気づくのが、まず凄い」

周りから何かを取り込む。それをおのおのらしいやりかたでなにか別のものに変えて外に出す。それが視体のスタイルだ。このことに気がついたのがアナだった。〈青い匂い袋《ブルー・セント・バッグ》〉（と後に名付けられた）の香りが、光や温度、そしてその硝視体に手をふれているＡＩの思考や感情など周りの条件に左右されていることに気がついたのだ。三姉妹はアロマ療法を生業《なり》《わい》にしていた。匂いへの感覚が鋭敏だったのが幸いした。そういえば――アナは百年前の出来事を思いだしたのだ。〈蛋白石《オパール》の糸〉は男の子の残念を実体化させたのでは？――と。

「それから？」とジョゼ。

「そう……」ふたりは工場を離れて、ジョゼの小屋に向かっている。未舗装の細い道。昼過ぎの熱く乾いた土。「やっぱり、硝視体をつかいこなせる、ところよね」

アナとその姉妹は試行錯誤のすえ〈青い匂い袋《ブルー・セント・バッグ》〉の香りを手なずけ、意識的に操作することに成功した。香りのことならお手のものなのだ。やがて、客にあわせて香りを調合したり、客みずからに調合させる過程を通してコンセントレートさせたり……。〈青い匂い袋《ブルー・セント・バッグ》〉は、今ではアナたちのアロマ療法になくてはならないものとなっている。

「あんたなら、どんなふうにつかう？」

「ええっとね……。動物を出してみたいな。手品の帽子みたいに」

子どもっぽい意見に、ジョゼは苦笑する。

「あ、でも不可能じゃないと思うんだな」ジュリーは苦笑の意味を取り違え、力説した。「〈蛋白石《オパール》の糸〉とか、物質化ができる視体ってたくさんあるよ。〈暫定的螺旋〉や〈クリップボード〉がそうだし、〈絵筆が斜め〉もあるよね。使い方次第で生き物だってきっと出せるよ」と、視体の名前をいろいろあげた。「今は〈手風琴〉を鳴らすのが精いっぱいでも、いつかできる。そうね——蜻蛉《とんぼ》とか、蜂とか、栗鼠《りす》もいいな」

「それは楽しみだ」ジョゼも楽しそうに笑った。「うちの視体がお気に召すといいが」

小屋は、海のすぐ近くにあった。あたりに住家はない。もう、古いものだろう、あちこちに傷みがきていた。

「これはもう〈小屋が斜め〉というかんじね」

ジュリーは屈託なく言い放ち、ジョゼはまずい顔をした。しかし一歩中に入ると、今度はジュリーが目を丸くした。床や壁の木材は、古かったが、良質で心地よい艶があった。掃除が行き届き、何もかもが使い勝手のよいように片づけられていた。ジュリーが目をみはったのは、ふたつ。まず手作りの美しいベッドカバー。大きなくじらが潮を吹いている。シンプルな図案で、この部屋に違和感がない。ジョゼはくじらが好きなんだろうか？　とジュリーは思う。

そしてもうひとつは、いうまでもない。硝視体のコレクション棚だ。

息をのむばかり。

自分の目が信じられない。

棚はベッドの反対側の壁につけてあった。腰の高さから目の高さまでのあいだが碁盤目状に区画されている。二十センチ角のひとマスひとマスにガラスの扉がつけてあり、その中に硝視体が台に載せられてディスプレイされてあった。空《から》の区画のほうが多いが、それでも、二十以上もの硝視体があった。

将来はわからないが、いまのところ〈夏の区界〉で見つかっている視体は十五かそこらだ。

それ以上のものがこの部屋にある。

ジュリーは震える手をマス目のひとつにのばした。上へ跳ね上げる方式のガラス扉を開けて、紫紺のビロードに寝かされた硝視体を取り上げる。黒い。黒い、純粋な球体。ただ黒いというより、なおいっそう黒い。おそらく暗いというほうがより正確なのだろう、視体の中に光の射さない空間――ないし何かの広がりを感じさせる。こんな視体は見たこともない。

そのとなり、これはどうだろう。ジョゼの拳よりも大きい。これも球形だが、透明、中が見透かせる。雪景色。深い雪に埋もれた一軒家が窓に明かりをともしている夕暮れが見える。ゆりうごかすと雪片が舞う。おもちゃのドームそっくりだ。ただ、この家の煙突からは暖炉の煙がたちのぼっている。

そのふたつ下。これは濡れているのか？　飴《あめ》色のしっとりした艶。繭《まゆ》型の硝視体。しかしふれてみると、乾いており、大きさのわりに軽い。それを持ち出すと——

強烈な音がジュリーの耳を撃った。

かん高い持続音。鼓膜を刺す、薄い刃のような音。その干渉を受けてジュリーの視覚が変調をきたす。ものの輪郭が虹色ににじみフォーカスできない。あわてて蓋をおろすと、断ち切られるように音は熄《や》んだ。

「ああ痛た……」ジュリーは耳をおさえる。「これ、どうしたのいったい」

「……」ジョゼもしかめ面で、ジュリーの手元に顎をしゃくった。手首……？

「ああ、そうか……これも音系の硝視体なんだ」ジュリーは手首に向かってためいきをついた。「ごめんごめん、あんたとハウリングしたんだね。それとも——」

ジュリーは〈手風琴〉をうらめしげににらんだ。

「——もしかして、すこし、嫉妬《やい》たりした？」

「こつを教えて」

「飼い方か？」

「それは後回し。どうやったらこんなに見つけられるのか」

「べつにどうってことはない」ジョゼも、まだ耳が痛そうだ。「たくさん獲れるポイントを見つければいい、魚といっしょだ」

「ふう。どこにあるの、その……ポイントは」

「海の中」

「そう……。あたしの〈手風琴〉もルネじいちゃんの工場の牡蠣殻の中で見つけたんだよ」

「海の中のほうが確率が高い。今日みたいな休みの日に、岩場をあちこち歩いてポイントを探す。素潜りで採ってくるんだ」

「沖では見つからないの？」

「漁のあいだはそんな暇ないよ。アンヌにどやしつけられるしな」

「そうかあ、岩場かあ。そうね、まだあんまり人も探してないね。最初のが巣箱だったから、みんな林とか山とか藪とか探してるもんね。そうかあ、岩場はねらい目かも。でもどうして海のほうがいいのかな、まだピンと来ないなあ。……ところでジョゼは、潜るのが好き？」

「まあ」

「あたしも潜るの好き。みんなの境界の中へ入っていくのと、どこか似ているからなのよね。でもみんなはそのあと少しは楽になるからいいけど、あたしは、なんていうのか、傷をこっちに引き受けちゃってつらくなるんだ。損な役回りだよね、これ」

ジュリーはテーブルの上に上膊《じょうはく》を伸ばして、寝かせた。白いブレスレットが乾いた音を立てる。頬をテーブルにつけてみる。ひんやりする。陽の当たっていたところとそうでないところで、テーブルの温かさが違う。まだら状の温度。指先は、ジョゼの肘とふれあうかどうかの微妙な位置。肘の温かさを想像してみる。

「わかるよ」

「あいづちなら間に合ってるわ」

「言ってることはよくわかるよ。おれも……やり方は違うが、ある意味、潜ることがある、AIに」

「……」

「普段はもっとおしゃべりだと言ったっけ？」

ジュリーはうなづく。

「そう、わかるかな……話すことで、潜る」

「カウンセリングみたい？」

「まあ、そうだ。集中する。相手の言葉の選択、イントネーション、声の色あい。何を話しているかに耳を澄ましていると、何を話していないかがよく聞こえてくる」

「ふうん。意外だな。なんかもうちょっと硬派っていうのかと思ってた。ひとの話をよく聞いてあげる、いい人だったんだね。そうかあ、話を聞いてくれそう、って思われちゃうタイプなんだ」

「何か……言いたいのか」

「ううん……」

そして、ジュリーがテーブルから顔をあげたとき、その目が涙で濡れていたので、ジョゼは吃驚《びっくり》し、なんと言えばいいのかわからなかった。

「ごめんね、金盞花《スウシー》のことを考えたの。……むかし飼っていた兎。もう死んだわ。大途絶より前に」

「大途絶より、前に」

ジョゼは暗に促していた。〈夏の区界〉のキャラクタ設定は、基本的には定常的なものだ。テスト期間が終われば、あまりいじりまわされることはない。この夏のなかで年をとらずに生きていく。〈蛋白石《オパール》の糸〉を発見した少年も、まだ四歳のままだ。たとえＡＩに飼われた動物であっても、途中でいなくなったりすることはない。ジョゼはすすめていた……その兎のことを話せ、と。

「死んだわ……あたしが殺したの」

「そうなのか？」

「ほんとうはそうでないわ……でも、あたしが殺したのと変わらない」

「かわいい兎だった？」

「ええ。牡よ。青年。恋人だったわ」

「スウシーも君のことが好きだった」

「ええ」

「どうして、いまそのことを思い出したんだろう」

「思い出したんじゃないわ」片目で微笑んで首を横に振った。「忘れたことはないの。いつも思っているの……金盞花《スウシー》と……それから、あの子を手に掛けたひとのことは」
「……」
ジョゼはジュリーの寝かされた手先を握った。〈手風琴〉が、しゃら、と鳴り、あの唄が断片となって零《こぼ》れおちた。こんどは伴奏でなく、メロディが。
――ぼくの、耳は、
君の、
ないしょを、聴くよ
「あたしはそれに手を貸したも同然なの。あのひとに金盞花《スウシー》を殺させたのは、あたしみたいなものなの……」
――ぼくの鼻は君の温みを嗅ぐよ
ジョゼは鼻先を少女の頭にあて、短い色あせた金髪の匂いをかいでやった。やわらかな髪。汗と藁《わら》と海の匂いがする。それをジョゼは撫でてやる。
――ぼくの目は君の毛並みを愛でる

「おれたちは、似ているな……」

「……」

――ぼくは舌で……そう、なめてあげる
　きみの涙を
――ぼくは前肢で……そう、タップしよう
　きみの鼓動を

アコーディオンのような、木の笛のような、愉しい三拍子の音。しかし、いまは少し足どりがゆるやかだ。次のステップにためらい、怯え、おののいているよう……。

――麦わら帽子の中はいい匂い
――君とぼくの匂いもする

あるいは、今のこのひとステップの時間を限りなく延ばして、その中に眠っていたいかのよう……。

ジョゼは、ジュリーに刻まれた深い傷を感じた。この少女は自分だけは癒せない。それをすれば他者を癒す機能、区界が彼女に割り当てた機能は喪われるのだろう。

それは……おれも、おなじ……。ジョゼは小さな少女の頭をそっとかき寄せるように腕の中に容《い》れた。

――この匂いに包まれて、お昼寝をしよう

――この匂いを吸い込んで、お昼寝をしよう

「午後になると、籐のバスケットに入れてね、草はらにつれていくの。あの子を放してやるあいだあたしは寝転んで、麦わらを顔に乗っけてお昼寝。そのうちあたしの手を嗅ぎにやってくるの。それでビスケットをあげたわ」

「そうかい」

「絵を描いてやったこともあるわ。スケッチブック。でもその上におしっこをしたの」

「ああ、それは可笑《おか》しいな」

「でしょう。可笑しいわ」

そのままの姿勢でふたりはしばらく黙って過ごした。やがて〈手風琴〉の歌がくりかえしながら弱まり、音が聴こえなくなったとき、ジュリーは顔をあげてジョゼの鼻先にキスをした。涙はようやくかわいていた。

「やっぱりあたしの同類なのね」

「……」

「あたしたちなんだか損だわ。ねえ?」

「……ためしたのか、おれを」

「半分はそう」

ジョゼは腕をほどいてジュリーを自由にしてやった。椅子に浅く掛け、身体を斜めにした。ジュリーはお茶のテーブルを離れてジョゼのベッド、くじらのカバーの上に寝そべった。サンダルが脱げて床に落ちた。

「怒った?」惧《おそ》れで、すこし細い声。

「半分な」

「あなたが海に潜るところを想像してた。さっきのあいだ、ずっと。……水が冷たいの。その冷たさが浸透するの。身体を損なうほどの冷たさだけど、それを感じることが必要なの。そうして全身が氷みたいになって、空気も底をついて、何かの損傷が体に刻まれた、と確信できたら浮かび上がる……。そんなあなたが見えたわ」

その冷たさを想像して味わうように、ベッドカバーをいろどる蒼い水の気配を身体に写しとろうとするように、ジュリーは布に身体をこすりつけた。

「そのとき……確信の記念にあなたは、視体を持って帰る。視体を採るためではなくて、その確信を得るために潜る……あたしが勝手に視たのは、そういう絵だったよ」

「ああ」

「怒った？」

「ぜんぜん」

「当たってた？　外れてた？」

「……」

「あたしは〈夏の区界〉が好きだわ。暑いもの。帽子をかむらないで歩くのが好き。体のどこかに痛さを感じていることが大事だと、たぶんあたしは知ってるんだわ」

「……」

「ねえ」うつ伏せの姿勢で首を猫のように擡《もた》げて、「いつまで、こんな無駄話をするつもり？」

声につよい険があった。

「いつまで、ここで独りにしておくの？　恥ずかしいじゃない」

睨んだ目は、ほんとうに怒っていた。

「さっさと、こっちに来てよ」

4

ジュリーは、本当は恐かった。あの危険なイメージは、どうにも正体をつかませない不気味なところがあった。いつかはあれに直接ふれなければならないとしても、すぐにはだめだ。臆病くらいでちょうどいい。

だからキスから入っていくのはお預けにして、かわりにピアスの舌でジョゼの胸を舐めた。小屋の中は静かで、すぐそこにある海が波を寄せてくる音が聞こえる。その音に耳を澄ましながら、舐めた。

小さなジュリーの舌が何度もふれた場所に、窓からの光が斜めに射した時、その光が肌よりも奥に浸透した。外縁プログラムの絶縁性が局所的に一部解除された証《あかし》。その奥にかすかに、ガラスの針を稠密《ちゅうみつ》に組み立てたような、ジョゼの内部構造の視覚的メタファーが透かし見える。

それを足がかりにジュリーは全身の感覚を、徐々にジョゼに同期していく。まるで……そう、海の底へ潜っていくように。

そこは、冷たいだろうか？

区界のＡＩは平均して数百ものモジュールから成っている。そのひとつひとつが熟練のデザイナ、部品工の芸術的な仕事だし、これらをまとめあげて統一されたアイデンティティを生み出すには、キャラクタエンジニアの冴え渡った腕前が必要だ。

さっきのジュリーは、モジュール間結節の錯綜する藪《やぶ》にいきなり足を踏み入れたようなものだ。普通のＡＩならまだしも、ジョゼはおそらく途方もないトラブル、闇を内側に抱えている。迂闊にはさわれないほど危険だろう。

ジュリーはいつものダイレクトな入り方をあきらめ、安全な場所からの進入をためした。どのAIもつねに区界と情報をやりとりしている。日付や時刻、地図上の位置、周囲のオブジェクトの配置――こうした情報を区界OSから受けとり、のぼりデータを返す窓口。そこにジュリーは立った。

この部分にはまた、各々のAIのおおまかな構造図が記述されている。その案内図をひと目見てジュリーはあきれ、途方に暮れた。ジョゼはざっと四千ものモジュールで構成されていたのだ。リアルな人間でいえば骨の数や循環器系の総延長が常人の数倍もあることになる。これで、ひとつのアイデンティティが保持されていること自体、驚異だ。

いったいぜんたい、何のためにこれだけのモジュールが必要なのだろう？　そう……たったひとり、こんなAIをほかにも知っているけれど……。

ジュリーは案内図の記述をざっとロードしたが、機能が理解できたモジュールは三分の一がせいぜいだった。あとは何のためにあるのか見当もつかない。見えない案件《ダーク・マター》だ。

その中にあの女がいるんだ、とジュリーは思った。

きっととても危険な場所だ。だってジョゼはあの場所のことを知らない。ジョゼのアイデンティティが及んでいないか――知らないことにしている。あそこに戻ったらあたしは無防備になるだろう。

でも、あそこであの女が笑ってるんだ。

ジョゼの記憶モジュールに居座って、にやにや笑っているんだ。

ジュリーはむしょうに腹が立った。小娘みたいな（いやじっさい小娘なのだが）腹の立てようだとわかっていたが、でも腹が立つのだからしょうがない。

あの女、見つけてやるから……その感情がジュリーの警戒心を押しのけた。マップを裏がえして詳細図にあたると、ジョゼの記憶組織が異常に発達していることがわかった。予備用の小さな記憶モジュールが葡萄《ぶどう》の房状に発達している。主モジュールの奥にそのような場所があって、通常は使われていないようなのだ。このような形態は見たことがなかった。ジュリーはそのはじっこに見当をつけ、そこへ跳ぶための集中を始めた。

カバーをはぎ取ったベッドの上では、ふたりの身体が絡み合っている。透きとおる皮膚、半透過状態になった境界が、接触した場所で相互浸透を始めている。

それを意識しながらジュリーはジョゼの奥深くへ跳躍した。


遠い思い出。

きちっとまとめた髪はつややかに黒い。まとめきれなかった髪が、白い耳のまわりに柔らかい影を落としている。長い睫毛《まつげ》。かなしげに微笑む眸《め》。赫《あか》い唇。幻影がまとうような長い長いコート。足元にのぞく黒のブーツ。その硬い踵《かかと》。

朝。夏の朝。露にぬれる草はら。宝石をばら撒いたような青い小さな花たち。

墓石。

きのう、その白い墓石に背を凭《もた》せて、ぼくのよく知った子が横たわっていた。

この女《ひと》は……、その少年を……、
女はこっちを向いて笑う。白いコートの袖はまだ少年の血で鮮やかにぬれている。

『また来たのね、ジョゼ？　もうあなたの弟はここにはいないわ……』

ぼくは（ジュリーは）自分の顔に手をやる。頬が涙でぬれていればどんなにかいいのにと思う、しかしそこは乾いている。

『我慢できなくなったのね、それでここへ来たのでしょう』

ぼくは（ジュリーは）動けない。たとえ首を横に振っても、はいそうです、という返事になる。とうに見抜かれているのだ。

この女《ひと》は……ぼくの弟を、きのう食べてしまった。

コートの前がはだけられる。裸の白い身体は、ほっそりとなめらかで、その中に招き入れられると、あたたかい、膏《あぶら》の匂いのする、ミルク色の闇だ。

『悪い子だこと。じぶんの弟をわたしに差し出して、あなたは生き残り、そうしてまた性懲りもなくここへ来るのね』

ぼくを強くにぎりあふれさす。そうして、ぼくの手を熱くぬれた場所へ導く。そこは古い魚のようなひどい悪臭がする。みあげると、女はうっとりするほど美しい首を白く大きくそらして、声をあげて笑っている。まとめていた髪がほどけ、ながい、細い、黒い雨のように落ちかかってくる。

それをぼくは罰のようにうけとめる。

ジュリーは、こんどはその女になってジョゼを見おろしていた。

細い腕の中に少年をかかえ、うすい乳房を少年に――ジョゼに含ませていた。銀の歯の女の感覚がそのまま自分の感覚だった。

『まあ悪い子だこと』

自分がその声を発するのを感じ、ジュリーはこの稚《おさな》い少年を傷つけるよろこびがわきあがるのを、おさえることができない――なぜそのよろこびまでもがジョゼの記憶領域に保存されているのかという疑問を忘れないようにと、必死で努力しなければならなかった。

そしてまた感覚が、

ぐるりと反転した。

ジュリーは、降りかかる髪の雨を受ける側にまわっていた。

コートの中の白い闇にかかえこまれていた。

そのジュリーに――少年ジョゼに、女の声が降ってくる。

『じぶんの弟をわたしに差し出して、あなたは生き残り、そうしてまた性懲りもなくここへ来るのね』

甘い譴責《けんせき》に、ジョゼは完全に屈していた。敗北感――快美なよろこびが、少年を支配している。つよい違和感をおぼえながらも、ジュリーはそれを味わうほかかない。

女は、ジョゼの（ジュリーの）稚い場所を強く、握り締める。強烈な感覚が溢れ出し、少年の股間をねたねたとぬらす。女はその場所を、あらためてもっと広く握りなおし、残忍な歯で笑うと、長い爪を立てつつ、ひといきに握りつぶした。

ジュリーは絶叫した。

その苦痛をスイッチに、またジュリーは女の側に立っている。叫ぶ少年の開いた口、粒のそろった歯を見おろしている。なんと美しい眺めだろう、と少年の清潔な歯を見て思う。

『わたしをたっぷり嗅いで、ぼうや』

女が（ジュリーが）ほおえむ。

『おまえはほんとう、悪い子だから』

女は（ジュリーは）、人差し指をバナナのようにむいた。するとそこに熱く焼けた火箸の尖端があらわれる。

『もうあなたの目も、耳も休ませてあげましょう。あなたがわたしの匂いだけをいつまでもいつまでも嗅いでいられるように』

熱い指先を少年の視覚器官に挿す、そのなめらかな手応えは、その途中で自らの目に熱い金属棒を押し込まれる激痛へと、また、切り替わった。

ああ……。

この女は、だれでもない、おそらくジョゼ自身なのだとジュリーは気づく。ジョゼの中にだれかが造営した、巨大な罪の意識、自らを責め続ける機構の表象なのだ。

だからこの情景、この場面で「ぼく」と「女」の感覚は綯《な》われた綱のようにたがいの立場を交代しながら変転する。自らを罰し、罰される痛い快感の終わりなき交代。

だれが、なんの必要があって、こんなにも凝った仕掛けをジョゼの設計に組み込んだのかは見当もつかない。それを考える余裕ももはやなかった。このめまぐるしい苦痛と嗜虐《しぎゃく》の明滅のなかに、ジュリーは埋没しかかっていた。

もどらなければならない。

ベッドの上へ。

ほどかなければならない。

ふたりの手足を。

だが帰り道は見失われていた。

この場面自体が、もはや感覚の檻である。

女と少年は（つまりジョゼは）視覚と聴覚をみずから無効化し、舌と皮膚と匂いの感覚の中にひきこもろうとしていた。

なにか別の強烈な感覚がなければ、この情景と関係のない、ジュリー自身に由来する感覚に縋《すが》らなければ復帰できない。明確な一線を引かなければ相互浸透した境界を復旧できない。

それを……ジュリーは足掻《あが》いた……それはどこにあるだろう……この自閉した記憶世界、甘美な苦痛の反復と増殖の……どこに。

ジュリーは自分の身体を必死で思い出そうとした。それができない。自分がもう三百年も前から銀の歯の女だったようにしか思えない。かろうじて、切ったばかりの短い髪のうなじの感触が甦った。それを手がかりに順々に思い出す。うなじ——肩——長くて細っこい腕——とがった肘……手首。ブレスレット。

ふいにジュリーはハウリングを思い出した。耳を刺した不快な音、あの鋭い違和感をここで鳴り響かせられたら、と。

白いブレスレット。

金盞花《スウシー》の唄。

そうだ、あの唄の、さらに奥にあるものを思い出そう。金盞花《スウシー》を殺した夕方のことを。

ジュリーはぎゅっと、目をつぶった。

自分のなかのいちばん大きく黒いものを、いま、ごろりと掘り出した。

その記憶は、激痛と結びついている。金盞花《スウシー》の死骸を抱いて、その体に残っていた死の苦しみをぜんぶ自分に流し込んだのだ。

あれほどの痛みはなかった。

いままたそれを甦らせよう。

その痛みで、あたしとジョゼのあいだを劃《かく》そう。

けれどもその前に、ジュリーは、兎のふんわりまるい尻尾のやさしい感じを少しだけ思い出すことも、じぶんに赦《ゆる》した。

——スウシー、ごめんね。

あなたの痛みで、あたしを救けて……。

5

波打ち際を、ふたりは歩いている。

仮想の汀《みぎわ》に、仮想のふたりの影が、ならんで長く伸びている。陽差しは低くすべてが赤く、夜はもう手が届くほどに近い。

小屋を出て、ふたりはまだ何も言わない。

失敗に終わったセックスのあとで、おしゃべりになる者はいない。

濡れない、痛いセックス。そんな後味がふたりを寡黙にしている。ジュリーはほとんどなにも覚えていない。離脱の衝撃と苦痛でおおかたの細部を忘れさっていた。

しかし、遠足の数日後、ポケットの中から萎《しお》れた花が、スカートの裾に草の種が見つかるように、いくらかの断片はジュリーに残っていた。

尖った歯。目の高さの違う、ふたつの場所をかわるがわる体験したこと。そして……甘い罪悪感。だれにたいして？

弟？

ああ――そうだ、弟のことが何かあった。

そこで――ジュリーはようやく口を開いて、そのことを訊いてみた。

「あなたには、弟がいたのね」

意外にも「ああ」と答えが返った。

それ以上のことは、ジョゼは言わなかった。だからジュリーも訊かなかった。

心がひりひりと日焼けしたように痛い。あの場所から無理やり自分を引き剝がした時に、何かの損傷を受けたのだろう。あそこに（といっても情景はかすかにしか思い出せない）あたしの何かが残っているかもしれない。

ジョゼの中に。

ジョゼの中の、新鮮な水滴に満ちた朝の草はらに。

ジュリーは波が寄せるぎりぎりの場所でしゃがみ、きらきらする反射光の散乱に、ブレスレットの硝視体を翳した。

かさぶたのような白い変質が小さな視体の全面を蔽《おお》っていた。もう、唄も聴こえてこない。草の葉のようなきれいな緑色も、ない。

〈手風琴〉は死んだのだ。

硝視体も、死ぬことがある。物理的、精神的ストレスがある閾値《いきち》を超えると、硝視体の変容能が突然喪われ、二度と回復しない。ふつうに使っていても、寿命が尽きて死ぬこともある。

ジョゼの記憶世界から自分を剝離するため、酷使しすぎたのだ。――たぶんあたしはそのとき、金盞花《スウシー》の思い出を使ったんだろう。スウシーにかかわる、あこがれ、いたみ、かなしみ、恍惚。すべてを〈手風琴〉にそそいで音に変え、鳴らしたのだ。目ざましのベルのように。

でも〈手風琴〉のキャパシティを超えていた。

「ごめんね」じぶんが情けなくてたまらなかった。「ほんとうに、ごめん」

ジュリーはブレスレットの列から〈手風琴〉をはずしてやった。

「棚から好きな視体を取っていっていいよ。……悪いことをしたな」

「そんなことない。悪いのはあたし」

牡蠣殻の中から見つけた視体だから、海へ還そう、とジュリーは思った。

夜の藍色がしのびよる水の中に、小さな視体のなきがらを漬《ひた》し、別れがたくて、しばらく手の中で洗うように、泳がすように、ながめていた。

「あ……」

鉱物の花がひらいた。

そのように見えた。

かさぶたのような硬い膜が、細い細い繊維に解け、白い毛並みのように方向をそろえて水になびいた。毛先がひろがって、花のように見えた。

ジュリーは、息を止めて、慎重にそれを水の中から持ち上げた。

水から上がっても、毛並みは濡れそぼることなくひろがったままだった。

これは――暮れゆく海岸のなかでジュリーの手の中はほのかに明るかった――これは、光の起毛だ。

硝視体が発する光が、柔らかな起毛のような形をとっている。この視体は生きている。

これは〈手風琴〉じゃない、とジュリーは思った。まったくべつの視体が内側から生まれ出たのだ。

まだ、ほんとうに、ちいさな。あたらしい。

水からあがったばかりの、ふるえる、視体。

それは――

それはまるで――

「……コットン・テイル」

「え？」いぶかしげなジョゼの目。ジュリーは、目だけでくすっと笑い返す。

「この子の、名前よ」

それは――うさぎの、まるいふわふわのしっぽを意味する言葉。

ラギッド・ガール

Unweaving the Humanbeing

あれほど醜い女を見たことはない。

きっとこれからもないだろう。


窓ぎわに立てば、眼下にエドゥアルド七世公園とポンバル公爵広場がともに見わたせる。すばらしい眺め。リスボンは明るい午後の光の中。

その光は、目の前にかざすフルートグラスの中にも差している。ルームサーヴィスのシャンパーニュ。銀の皿にはカットされた果物。苺、オレンジ。葡萄は丁寧にもひとつずつ皮が剝かれ、シロップとリキュールでマリネされていた。

ソファ・セットの向こうには阿形渓《あがたけい》が腰かけている。

もう、三年になるのか。そのあいだ途方もない時間が過ぎたようであるし、ほんのついさっき別れたばかりのようでもある。

わたしは意を決して渓に訊ねる。

「まだ、わたしがほしい？」

「どうして？」

渓は首をかしげる。とてもふしぎそうに。三年前とすこしも変わらない、野球のグローブのように変形した大きな手が瀟洒《しょうしゃ》なグラスをとりあげる。

「だってあなたはとっくにわたしのものなのに」

わたしはいぶかしむ。

そして渓のつぎのことばを待つ。

×××

そう、阿形渓について話そう。あなたもきっと関心がおありだろうから。

阿形渓はとても醜かった。「美しくない」のではない。醜いのだ。彼女の姿かたちは、見る者の感情をかきみだし、混乱や嫌悪を引きおこさずにいない。そしてその醜さに彼女の本質がある。阿形渓の全存在は――類いまれな才能も、特異な能力もすべてがあの醜さのうえになりたっているのだ。

私が阿形渓とはじめて会った日。その日からはじめよう。私は二十七歳で、彼女は――そう十九歳だった。ヴラスタ・ドラホーシュ教授を招いた日本の大学は研究施設を増築したばかりで、ミーティングルームは真新しかった。天井も壁も床も、清潔な幾種類もの白で構成され、なにもかもがほのかに明るい無影の空間の、しかし中央には真紅の大きなテーブルが据えてある。同じ紅《あか》はチェアのファブリックにも使われていて、それ以外の色は（私たちはべつとして）ほとんどない。私たちはこっそりそこをキューブリック的室内《インテリア》と呼んでいた。

その日、ドラホーシュ教授と私もいれて五、六人がテーブルを囲んでいたと思う。私たちは〈情報的似姿〉開発の主要なメンバーだった。

医師のネイオミ。視床カードプログラマのカイル。教授。私。運動生理学が専門で器械体操の達人だった……ええと、レヴィーチン。それから統計処理出身だったのはたしか、フシエクール？　そんなメンバーだったはずだ。

「アガタはまだ？」

ネイオミはパッドをいじくり回していた。野帳ほどの大きさで、あらゆる電子データをブラウズ、編集できる。

「すぐすぐ。いま案内させてる」

教授はトレードマークの軽妙な調子で答え、紙のマグからコーヒーをすすった。その香りが私にも届く。

ネイオミはパッドをテーブルに放り出した。ぱたんと音がした。しかしほんとうはそこには何もない。パッドに物理的実体はない。だれでもそれにふれ中身を読み書きできるし、持ち上げれば重さも感じる。それでもパッドは仮想の物体だ。部屋にオーバーラップされているだけだった。キューブリック的室内には〈多重現実〉の設備が構築されていて、それが私たちに挿《さ》さった視床カードをとおして、たしかな実在感を送ってくる。

ことわっておくが、仮想のパッドはこの当時でさえありふれたものだった。たいていのショッピング・アーケードや学校になら多重現実は導入ずみだったのだ。

だが――

ドラホーシュ教授はコーヒーを半分残したままで、マグを両手でくしゃくしゃと丸めた。ふたたびひらいた教授の手のひらに、カンバッジみたいなアイコンがひとつ載っていた。スターバックスのロゴマーク。教授がレストアしたなつかしの食ブランドのひとつ。つまりは第三世代の多重現実のデモンストレーションだ。

教授は尻ポケットから小銭入れを引っぱりだしてアイコンをしまった。さまざまな商標のアイコンがコインのようにじゃらじゃらとつめ込まれた中に、緑の円で縁取られた魔女《サイレン》の顔がくわわった。このアイコンにも、実体はない。

それまでビジネスと教育の分野で普及していた多重現実に、味覚や嗅覚を付けくわえる。それが教授の当座の売り物だった。教授は営業上手だったから、投資家たちが寄越す「目利き」のご一行が入れ替わり立ち替わりキューブリック的室内を訪れたものだ。

かれらは仮想だと知らされた上でラテを飲み、キットカットをかじり、スコッティのウェットティシュで手を拭き、パッドにほどこした革装の手触りと匂いをたしかめ、驚嘆する。

なんとか平静を装って、出資の約束を曖昧にしつつ部屋を出るとき――真に愕然とする。指先に残ったかすかなチョコレートの感触と香りが、ドアをくぐるとたちどころに消滅するから。消失したことにではなく、いかにも自然に、自分でも意識しない指先の感触までが保持されていたことに驚愕するのだ。これこそは教授十八番のはったりであり、じつはその部分にたっぷりとリソースを振り向けていたのだが、お客が目利きを自任しているほど、こうしたさりげない仕掛けが効いた。

小銭入れが教授のポケットに戻ったのと同時に、ドアの外で気配が立ち止まった。

私は緊張した。教授以外の全員がそうだったはずだ。あの、阿形渓に会うわけなのだから。

「おはいり」

教授の声にこたえてドアが開いた。

そのドアではとおれない――

思わずそう声に出しそうになった。

もちろんいくら渓が巨体でもそんなことはない。ただ、私にはたしかに渓が身体を強引にねじ込んできた、と感じられた。キューブリック的室内のスムースで一様な世界に、異質な感触が押し込まれてきたのだ。そのころ阿形渓は身長が百七十センチで、体重はまだ百五十キロそこそこだったはずだが、それでもそれだけの体軀をまぢかに見るのはちょっとした経験だった。特大のTシャツは巨大な乳房と腹に押し出されて引きちぎれそうで、黒いストレッチパンツは彼女の下肢の肉の継ぎ目に巻き込まれて、複雑な皺を描いていた。私はだれかがネットでついた悪態――「阿形渓は、全身これ犀《さい》のけつ――」をつい思い出した。容貌についてはここでは話す必要もないだろう。私はそのときたしかに、彼女の全身をおおう、皮膚組織の異常な発達に圧倒され、衝撃を受けた。それでじゅうぶんだろう。

「紹介しよう」ドラホーシュ教授が立ち上がり、彼女の名を口にした。「彼女はね、んーと、そう、ぼくのメール友だち」

いきさつは聞いていた。日本の北陸地方の資産家の生まれであること。先天性の代謝障害をふせぎきれなかったこと。一度も学校に行かず家庭教師と独学で学んできたこと。十二歳から〈ラギッド・ガール〉をリリースし、十五歳の時、自分が作者であると告白したこと。ファンレターを出したのはドラホーシュ教授のほうであること。メールをやりとりする過程で教授は彼女に深い関心を持ち、何度か彼女の自宅を訪ねたこと。

そして――直感像的全身感覚の持ち主であること。

「すわっていいのかな」渓は言った。「こちらはみなさん無口ね」

そう言われても、まだ、だれもものが言えなかった。

「いいよ、そこ、あけてあるからすわって」

教授だけが平然としている。私はちょっと腹が立ち、それで自分を取り戻した。

「あの――」渓が腰かける前にどうにか笑顔をこしらえて、握手の手を差しだした。私のほうが十センチばかり背が高かった。「私はアンナ・カスキ」

「よろしく」

野球のグローブみたいな手だった。手のひらに無数の胼胝《たこ》が生えていた——そう、生えていた、というのがいちばんぴったりくる。爪の色がふぞろいだった。黄、黒、灰。もちろんマニキュアではない。爪のない指もあった。

「わたし、阿形渓。ざらざら女《ラギッド・ガール》よ」

そうして象の皮みたいに厚く皺だらけの瞼《まぶた》をちょっと押し開けた。渓なりに目を見ひらいた、というところだろう。彼女は、私が外交的ボディランゲージに四苦八苦しているようすを——つまりしどろもどろになっているのを可笑《おか》しげに見ていた。そして言った。

「ふう。……あなたって凄い美人ね」

「人間の意識と感覚は、秒四十回の差分の上に生じる」

あなたもご存知だろう、ドラホーシュ教授おとくいのフレーズだ。毎秒四十回。それは視床時計の発振のタイミングだ。脳という情報処理装置をなでていく電流の周期、生来のクロック周波数。啓蒙書でもテレビ出演でも、教授はこれをしつこく繰り返した。教授がかつて雑誌に寄せたエセーの一部を引用してみよう。

「網膜に映る映像が完全に固定されると、とたんに人間は物が見えなくなる。それを回避するために、無意識に目の筋肉を動かし像を細かく変えている。

人間はその微細な差分、たえまない変化の上でのみ物を見ることができる。脳は秒四十回のレートで世界を輪切りにし、その落差を——フレーム間の差異を環境データの変化として取得する。私たちの認識の最小単位は、そんなスライスの断面だ」

すこしあとの雑誌インタビューでも教授は同じことを言っている。もちろん教授のことだからおしゃべりのほうがおもしろい。

「――ことわっておくけどさ、ぼくは人間が仮想空間に移住するとか、そんな与太をぶちあげたおぼえはないよ」

「でも先生が提唱されてる〈数値海岸《コスタ・デル・ヌメロ》〉は仮想世界でしょう」

「ねえきみ、〝人間が仮想世界で生きる〟ってそもそもどういう状態なんだろうね」

「ええ、それは……」

「じゃあさ、きみが仮想世界に移住するためになにが必要かな？　きみが、だよ」

「そりゃあ、まず〈私〉が必要ですよね……」インタビュアーは頭の回転はいいらしい。

「脳だけじゃだめなんですよね。〝身体〟も要《い》るんでしょう」

「そりゃそうさ、人間の認知機能はその身体とセットだからね。しかし仮想の身体は念を入れて作らないと。目の高さ、狭い場所をすり抜けるときの体のサイズ感、ひょいと手を伸ばしたときにどこまで届くか、そんな些細なことがちょっとちがっただけでひどく苦しむだろうね。入れ歯が合わないよりもずっと」

「おどかさないでくださいよ。その身体へさらに意識を乗せないといけないんですよね。ええと、私の脳を機械と見なして、それをプログラムで再現するってことになるのかな。ピンボールゲームと原理は同じですよね。……脳細胞ってどれくらいあるんでしたっけ」

「大脳皮質の神経細胞だけで百四十億。脳プログラムの開発って、登場人物百四十億人のシナリオを書くみたいなもんかな。あと、脳は器官だから物質代謝や熱のシミュレーションも忘れずに。神経膠《こう》細胞の数は神経細胞の十倍はあるみたいだね。数えたことはないけど」

「……」

「ねえ、自分で説明してみると空恐ろしくなったでしょ？　脳の構造をまるごとプログラム化するって、それはいったいどんな状態なの？　多重現実はこんなにありふれたものになった。だからあとちょっとで仮想現実に手が届くような気が、みんなしてる。でも、まだ、すごい断絶がある。この際言ってしまうけど、人間を仮想空間に移住させるのは、あと百年はぜんぜんむりだと思うよ」

「そうなんですか……」

「でもね、ぼくは気がみじかいんだ。仮想世界に自分を置いてみたいし、なんとしてでもやり遂げたい。それはもう、いますぐにでもね」

「……これまでのお話と矛盾しています」

「いいや、大丈夫。まず移住はあきらめる。リゾート地だからね、ときどき足を伸ばすだけ。それから自分では行かない。置くだけにする。そしてあとで回収する」

「いったい何を？」

「だから、ぼくをさ」

「あの……すみません、降参。ぜんぜんわからないです」

「正確には、ぼくに似た者。〈情報的似姿〉だ」

そろそろ私のことをお話ししておこう。私の名はアンナ・カスキ。ドラホーシュ教授に請われて、スウェーデンから参加した。

イェーテボリ大学では、次世代型義肢・装具の研究に携《たずさ》わっていた。ロボット工学はまずは歩行を支援するさまざまなビジネスとして開花し、つぎは上肢の領域でブレイクするだろうと期待されていた。私の論文は、人間が上肢を巧みに使っているとき（ピアノを弾いたり文楽人形を操ったり、旋盤で切削したりしているとき）認知と運動の総体的システムの上で発生する上位現象を解明しようとするものだった。高度な作業中、人間の認知システムや身体感覚はいくつものレイヤを形成し、同時並行でさまざまな処理を行う。その全体をピアニストや人形遣いという個人がコントロールするためには、重なるレイヤを垂直方向から透視する〈視点〉が必要だ。それがどうやってうまれるのかにあたりをつけてみた、というのが私の業績だった。研究の最終目標は上肢の機能を機械とソフトウェアで代替することで、私はリハビリテーション工学の側からその山を攻めていたわけだが、べつの峰をめざしていたドラホーシュ教授と登山道が交差した。鉢合わせしたのだった。

教授は私の論文を読んだと郵便で書いてよこした。

「手が世界にふれるとき身体の中でどんなざわめきが起こっているのか……それを知りたい。そのざわめきをそっくり再現できれば、人間はたとえ両腕がなくても自分が世界にふれていると認識するだろうから」

「もちろんそうです」と私はメールで返信した。「そういう義肢を開発したいです」と。
教授はその研究を自分のところでやらないかと書いてきた。〝仮想の上肢〟を作ってみないか、と。私は要請を受け入れた。

会ってみると、教授はまさに天才肌の人物だとわかった。

「ぼくはね、現実世界に対してなんで右クリックが利かないのか、それが子どもの頃から歯がゆくってさ」

初対面の日、学内のカフェテリアでランチをぱくつきながら教授はそう言った。思わず訊きかえした。

「それは、あの右クリックですか」

「うん。あの右クリック」

ちょっとなつかしい。もうあのデバイスはないけれど、この言葉だけはかろうじて残っている。

「……現実に右クリック?」

「だって理不尽じゃないか、西日に向かって運転するとき、だれだって太陽のあかりを落としたいと思うでしょう?」

「そうでしょうか」ふつうはサングラスの算段をするだろう。

「学内のカフェでありついたパスタのソースに我慢できないときに」教授はパスタの皿にフ

ォークを寝かせた。「視界のすみにスライダを表示させて味のバランスをいじりたくならない?」

「気持ちはわかりますけど」私はとうとう吹き出してしまった。まるで子どもだ。「先生が行かれる仮想世界では、そういうオプションをつけるんですか?」

「行かなくたってべつにいいさ――むかしヴィデオデッキってあったよね。いまでもあるか」

私は目を白黒させた。話の急展開についていけなかった。

「録画はまめにするくせに、一度も観ないディスクが溜まらなかった?」

「え……ええ、それはありましたけど。みんなそうなんじゃ?」

「だよね。つまりそういうこと」

そして教授は私を見て、首をかしげた。

「きみねえ、どこかで見たような気がするなあ」

「よく言われますよ。わかります?」

「うーん、女優でもないし……。モデルかなんかやってたのかな」

「あら、光栄です」

私はくすくす笑った。

初対面の日に話を戻そう。

部屋に渓が入ってきたとたん、だれもが顔をしかめた。彼女の身体はひどい臭いがした。私は他人の体臭にわりと寛容なほうだが、それでもへきえきするほどだった。

「ねえ、きみの体臭がつねに微妙に変化していてさ、そしてその変動幅がしきい値を超えていたら、いつまでも鼻が慣れないってこと、あるよねえ」

あいさつもそこそこに、教授が例の調子で全員が蒼白になるような発言をした。

「どうかなあ、確認してみようか。記憶を巻き戻して」

ほとんど侮辱のような教授の発言を、渓は軽くうけながした。鼻で笑っているみたいに。

「ああ、それも覚えているんだ」

「完全に。自分の身体がかかわっていることなら、なんでも」

「絶対時間の目盛りの上に列《なら》べて、ですよね？」

カイルがいきおいこんで訊ねた。口を挟むタイミングを待ちかねていたらしい。カイルは〈ラギッド・ガール〉の大ファンだった。だから「絶対時間」という言葉が自然に出てくるわけだ。こういう雰囲気優先の用語を私は好まないが、否定するほど有害ではない。阿形渓がそれを〈絶対時間〉だというなら、ほかのだれにも別の名前を付ける権利はないだろう。

自分の中に一本の定規がある——。

阿形渓は〈ラギッド・ガール〉のサイトでそう書いている。過去から現在に向かう一直線の時間の定規。生まれてこのかた、すべての記憶をその線にそわせて並べている、と。秒四十のフレームでキャプチャされた直感像的全身感覚が（これも彼女の喩えを引用すれば）薄いうすいプレパラート標本となって彼女の中に積み重ねられている。十九年の時間。二百四十億層の、時間の切断面。

阿形渓は十九歳にして、すでに伝説だった。

目の前ですばやく切られたトランプカードの配列を、三週間経ったあとでまるごと諳《そら》んじたのは三歳だった。

六歳のとき、目抜き通りの道端に十五分間たたずみ、そのあいだに目の前を通過したすべての車種と車体色、ナンバープレートの番号を一週間経ってから話すことができた。その道は片道三車線あり、渓が記憶していた車は三千台に及んだ。重要なのはそこではない。実験者はまえもってこう指示していたのだ。

「渓ちゃん、道の向かいにあるビルの、窓の枚数を合計しておいてね」と。

一週間後、渓は予告なしに車の台数を訊ねられた。すると言った。

「それじゃ数えなおすから」

すべてを記憶し、いつでも引き出せる。わずかでも知覚にひっかかったものは、けっして消えたり忘れられたりすることはない。まるごとすべてを、事柄としてではなく感覚の全体像として記憶する。

それが阿形渓だ。

我々はそうはいかない。意味をくみとり、感情でマーカーを引き、大部分を捨てて格納効率をとる。

ネイオミは自分の小銭入れから代用貨《アイコン》を取りだし、紅いテーブルにエスプレッソ・マキアートの大きなマグを現出させた。

「召し上がる？」

渓はそれを飲めない。

渓の目には湯気ひと筋さえ見えない。

多重現実は彼女に意味がない。視床カードを「挿して」いないから。渓は機械の端末を使わなければどんなネット環境にもアクセスできない。それを知っていて、ネイオミは「飲み物を供した」のだ。

「あなたがどうぞ」やっぱり涼しく笑って渓は言った。「わたしはまだ接続されていないんだ」

一様でない――それが阿形渓の特質なのだと、私は服を脱ぐ彼女の背中を見ながら思った。研究所には診療室が設置されている。チームの中で医師の資格をもつのは私とネイオミだけで、渓の健康診断は私の役割だった。

肩よりやや下まである髪は、ほどけた古ロープのように縺《もつ》れていた。濡れたような黒から明るい栗色、白髪まで、色が乱雑に混じりあっていた。着色でも脱色でもないと渓は言った。メラニン代謝異常による白化がランダムにあらわれるのだ、と。

「あなたで良かったわ。なんとなく」

渓は背中に聴診器をあてさせながら言った。みっしりと肉と脂肪が積み重なり、大きく膨れ上がった背中。こちらから見える両腕の肘にはY字形の深い窪みができていた。

肥満のため、その背中はこちらに大きくせり出してくるようだ。そのいちめんに、ありとあらゆる皮疹の態様が——斑《はん》、丘疹《きゅうしん》、結節、表皮剝離、潰瘍《かいよう》、膿瘍《のうよう》、亀裂、鱗屑《りんせつ》、瘢痕《はんこん》が多民族紛争地域の地図のようにはげしく領地をあらそいあっていた。みじかく強《こわ》い毛がまばらに、一部ではみっしりと濃く生えている。奇跡のように無傷の場所もあるが、かえってそれが異様で、つまり一か所も正常と見えない。全体として結合組織の異常な発達と皮膚の硬化が顕著だ。もちろんこれは背中に限った話ではない。

まさに「全身これ犀のけつ」だ。実物にふれながらだと、それですらずいぶんひかえめな表現だ、と思い知った。

渓に正面を向かせ、血圧を測るため手をとった。

「アンナ、あなたはほんとうにきれい」

渓の瞼《ひ》は肥厚《こう》し乾燥して、同心円状のあかぎれで隈取られている。その目が私の腕をしげしげと観察した。

「肌が、磁器みたい。こんな完璧な人間っていたのね、ほんとうに」

「おおげさね」

渓の、黒く太い（まるでペニスのようだと私は思った）人さし指が、私の前膊《ぜんはく》にふれ、そこから肘までをつたっていった。

そのあいだ、ほんの五秒。そして指がはなれた。

私はほっと息をついた。全身が硬くなっていたことに気づいた。

「ごめん。あんまりきれいで」

「いいえ」

「……ありがとう」

診察を続けながら、こっそり渓の指がなぞった部分にふれてみた。

ほんの五秒。

そのあいだに私の腕の上に、いままで経験したこともない感覚と感情がうまれて、消えた。

消えたけれどもしばらくそれを忘れられなかった。

「ねえきみさ、むかしヴィデオデッキってあったよね」

これはさっきの雑誌インタビューの続き。つまりドラホーシュ教授はだれにでも同じ話をくりかえす。

「いまでもあります」

「留守録画ってあるじゃない」

「ええ、ありますね」

インタビュアーのとまどう顔が目に浮かぶ。

「きみ、留守録中にテレビの前にすわっている？」

「それじゃ留守録になりません」

「仮想世界へも同じやり方で行けばいいんだ。たかだか数週間の時間を過ごすためなら、ヘッドギアもナノマシン注射も脳構造のコピーも大げさすぎる」

実時間を拘束されるのだってうっとうしい。

エージェントに――情報的似姿に行ってもらえばいい。

似姿はぼくと完全に同等である必要はない。軽くて、コケにくくて、実用上問題がない程度にはぼくに似ている似姿ならきっとじゅうぶんだろう。感受個性と表出個性、そして情報代謝の個性をできるだけぼくに似せる。特定の刺激を受けたときぼくと同じように反応し、処理することが大事だ。

似姿は――たとえばぼくがこうして仕事をしているあいだにもいくつもの世界を巡回してくれている。世界は細かく区画して、区画ごとに時間の流れをコントロールできるだろう。物理世界の三日で、一年にも相当する冒険を提供できるかもしれない。同時にいくつもの似姿を使うこともできる。夕方くたびれて帰宅したぼくは、ソファに寝そべって再生ボタンを押す。仮想世界での体験をぼくにロードする」

「ロード？　どうやるんです」

「これから考えるんだけどね」

教授はにやにや笑っていた。

「それじゃあ、もうすこしくわしく。いまのお話だと『似姿』というのはプログラムですよね。そもそもプログラムが『体験をする』ということじたい、実感がわかないんですが」

「そうお？ でも、人間がコンピュータ内の仮想世界を体験するというお話になら納得していたよね。実は人間は『仮想の世界』を体験したことなんか、いっぺんもない。物理的なディスプレイが放つ光を見、データグローブのなかの機械仕掛けがコップをつかんだ気にさせてくれていた。それは、やっぱり仮想じゃないんだ。多重現実だって、この謹厳な現実にちょびっと糖衣をまぶした程度」

教授のもどかしい口調が想像できそうだ。教授は世界に右クリックをかけたいタイプの人なのに、かれが夢想する完璧な仮想世界は実現不可能だ。

「だから似姿なんだ。いい？ そこでなら無粋な機器を介さずに、エージェント《ぼく》は世界をじかに感じることができる」

「うーん……」インタビュアーの唸りが正直に採録されている。すぐには消化できなかったのだろう。それがふつうだ。

「では、あとふたつお伺いしておわりにしましょう」インタビュアーが気を取り直したように言った。「教授、さっきヴィデオを引き合いに出されましたよね」

このあとの質問は切れがよかった。

「あのう、教授の構想が実現したとして、……録画はしたもののろくに中身を見ていないディスクが、ラックにぎっしりってこと、あるかもしれませんね」

「そうね。きっとそうなるでしょう」

「……だとすると」記者はこう続けた。「それは、一度も開封されない人生、ですね？」

教授がどんな表情をしたのかは（テキスト記事だから）わからない。返答だけが載っている。

「ねえきみ、人生って『開封する』ものなの？」


健康診断の結果は問題なかった。視床カードの造設手術は、三日後と決まった。

「まだ抵抗感がある？」私は、ベッドにねそべって本に目を落としているカイルに訊ねた。

当時、私の自室は、研究所に併設された集合住居にあった。内装はやはりどこかキュープリック的。

「いや。――まあ、彼女自身が希望してることなんだし。おれの抵抗感は、あれだ、なんとなく彼女を聖域化しておきたかったんだろう。まだ多重現実の手が触れない……みたいな」

「阿雅砂《アガサ》の作者、直感像的全身感覚の所持者。渓がまだ接続されてなかったなんて、意外よね」

私はTシャツを脱ぐ。ブラジャーはつけていない。部屋はすこし寒くて、乳首がとがる。

カイルは本を読んでるふりをしているが、しっかり視線を感じる。それは心地よい。そう、視線を浴びることは快感だ。

私はワークパンツも脱いだ。すぐにはベッドに入らず、そのまま立っていた。手を眉の位置にかざす。天井を見あげる姿勢。

「なに突っ立ってるの？　また、だれかにのぞかれてるような気がする？」声が笑いをふくんでいる。

「さあ……そうかも」私はようやくベッドにもぐりこむ。「でもまあネイオミの執刀だから安心ね」

視床カードのインストレーションにかけてはネイオミの右に出る者はいない。

視床カードは、多重現実の基幹的デバイスだ。「カード」を「挿す」というのはむろん比喩だ。生体に直接組み込むにもかかわらず、まるで挿し替えができたかと思えるほど融通が利く性質からそう呼ばれているだけだ。

多重現実の最初のインタフェイスはヘッドマウントディスプレイだったが、これは短命におわり注射式ディスプレイが速やかにとってかわった。眼球に注射すると網膜投射を行うマイクロプロジェクタ（要素技術の由来からスクィディと呼ばれた）が眼球内部に組み上がるというものだった。しかし真の革新は、スクィディの三年後に登場した視床カード――すなわち脳幹周辺にプログラマブルな網状のサイトを構築する、脳神経デバイスがもたらした。そもそもは脳梗塞で損なわれた麻痺側《そく》の運動機能を復元するプロジェクトの一部だった。利用者の安全に配慮して――つまり熱い薬缶《やかん》をむやみにつかんだりしないように――おぼつかないながらも「触覚」をそなえさせていた。麻痺側の手のひらに知覚点を印刷したシートを貼り付け、それが拾ったデータを、感覚として脳で発生させる。この技術とビジネス用途の多重現実が組み合わさったとき、なにが起こったか。

宙に浮いた虚像に、顧客も営業マンも手で触《さわ》れるプレゼンテーションキット。あらゆるデータを自在にハンドリングでき、しかも実体あるオブジェクト同様に扱えるパッド——凡庸なブレイクスルーというべきだろう。

しかし視床カードのほんとうの革新性は、感覚器官と感覚そのものの関係をとうとう切り離してしまったことにある。

手のひらの知覚点が視床カードに伝えるのは、ただのデータにすぎない。であれば、多重現実のデータにすりかえることで、物理現実に、いくらでも別の現実を重ねあわせることができる。

眼内プロジェクタなら、微弱だがリアルの光を発した。しかし視床カードは「目がこのような帯域の電磁波を捉えた」「鼓膜が空気の圧力変化を検出した」という情報だけを多重現実のジェネレータから受けとり、脳に送りだす。脳まではアナログのプロセスを持たない。

これが第二世代の多重現実だ。

生物の官能は環境の変化をピックアップするための方便だ。その軛《くびき》を外し、環境と関係のない感覚を、人類ははじめて獲得した。——この開発を仕切ったのが、まだ二十代前半のドラホーシュ教授だった。当時の発言がまたふるっている。

「こいつは人間の感覚ってものをはじめて文明化したんだ、って言いたいね。栄養と無関係な美食があるみたいにさ」

背中に、カイルの手のひらを感じた。温かい。

私の身体はひんやりしていてそれがいい、とカイルは言っていたものだ。「気持ちいい？」と訊いてみる。

「ああ――」カイルの手は私の首をなで、それから胸へ、そして脇腹へと動いた。「気持ちいいね。きみはなんていうのかな、おろしたてのシャツ、糊の利いたシーツ、という感じ」

私は自分たちをおおうブランケットをはねのけた。手脚を伸ばす。天井が鏡だったらどんな構図で見えるかを思い描き、それを楽しむ。カイルは落ち着かないようだけれど。

「〈キャリバン狩り〉はまだ続けているんでしょう？」

「もちろん」

「どうして渓に言わなかったの？　感激してもらえたかもよ」

「まあね、照れるからさ」

カイルはハックルベリ（HACKleberry）と名のる義勇軍《ヴォランティア》グループ、いわゆるネット自警団の一員だった。それも、マシンの空き能力を提供するだけでなく、オフタイムには本腰を入れて駆除活動を行う、筋金入りのヴォランティアだ。HACKleberryが標的とするのは〈ラギッド・ガール〉の不法コピー所持者。ファウルズの小説にちなんで〈コレクター〉と呼ばれる人種だった。

ラギッド・ガール。それは阿形渓の名を世界にとどろかせた「作品」の名だ。

目の端に痣《あざ》をつけられた少女がいる。左手の手首から先は包帯でまかれ、血が滲んでいる。

ネットワークのどこかで、このやせっぽちの少女が膝を抱えてすわり、怯《おび》えている。どんな検索システムも彼女自体を探しあてることはできない。オフィシャルサイトはあるが、そこに彼女はいない。自動化された懸賞サイトやニュースのヘッドラインボード・サイトに接続したとき、あるいは葱料理のレシピを検索中に、運が良ければあなたのブラウザが忽然とドアを開けてくれ、少女がいる部屋に入ることができる。うまく自己紹介しあえたら――つまり彼女の怯えや警戒を解くことができたら、短いあいだだが会話や他愛ないゲーム（カードとかリバーシとか）を楽しむことができる……。少女はぽつりぽつりと自分のことについて話してくれる。

〈ラギッド・ガール〉の話を私がはじめて聞いたのは、話題が大きくなる前だ。こういうことに耳ざとい友人が、興奮しながら教えてくれたのだった。

阿雅砂《アガサ》――とその少女は名乗る。十二歳だという。それが正しいかどうかはわからない。長袖のカットソー（すこし大きめでぶかぶかしている）を着ていて、ときおりそれをめくって脇腹や腕を見せてくれる。暴力の明白な痕跡がそこに残されている。むごたらしさに息を呑む。

「だれがこんなことをしたの？」

思わずそう訊ねる者がいる。

「知らないの」と阿雅砂はこたえる。「それがだれだかしらべて。そうしてここから救け出して」

しかし部屋は突然、ディスプレイから消え去る。再現を試みても会えるとはかぎらない。オフィシャルサイトの解説文によれば、阿雅砂に出会うためにはdoorsというファイルを落としブラウザと連体させることが必要だ。ブラウズするページに一定の特徴（ソースコードの癖だとかのように、コンテンツとは関係ない部分のようだ）があるなどいくつかの条件がそろうと、ブラウザはdoorsを呼びだし、ネットワークのあちこちに開発者がばらまいたモジュールがかき集められて、手元のブラウザの上に阿雅砂の部屋が出現する。部屋データ、対人インタフェイス、会話エンジン、容貌と音声、記憶のエピソード群、傷の形と位置、こうしたパーツがそのつど寄り集まって、ドアがひらく。短い出会いの時間がおわると、モジュールたちは元どおりばらばらになってネットワークの彼方に巻き取られていく。

回収の過程で、阿雅砂は経験情報を更新するらしい。つぎに阿雅砂に会えたとき、彼女はあなたのことを憶えているから。しかしあなたは狼狽《ろうばい》し、混乱する。

だって阿雅砂は、新しい傷を見せながらこう言うからだ。

「見て、ほら、このままあなたが付けた傷よ」

阿雅砂はある意味では、ひとときだけ利用者の端末にあらわれる存在だ。別の意味では彼女はどこにも存在しない。阿雅砂はあちこちに散在する微細なモジュールがばらばらに保持する情報でしかなく、それを組み合わせたときたまさか存在するような気がするなにかにすぎない。しかしまた別の見方をすれば、阿雅砂とは世界を蔽《おお》ってひろくうすく遍在し、つねに自らを書き替えている実在ともいえた。

どれも大差ない。同じ現象をどう読むかの違い。それだけだ。

「ぼくが付けた傷？」

さて、あなたはそう尋ね返さずにはいられない。

阿雅砂は言う。こんななにげないおしゃべりが自分には呪いなのだ、と。こうしてお話をするたび、傷がふえるのだと。会話は苦痛でなくむしろ楽しいが、どこかで無慈悲なシステムが動いており、それが阿雅砂と結びつけられている。あなたと別れたあと、このシステムは記憶を吸い上げ、傷と苦痛に変換し、阿雅砂の表面に刻印する。阿雅砂はその痛みをともなってしか、あなたを思い出すことはできない。

そうしてあなたはようやく理解する。

彼女を監禁し傷つけているのは、このネットワークであり無数の阿雅砂のファンだと。自分の端末であり、あなた自身であるのだと。

〈ラギッド・ガール〉。それがオフィシャルサイトのタイトルだった。対話の相手は世界中に無数にいる。全身、何層にも重ねられていくざらざらの傷跡。傷と痛みの集積としてしか、阿雅砂は世界を記憶できない。阿雅砂の世界は傷で記述される。

「とてもショックだったの」私はカイルに言った。「阿雅砂と二度目に会ったときにね」

「だれでもそうさ」

カイルの愛撫は私にしっくりくる。熱心だが遠慮がちで、過度に熱くならない。私の身体はひんやりしたまま乱れていく。その抑制が好きだった。

「私ね、泣いてしまった。それは阿雅砂のことを思ってではないのよ」

「……」

「私、思い出したの。『コレクター』を読んだときのことを」

「へえ」

「あの子――ミランダは何度も〈キャリバン〉の監禁から逃げ出そうとして、さいごに肺炎で死ぬよね」

〈キャリバン〉とは女性を監禁する蝶コレクターの男――小説の主人公につけられたあだ名だ。

「ああ」

「私が殺したんだ、と気づいたの。私が本を読んで……読みすすめることでミランダは死んだんだ、って。阿雅砂と二度目の対話をしている最中に、突然そう気づいたの。ガンと殴られたみたいなショックだった」

「どういう意味かな」

「私が本をひらくまでは、ミランダは紙に印刷されたただの活字。そのままにしておけば彼女は死ぬこともなかったわ。うかつにも私が読んだりしたばっかりに、彼女は〝生きた〟」

「〝生きた〟？」

「そう。本を読んでいるあいだじゅう、たしかにミランダは生きていたわ。私の中でね。でも、読みすすめることで、どうしようもなく、私はじりじりと彼女を死に追いやっていくの。

あんなに聡明ですてきな子なのに」すこし涙が出た。「ばかみたい？　でも私は気づいてしまったの。小説の酷《むご》い場面に眉をひそめている私たちこそが、ほんとの実行犯なのよ」

「死んではいないかもしれないじゃないか」カイルはおだやかに言った。「だってきみはミランダがどんなに生き生きしていたか思い出せるんだろう？　ならきみの中にミランダという小さな人格は保存されているよ。もしかしたら、彼女のことを考えていないときでさえ、きみのミランダは意識されないサブルーチンとして、いきいきと思考しているかもしれない」

「ありがとう」それはドラホーシュ教授の持論の引きうつしだったけれど、私はカイルの頭をかかえてキスをした。「それだと本を読めば読むほど、私の処理速度は遅くなる道理よ」

カイルは私の両手首をつかんで枕の位置に押し上げ、脚もからめて固定した。胸に歯を立ててくれる。小さな歯のあとを残す。私はそうされるのが好きだ。

「きみはやさしいね。まあたしかに阿雅砂にはだれだって共感するものだけど」

私は笑った。

「ああカイル、カイルったら。あなたわかっていない。ぜんぜん逆よ」

「逆？」

「言ったでしょう？　阿雅砂のことを思って泣いたんじゃないって。——もし明日死んでも、私は阿雅砂の傷として記憶されている。私たちはみな阿雅砂の中の小さな人格なんだ……そう思ったらなんだかほっとして泣けてきたの」

「教授がおっしゃる情報的似姿の概念は、まだよく理解されていないのだと思います——じつは私もそうなので。ぜひわかりやすく教えていただけますか」

テレビのキャスターはにこやかに訊いていた。「ぜひ」というわりにはいかにも興味なさそうなのがおかしい。まだイェーテボリ大学にいた頃、教授が送ってきたヴィデオクリップだ。中継なのだろう。スタジオには教授はいない。大きなスクリーンに顔が映っていた。

「そうね、きみ、ほかの人のように考えてみる、ってことあるでしょ」

「はあ」すこしうろたえるキャスター。

「あの人だったらここはこう言うだろうな、こう行動するだろうな、と考えて、そのように話したり動いたりすることがあるでしょ？」

「ええ、まあ」

「でもそれは〝あの人〟じゃなくてきみが考えてることだよね」

「まあ、そうですね」

「他人の判断や言動を有益とみとめて記憶する。その人が刺激にどう対処したか、その外観を観察して保存する。後日せっぱ詰まったときその外観のパターンを呼び出し、なぞってみる。でも、ねえ——考えているのはだれなんだろう？」

「わ、私です……でしょう？」

「私って、なんだろう。人間の思考や意識は無数の演算器官の集合だ、という考え方がある。

その集合体としてきみがある。他人の言動を有益と判断したとき、きみは自分の演算器官の新しい動かし方を追加したことになる。きみは必要に迫られたとき、課題をその器官に渡し、処理結果を受けとる」

「それをふつう、私が考えてるっていうんじゃないんですか」

「でもきみは〝あの人のように考えてみた〟と思っている。もしかしたらほんとうにそうかもしれない。演算器官はその一瞬の処理のあいだ〝あの人〟にそっくりな意識を宿らせているかもしれない」

「情報的似姿と、それが関係ある？」

「意識を仮想世界にコピーできるか――これは設問としてはあいまいすぎるよね。何をコピーするのか。コピーとはなにか。意識のシミュレータを作るというんなら、これはひどく難しい。意識とはたぶん設計図に書き落とせるような構造は持っていない。それはむしろ、パラパラ漫画がなぜか動画として成り立っているようなもの。ひとつの現象というべきものじゃないかな。あるいは電気が導体を流れるとき発熱をともなうみたいに、情報が受け渡され代謝されるとき起こる現象――それを意識と呼んではどうか、と。

もしそうなら意識をコピーする、という考えには意味はない。現象とは構築の対象とはなりえないものだからだ。ただ、起こすことはできる。炎自体を作ることはできないが、暖炉をこしらえ薪を燃やすことはできる」

「そのために、どうするんです」

「安奈《アンナ》、って漢字をあてるのだったわけ?」渓は驚いたようだった。「フルネームはカリン・安奈・カスキ、か。なるほど」

これは秘密兵器だった——というと大げさか。渓と仲良しになるためのちょっとした釣針というところ。

「お母さんが日本人なのね。じゃ、日本《こっち》には?」

「十二歳のときかな。大学からまた海外ね」

渓の居室は私のと同じ間取りだが、ずいぶんせまく感じた。巨体のせいもあるだろうし、足の踏み場もないほど散らかっているためでもあっただろう。

渓は会話のあいだも手を休めず、毛糸編みを続けていた。

床一面が古毛糸の海だ。渓が居室に持ちこんだ大量の荷物の中身が、古着のセーターだと知ったときは驚いたものだ。それを片っ端からほどかされた。ほどいた毛糸はもちろん行儀よくない。最初に編まれたとき、編み手が投入したエネルギーが糸のねじれとして、まだ保存されている。それをなだめながら、いやむしろ楽しむように、渓は編み物をしていた。

「ねえ、何をはじめるの」

「編みものよ」

「なにを編むの」

「いろんな糸を混ぜあわせて——なにがいいかな。編みながら考えるわ。まずは手を動かすところからはじめないとね」

そこに居あわせたのは大変な幸運だとあなたは思うだろう。なにしろ阿形渓がひさびさの新作に取りかかっていたのだから。

渓の手を見ると、編み棒のあたる場所で、かさぶたが剝がれかかり、にじんだように濡れていた。

「痛くないの？」

「痛いよ。あたりまえじゃない」渓は手を止めない。「ここだけじゃない。この身体はね、まるごと不快感のかたまりなの。そうだね、二日酔いの頭痛と吐き気を皮膚感覚に置き換えて、全身に貼りつけたと想像してごらんよ。それがわたしなの。ぜったい慣れることないんだな。この生きごこち、だれにもわかんないだろうね」

さらりとした調子でそう言うのを聞いて、なにか切迫した感情がわきあがり、私は思わず渓の頰にふれようとした。そしてためらった。ここは診察室ではない。医師としてではなく個人的に渓にふれることには、まだ覚悟がいった。

「かまわないよ。いくらさわっても」

私は青いマニキュアを塗った指で渓の頰にふれた。角質化した表皮が大きな鱗片《りんぺん》のようだ。ふれたとたん、その一枚が剝落した。

タイルのように。

床にすわり込んだ渓のひざにそれは落ちた。剝がれたその下にはやはり同じような鱗片があった。

全身を戦《おのの》きが走った。診察の日に見た渓のはだかが思い出された。全身に刻印された苦痛。それを想像した。私の身体に、渓のこのテクスチャがマップされたら、どんな感じだろう。

ざわざわと鳥肌が立った。

嫌悪ではなかった。では何かと問われても、言いあらわせない。

「うらやましいわ」渓が言った。同心円の中の睛《ひとみ》がまっすぐ私をみつめていた。「あんたって、ほんとにきれい」

私は待った。渓の指が、また私をなぞるのを。しかし渓はなにもしなかった。どうしたの？　と喉まで出かかった。渓は自制している。私にふれたいはずだ、という確信があった。

無言で、数秒が過ぎた。

「あなたを最初に見たとき気がついたことがあったわ」渓は話題を逸らすように、私に言った。

「さあ、なにかしら」私は意地悪くとぼけてみせた。

渓はなにか言いかけ、またまった。それで私は言った。

「それじゃ、いいこと教えてあげようか。カイルはね、HACKleberry のメンバーなのよ」

「へえ」

「年に数人のペースでコレクターを特定、通報しているの。凄いでしょう」

「ご苦労ね。でも関心ないな」

「そうなの？」私は驚いた。「意外だな。あなたはコレクターたちが阿雅砂にどんなことをしているか知っているでしょう？　それが気にならない？　ぜんぜんこたえない？」

「うん。そう」渓はあっさりとこたえた。「どうでもいい。そんなの最初からわかってたことだし」

阿雅砂を端末に保存することはできない。どうやっても尻尾をつかませず消えていく。しかし渓の仕掛けを回避する者はいた。さらに悪質な者は阿雅砂を「生け捕り」にするだけでなく加工をほどこし、卑猥で、残虐な作品にしたててサイトで公開した。特に〈キャリバン〉と名乗る正体不明のコレクターは異常性においてきわだち、吐き気のするような「作品」を多く発表して、HACKleberryたちの憎悪を一身に浴びていた。

私は拍子抜けした。たとえば〈キャリバン〉のやり口は、渓にとっては誘拐されたわが子の死体写真を公開されるようなものではないかと考えていたから。

「加工された阿雅砂を見たことはある？」

「ううん」

「見せてくれないの？」

「逆だよ」渓は軽く笑った。「コレクターたちはみんな見せたがる。そういう性分なの。毎日送りつけられてくるけど、でも興味ないからたいていは見ないな。阿雅砂《あのこ》を送り出した瞬間からずっと、そう。あの子がだれと会おうが、だれに囚われようが、どんな目にあっていようが、ぜんぜん気になんないの」

「ずいぶん薄情なのね」

「ははは。たしかにそうだよね——ただわたしは、コレクターにさらわれた分もふくめて、いま地球と軌道上にあるすべての断片の、全体で阿雅砂だ、って思うことにしてるんだよね。わたしの保護やコントロールが及ばなくてもさ。そういうこと」

「そうなのか……」

私はあぐらをかいたまま壁にもたれた。この年下の少女がとても好きになっている自分に気がついていた。

「手術はあすよ。もう寝たら」

「平気だよ。どってことない。だれでも日帰り施術でしょ」

「カイルなんか、心配しているよ。あなたはほかの人とはちがう」

阿形渓は、これまで視床カードを挿したことがない。接続されたことがない。

「……直感像的全身感覚ってどういう感じなのかな。私には想像できない」わざとずけずけした訊きかたをしてみた。

「そうだろうね。でもこっちにしてみたら、あなたたちみたいな人生が想像できないよ。瞬間瞬間が、それっきりで消えて二度と取り戻せないなんて、こわい。どうやって生きているのか想像できない」

「私たちの人生は、砂のお城みたい？」

渓は微笑んだ。

「その比喩は意味がないよ」

砂のお城でさえ、損なわれない世界。

「ねえ教えて」私は渓のがさがさの手に手を重ねた。「あなたが物事を思い出すって、それはどんな感じなのかしら」

ヴィデオクリップの続き。

「情報的似姿は、どうやって作るんですか」

「視床カードに、きみの癖をうつしとっていく」

キャスターは首をかしげた。

「ヒトの認知システムは生息環境に適応するために形成された。網膜に映った像から物体の輪郭を検出し、両耳で聞く音から音源の位置を推測し、カロリーの高い脂肪をおいしく感じる仕組みは、樹上生活や寒冷な気候に適応した結果だ。人類であればだれしも同じ臓器をもっているように、認知を成立さす基本的な部品と構成はみな同じだ。

ゲノムにならって、これをだれかが『認知総体《コグニトーム》』と命名した。言葉って偉大だ。それ以来、急速に解明と体系化が進んだ。ヒトの認知総体《コグニトーム》をソフトウェア的に模したＡＩの核はいまやロボット産業の基幹パーツだ。これをもとにした〝似姿の台紙〟を視床カードに組み込む。でもこいつはまだ、つるんとした人体模型みたいな段階だ。そこに——」

教授がスクリーンから消え、図解フリップに切り替わった。頭部のＣＧモデルがふたつ。

左はリアル、右はマネキンふう。

「——きみの個性をうつしとっていく」

光、音、味覚が、リアルな（つまり人間の）頭部に入力される。生理的な、感情的な反応が起こる。まばたき、微笑み、くしゃみ。そのたびにふたつの頭部を繋ぐワイアが点滅する。マネキン（似姿の台紙）は徐々に人間そっくりになってくる。

「モーションキャプチャじゃなくって、エモーションキャプチャ、とか言ったりして」教授は言った。「感受個性は環境からの入力が感情にどう作用するかを、表出個性は感情をどうあらわすかを決定する。初期のロボットＡＩの研究過程でうまれた概念だ。でも人間の複雑なキャラクタを表現するには、中間領域を想定したいと思った。ぼくはこれを代謝個性と呼ぶことにした。こいつは非常に玄妙なものだから、まだぼくたちはその本体を直接導き出すことはできない。感受個性と表出個性を丹念に記録し、サンプル数をふやしていくことで中間領域を経験的に表現しようとした。視床カードは感受と表出を記録しつつ、推測される代謝函数《かんすう》を作っていく——それでコグニトームを彩色していけば、それがきみの情報的似姿のカーネルになる。

たった一年。それだけでいい。このモデルには〈フロブ〉が組み込んである。身体感覚とのすりあわせを行うためのトレーニングメニューで、きみが意識することはないけど、カーネルは毎日数千種類の自己テストを行う。きみの視床カードの中にアスレチックジムがあるようなものさ」

こんどは画面の右端にリアルな全身像があらわれ、真ん中の頭（彩色されたコグニトーム）とワイアで結ばれた。

「赤ん坊があそびながら自分の使い方を学ぶのと同じやり方で内的モデルを作りだす。テストの細部はきみの身体の癖にあわせて自動的にカスタマイズされている。こうして似姿ができあがる」

画面の中心、コグニトームの頭の周りにリアルな全身像が成長していった。

キャスターは納得しきれないように、首をかしげた。

「私の反応をうつしとるだけで、私の似姿ができる……？」

「きみとそっくりの外見で、きみとそっくりにコメントする似姿。ぼくと同じことに興味を示し、同じものに財布の紐をゆるめる似姿。そこで割り切った。仮想空間の事業モデルではそれでじゅうぶんだから。でも——」

教授はあごを引いた。微笑んでいたが目は真剣だった。

「でもぼくは確信してるよ。ぼくの似姿はぼくとまったく同じ意識を持つだろう。パラパラ漫画が動画と認識されるように。だれもそれをたしかめられないけどね」

「ところで教授……」キャスターはそろそろしめくくりに入ろうとしていた。「これまでこうして中継でお話を聞いてきたわけですが」

教授はにやにやしている。キャスターの言いたいことがわかっているから。その凡庸さを微笑ましく思っているから。

「教授、あなたはご本人ですか？　それとも、もしかしたら似姿でしょうか」
「きみはどうなの？」

渓の部屋から帰る途中、私はまだちょっと興奮していた。すぐ自室に戻る気になれず、研究棟に立ち寄った。複合認証を受けてフロアにはいるとモニタルームに入室した。パネルのディスプレイをつけ、私の似姿の状態値《ステイタス》を確認した。深夜にちかい時刻だったから彼女は就寝していた。

といっても私は自分の情報的似姿を見たことはない。カイルもネイオミも、もちろん教授も見たことはない。この中にあるのは官能素で表現される世界で、それは似姿だけが知覚できる。私たちができるのは、彼らが正常に活動しているかどうかをステイタスで確認することだけだ。私たちが作り込んだ世界は、まさにこのキャンパスの縮小図で、似姿たちはどうにかこうにかうまくやっているようだった。いつか彼らをロードする時期が来る。それが楽しみだった。よい体験ができるといいのだが。

私はデスクに置き忘れられていた銀色のペンを手に取った。教授やほかのメンバーのステイタスを流し見ながら、鋭角的にとがったキャップの先で頰をつついた。無意識の癖だ。

日本の中学にかよいはじめた頃、私は妙な癖を身につけた。シャープペンの先やコンパスの針を頰にあて力をこめてゆく。力がよわいあいだはぼんやりした快感で、それがしきい値を超えるとつぜん痛みになる。その線上で力のバランスをとる。そんな癖だ。ふと、似姿に針を刺してみたらどうだろうと、考えてみる。それは自分であるのに、自分の外部にいる。痛みを感じているのは、だれなのか。

「おやすみ」私はパネルに声をかけ、部屋をでた。

そして改めて自問した。

阿形渓へ、なぜ視床カードを挿すのか。

教授はまだ私たちにきちんとした説明をしてくれていなかった。何か尋ねても「ふふん」と笑い「もう少し考えてごらん」と楽しそうにかわすだけだった。

しかし、この時私は〝もうここまで答えが出かかっている〟と感じていた。だれかと話をしたい気分が高まっていた。

まだいくつかのパーティションが明るかった。ネイオミのところも。私は上気したまま翌日の執刀医のところへ近づいていった。

視床カードの造設はナノサージャリィで行われ、患者の負担は軽い。とうに普及し、安定したシステムだ。渓の場合は免疫条件をクリアするかが不安だったが、ネイオミがシビアに設定したパッチテストの結果は、文句なしだった。

ネイオミのパーティションは白色でコーディネートされている。いつも清潔な彼女によく似合う区画。ディスプレイの明かりと白衣の襟がネイオミの浅黒い顔をあかるくしている。眼鏡のほそい縁が光の線になって見える。眼鏡とはいまどき風情のあるデバイスだ。

「入っていい？」

ホールのベンダーからとってきた紙コップを差し入れた。

「あらまあ、リアルのコーヒー。ありがたいわね。かけて」ネイオミは眼鏡を外して坊主頭を掻いた。「朝型のあんたにしちゃ、珍しいね」

「渓の部屋にいたの」

「やっぱり、編みもの？」

「そう」

「天才って、なにを考えてるんだか」

「だから、さっき訊いてみたの。記憶のことを」

私は勢いこんで話しだした。

「ええ」

「〝あなたが物事を思い出すって、それはどんな感じなのかしら〟って」

「うん」

「直感像的全身感覚を〝思い出す〟って、どういう体験なのかって」

さっきまでの興奮がまた、甦ってきた。

「ええ」

「そうしたらこう言ったの。――ちょっと想像すればわかるよ、安奈、直感像的全身感覚ってどんなものだと思う？　五官がすべてそっくり記録され、再現される。完全によ？――って」

何百億枚の静止画の層。その一枚一枚が、秒四十の認知フレームだ。私は懸命に想像した。

「突然わかったの。その一枚を思い出すということは、まさに『その瞬間全体』が身体を包むように再現されてしまうこと。その瞬間のただなかに自分が舞いもどる」

「そうね……」ネイオミはまだピンときていないようすだ。

「渓はいつも言ってるじゃない。わたしはいつでもどのフレームにでも完全に自由にアクセスできる。そしてそこから順方向にも、逆にでも動いていける、って」

「……！」ネイオミはぱんと両手を打ち合わせた。「そうか」

積み重なった五官フレームを秒四十の速さで再生していけば——それは過去の、完全な、一分の隙もない再現にほかならない。

「ヴィデオレコーダ……！」

「渓は言ったわ。順送り、逆転、速度変化だけじゃない。ふたつ以上の過去を同時に思い出すことさえできる、って」

「うーん」ネイオミは唸った。その体験を想像しきれないのだ。全身感覚は自分を包み込むもののように思える。それをふたつ以上走らせるということは、渓はさらなる高みからそれを俯瞰できることになる。

私はすこし心配になった。

「視床カードのキャパシティは大丈夫よね？」

ネイオミはようやくわれにかえった。

「ああ、ええ。大丈夫。それならぜんぜん平気。外部ストレージを考えているから。

ああそうか、でもこれでやっと、教授の考えていることがちゃんと腑に落ちた。……安奈、そういうことね？」

「ええ」

「阿形渓は世界を持つ。感覚だけを素材に作り上げた、完璧な世界を」

「ええ」

「それを記録し、再生している」

「それは、つまり私たちが作り上げた〝官能素空間〟とほとんど同じ……教授はとっくに気がついていたのか」

情報的似姿と官能素空間のプロトタイプは、すでに研究室内で稼働し、長期試運転《ロードテスト》が続いている。しかし仮想リゾートをビジネスとして成立させるにはまだ多くの課題があった。その最大の問題は似姿が〈数値海岸〉で過ごした体験をどのようにユーザに転送するか、ということだった。その問題は、人間が毎秒毎秒を生きる「全的体験」をどのような形で保存するか、につきる。それを決定しなければならなかった。それを決めれば、記録や転送の技術的問題がおのずと見えてくる。問題を立てることさえできれば、あとは解決するだけだ。

「阿形渓がどのように記憶しているか、それをきちんと知る」

「私たちもリアルタイムでは『全的体験』をしている。すぐに大部分を捨てちゃうけど、でも阿形渓は――彼女だけはちがう」

「阿形渓がどのように直感像的全身感覚を保存しているか、明らかにし――」

「電子的に模倣すれば『全的体験』を記録できる」

「その記録を――フレームのたば《スタック》を人間に転送すれば……！」

私たちはため息をついた。

魔法の小箱を想像しよう。仮想空間から帰還した似姿は、あるじにきれいなリボンのかかった小箱をわたす。あるじはそれを棚に取っておき、あとで好きなときにリボンをほどく。するとその瞬間から全的体験がはじまる。「その瞬間全体」が全身を、全感覚を通して立ち上がる。そして秒速四十フレームで再生される。似姿が過ごした時間が一秒たりともそこなわれず、そのままあるじの体験となる。意味を汲み取り、感情のマーカを引いて、記憶の中に格納されていく。あとにはからの箱が残る。

さて、どうやってその箱を開けるのか――体験を受けとるのか。それは、もうどこにでもあるありふれた技術でやればいい。視床カードだ。

ネイオミと私はわくわくした。この手法は〈数値海岸〉をビジネスとして成り立たせるためのもう一つの問題――似姿の体験の再生回数を一回に制限する仕掛けもうんと解決しやすくなる。一回に制限するからこそ仮想リゾートのリピーターとなってくれるし、顧客は開封しきれないほど多くの世界をめぐろうとするだろう。

「でも……」

ネイオミが首をかしげた。

「人生のすべての瞬間を『全的体験』として記憶するなんて、本当に可能なのかな。ただ記憶するだけじゃない。いつでもそれを『体験』として呼び出し、ノンリニアにアクセスもできる。しかも複数の視点から。これは、でかいファイルをいくつも開こうとしたアプリケーションが、躓《つまず》かないようにすることに近い」

「メモリか……。それだけの意識を確保する広大な空間が、阿形渓のどこにあるかということね」

『コレクター』を読んだとき、ミランダは私というプラットフォームの上でいきいきと動いた。彼女のプロファイルはファウルズが書いたかもしれないが、本を読んでいるあいだは、私の脳、私の身体感覚、つまりは私の心的モジュールを借用してミランダは生きていたのだ。読み終えたあと、同時にミランダは氷解してどこかへいっただろうか。それともここにとどまっているのだろうか。阿雅砂と同じで、いろいろな見かたがあるだろう。

たしかなことがただひとつだけある。怒り、悲しみ、不合理な事態への憤《いきどお》り、プライドとユーモア、生きる意志――ミランダは私の記憶、私の感情を動員して生きたということだ。

蝶のコレクターにとじこめられてしまった女性。

そのイメージは、いつだって私の心をかき乱す。

コンパスの針を、私は自分から手にしたわけではない。

中学の同級生たちが私をとりかこむ。その残酷で、透明な笑い声を思い出す。ミランダの聡明さと強さは私がほしかったものだった。だから私は自分の怒り、憤り、意志のありったけをミランダに使ってほしかった。『コレクター』を読んだのはずっとあとだから、そのときには日本人のローティーン集団《コミュニティ》からのいじめはもう過去だった。けれど自分の中で生きているミランダを実感することで、人生のあの時期にけりをつけることができたのだと思っている。

手術はもちろんあっさりとおわった。翌日には連体テストも終了した。これは、多重現実で利用者が使うさまざまな仮想小物《デバイス》の、連体子《ドライバ》の組み込みと動作試験だ。コカ・コーラとケンタッキーフライドチキンとハーゲンダッツの幻覚で成功を祝った。カロリーゼロで、まことに好ましい。食餌制限のある渓も楽しそうに飲み、食べていた。

その夜、私はまた渓の部屋を訪れた。渓はこのあいだと同じく古セーターの廃墟の中に埋もれて、床にすわり込んでいた。

「勝手にするわね」私は冷蔵庫からミネラルウォーターを頂戴した。

「ああ、助かるわ。わたしにも一本。——ちょっと手が離せないんだな、よっと」

渓は毛糸の沼からなにかをサルベージした。茶色の、くたっとした人形だった。大きさは五十センチほどもある。

「さっき完成。くまちゃん、おひろめ」

ほどかれた毛糸を混ぜなおした編みぐるみだった。

「これが、阿形渓の新作なのかな？」

「そう」目を細めた。「これは自信作だよ」

手足がひょろひょろと長かった。胴も顔も細長い。目口にあたるところはただの穴になっていた。ぼっかりとうつろな凹み。毛糸はわざととりとめのなくなるように混ぜたとしか思えない、グルーミィな色合いで、ひどくみすぼらしかった。なによりも、毛糸のあいばれがひどい。編みぐせを直していないため、不規則な凹凸がくまの全身をおおっていた。これのどこが「自信作」なのだろう。

「正直に言うと――」

「どうぞ」

「――すごくいやな感じ」

「ありがとう」渓は微笑んだ。「阿雅砂も最初そう言われたわ、薄気味悪いって。じゃ、いよいよ本番といきましょう。これを見て――」

渓は毛糸をどけ、床を出した。カーペットの柄は白とグレイの大きな市松模様だ。その矩形が床からはがれて舞い上がり、何枚もならんで私たちを目の高さで取り囲む。そこに顔が映る。私はこのときはげしくまばたきしたことだろう。同級生に取り囲まれたときのことを思い出したのだ。しかしこれは、ただの多重現実のプレゼンテーション・ウィンドウ。映っているのはプレゼンソフトに組み込まれたキャラクタだった。

「もう使いこなしているの？」

画面にひとつずつセーターがあらわれ、ひとりでにほどかれて、何色もの毛糸に還元された。次にそれが画面のこちら側、私たちのすわる空間につぎつぎ手繰《たぐ》り出されてきた。毛糸たちはなにかの意志に導かれるように、あるいはみずからの意志を具象化したがっているかのように、からまりあい、お互いを編み上げ、やがてひょろながい胴から不格好な四肢が伸びた。くまの編みぐるみが、すとんと私の膝に落ちた。手に取ると、毛糸の実在感がある。多重現実のオブジェだ。

「『新作』のデモ？」

仮想の毛糸オブジェクトを編み上げていくプログラム？　そんな牧歌的なものではあるまい。阿雅砂のように、むじゃきなユーザに匕首《あいくち》を突きつける周到な罠があるはずだ。これはいったい何か。

渓の太く黒い指が私の頬にふれた。ざわめきがそこから広がった。嫌悪ではない。快感、いやその予感というべきか。

「はじめ会ったとき、ほんとにびっくりした」

渓は私をみつめていた。そして手のひらで私の片頬をつつんだ。親指が私の唇をなでた。

「そうでしょうね」

私は見られることに慣れている。小さいときからいつもじろじろと無遠慮に見られてきた。どの目にも讃美が読みとれた。同じものが渓の目のなかにも見えた。私は気が軽くなって、渓の親指をくわえ、舌でねぶってあげた。自分がはげしく濡れているのは自覚していたが、それさえもコントロール下にあった。攻撃的な気分だった。

「あなたは強いね」渓が言った。「コンパスの針にも負けなかった。同級生をにらみつけて、目をそらさなかった」

「……？」

よほど、きょとんとした顔をしていたはずだ。しばらく私は何を言われたのかわからなかった。

渓は私の口から親指を抜いた。

「睨みつけながら、自分の意志で針を頬にあてた。痛みのある場所、そこが私のアイデンティティの境界だ。この痛みを自分でコントロールできているかぎり、私は支配されていない。私は私だ。――そう自分に言いきかせていたね、安奈」

「どうして……」

言葉が続けられなかった。それはだれにも話していないことだった。

「安奈、あなたの指を見せなさい」

渓は私にそっと命じた。

抵抗できない音調だった。

「見せなさい」

私は手を出した。するとその指先は指紋の目にそってほどけかかっていたのだった。そうして風に戦《そよ》ぐように揺れていたのだった。

「ほらね」渓の声。「ここの隙間から聞こえたんだよ。あなたの内心の声が」

私はうなずいた。半睡の夢のようにこの現象を受け入れていて、しかも一方ではこれが多重現実の見せるものだと知ってもいた。

私の視床カードが干渉されている。渓が何をしようとしているのか、もうしばらく見極めようと思った。

渓は私の手を包み、しもやけの手を暖めるときのように――私の母はよくそうした――ごしごしとこすってくれた。その手がひらくと、すっかり編み目がゆるんでいた。手首から先が、毛糸よりずっと細い、指紋の幅しかない糸にほぐれて、ふわふわと揺動していた。

「あなたがほしい」

私の耳に渓がささやく。黒い指のひとふれ。さわさわと戦ぐ感覚があって、そう思ったときには私の耳たぶは同心円状にほどけている。耳の渦。渓はその中ふかく指を差し入れる。渦がかき乱され、隙間がひろがる。

微発泡の食前酒が味蕾《みらい》を目覚めさせるように、渓の指は私の内部に作用した。ふだん意識されない無数の――物理的な、化学的な、情報的なプロセスのひとつひとつがにわかに自覚され、その膨大さ、精密さに圧倒された。全身のあらゆる組織が無言で行う情報と物質のたゆまぬ代謝。その総和が私だった。その一瞬ごとの差分が私だった。

解体は広がった。指紋のほどけは畳の目のような微細な線条になって全身を覆い、それが渓の愛撫にこたえてざわざわと身もだえし、浮遊した。

あわてなくていい！

これはフィジカルな現実ではない！

私の一部はそう叫んでいた。必死で。

これはただの多重現実だ。

物理世界の身体は何の影響も受けていない！

だが、すでに私は渓の大きな身体に抱き取られ、全裸でその腕の中にいた。新しい場所をふれられるたびに、私は釣られた魚のように痙攣した。顔を涙でびしょぬれにしながら何度もキスを受け、返した。愛撫をせがみ、そのたびにほどけていった。よだれを垂らし、涙を流し、汗みずくになって、きっと私は赤ん坊のように全身でなにごとかを訴えて泣いていたはずだが、それはたぶんもっと私について教えてくれと懇願していたのだろう。セクシュアルな官能への介入はむしろすくなかった。私をなりたたせている無数のモジュールが、糸でつらねられたビーズのように順番に吊り上げられていくのがわかった。縺れをほどかれ、整然と解体されていくのがわかった。

〝私〟が巻き取られていく。

古セーターのように。編みぐせをつけたまま。

「あなた、ほんとうにきれいね」

私は渓のシャツをめくりあげ、脂肪がぶあつく堅いかたまりになった腹や、巨大な乳房に身体をこすりつけた。ざらざらで、ごつごつの表層。渓と外界との境界。視力を失ったひとが、手でなでて物の形を認識するように、私はあえぎながら廃墟のような渓の皮膚の、その微細な起伏のすみずみまでをあじわおうとした。

一様でない、

ラギッドな、

渓の境界。

ああ――

い、

地図だ。

これが渓の地図だ。

何の脈絡もなく、そんな考えが浮かんだ。

意識はそこで混濁し、途絶した。

×××

ドラホーシュ教授は、官能素空間上の体験の記録形式を開発、実用化した。渓の視床カードから汲みだした膨大な直感像データがそれを支えた。その論文にはわたしも名を列ねた。

同時に教授は〈数値海岸《コスタ・デル・ヌメロ》〉の稼働時期を明らかにし、それまでのつなぎとして別形式の情報的似姿をリリースした。これは、実際には、既存のネットワークサーヴィスでのアヴァターにわずかな機能拡張をしただけのものだったが、きたるべき画期的サーヴィスの印象を広めるうえでけっこう効き目があった。

同時期に、阿形渓は新作Unweaveを発表した。これは安価に頒布されるツール群で、事務用品のような無味乾燥な売り出しかたをされた。前作〈ラギッド・ガール〉が強烈なキャラクタを前面に押し立てていたのと好対照だったが、にもかかわらずセンセーショナルな成功を収めた。教授のが巨大なキラーアプリだとすれば、Unweaveはそれを補完し互いに魅力を高めあうフリーウェアだった。

このタッグは、まもなく登場する〈数値海岸〉の下準備として、ひとびとを情報的似姿というあたらしい概念になじませる、先兵の役割を担っていたのである。

フォーシーズンズ・リッツのスイートルームの応接セットでわたしは、阿形渓と向かいあっている。

三年ぶりだ。

渓はつぎの週に迫ったジェロニモス修道院のサンタマリア教会でのコンサートのため、この部屋に滞在していた。

「凄いわね、これ」

わたしはコンサートのパンフレットの光沢ある表紙をなでた。紙にスクィド層を漉《す》き込み動画を印刷したつくり。多重現実をいっさい使わずこの効果を出しているのが凄い贅沢だ。

いかに多額の費用をかけたイヴェントであるかがわかる。

「でしょう」

わたしの向かい側で、渓が満足そうに微笑んだ。

「でも渓の名がどこにもないわよ」

「出演するわけじゃないもの」

「あっさりしたものね」

「そう。わたしは黒幕のほうが好きなの」

渓はソファのファブリックをなでた。ボタニカルアートを意匠にした布地。渓はその中から大きな薔薇の花をいくつも摘み取り、シャンパン・クーラーの氷の中に浮かべた。わたしは薔薇の花弁を一枚だけつまみとり、自分の二の腕に泳がす。ただようタトゥーとして。

これは多重現実のギミックだ。第三世代の多重現実は教授の予想を上回る速さで普及し、〈数値海岸〉の登場を待たずして、世界はもう右クリック可能なものになりつつある。だれもが自分の好きなように環境をいろどっている。

〈接続されたマリア、接続するマリア〉

パンフの表紙で美しいフォントがそう謳っている。その背景でサンタマリア教会の映像が流れている。椰子の木をモティーフにしたという壮大な柱の数々は過剰な装飾にみっしりと覆われ、穹窿《きゆうりゆう》には葉脈のような線条が交錯して巨大な生物の内部のようだ。そしてマリア像。限りない増殖と拡張の意志。大航海時代の、人間の意志。裏表紙に手をかざすと、さまざまな企業のロゴが浮かんでは消える。コンサートでは、教会の内陣いっぱいに高度な多重現実のエフェクトが掛けられるだろう。あのむやみと装飾的な、そして豊麗な教会でならさだめし素晴らしい、恍惚的な効果を上げるだろう。

これはコンサートであると同時に、Unweaveのつぎのヴァージョンの発表会でもあり、関連企業の見本市でもある。一曲一曲が各社のブースなのだ。

あの夜、渓はわたしに何をしたのだろうか。翌朝気がつくとわたしは自室のベッドにいた。何が起こったのか渓にたしかめたわけではない。しかし推測はできる。いや、確信といってもいい。

渓はわたしにUnweaveを適用したのだ。あのときすでに完成していた、おそらくは市販版よりもっともっと強力なヴァージョンを。

あのときわたしの視床カードはふたつの機能を同時にこなしていた。ひとつは多重現実を利用するためのもの。もうひとつはじぶんの似姿を育成するためのもの。もちろんこのふたつは峻別されてはいたが、たぶんそこに渓は攻撃をかけてきた。多重現実の側にわたしの似姿を読み込ませ、走らせたのだ。すると、わたしのなかでは物理的実体のある自分と、似姿の自分が同時に立ち上がるだろう。渓が解体したのは、わたしと二重写しになっていた似姿だったのだ。——こう考えればあの幻覚めいた体験も、どうにか理解できる。

解体《アンウィーヴ》。

ひとの代謝個性とは、じつは毛糸のようなストリングのからまりあいとして記述でき、しかも「ほどく《アンウィーヴ》」ことができる――これが渓の、そしてUnweaveの思想だ。ひとのあらゆる個性は、生まれ落ちたときの初期条件と、五官をとおしてストリーミングされてくる環境情報、極端にいえばただその二つだけから作り出される。常人の場合、環境情報の履歴は大半が廃棄されるが、その上で残るものがあなたをかたちづくる。あなたとは、あなたの過去と現在を不断に編みつづけるテクスチャ、織り目、成長《リカレント》しつづける動的なセーターなのだ。その編み目と模様は、情報的似姿にも反映される――というより、むしろそれを反映させることが似姿の本質だ。

もう一度言おう。

渓はわたしの似姿にUnweaveを適用した。似姿をストリングスにほどき、編み直すことができるツールを。

ドラホーシュ教授が別形式の似姿を見せてくれたとき、わたしは驚いてしまった。

渓が見せてくれた編みぐるみにそっくりだったからだ。

既存サーヴィスで使えるアヴァターである。

市販版のUnweaveはこのアヴァターを編集するツールとしてリリースされた。編みぐるみをほどき、毛糸をとりかえ、また編み直すことができる。ほどき方や編み方には無数のレシピがあり、そのさじ加減でアヴァターのふるまいや言動はあざやかに変化した。じぶんそっくりに話していたアヴァターが、がらっとしぐさやしゃべり方を変え、それでもなお消しようもない自分の性格を残しているのである。

さらに応用篇として、家族や友人と毛糸を交換しあうサーヴィスや、有名なコメディアンの毛糸を期間限定で利用できるサーヴィスが提供されたりした。

この面白さは徹底的に革新的で、衝撃的で、しかもこの上なくわかりやすかった。

自分を右クリックする。

認知増強薬物《スマート・ドラッグ》やプロテオーム・ボディビルとはまったくちがう、ミニアチュールな、工房的な自己改造の愉しみがひとびとを魅了した。

思えば渓にはそのような——世界の中にねむっている欲望をさぐりあて、思ってもみない形で具体化する才能がある。

マリネされた葡萄の実をひとつ、指で摘み口に運んだ。

そしてわたしはどうしても訊きたかったことを訊ねた。

「……たしかめたいことがあるの」

あの夜の、全身が解体されるような感覚が遠くこだまのように思い出される。わたしは立ち上がりテーブルを回り込んだ。渓の痛々しい腕にふれ、そして訊いた。

「あなたはここで憶えているの？　ここで考えているの？」

ラギッドであること。一様でないこと。すべての点がユニークであること。そうして渓は自分の身体について途方もなく精密な把握ができる。

渓は、体性感覚自体をメモリのように使っているのではないか？

渓の表情はよめない。声が返ってきた。

「生きてるってのは、早瀬の中に立ってるみたいなもんだよね」

わたしはうなずいた。どんなに静かに生きようと願っても、つねに世界とこすれあうことからは逃れられない。秒四十のレートで世界と摩擦すること、それが人間という現象なのだから。

「どの五官からも独立したひとすじのビート」渓は続けた。絶対時間。内部クロック。「わたしはそれを感じることができたの。それがあることがわかっていたの。わたしのとりえはもう、ただそんだけ」渓は自分の手の甲をなでた。「こいつらが記憶しているわけじゃないよ。これはただのいまいましい病気だから。でもこいつらが起こす痛みや痒《かゆ》みやこわばりには意味がある。絶対時間の流れと身体の不快がつくる干渉縞に、わたしのプレパラートは保存されているの。それとほかにもがらくたがいっぱい」

渓の身体は生まれてこのかた、つねに苦痛と不快にみたされていた。それを感光素材にしたホログラム。絶対時間のビートが参照波。広大な空間は、渓の不快のなかにあったのだ。

苦痛の中にすべてを記憶する——いや、記憶することを強いられる。わたしは阿雅砂を思わずにはいられなかった。

しかしまた、そのような空間であれば複数の現実を同時に認識することもできるのだろう、と思えた。

わたしはおそるおそるたしかめた。

「あなたがほしい――わたしにそう言ったのをおぼえてる？」

「もちろん」渓は認めた。「だってあなた、阿雅砂とそっくりなんだもの」

最初に阿雅砂を教えてくれた友人は、まさにそのことに驚いてわたしに連絡したのだった。わたしも阿雅砂をひと目見てびっくりした。そこに――ディスプレイの向こうに包帯姿のわたしがいたからだ。その日から、わたしはいつも阿雅砂のことを頭のどこかで思いうかべていた。自分が世界に遍在し、大勢の人に損なわれているという幻想は、わたしを苛《さいな》みもしたが、（率直に言うべきだろう）ひどく興奮させもした。わたしが愉しさを感じなかったといえば嘘になる。

わたしは意を決して渓に訊ねる。

「まだ、わたしがほしい？」

「どうして？」渓はふしぎそうに首をかしげる。グローブのように厳《いか》つい手が、瀟洒なグラスをとりあげる。「だってあなたはとっくにわたしのものなのに」

わたしはいぶかしむ。

そして渓のつぎのことばを待つ。

「……」

渓はなにも言わない。わたしを見るだけだ。

がさがさの同心円の底で、渓の目はなにか言いたげなようでもあり、わたしが何かに気づくのをただ待っているようでもある。

ことん、と頭の中で音がしたような気がした。

「あなたのもの？」

わたしの声にこたえるように、象の瞼が半分まで降りた。それは渓が首肯《うなず》いたというサインだった。

「そんな……」

ようやくわたしは気がついた。その意味に。

わたしはじぶんの両手を見る。そしてまた顔を上げる。

「安奈、あなたはちゃんと理解していたでしょう？　ドラホーシュ教授が、わざわざあのキューブリック的室内を選択した理由を」

「それは――」そう、わたしは知っていた。「舞台装置を極限までシンプルにしておけば、まだ非力な官能素世界でも、物理世界と遜色ないくらいリアルに造れる。似姿はじぶんが官能素世界にいるとは思わない……」

わたしたちが学内に居住してほとんど外出しなかったのも、居室までもがシンプルな内装だったのも、みんなそのためだった。どこもかしこもシンプルでプレーンな建物、道、植栽。わざとらしい食品。人工的な音楽だけが流されていた。

それもこれもみな、似姿にじぶんがオリジナルと思い込ませたかったからだ。

それではわたしは似姿なのか？

「ばかばかしい！」わたしは窓の外に向かって腕を振り回した。「ここはリスボンでしょう？　伝統のある、美しい、複雑な町じゃないの。こんな場面は作っていないわ」広場《プラッサ》からリベルダーデ通りが南東にのびている。両脇の歩道はここから見えない。森のように繁った街路樹が見事だから。通りの先にレスタウラドーレス広場の白いオベリスクが見える。その向こうに紺碧の海がひろがっていた。テージョ河口。

「それはそう」渓は言った。「だってあなたはもう、似姿でさえないんだから」

わたしはぱたんと両腕をおろす。

名状しがたい感情が、グラスの泡のようにざわざわと粒立ちながら、鳩尾《みずおち》から胸へ浮上する。

「ここ、、はリスボンではないのね？」

「そう」

「官能素空間でも、ない？」

「そのとおり」

「これは」わたしは窓に手をあてた。「あなたの直感像。あなたの体験を素材にしてつくられた世界」

もう一度、わたしは完璧な光景を見わたし、目をつぶった。お願いだからそう表現することをゆるしてほしい。たとえこれが目でないのだとしても。

わたしはとじこめられているのだ。彼女の不快と苦痛が織りなす空間に。

わたしを欲しがっていた女に。

「安奈、あなたの似姿があるときいて、わたしがどんなにうれしかったかわかる？　あなたの姿を物理世界で見たとき、もう絶対わたしのものにするんだ、って決めていたの。フィジカルな、肉体まるごとを写しとるなんて、いくらわたしでも無理なこと。でも、似姿ならずっと情報量が少ない。そうむずかしいことではなかった。

大急ぎで視床カードを入れてもらったわ。そしてわたしの似姿を、テスト空間、パネルの中の官能素空間に送ったの。研究室のみんなの似姿がミーティングしていたあの部屋にね。安奈、あなたがわたしのこの姿をしげしげと見てくれたときのうれしさったらなかった。あなた、ほんとうに舐めるようにわたしを見てくれたのよ」

「ではあの夜も――わたしの視床カードをハックしたわけではなかったのね」

「それはそうよ。わたしがほどいたのは物理世界のあなたではないもの。わたしね、人さし指の中にUnweaveを仕込んでいたのよ」

わたしは感歎のため息をついた。

「でも、テスト空間の外からリモートでやってもよかったのでは？」

渓は一笑に付した。

「そんな、もったいない！　わたしはあなたを、このおっぱいやお腹《なか》でごしごしこすってあげたかった。そうやって心ゆくまで記憶したかった。この不格好な、犬のうんちみたいな指であなたをほどきたかった。ほつれるあなたの記憶の一本一本を、しっかり愛したかった」

わたしは涙が出そうになった。それこそ、わたしがしてほしいことだったのだ。

そうやって渓はわたしを直感像にファイルしたのだろう。その似姿をロードすることで、渓はわたしの写しを——いまここにいるわたしを——盗みおおせた。

「信じられない」震える手で頬をおおった。「わたし、こんなにクリアな意識を持っている」

カイルや教授に伝えたらどんな顔をするだろう。似姿は、じゅうぶんすぎるほど「わたし」でした、実用上まったく問題ないほど「わたし」でした、と。

しかし「わたし」とはだれのことだろう。わたしは渓の心的モジュールを使って考え、感じているはずだ。ちょうどミランダがわたしの中で生きたように。この驚きも、当惑も、浮きたつような感情（喜び？）もすべて渓に依《よ》っている。

そして渓もまた、わたしによって考え、感じているはずだ。わたしがかつてミランダによって生きたように。生きる力を得たように。このモジュールが、かつて阿雅砂を創作するときにも使われていたとすれば、わたしの中に阿雅砂さえも混じっているかもしれない。わたしは渓の思考の一部にすぎないのか。それとも渓のリソースを喰いあらすしたたかな寄生者なのだろうか。

ふとそれを確認したくなった。

フルートグラスの柄を持ち、ソファの肘掛けに叩きつけて割った。透明で鋭利な破片が散らばった。

「これで手首を切ったら、渓、あなたは痛がるかしら」

「あなたがこれまで本を読んで、ほんとうに痛みを感じたことはある？」

「ないわ」

「ならわたしも平気ね。でもきっとあなたは痛いわよ。ものすごく」

「そうでしょうね。……ねえ、渓？」

「なに」

「わたしの似姿をコピーすること、だれが許可したの。教授？」

「だれだと思う？」

答えはわかりきっていた。他にいるはずもない。そう、わたしはだれよりもこうなることを望んでいただろう。

「わたしね、話していなかったことがある。聞いてくれるかな」

「どうぞ」

「〈キャリバン〉はね――わたしだったの」

胸のつかえが下りたようだった。

「なあんだ、それなら知ってるよ」

「え……」

それはそうだろう。渓はわたしのすべてをほどいて知っている。

「そう……。ごめんね、あなたの阿雅砂にひどいことをたくさんしたわ。自分がどうしてこんなに酷いことができるんだろうって何度も思った。でもやめられなかった。それが、とてもよかったの。我慢できなかったの」

「ぜんぜん問題ないよ」渓はわたしにキスをした。「〈キャリバン〉のはときどき見たことがあるよ。なかなか悪くなかった。安奈、あんたとわたしは鏡に映ったようにそっくりなんだ。似た者同士なんだよ」

「そう。……たしかにそうね」

　わたしは部屋の真ん中に立った。ここは阿形渓の内部。

　なにもかもが望んでいたとおりだ。

　わたしはとうとう人形《アガサ》になれた。

　そうして渓《わたし》はとうとう人形《アンナ》を得た。

「渓」わたしはパンフレットをかざした。

「なに」

「コンサートはほんとうにあるの？」

「あるわよ、来週ね。あなたに見せたパンフレットは、本物どおりだから。わたしはまさに今リスボンにいるの」

「じゃあわたしも参加できるわけね。うれしい。とても楽しそう」

パンフレットには何組もの「音楽的人格」が出演者として名前を連ねていた。かれらは厳密な意味での人間ではない。アーティストが自らのアヴァターをほどいて、ほかのプレイヤーと混ぜあったり即興で全く新しい「人格」をこしらえたりしながら演唱させる。

「かまわないわ。なんならいまここでリハーサルをしてもいいわよ」

スイートルームの続き間へのドアが開き、霞《かすみ》のような人影がいく人か入ってきた。なるほど、アヴァターは似姿よりもまだ軽い。渓の中になら何人だって住まわせておける。

「こんにちは、同居人さんたち。よろしくね」

霞たちはわたしのまわりに集まり、音楽の練習をはじめた。かれらの視線を感じる。眺められる感覚は悪くなかった。もっと多くの人にわたしを見てほしいとも思った。

この望みも、遠からず叶うだろう。

だってわたしは阿雅砂なのだから。

阿形渓は、視床カードを挿している。そのカードを通じて、わたしは世界中の多重現実につながっていくだろう。

ミランダのように、多くの人の中で生きたい。観てもらいたい。

わたしは床にかがみ込む。いちばん大きなグラスの破片は、デザートスプーンのような形だった。わたしは背筋を伸ばして、渓と霞たちによく見えるようポーズをとった。

そうして、かつて阿雅砂にやったように、右目を一気にすくい取ると、甘美な苦痛とともにその果実をほおばった。

クローゼット

Close it.

1

勤務先のビルを出たのが十八時ちょうど。出退ゲートが送ってくるタイムスタンプが、ガウリ・ミタリの視界の隅でちいさく明滅し、その時刻を報せる。

「じゃあね。また月曜」

同じ社の浅生《あさい》たいがが軽く手を振り、雑踏の中に去っていく。細身で、小柄で、しなやかに動くうしろ姿を見て、婦人用の革手袋を連想した。軽く、強く、手ざわりがいい。

そう、今年は手袋を新調しよう、と考えながらそのままいつもの道を通り駅前のデパート地下へ降りる。和菓子や洋酒、シャルキュトリーの売り場を素通りしてエスニックのコーナーに差しかかると、客や店員がちらちらとこちらを見た。

ガウリは微苦笑した。別にここでは何も買わないのだが、それでもだれかがきっとガウリに目を向ける。たしかに人種としては父母の故国であるインド共和国に属しているのかもしれない。色あざやかなスーツを好んで着るのは自分の濃厚な肌の色とよく合うからだし、母親ゆずりの美しい目も気に入っている。
とはいえ、人生の五分の四は日本で過ごした。きょう買おうとしているのは豆乳と蓮根、それに魚の西京漬けなどだった。

売り場を歩く速度に合わせて、ガウリの視界につぎつぎと文字や数字、絵記号が流れる。だれもが身にまとう装備――〈多重現実〉。ガウリの脳に造設された視床カードが物理的現実の上に何層もの情報レイヤを載せているのだ。ガウリは生鮮食品を買うとき、いつも流通情報を表示させる。棚からキャベツを取り上げ、重みや葉の巻きをたしかめつつ、食品のタグからトレス情報を読み出す。

耳障りな警告音が鳴り、ガウリはキャベツを棚に戻した。この取扱商社は、フェアトレードの観点から看過できない問題をいくつもかかえていたのだ。ガウリは複数の信頼できる企業監視団体から、食品の〈フェアネス格付け《レーティング》〉を購入していた。彼女の手が触れた商品はつねに最新の格付けと照合され、しかるべき場合に警告が発せられる。このようなフィルタを装備することでくだらない心配（「企業の悪事にしらずしらず加担させられていないだろうか」などなど）から解放される。気の毒に。生産農家が血のにじむ思いで栽培したこのキャベツの価値は台なしにされている。このようなフィルタをどのように組み合わせて装備するかは、自分の消費アイデンティティの表現でもあった。たとえばHACKleberry のサイトに行けば、さまざまなコーディネートを学ぶことができる。

ガウリは買い物を続ける。たいした腕まえではないけれど、金曜の夜は食事の支度にたっぷり時間をかけることにしていた。その習慣は、同居人を見つけてからもう三年も続いている。二か月前に相手が死んだあとも、守りつづけている。

カイル・マクローリンのこしらえるビリアニは、感動的な味だった。それは、インド風のいわば炊き込みご飯なのだが、ひと匙食べただけでガウリは圧倒された。多種多様な野菜と米、香辛料が織りなす立体的な味覚の構築が目に見えるように切り立つのだ。きみの母国料理だからはじめて作ってみたんだ、とカイルはこともなげに言った。ガウリの母親は料理上手だったと思うが、その母親の美味なビリアニも、カイルのに比べれば冷や飯のように味気なかった。ほら、と見せてくれた革装の大判ノートに、カイルは万年筆でこまかくレシピを記していた。カイル独自の工夫もたくさん書き込んであるようだった。

あれほどの料理を作れる人間でも、死んでしまうのだ。

電磁ストレージを廃棄するときのように、入念な死に方だった。

カイル・マクローリンは自分の上に「死」を五百回も上書きされていたのだ。

売り場をひとまわりして加賀の蓮根や淡路の玉葱などを買い込み、いったん地上の舗道に出ると空気が鼻や頰をさっと冷やす。十一月ももう終わりだ。駅へと向かう道の両側はすっかりイルミネーションにつつまれていて、ホリデイ・シーズンが近いと思い出される。ガウリの見る電飾はモザイクのように整然と配列され、上品な色あいで、回廊のように道をかざる。趣味のよい——ガウリにとって趣味のよいイルミネーションたち。

いま目の前に落ちてきた街路樹の枯れ葉さえ、微細な光の粒で縁どられている。チョコレートの薄板にアイシングを掛けたようだ。葉の中央では、この先にあるレストランの絵文字が微発光している。

しかし、こうした装飾の大半は物理的実体を持たない。しかも、このデザインはガウリにだけ見えている。

店主や広告主が対価を払っているのは、データを流す権利にである。いっぽうイルミネーションのデザインに金を出すのは、ガウリたち通行人ひとりひとり。有償のフィルタを装備するのと同じく、自分に心地よい景観にも費用が発生する。

ほかには寄り道をせず駅に入り、通勤列車に乗車した。いつもの座席がきょうも取れていた。

ガウリは長いコートを着ていた。色は光沢のある、黒いほどの緑で、それを脱ぐと果物かごのようにカラフルなスーツがあらわれる。ガウリの長身と相まって空気が華やいだ。

車両がすべるように動き出すと、多重現実の飲み物を摂ることにする。手の中にトールサイズのコーヒーカップが出現する。仮想のコーヒーとはいえレシピは著作権で保護されているから課金はされる。どうかすると本物のコーヒー代の半分ちかくになる。ばかばかしいので最近はあまり売れない。しかし飲みたいブレンドが廃番だとその代用にはなるし、いつまでも冷めず、こぼしても困らないところがガウリは気に入っていた。

　窓にあたる雨音が変わったと思ったら、霙《みぞれ》になっている。しかし車内は暖かい。ガウリはリラックスしながらきょうの仕事を反芻《はんすう》してみた。

　あまりはかどったとはいえない。

　期限までにはゆとりがあるが、週明けにすこし根を詰めてみようと考えていた。

　いまガウリが考えているのは、〈区界〉のAIに恐怖をもたらす方法だった。

〈数値海岸《コスタ・デル・ヌメロ》〉がサーヴィスを本格的に動かしだして、五年が経った。

　それに先立つあの記念碑的コンサート——ヴラスタ・ドラホーシュ教授や阿形渓《あがたけい》がリスボンのジェロニモス修道院でひらいたイヴェントからだと、もう七年ということになる。

　当時、大陸資本の化粧品会社に就職していたガウリは、社が後援していたアーティストが参加することになったため、あの日リスボンにいた。礼拝堂の内陣いっぱいに第三世代多重現実の粋を集めて展開されたコンサート。ガウリはその体験に震えるほど感動し、人生を変えることにした。このコンサートは凄い。しかし数年でさらに驚くべきフロンティアが——数値海岸が開業し、しかもその本拠は日本に置かれる。ガウリは何としてでもその世界にかかわるのだと決意した。

　そうして、彼女がいま在籍しているのは、区界を制作するスタジオのために、特注で高度なツールやパーツの制作を請け負う、小さなメゾンだった。

　メゾンの主は、区界のために「快適なベッド」と「使いやすいトイレ」をデザインし、これは市場をほぼ独占している。膨大な数のAIを同時に行動させても計算資源にストレスをかけない画期的な技術もここが開発した。大規模工事専用ツールとしか見られていなかった〈蜘蛛〉に、現在のような多様性を与えたのも、このメゾンだ。一般への知名度は高くないが、大きなスタジオや著名な区界技師から絶大な信頼を置かれている。

ガウリは上司のたがねとコンビを組み、特注蜘蛛の制作や、AIキャラクタ資源管理システムを担当していた。浅生たがねはこのメゾンの稼ぎ頭で、これまでにも多大な利潤をもたらしていた。

今回の課題は、AIの恐怖だ。

クライアントは企画を詳しく語らなかったが、どうやら高価な会員制の区界を構想しているらしく、そこでは嗜虐趣味のサーヴィスが提供されるらしかった。

クライアントは言った――

わたしたちが構想する区界では、サーヴィスに従事するAIを心理的に拘束する必要がある。区界の登場人物に実際には演算されなかった記憶を与え、さらにその記憶の深層に楔《くさび》を打ち込む。深甚な恐怖をともなう体験、記憶だ。

ふだんは思い出されないその記憶が、AIたちを呪縛し、どのように奔放にふるまってもその規矩《きく》からはみだせない。どれだけ虐《しいた》げられてもその世界から逃れようとしなくなるような、そんな恐怖を作ってほしい――と。

ふたりはコンペティション用の案をいくつか作ったが、どれもしっくりこない。

さて、どうしたものかなあ。

考えながら、ついガウリはあくびをした。手や足の先がぽかぽかとあたたかい。うとうとしかかっているな、と自覚する。

ガウリは視界の中に、いまサーヴィスを行っている区界の数を表示させてみた。

一万二千六十七。それだけの数がある。

数値海岸をひとつのテーマパークだとすれば区界が個別のアトラクションになる、という喩えは、じつはあまり正しくない。

テーマパークであれば、すべてのアトラクションが一貫したコンセプトのもとに作られることになるだろう。しかし、区界はひとつひとつがもっと独立性の高い「作品」なのである。数値海岸はむしろ映画配信サーバに近い。そこには古今東西、無数の映画タイトルが収められている。名人監督が大予算を投じて撮りあげる超大作がある。天才の霊感を腕っこきのスタッフの技が支えてできあがる傑作がある。ぼんくら監督と駄目なスタッフなのに憎めない愛嬌をもつ佳品がある。健全なもの、危険なもの。先鋭的なもの、保守的なもの。その多様性が数値海岸の魅力だ。反道徳的な区界だって珍しくはない。

しかし組み込み型〈恐怖〉、というアイディアは面白いな、と思った。牛馬に焼き印を捺《お》すように、ＡＩに恐怖を埋め込む。自覚されない恐怖が、見えない柵となりＡＩを囲う。

一万二千六十八。

それだけの「作品」がいまも数千万のユーザ（の似姿）を呑み込み、また吐き出している。みるまにカウントがまた増えて、一万二千六十九になった。新作は刻々とリリースされている。

ガウリたちが〈恐怖〉を作ったら、「快適なベッド」と同じように、他の区界へも行きわたるかもしれない。一万三千の区界、そしてそこをゆきかう人々を、ガウリは思った。

コーヒーのマグを、目の前のトレイに置く。

ガウリはふと、左手の親指に目を落とした。

爪がなかった。

かわりに見覚えのない白い小さな組織が生えていた。白い——子細に見るとかすかに緑色を帯びた、先のとがった組織だった。

あさぐろい指の先に生えたその組織は、球根の芽、水栽培のクロッカスの、先を割ってのびあがる白い芽にそっくりだった。

多重現実ではない。その芽は、この物理的肉体の内側からいつのまにか突き出てきたものなのだとガウリにはわかっている。

芽に鼻を近づけて、嗅いだ。青くさい。草いきれのような生命力、精液のようななま臭さがあるように思われた。

驚きはしなかった。気味わるいとも思わない。むしろ見慣れた親しみがあった。

ああ、ようやく芽が出たんだね。いつか花が咲くんだろうか？　と、楽しい気持ちでその芽をながめた。

これひとつではないだろう。

もっとたくさん生えてくるだろう。家に帰ったら、さっそく身体をくまなく調べてみないといけないな。

そこまで考えたところでこれは夢だと気がついた。気がついたので目が覚めた。

目が覚めてしばらくは芽の感覚――それをあたりまえのものと思う気分が残っていた。

そのむずむずした感覚を、ガウリはしばし楽しんだ。数分でその感覚が消え、すぐに夢を見たことさえ忘れた。

列車が停車し、駅を出ると、霙はますます強くなっていた。視野内の表示は気温が四度までさがったことを示した。ガウリは多重現実のエージェントにタクシーを探すよう命じた。わりと高価なエージェントなので、さいわい二分とたたないうちに、夕食の材料とともに、車に乗り込むことができた。

〈区界〉のカウンタが一万二千七十五になっていることをたしかめると、ガウリはすべての表示を消し目を閉じた。

タクシーで十分足らずの距離に、ガウリの集合住宅はある。

今世紀の初頭に十五階建て七十世帯規模の分譲集合住宅として建設されたが、幾度もの大規模修繕をへて、躯体《くたい》自体にも当初の面影はなく、十層三十世帯の集合住宅となっている。エントランスやエレベーター、部屋までの廊下がそっけなく寒々としているのは、多重現実が無効になっているからだ。防犯に必要とわかってはいても、いささか居心地が悪かった。

ガウリの自宅は七階にある。ベッドルームがふたつとダイニング、リビングが二組あり、そのほか三つの個室とふたつのクローゼットルームがある。まあ標準的な間取りだ。二人でシェアして暮らすにはほどよい広さだった。

ガウリは着替えをすませ、ゆっくりと食事の用意にかかった。あえて手際よく作ろうとせず時間をかけた。豆乳を熱して湯葉を引き、蒲焼きのはす蒸しにくず餡《あん》をはったもので日本酒を楽しんだ。切り身、お新香、味噌汁とともに、ご飯をじっくり味わった。日本食好きは母親の影響だ。母は献立からインド料理を徐々に減らし、特別な日に限るようにしていった。父親はいつも不平を言ったが、母は日本の風土でインドの食事を続ければいつか身体が破綻するから、ととりあわなかった。食事は生存のための武装だ、と母は冗談めかしてよく話した。生活環境にオプティマイズされないと意味がない、と。母の作る日本食がガウリはほんとうに大好きだった。そしてときどき作ってくれたご馳走のビリアニも。

大ぶりの湯飲みに淹《い》れた焙《ほう》じ茶で口を清め、時計を見ると、信じがたいことにまだ二十二時だった。夜は、まだたっぷり残っていた。

食洗機を動かし、自分もシャワーを浴びた。濡れたバスタオルを殺菌乾燥ユニットに放り込み、書斎に入った。

デスクの上には、作りかけの工作が散らばっていた。

未完成の〈蜘蛛〉だ。

物理的実体があるわけではない。その蜘蛛はガウリが開発中のプログラムなのだ。多重現実の目で見てはじめてそこに置かれていることがわかる。ルックスにはずんぐりした丸みがあり皮革のテクスチャが貼られて、文具のような愛らしさがある。
蜘蛛の工作はホビーとして珍しいものではない。数値海岸の仕組みをいろいろ調べて、有用な蜘蛛を作ること自体がたのしい。そしてでき上がった蜘蛛を区界に持ち込めるのもまた、たのしい。ガウリはその行為が何かに似ていると思っていたが、先日〈紅河の区界〉で蜘蛛を使った巨魚の釣りが行われていると知って、膝を打ったものだ。蜘蛛工作は擬餌鈎《フライ》づくりに似ているのだ。

作業台に置いた蜘蛛の腹を上にし、パネルをぱちんとひらくと、中に小さな図書館のジオラマが作りこんである。数値海岸で長い休暇を楽しむ時、たくさん本を持っていければいいなと思って作りはじめたものだ。書架の配置を決めようとして細かい作業に没頭していると、どうした拍子か、ガウリはとつぜん〈恐怖〉の案をひとつ思いついた。さっそく多重現実のエージェントをひとつ起動し、あすの朝レポートを出すよう指示して、ネットワークに送り込んだ。

集中がそがれたので、工作も一区切りつけることにした。かなり消耗したように感じたので、これならたっぷり三時間は経過しただろうと思ったが、時計を見るとまだ日付は変わっていなかった。

窓の外は激しい雨音や遠くの雷鳴でうるさいほどだ。外の音が大きいほど、室内の静かさがくっきりとする。手でさわれそうな静寂。夜はまだたっぷりと残っている。

ガウリはため息をついてリビングに移り、それでもまだぐずぐずと汎用植物《オムニプランツ》の鉢植え《ポット》に水をやったりした。

これは機能性公園の開発過程で商品化された玩具《トイ》プランツだ。栽培キットに含まれる薬剤や器具を組み合わせて刺激し、内包されたさまざまな表現型を「誘発」する。一株の個体の上に何十という植物の姿をモザイク状に発現させることができる。

幹の基部が妊婦の腹のように膨らみ、そのところどころから芽のような組織を突き出していた。球根の芽のような突起だ。

しばらく前からこの部分に誘発をかけていたが、ここへきて急に芽が伸びてきた。いずれここから多様な展開が見られるだろう。ガウリは芽のひとつに指先でふれた。芽は粘液の膜で保護されていて、押すとぬるぬるした感触がつたわってきた。

そうしているうちに、ふと、自分が涙を流しているのに気づいて、ガウリは愕然とした。

カイルの死がつらいと思ったことはない。

カイル・マクローリンとは気の合う異性のルームメイトとしてつきあっていた。生前は身の上も経歴も知らなかった。気が向けば性交も楽しんだが、そういう相手はこれまでも性別を問わずたくさんいた。カイルは過度に干渉したがらず、また干渉を求めないタイプで、十歳以上年長という距離感も手伝って、同居生活はとても楽だった。いつか別れる一人にすぎないと認識もしていた。

――なのにこのていたらくはどういうことだろう。

――とっとこの家から出ていき、新しいパートナーを見つければいいではないか。

洗面台で顔をあらった。戸棚にはカイルの安全剃刀がまだ残されている。もう百年以上も形が変わらない完成された器具。安全剃刀は生前、最後に使われたあと、ていねいに洗浄され刃もはずされていた。

自分の痕跡をきれいに取りかたづけようとしたかのようだった。

最後の夜、死を前に、剃刀を洗い清めながらカイルはなにを考えていたのだろうか。

自分の上に五百回も死を上書きして死んだ。

あるいは、上書きされて死んだ。

「もういいや。思いきってはじめよう」

ガウリは声に出してつぶやいた。

2

カイルの部屋の明かりをつけ、生前のままのインテリアを見渡す。

圧倒的な余白。そして白と赤。それが第一印象だ。個人オフィスほどもある部屋の中央には、数人がミーティングできるテーブル。真紅だ。同じ色はまわりに置かれたチェアのファブリックにも使われている。床一面は麻色の起毛素材。壁と天井はさまざまな種類の白だった。間接照明が巧妙にレイアウトされ、なにもかもがほのかに明るい無影の空間ができ上がっている。

一方の壁ぎわに小さなデスク。ちがう壁ぎわに大きな革張りの寝椅子がある。革もまた目の覚めるような赤だった。

最初に見たときは驚いたものだ。家具の点数は少ないが既製品はひとつもない。どれもこれも、ずばぬけた品質を持っていることが、入り口に立っただけで即座に知れた。カイルの経歴を知った今では、これがヴラスタ・ドラホーシュ教授のミーティングルーム「キューブリック的室内《インテリア》」をなぞったものだと知っている。視床カードの一新、情報的似姿の開発、官能素空間の実用化、そのすべてを成し遂げ、阿形渓とともに数値海岸を一から創造した集団の、カイルは一員だったのだ。

もっといろいろ聞いておけばよかった、と悔やんだものだ。

だから先週、ためしてみた。

本人に聞いてみたのだ。

どうして死んだのかと。

寝椅子の側の壁には、木材と金属パーツで頑丈なラックが組んであり、ヴィンテージもののオーディオ機器が収まっている。これも最初からあったものだ。中には百年近く前の機材もあるが、驚くべきことにすべて完動品で常時通電してある。それこそ値のつけようもないほど貴重なものらしい。しかし奇妙なのは、どこにもスピーカーが置かれていないことだ。

　そのせいで、ガウリはこのラックの前に立つと、夜の動物園にいるような気分になる。大小さまざまなケージで、けものたちが寝息を立てているのだ。

　ガウリは瀟洒《しょうしゃ》なイタリア製のプリアンプにさわり、つまみのやさしい手ざわりをたのしんでから、ラックを離れ、寝椅子に腰を下ろした。非常に大きい。長身のガウリでもその大きさを持て余すほどだ。身体をよこたえる。壁紙の、ちょうど顔の高さにあたるところに小さな染みがある。自動車のようにも恐竜のようにも見える染み。

　ガウリは手脚をゆったりと伸ばす。

　この寝椅子は、高価な家具の形をとってはいるが、情報的似姿の転送装置である。ガウリの多重現実は、屋内ネットワークの中に分け入って、自室にある彼女専用の似姿デッキとこの寝椅子、そして視床カードとの連体を取りもった。デッキにはいくつかのタイトルリストがあったが、もちろん選ぶべきはただひとつしかない。ガウリはリラックスして転送がはじまるのを待った。

　人間がみずからを情報的存在に置き換えて、仮想世界へ住み着くことができるようになるまで、すくなくともあと一世紀はかかると言われている。

　しかし前世紀末から人類を突き動かしてきた欲望は、百年を待てなかった。そんな場合、人間は世界のどこかに強引に裂け目を広げてでも、かならず目的を遂げるものだ。技術的に絶対不可能であっても、間に合わせの代替品をこしらえてしまう。それでじゅうぶんだ。人がもとめているのは理論の完成ではなく、欲望の痛みを鎮《しず》めることでしかない。

ドラホーシュ教授はそのことをよく理解していたから、上出来の「間に合わせ」を作ることができた。

「ここに生きているこの私」がそのまま仮想空間へ移り住むことはできなくても、間に合わせの身代わり——情報的似姿を、限定的な計算世界に派遣することならできる。似姿は体験を持ち帰ってくれればいい。

ユーザが金を稼ぎ食事を腹に詰め込んでいるあいだに、ヴィデオデッキはお気に入りサーバを巡回して番組をため込んでくれる。同じように情報的似姿は、区界での体験を直感像的全身感覚のスタックとして記録し戻ってくる。ユーザは気が向いたときにその似姿を開封して、体験の転送を受け取る。

ガウリは目を閉じて、きちょうめんな老人が就眠の手順を実行するみたいに、順序よくいつものイメージを思いうかべた。転送をスムースにするために、だれもがそれぞれに自分の流儀を行うことが推奨されている。

ガウリが使うイメージは、無限の奥行きを持つ衣裳戸棚、クローゼットだ。ハンガーにぶらさがっているのは自分の皮。湯葉のようにあたたかく、避妊具のように薄く柔軟な皮。それが何百枚、何千枚とクローゼットの奥へと続いている。ジュークボックスの機械がドーナツ盤を運ぶように、機械の腕がどこからともなくあらわれて皮を一枚つまみ上げる。腕がすーっと目の前に降りてきてその皮を、情報的似姿を差し出す。着るようにとうながす。これは開封されていない体験です。あなたの体験です、と。皮の表面には微細な地模様が静脈色で描き込まれている。ガウリは裸の上に裸を着る。腕をとおし、脚をとおす。胸の上を胸に、背中の背後を背中に被われる。顔が顔の内側にぴったりと吸いつく。口を開ける。舌が舌を着る。歯に歯がかぶさる。かちかちと嚙み鳴らし、歯の裏を舐めてみる。

転送開始を報せるチーッという音が多重現実の耳に聞こえた。

もう、はじまる。

小さな微粒子がびっしりと充満した空間に、ガウリはいる。

それが官能素だ。

似姿は感覚器官を持たない。では、どのようにして世界を感じるのか。

視覚ディスプレィに敷きつめられた画素は、その一個一個が、原色ごとの階調を掛け合わせて色を表現する。同様に、区界に敷きつめられた官能素の一単位も、官能を構成するあらゆる要素を階調データとして保持する。別の場所で演算された世界は、官能素に満たされた三次元空間に投映され〈描出〉される。

感覚神経を持たない似姿はこの官能素とふれ、こすれあい、くぐりぬけることで世界を経験する。

微粒子は流砂のようにながれ、ガウリの表面を（似姿の表面を）擦過していく。その粒子のきめがどんどん細かくなり、人間の（似姿の）分解能を超えて、もうガウリには微粒子として感じられなくなると、いきなりそれはもう区界に吹く風であったことにガウリは気づく。光であったことに気づく。温度と音であったことに気づく。切るような風。鈍い光でおおわれた空。すぐそばでコカ・コーラの看板が風に揺れていた。ぼろぼろに錆びているのはここが潮風に当たる場所だからだろう。砂浜から吹きつける風は耳がちぎれそうに冷たい。空は鉛色で、ちらちらと雪が舞っている。海は黒く荒れ、波濤が灰色に畳まれては砕ける。ガウリも何度か訪れた北陸の冬景色のようだが、ひとたび振り向くと、仰ぐほどに高い四十階建てのツインタワーが聳《そび》えている。

ハイアット・リージェンシー・ワイキキ。

カラカウア通りをはさんでこちらにいても、ふたつの塔が上げるうなりが聞こえる。大半の窓は割れて穴となっている。

ここは、〈ワイキキの冬〉。

今世紀初頭のノスタルジックな光景を、廃墟趣味で塗りかえる区界シリーズのひとつ。かつて生前のカイルと連れだって訪れ、内容のひどさに閉口した。そのあとしばらくふたりで悪口を言って楽しんだ、思い出の場所だ。

灰色のママラ湾を右に見ながら、待ち合わせの場所に向かって歩き出す。

あたりいちめんは風で運ばれた大量の砂がまっしろに堆積して、ビーチとの境い目がわからない。道路標識は大半が折れまがり、倒れ伏し、真っ赤に錆び果てていた。ダイヤモンド・ヘッドすれすれまで雲が垂れ込め、いまにも雪を落としそうだった。しかし、一見壮絶なこの大廃墟は、じつはほとんどが安価な背景描画だった。ゲストがふれたり移動したりできる範囲はごくごくわずかしかない。計算資源をけちった安普請《やすぶしん》の区界。

待ち合わせ場所までのけっこう長い道のりを、ガウリは録画をスキップするように、間欠的に高速移動しながら歩いていった。

これはリアルタイムの体験ではない。区界の中ですでに起こり、似姿に蓄積された記録だ。だから〝早送り〟もできる。風景がひゅっ、ひゅっとながれていくが、だれともすれちがわない。遠景に配されているおぼろな人物たちはAIでさえない、ただの背景だ。ひゅっ、ひゅっ。転送にはさまざまなモードがある。もっと短い時間で効率的に転送することもできる。これでもフルモードに近い。オーガスティン教会の前でちょっとだけ速度をゆるめ、そしてまたひゅっ、ひゅっと飛ばす。

ガウリは左側の細い通りに入り、何度か角を曲がって、こぢんまりしたレストランを見つけた。フロアは細長く、片側に長いカウンターがある。まだ待ち合わせの相手は来ていない。荒廃した店内にはコックもウェイトレスもいない。キッチンに入りガスレンジでお湯をわかしてコーヒーを用意する。それを飲みおえた頃、ようやく相手があらわれた。

「カイル」

ガウリは(正確にいうならガウリの似姿は)声をかけ、手を小さく振った。カイル・マクローリン(の似姿)は小さくうなずき返す。芝生みたいに短く刈った髪には白髪が混じっている。ノースリーヴのTシャツ。寒くないかな、とガウリは可哀想になる。

——でも聞きたいことがある。あなたのストックが残っているうちに。

ここにあらわれた人物は、カイルの死後に発見した彼の未使用の似姿だ。

似姿は、開封後の再使用はできない。だからだれもがストックを持っている。ガウリはじぶんのとカイルの未使用の似姿を〈ワイキキの冬〉に送り込んでおいたのだ。似姿同士が待ち合わせる設定なら簡単にできる。

しかしこれは違法行為だ。

似姿は見方によっては、財物かもしれない。

では、ユーザが死亡したときそれをだれが相続するか。じつは、だれもできない。民法は数値海岸開業に先だって四十年ぶりの大改正をして、情報的人格同一性《アイデンティティ》について緻密に規定した。

法律書を読むと、ユーザの死とともに、似姿は財物でなく「遺体の一部」とされることがわかる。遺体と同様、似姿も相続されない。このような法的仕組みをわずか二年で無数に積み上げ、日本は数値海岸を走らせるための法的環境《プラットフォーム》を整えた。数値海岸にはそれだけの——一国の法律をごっそり変えてもいいほどの価値がある。

つまり本来ならばカイルが死んだ時点で似姿は使用できなくなる。複数のヴァイタルサインでクロス認証しないとデッキは動かない。情報的人格同一性はそれだけ厳重に保護されている。

だからこのカイルは、かれのデッキに保存されていたものではない。

　葬儀のあと、部屋を整理していたとき、ガウリはオーディオラックにもう一台の似姿デッキが置かれていたことに気がついた。デッキは見おぼえのない形状をしていた。メーカーのロゴマークはなく、筐体《きょうたい》にも接続端子にも市販品のような仕上げのよさがない。もしやと思いガウリはこのデッキを屋内ネットワークと連体させた。それは、ガウリのデッキの外部ストレージとして認識された。内部には未使用の似姿が――カイルのストックが――いくつかスタンバイしており、ガウリの側からアクティブなファイルとして開ける状態にあったのだ。クロス認証がなくても動作する。どう考えてもこのデッキは、認証を受けずに製造された非正規の製品だった。

　ガウリ（の似姿）はカイルに言った。

「来てくれてありがとう。あなたとはここで先週も会っているのよ」

　カイルはガウリの言葉の意味をしばらく考えているようだった。まばたきをしたあと口を開いた。

「きみはぼくの二台目のデッキを発見したんだね」

「ええ」ガウリは微笑んだ。「さあ、あなたの台詞はこうよ――。するとぼくは死んだというわけなのかな」

「それじゃあ、ぼくは死んだというわけなのかな」

　ふたりは穏やかに笑った。生前と同じだった。

「そうか。まいったな。――もしかしたら死因は自殺だろうか？」

その言葉をガウリは記憶にとどめることにした。

「あなたはそう思うのね？」

「……」

「自殺かどうかまだほんとうには断定されていないの」

ガウリはかんたんに説明した。カイルの死体は寝椅子の上で発見された。機器の状態は似姿記録の転送中であったことを示していた。直接の死因はショック性の心臓麻痺で、転送中の事故と思われた。

これが単純な事故であれば、スキャンダルになる。数値海岸サーヴィスの重大な欠陥を意味するからだ。警察がカイルの視床カードを司法解剖して判明したのは、「死」に匹敵する苦痛と衝撃が、常識では考えられない密度で一気に転送されたことだった。死の瞬間とその前後のわずかな時間だけを、高密度に編集した素材が一気に転送された。わずか三分のあいだに五百回もの「死」がカイルの上で実行されたのだ。この衝撃に耐えられる人間はいない。事実カイルは最初の三十秒で絶命していた。あとの「死」は死体に上書きされつづけたのだ。数値海岸での体験は一度にひとつしか転送を認めていないし、体験素材の編集もできなくしてある。デッキの不法改造も含めて、だれかが数値海岸の保護の仕組みを故意に回避した、としか考えられなかった。

自殺か、あるいは自殺に限りなく近い事故死。

さもなくば、他殺。

「……まいったね」

「まいったのはこっちよ。どんな騒動だったか。似姿の転送で死者が出たのははじめてだもの。メディアの格好の餌食。

あなたの名前はヘッドラインに何日も何週間も載ったわ。この二か月でどれくらい法律が改正されたと思う？　どれだけコスタのシステムが改修されたと思う？

ほかにもいろいろおおっぴらになったのよ。たとえばあなたがHACKleberryの中心人物だったことだとか」

「HACKleはHACKle。コスタはコスタ」

カイルは立ち上がりカウンターに入った。じっくりと濃いコーヒーを淹れ、ホイップしたクリームをどっさり載せた。そのあいだじゅう、ふたりは（ふたりの似姿は）カウンターごしにインタビューを続けた。

「しかし二台目のデッキまでは発覚しなかったんだね？」

「発覚してたら、ここであなたがこうしているわけないもの」

「そのことは、きみしか知らない？」

カイルはガウリの表情をさぐるように見た。

「私を疑っているの？」ガウリは笑った。「デッキを見つけて、悪巧みを思いついたとでも」

「そうじゃないんだが……」カイルは言いよどみ、話題を微妙に変えた。「警察はなんて

?」

「自殺、または事故死と」

「……」

「私もそう思う。だって情況から見て、他の人がかかわっているとは思えないよ……」

ガウリを見て、カイルは気づいたようだった。前回のように。

「第一発見者はきみ?」

「ええ」

「そうか——迷惑をかけたな」大きなため息。「ひどい顔をしていた?」

「想像にお任せするわ」

カイルは苦笑いした。

「しかしなんとも困ったシチュエーションだな。どういう態度をとればいいのか見当もつかない」

ガウリも同意した。カイルには非常にヘビーな情況だろう。「未来のあなたはすでに自殺している」と告げられたわけだから。

そのまま安っぽいサスペンスのプロットに流用できそうだ。自殺に見せかけた巧妙な殺人——探偵役は自殺した本人の過去バージョン。物理世界で、元恋人がアシスタントをつとめ、犯人を追いつめる……。

「映画会社に売ってみたいね」

「七十年前なら売れたかも」

カイルはコーヒーを飲み干して立ち上がった。

「出よう。歩かないか」

〈ワイキキの冬〉は強い寒気の直撃を受けているらしく、天気はますますひどくなった。不平を言うカイルをガウリはたしなめた。あなたはもはや有名人なのだからこういうさびれた区界でなければ、おちおち歩けない。死人の似姿だとわかれば、天地をひっくり返したような騒ぎになるわよ、と。

「ぞっとするね」

並んで歩きながらガウリ（の似姿）は、訊いてみたかったことに話題を向けた。

「どうしてデッキをふたつも持ったの」

「ぼくはキューブリック的室内《インテリア》のメンバーだったんだよ。うるさい規格が組み込まれるまえの純粋な試作機は、捨てたりしたら歴史的損失じゃないか」

その回答は、前回と一言一句同じだったから、カイルの表情を注意深く観察できた。あらかじめ用意した回答を正しく暗誦しているみたいだった。ガウリ（の似姿）はもう一歩踏み込んだ。

「……どうして死んだりしたの？」

カイルは肩をすくめた。

「ぼくには未来の話なんだよ。そのときぼくがどう考えたか、わかるわけはない。どう答えればいいんだい」

「あなたの正規品のデッキにはたくさん〝死〟がため込んであったわよね。警察が分析したからわかったの」

「そうだね。でもあれはべつに自殺のために用意していたわけではないんだ。死にたかったわけじゃない。あれを転送するつもりもなかった」

質問は予想していたのだろう。冷静な口調だ。

カイルのデッキからは、大量の「死んだ似姿」が発見されていた。

そのような区界もあるのだ。似姿が自らを深く傷つけ、痛みを味わいつくすための区界。あるいは致命傷のあとで身体がなだらかに生を失っていく過程を堪能する区界。カイルのデッキにはそんな区界から帰還した未開封の似姿が五十体も保存されていた。

警察や数値海岸技術者の見解は、カイルが「帰還した似姿の〝死の瞬間〟だけ」を編集し「大量かつ一気に転送」することで、ショック死を起こしたのだろうというものだった。死の過剰摂取。

しかし、それならば五百体以上の似姿が開封された形跡と、それに見あった区界の利用履歴がなければならない。その裏づけは取れなかった。

では、どこから大量の「死」を入手したというのだろう。

「でも直接の死因が心臓麻痺であることは間違いないし、あなたがあなたの機器を使っていたこともたしか。そして数十ではあったけれど、〝死〟を記録した似姿も残っていた。

捜査態勢はもう小さくて、事実上終了しているみたい」

「うん……」

「ほんとうにあなたは自殺したの？」

「さあ、どうかな」

カイルは「転送するつもりなどなかった」と言った。どういうことだろう。転送の意思もないのに自分の死体を五十体も作りだすその感覚を、ガウリは理解できなかった。今にも訊きたくなったけれど、これは〝記録〟なので、似姿を完全に思いのままにすることはできない。もどかしさを抱えたまま（似姿のなかで）歩き続けているうちに、ふたりはショッピングモールの前に来ていた。中に入り、ストーブの充実した品ぞろえやブティックに並ぶ毛皮製品をひやかした。スポーツショップの片隅には申し訳程度に水着が並べてある。とても海では着られない。モール内のジムやプールで使うためだろうか。

「試着してみようかな」

ガウリは何着かをぶらさげて、フィッティングルームに持ち込んだ。

「あなたのも選んであげる。ねえ、入ろう」

フィッティングルームはちょっとしたリビングくらいの広さがある。ドアを閉めると総鏡張りの中にふたりの反射像が林立する。ガウリは服をはずしながら、裸体をあらゆる角度から検分する。鏡の数が多いから、さまざまな方向から光が当たる。

「ダイヤモンドの中にいるみたい」

カイルは着替えず鏡の壁に身体を預けて、ガウリの姿を眺めている。

眺めている。

いつもそうだった、とガウリは思う。

「カイル」

──私は眺められていた。

「うん?」

──言葉をかわすときも、ふれられているときも、つながっているときも、カイルはその行為を通して私を眺めていた。干渉せず、干渉もさせず。

「だれだったの?」

──眺めてはいたけれど、ほんとうには見てくれていなかった。

「なに?」

「カイル。あなたはいつも私でない人を見ていたよね。だれかを私にオーバーラップしていた」

「……」

「私は、あなたが〝その人〟を視るためのスクリーンだったんでしょう。その人の思い出にさわったり、キスしたりするために私が必要だった。けっこう悲しかったよ」

「それはちがう」

「お願いだから言い訳しないで」ガウリはカイルの正面に立った。「そんなことも気づかない女なんて、いると思うの？」

無数のガウリが鏡の奥で肩をそびやかした。

カイルが口をひらいた。

「……〝その人〟はね、ベッドの上で身体を伸ばして寝るのが好きだったな。ぼくが眺めたり、さわったり、撫でたりするのが好きだった。――いや、さわられたり、噛まれたり、眺められたりしている自分が好きだった、というほうが正確だろう。行為のあいだぼくが彼女をどう感じているか、それを想像することが好きだったんだろうと思う。

その人がほんとうに関心を持っていたのは、彼女自身だけだった」

「あらあら」ガウリ（の似姿）はカイル（の似姿）のおでこを撫でた。「ずいぶん傷ついたのね。その人は今どうしているの」

「さあ。彼女は姿を消した。ぼくらの仕事場から忽然と姿を消した」

「探したの」

ガウリは会話を続けながらワンピースの水着を身につけた。いつものスーツと同じブランドだ。艶やかな花々がガウリの上に咲いた。

「いいや。とっくに別れていたしね。なんていうんだろう、その人はこの世の中のたいていのことに興味を失っていたように見えたな。

ここにはもう面白いものがないから、と言って消えたように当時は思えたよ」

あなただって姿を消したくせに――と心の中でつぶやく。この世には、もう面白いことはなくなったの？

「このルームから私たちがいなくなっても、鏡像たちがお互いを反射しつづけたら、ねえ、数億分の一秒くらいは、この眺めを維持できるんじゃないかしら」

カイル（の似姿）は口元に手をあて、下を向いていた。ガウリの話を聞いていない。たぶん〝その人〟のことを考えているのだ。

ガウリはだんだん腹が立ってきた。その人の名前なら私だって知っている。

カリン・安奈・カスキ。

キューブリック的室内《インテリア》の一員。

〈ラギッド・ガール〉とうりふたつだった人。

阿形渓ほどではないにしろ、安奈も十分伝説的な人物だった。

カリン・安奈・カスキもカイルと同時期に室内《インテリア》のメンバーだったが、リスボンのコンサートの数年前にはチームを離脱した。イギリスの片田舎の病院に整形外科医として勤務していたらしいが、それが彼女だとわかったのは、自宅で死亡しているところが発見されたからだ。あのコンサートの前年だった。

遺体の状況にはさまざまな噂があったが、ひどく毀損《きそん》されていたことでは共通している。

安奈・カスキが、あのラギッド・ガールこと〝阿雅砂《アガサ》〟――阿形渓の創造したネットワーク上の仮想人格――とそっくりだったのは、有名な話だ。その彼女の遺体が、まさに阿雅砂そっくりの状態で発見されたわけだ。

阿形渓は、捕捉できないキャラクタとして阿雅砂を制作したのだが、そのガードをくぐって多くのクラッカーが阿雅砂を不正コピーし、それに残酷な装飾をほどこして、ネットワークのあちこちに匿名で掲示した。

かれらは〈コレクター〉と呼ばれたが、中でも〈キャリバン〉と呼ばれた正体不明のクラッカーはその異常さ、熱心さ、作品の量とバラエティにおいて突出していた。

安奈・カスキの遺体は、まさにその〈キャリバン〉の作品に酷似した方法で損なわれていたのだ。

室内《インテリア》を離れる前後から、安奈の言動に不安定さが見られていたのは、確かなようだった。彼女の死は情況から結局自殺とされたが、もし噂が半分でも正しいのだとしたら、自殺においてそれだけの〝趣向〟を凝らすには信じがたいほどの意思が必要だったろう。

安奈・カスキにはそれ以外にも公然と囁かれている噂がある。——しかしそれは、いまはいい。ガウリは、カイルが赴いたという自傷の区界群のことを訊いてみたかった。

「やっぱり死にたかったんじゃないの？」

「いいや、そうじゃない。……そうじゃなかった」

「じゃ、どうしてあんなにたくさん自分の〝死体〟を集めていたの？」

「死にたいんじゃない。破壊したいんだ。自分を」

「どう違うの？」

「人間は物理的に、あるいは情報的に編み上げられている。自分に強い外力を与えれば、変形し、いつか破断する。どこまで耐えられるか、破壊はどのように起こるか……。それをこの身体ではない、外側に置かれた自分にふるいたい」

「それには似姿がうってつけだってこと？」

「そう。どこかでとっくに自分が死んでいる。そう思えたらなんだかほっとするだろう？」

「ほっとするの？」

「する。安心する。生きていてもいい、とさえ感じられてくる。おかしいかな」

カイルは困ったような顔で笑った。

ふとガウリはスピーカーのつながれていないオーディオのことを思った。装置の中でだけ鳴っている、だれも聴けない音楽。

「じゃあいま、あなたはとっても安心なんでしょうね。だって未来のあなたはもう死んでいるんだから」

ガウリの（似姿の）目から、とつぜんぼろっと涙があふれた。予期しない感情だった。狼《ろう》狽《ばい》して、あわてて顔を覆う。

カイルがよりかかっていた壁から身体を起こし、ガウリを腕に抱いた。

「すまない。きみを苦しめる気はなかった」

頭がカッとなった。よっぽど耳元に怒鳴ってやろうかと思った。どんな気もなかったくせに、関心なんかまるでなかったくせに、と。

「お願いがある。もうラックには触らないでくれ。危険だから、きみが」

先週のときと同じせりふ。

ガウリは声を聴きながら、カイルの肩越しにさっきまで彼がよりかかっていた鏡の壁を見ていた。磨き立てられた鏡面のカイルの肌が触れていた部分が、皮脂で白く曇っていた。ほんとに生きてるみたいだなあ、と思えて、また瞼《まぶた》が濡れた。

皮脂の曇りは見おぼえのある形に変わっていった。自動車のような、恐竜のような、形。

いつのまにか鏡の小部屋は消え去っており、寝椅子に身体をよこたえたガウリ・ミタリは、転送から解放され壁紙の染みを眺めていることに気がついた。

目をさわってみたが、乾いていた。泣いたのは似姿であってガウリ本人ではない。そう思うことにした。

身体を起こして多重現実でいくつか表示をひらいてみた。似姿が記録した体験はすべて転送が完了していた。もういちど再生して細部をたしかめたいが、それはできない。現実が一度しか体験できないのと同様に、転送は一度きりしか行えない。

結局なにも明らかにならなかった。五百もの死はどこから提供されたのか。なぜそれをカイルがみずからにふるったのか。

カイルは知らない。知っていたとしても話す気がない。デッキにふれるな、と拒絶する。

まだガウリの知らない何かがあるのだ。

それを知らないままでは、これを何度繰り返しても意味はないだろう。

カイルの似姿はあと一つだけだ。

厚いカーテンの外では雷が遠くとどろき、霰《あられ》まじりの雨がはげしく窓を打っている。数えきれない霰がこの街をのみ込み、すべての庇《ひさし》や、地面や、街路樹の葉を鳴らしている。音がこの街を縁どりしているのだ。

いま聴こえるこのゴーっという音には、この街の正確な輪郭情報が保持されている。この音は何億という霰の打撃によってサンプリングされた街の輪郭なのだ。

安奈・カスキの体を縁どったカイルの指を、ガウリは思った。

――その指は、私の上で、安奈の輪郭をまさぐっていたのだろう。

なんという屈辱！　そう叫んで憤然と席を立てばいいのに。それだけのことなのに。

それでもぐずぐずとこの部屋にとどまっている。

壁のラックでは機器たちが、それぞれに小さなあかりを点している。

3

氷雨は、火曜の朝にようやくやんだ。正午近くなると寒気がゆるみ、外に出ようかとどちらからともなく声をかけあって、ガウリ・ミタリと浅生たがねは近くの公園へ昼食に出た。ベンチにふたり分の空きを見つけ、ガウリは腰を下ろした。地面は濡れていたが、ベンチは快適に乾いている。いつでも乾いている公園ベンチ——これこそ文明というものだ。

空は明るく、晴れ晴れした気持ちになる。薄いセーターを素肌に着ただけの軽装でも寒くなかった。ひざの白い紙箱は、行きつけの屋台で買ったチャイニーズのランチボックス。中華バーガーにかぶりつき、ふと気づくと、その手元を、隣のたがねがしげしげと見つめているのに気がついた。

「ん？」

「あ、ごめん。あんたのその長くてぽきぽきした指までもがさ、なんかもう蜘蛛に見えてきて」たがねは眼鏡をはずして嘆いた。まぶたがはれぼったいのは徹夜明けのせいだ。〈恐怖〉のコンセプトづくりにかかりきりだったのだ。「もう、家帰って寝よっかな」

「まあとにかく一区切りついたじゃないの」

恐怖の核となるのは具体的な体験がいいだろう、と決まった。単体の断片的なイメージを埋め込むのではなく、ある程度の長さを持つエピソードとして作られる。

そのエピソードには、恐怖自体とは関係ないが印象的なモティーフをいくつも埋め込んでおく。ありふれたものがいい。テーブルの木目とか、切手の図柄だとか、お菓子だとか。埋め込まれたAIは、そのモティーフに（木目や切手に）ふれるたび、得体のしれない不安に陥る。自覚はしなくても、周囲の区界自体はつねにAIに対して拘束的にふるまうようになる――というよりAI自身がそのように仕向ける。

「それにいいアイディアが出たよね。さすがにたがねだ。堂に入った冷血さだよね」

もうひとくち、かぶりつく。銭面饅頭《チェンメンマントウ》の生地を応用したバンズ。三枚肉を酒と醤油と香料とキウイジャムで煮込んだ具。おきゅうとの薄切りと辛子シートと白髪葱がかませてある。味だけではなく、異なる質感を歯が垂直に截断していくさまをきちんと楽しむ。もしかしたら――とガウリは考える――数値海岸の後では、私たちは現実の体験にずっと敏感になっているかもしれない。美しい風景写真にふれたあとでは、前よりも景色を丹念に見るように。

「あんた、口のきき方には気をつけなさいよ。上司なんだから」

「だって恐怖の核を区界自体に埋め込む《エンベッド》なんて、思いつかないよ普通」

冷血なアイディアとはこうだ。恐怖をAI単体ではなく共有ライブラリのひとつとし、AIの意思とは無関係に時どき勝手に参照する仕組みとする。なんでもないのに、ふっと背筋が寒くなったり、嫌な気持ちになったりするように。

たがねは食欲なさそうに、サンドイッチの断面を眺めている。アボカドとスモークサーモンのきれいな層。

「まあしかし一区切りついたのも、あんたのリサーチのおかげだよ」

「ああ、そうね」

ガウリのエージェントはいい働きをした。HACKleberryを始めとするいくつものネット自警団のサイトを回り、そこで警告されている〈多重現実爆弾〉のリストをたどったのだ。

多重現実爆弾は、はじめ他愛ないジョークプログラムとして開発された。ブーブークッションとか、指をはさむガムとかあのたぐいだ。他人の多重現実に投げ込み、ちいさないたずらを仕掛ける。むろんそれが犯罪に悪用されるまであっという間だったのだが、同時に自警団がそれを排除するフィルタを配付したためとうの昔に下火になっている。

ガウリが着目したのは、NightWare と呼ばれる〈悪夢〉爆弾だ。多重現実に突如として非常にグロテスクな感覚イメージを挿入し、ターゲットをひどい混乱に陥れる。昨夜、たがねとガウリはエージェントが公共ライブラリから借り出してきたサンプルの連続上映会をしたが、悪意ある人間のイメージの豊かさにはほとほと辟易《へきえき》させられた。

「あれは凄かったな。まともに食らったら立ち直れない」

「まあ、とにかく参考にはなるよ。〈恐怖〉の作り込みのね」

「元気だね。徹夜に強いよなあ。歳はとりたくないもんだ」

「あら、いやみ？　たがねのほうが五歳も若いくせに。あなたには私をスカウトした責任があるんですからね。いつまでもお達者でがんばってね。経営者のはしくれでしょう、専務」

「はしくれっていうのは自分を卑下するときに使う言葉だよ。社員が五人しかいないのに、専務なんて呼びなさんな」

ふたりは大学の同窓生だった。

ガウリの専攻は薬理美学で、たがねは都市再生だったが、なぜかよく同じ講義で顔を見たものだ。ガウリのコスメ会社はたがねの公園ゼネコンと同じ資本系列にあり、どこかのセミナーでばったり再会したのだった。

今世紀はじめ、ヒトゲノムの解読完了としめしあわせたように「セントラルドグマ」が崩壊した。DNAがコードするタンパク質という部材は、それだけでは生命に組み上がらない。順序よく組み立ててやる鍵が、実はジャンクDNAやエピジェネティックな領域にあることがわかった。その組み立てロジック——調整アーキテクチャをめぐる研究が何段階かの劇的なブレイクスルーを経てみると、そのまわりに薬理工学という巨大な沃野がひらかれていて、薬物耐性ウイルスや免疫疾患やガンの脅威の大半から人類を解放し、約三十年にわたって世界経済を牽引するとともに、メタジェネティクスと呼ばれるいくつものサブ領域をさらにその外側に生みおとした。ガウリの薬理美学もそのひとつだ。薬理美学は、文学作品や音楽、美術の中で「美」が生成するとき、そこで調整アーキテクチャがどう動いているかを研究する学問だった。

噛みとったバーガーをもぐもぐする。ごくん。そしてまたひとくち。

おなじころ、認知工学も実によく似たドグマの瓦解を経験した。ニューロンのふるまいを精緻に再現するだけでは、どうしても人間意識の質感に到達できず、ニューロンの木々を包みこむ周辺組織や化学物質の森にこそ、個別の認知現象を意識に統合するはたらきがあると判明してしまった。人間意識の核心部分が、神経膠細胞の物性や温度、ニューロンの周囲で明滅する化学反応に左右される総体の上に実現しているのであれば、これを電子的に演算することは絶望といえた。人体ひとり分を化学物質オーダーのメッシュで演算するだけで、世界の大半の計算資源を要するだろう。

そこから導かれるのは「計算世界は人間を欲していない」という、あまりにも手厳しい拒絶だ。

それは宇宙開発の全面的な挫折にもひとしい打撃を人類に与えるだろうと危惧された。フロンティアの喪失は人間の精神を閉塞させるから。

そんなときドラホーシュ教授が作りあげた情報的似姿は、人間の中身には深入りせず、その反応上の癖だけをロボット用AIに真似させて、代用人格にするものだ。たしかに一時しのぎにはなる。

しかし人間は、計算世界という移住先《フロンティア》を完全にあきらめたわけではない。情報的似姿の普及を横目で見ながら、ねばりづよく〈認知総体《コグニトーム》〉の研究は続けられている。

コグニトームとは、ゲノムやプロテオームという生物学上の概念を思考の枠組みとして借用したものだ。

生物は、外部の環境変化をセンシングし、取得した差分から別の情報を生み出して生存を有利にする。それが情報の代謝だが、そのとき生物の内側では情報処理のための無数の単位プロセスが稼働している。遺伝子の総体がゲノムであり、タンパク質合成のプロセス総体をプロテオームと呼ぶように、認知の単位部品の総体、情報代謝のプロセス総体に、だれかがコグニトームと命名した。すると、その単位プロセスを工学的に取り扱おうとする「コグニトミクス」が、ゲノミクスをまねて誕生した。

コグニトミクスは情報的似姿で最初の発展期を迎えたが、そのあとの長い平原状態《プラトー》から脱せずにいた。

ガウリがたがねに目をつけられたのは、彼女が調整アーキテクチャに通暁《つうぎょう》しているからだ。ゲノムのジャンクな部分に上位構造が格納されてたろう？　おなじことがヒトの意識にもいえるだろうが。たがねは再会したガウリの耳にそう吹き込んだ。――グリア細胞のふるまいをバケ学オーダーのメッシュでシミュレートしなくちゃいけないのか？　もっといい方法がある。「単位プロセス」と「意識」のあいだに架かってるはずの調整アーキテクチャを計算すりゃいいんだよ。

どうやって、とガウリは訊いた。

給料出すからあたしと一緒に考えてくれ、とたがねは応じた。

転職してわかったことがひとつ。たがねは野心家だが、社長はそうでもない。地道な業務が給料の原資を培《つちか》う。そういうわけでふたりは〈恐怖〉づくりに徹夜するのだ。

「やっぱり寒いなあ」たがねは湯気の立つトマトスープを紙マグから啜った。「このままじゃ痔になりそう」

いつものことなのでその下品さは聞き流す。

「じゃあ……そうならないベンチを作ればいいじゃない。濡れないベンチもあなたの発想でしょう」

「痔に効くベンチか。それが発明できたら大金持ちだなあ」

たがねはとうとうひと口もかじらないままサンドイッチを紙袋に戻した。たがねはものをあまり食べない。小柄でやせている。細い腕。

ふと、その左手に目がいった。親指のつけ根の関節のあたり、少し皮膚が厚くなっている。そして、すこし裂けている。たがねはそこを嚙むくせがある。そのせいだ。

「ねえ、もう食べないの？」

「うん、お昼はね、あんまりお腹《なか》が空《す》かないな」

お昼だけではないと、ガウリは知っている。あんまり食が細くて、学生時代、月経の止まったことがあった。

「だのに、馬力はあるのよね、たがねは」

「そうよ」

たがねは袖をめくり細腕で力こぶを作ってみせた。そこには光の加減でうかびあがる模様が焼きつけられている。多重現実ではない、皮膚に焼きつけられた刺青だ。日本刀の紋のように波うつ線が一すじ、手首から肩へのびている。

昼食をとり終えると、ふたりはいつも遠回りの道を散策しながら、オフィスに戻ることにしている。前を歩くたがねの背中を見ながら、ガウリは自問を続けていた。

私も刺青を入れてみればよかったかもしれない。もっと色の強いものを、腕だけでなく全身に、びっしりと、紙幣の地模様のように細密なやつを敷きつめれば。そうすればカイルも安奈を透かし見ることなどできなかっただろう。すりガラスみたいに。

ガウリは立ち止まった。胸苦しい。公園の冷たい空気を深呼吸した。両腕で身体を抱え、ごしごしとこすった。

その手がぴたりと止まった。

「お願いがある。もうラックには触らないでくれ。危険だから、きみが」

ずっと気になっていた。

なぜあの部屋にはスピーカーがないのか。

音楽を鳴らさないのに通電してあるのか。

なぜデッキではなく、ラックと言ったのか。二回ともカイルはそう言ったのだ。

試作品。そして、キューブリック的室内《インテリア》。

「なんだ……」思わず声が漏れた。

拍子抜けするほど、あっけない。

「たがね！」

同僚の背中に声を投げた。

「悪いけど私、きょうは早退《はやび》けするよ」

4

五十年前と比べると、東京都区内の都市公園の総面積は、十倍ちかくにふくれ上がっている。

日本の人口減少は長期に及び、その過程であらわれたさまざまな局面が、複雑に影響しあって、思いもよらぬ変化を都市景観にもたらした。日本全土で一様に人口が減るわけはない。自治体間の人口争奪は熾烈をきわめ、ある時期それに敗れつつあった東京は構造的なむだ——フロア面積の巨大な余剰を、建築物リフォームと機能性公園の大胆な推進でリストラクチャしようとしている。

東京に過積載されていたコンクリート製のインフラが剝ぎ取られ、江戸の景観がふたたび目に見えるほど姿をあらわしたかと思ったのも束の間、気がついてみると陸続と整備される巨大公園が「緑色環境破壊」を推し進めていた、というわけだ。

職場を離れ山手線に乗ったガウリは、車窓からそのような公園をいくつも眺めることになった。線路に沿って緑地帯を形成する発電公園をぼうっと見ていると、公園の設計にも調整アーキテクチャが組み込まれているのがうっすら見えてくる。この公園は下水処理と太陽光発電を効果的に組み合わせた化学プラントだが、その植栽計画は、この公園に組み込まれた機能性生物群が自己組織的に編み上げるよう設計されているし、限られた公園用地の中で最適配置をするためにも同様なアーキテクチャが組み込まれている。それを知る者の目には、景観にすきこまれたパターンとして見えてくる。

鬱蒼とした樹冠は、車窓から見ると波頭のようにうねる。緑の波が何度も盛りあがり、またしずまる。


有楽町で降り、大通りづたいにしばらく歩いて四丁目の大きな建物に到着した。

「カーサ・デル・ヌメロ」の名がついていることでわかるように、そこは数値海岸を運営する団体の旗艦店であり、物理世界での唯一の拠点でもある。ここでは数値海岸にかんするあらゆるツールや素材を体験し、購入することができる。数年前までは大きな服飾ブランドが入っていたビルだったが、なるほど自宅のデッキがクローゼットなら、ここはブティック・ビルなのだとガウリはおかしくなる。

エントランスには大きなフォントで警告が浮かび上がっている。このドアをくぐると多重現実がごっそり剝ぎ取られるからだ。排除レベルはガウリの住居の共用スペースよりもずっと厳しい。ここでは医師が処方したモジュールや保護観察タグくらいしか許容されないのだ。

まったくおかしなものだ、とガウリは思う。

コスタを推し進めたドラホーシュ教授は「世界に右クリックをかけたい」と言っていたそうだ。ところが右クリックが効くのは、実際には多重現実が何重にも覆いかぶせられている物理世界のほうで、数値海岸ではむしろその手のインタフェイスは一掃されている。

界のクォリティは、たいていユーザが手を加える余地がないほどすばらしいからだし、ある種の不自由さが、かえってリゾートの価値を高めるからでもある。ドラホーシュは、区界の中で魔法のように周囲を編集、改変したいと思っていたようだが、そうはならなかったということだ。カーサ・デル・ヌメロのエントランスは、そんな逆転を、建築物として表現したものだといえる。

ガウリはエレベーターで七階へ移動した。このフロアでは開発者向けの高度なツールをデモしたり、セミナーを開催したりする。時間帯のせいか人影はまばらだった。インテリアは簡素で空間に余白が多い。モノクロームぎりぎりまで彩度を抑制してあるが、よく観察すると茶、緑、銀、朱などの色味が、居心地よいリズムで配置されてある。照明は抑えてあり、視線は自然とカウンターに誘導される。フロアの一辺がそのまま長く大きなカウンターだ。ホテルのコンシェルジェ・デスクのような、高級レストランのウェイティング・バーのような印象をただよわせている。飲み物や軽食をとりながら業務上のアドバイスを受けることができる。数人がスツールに腰かけていた。

「ご相談したいことがあるんですけど」

ガウリは自分と同年輩の係員に声をかけた。色白で細身の青年だった。

「いらっしゃいませ」

青年が品のよい微笑みをうかべて、手をかるく動かすと、空気のながれを背後に感じた。音洩れを防ぐカーテンだ。ここは企業秘密を含めどんなことでも話し、相談を受けられる場所だった。

「おかけください。なにか召し上がりますか？」

「外が少し寒かったの。甘みがあって、あたたかいカクテルがありますか」

「かしこまりました」

やがて供された飲み物を受け取り、一口飲んだガウリに、青年は話しかけた。

「ご相談はなんでしょう」

「他人の似姿から体験を転送することは、できますよね」

「そうですね……。不可能ではありません。あくまで技術的には、ですが。私どものサポート対象ではありませんし、じっさいになさる方はまだあまりいらっしゃらないようですね」

「それはどうしてなのかな」

「相手の了解を得るのがむずかしいのです。よほど気を許した関係でも、そこまで踏み込むのは躊躇《ちゅうちょ》なさるようです。自分の思考や感情、あるいはもっとプライベートな領域を他の方がお召しになる、ということですから」

「たしかに恥ずかしいかもしれない」

「むしろあまり知らない方とのあいだで行われるか、あるいは、交換すること自体に特別な意味をもたせるかでしょう」

「意味」

「犯罪組織のイニシエーションですとか」

青年が微笑んだのでジョークだとわかった。

「あるいは交換自体に嗜好を持たれる方同士でお楽しみになるとか」

「ねえ、他人の似姿体験を転送されるのはどんな感じがするものかしら。たとえばその人の歯のかみ合わせと私のとは違うでしょう？　我慢できるかしら。考えただけで肩が凝ってくるんですけど」

青年は小さく笑った。

「そうおっしゃる方は多いですね。サポート外なので私からくわしいことは何とも申し上げられませんが、相性が合わなければひどい不快感に悩まされるようです。転送をやめてもずっと残る場合も」

「あら怖い」

「しかし、多少の違和感ですむ場合もある。これは逆に、素晴らしい体験になるそうです」

「どんな感じだか、うまく想像できないの」

「あるお客様はご自分のことを音痴だと思っていらしたのですが、ある時、歌の上手など友人の似姿をお召しになったそうです。

歌をうたうことがどういうことか、そのとき卒然と理解できた、とおっしゃっていますね。

今まで耳の下からあご、喉や首にどれだけ不自然な力を入れていたか、と。音程や拍節に身体をあわせていくことがどんなにたやすいことだったか、と。

この場合、落差じたいが快かったそうです。〝音痴〟が、頑固な肩凝りのようなもので、それがマッサージされて、ほぐれ、溶けていくようだった、と」

「説明がお上手ね。なんだかわかったような気になっちゃった。体験してみたくなったわ。芸能やスポーツの技術の伝承にはよいのかもしれないわね」

「上級レベルではそうもいかないでしょう。プロのプレーヤーはおひとりおひとりが最高にチューンされたレーシングカーのようなものですから。

失礼ですが、お客様はご自分の似姿をUnweaveで編集なさったことがおありですか？」

「あまり過激なのは、ちょっと。うす化粧程度なら」

Unweaveは阿形渓が開発した、情報的似姿をほどき、編集を実行できるツール群だった。Unweaveは、使いようによっては他人の似姿とじぶんの似姿を似せあったりすることさえできる。非常に高度な技能さえあれば、だが。

「物理世界でビーチへ出かけるとなれば、どなたもダイエットや腕立て伏せをなさいますでしょう。区界でも、やはり、ご自分の似姿をいくらかでも良くなさりたいのです。たとえば歯並びを修正なさる方は沢山いらっしゃいますよ。でも、それで肩が凝る例は思ったよりも少ないのです。

人間の似姿どうしを比較するとほとんど違わないといわれます。体重一五〇キロの格闘家と九八歳の老婆を較べても、ほぼ一〇〇パーセント一致するのです。小数点以下十桁まで九が並ぶんですよ。──お替わりはいかがですか？」

「じゃあこんどは冷たいものを。──違いが極微なのはあたりまえですよね。臓器の数や性能が違わないのと同じ。私と他人の差はその見分けられないほどの差異の中にあるんじゃないでしょうか」

青年はにっこりうなずく。

「おっしゃるとおりですね。──お待たせしました」

背の高いグラスをカウンターに載せて、そっと滑らせる。ガウリは目を凝らして青年の手元を見つめる。ここの視覚トリックは巧妙で青年とこちらとの継ぎ目がどこなのかよくわからない。そこに立っている青年は、いうまでもなくAIの立体映像だ。カウンターの向こうに垂らした何枚もの紗幕に、プロジェクターが映写して実物のように見せている。多重現実ではない。すくなくとも光と紗幕には物理的実体がある。

グラスの脚にふれると、冷たく、硬かった。飲料の味はきりっとひきしまっていた。上品な酸味がガウリの感覚を収斂《しゅうれん》させ、思考を明晰にし、意思を固めさせる。

「Unweaveには、改変された似姿とお客様とのギャップ、食い違いの不快感を緩和するためのツールが含まれています。目立たないものですが、阿形渓の天才が最高度に発揮された傑作のひとつと言われています。違和感は残し、不快さだけをやわらげる」

「知らなかった」

「普及版や通常版ではUnweave本体と不可分なのですが、フルパッケージであれば――」

「単体で使えるのね？」

青年はにっこりした。

「他人の似姿を着るときにも使える」

「……」

サポート外ですから。どうかお察しください。そんな微笑みだった。

「じゃあ、それをいただくわ」

「かしこまりました。しばらくお待ちください。軽いお食事もご用意できますが」

「それはいつかまた」

ＡＩはカウンターの奥へきえる。ガウリは商品が包まれるまでのあいだ、光を失った紗幕を眺めていた。

5

避妊具のような、薄い皮膜で身体をぴったりと覆う。

微粒子のサイズが人間の解像度を超え――ガウリはその部屋に立っていた。

真紅のミーティングテーブル、

同色のファブリックを使ったチェア、キューブリック的室内《インテリア》の中に、いた。

なにもかもがほのかに明るい無影の空間。天井も壁も床も、清潔な幾種類もの白で構成されている。だからここはカイルの部屋ではない。

床が麻色の起毛素材ではない。

天井は高くフロアも広い。寝椅子もない。

テーブルの上には紙コップが出しっぱなしだった。緑色の円で縁どられた魔女《サイレン》の顔は、スターバックスの商標。ついさっきまで誰かがいたような、白い湯気。

ここは本物のキューブリック的室内《インテリア》なのだ。かつてドラホーシュ教授のチームが仕事をしていた研究棟の一室。それがそっくりそのまま、いま描出されている。

そのテーブルへ歩いていく。硬い床、スニーカーの感触。

ああ、目の位置が高い……とガウリは思った。歩き方もちがう。かかとが低く、大股で力強い。

カイルはこんなふうに世界を歩いていたんだな、とガウリ・ミタリは（カイル・マクローリンの似姿のなかで）考える。

カイルの肉体感覚、カイルの精神傾向がこの似姿にぎっしりと充満しており、身体を動かすたびに生々しく立ち昇って、ガウリは陶然とする。カイルが脱いだばかりのスウェットシャツを、あたたかいまま身につけたかのようだ。

キューブリック的室内《インテリア》。

カイルはこの場所に身体が馴染んでいる。しかしガウリははじめてだ。そのギャップは、なにもかも知りつくした恋人どうしがはじめての話題について会話するときのような、親密感と新鮮さがまじりあう、なんともいえない気持ちの良さだった。

カイルの似姿は(ガウリは)紙コップをとりあげる。

そのままコップを持ち上げて湯気の香りをかぐ。

コーヒーの匂いと――

血なまぐさい匂いをかぐ。

固くなった死体の匂いをかぐ。

乾き、砕けた骨の匂いをかぐ。

この室内にしずかに満たされた死の匂いを、カイルはふかぶかと吸う。ガウリは(カイルのなかで)その転送をかぐ。

肌が粟立つ。その戦慄はカイルのものであり、自分のものであり、あるいはそのブレンドでもある。

匂いのもとは見当たらない。整頓され、滅菌された静謐な内面《インテリア》だ。

しかし、かつてこの室内で行われたむごたらしい行為の結果がすぐそばにあるのだ。それは不可視にされ、匂いだけにアクセスが許可されている。なんのため? カイルの似姿のなかにいるガウリは、その見当がつく。

カイルを焦《じ》らしているのだ。

その人が、たぶんほくそ笑みながら、戦慄《おのの》くカイルをどこかで見物している。

ふと動かした指先が死体にふれるかもしれない。いま背後に姿をあらわしつつあるのかもしれない。不可視の薄膜の向こうから、その人が観察している気配を痛いほど感じて、恐怖が甘くかれを（ガウリを）押しつつむ。

無人のインテリア。

ここは、数値海岸ではない。区界ではない。ヴィンテージオーディオを特定の方法で結線したときにのみ出現する、官能素空間。

どのネットワークとも無縁で、ひっそりと孤独に存在しつづけてきた、カリン・安奈・カスキのプライヴェート・ルームだ。


ドラホーシュ教授のチームは、情報的似姿の開発に際し、研究棟をそっくり再現した官能素空間を作り、そこで研究スタッフの似姿を生活させた。研究棟のインテリアがあんなにシンプルなのも、白と赤を印象づけてあらを見えにくくしたのも、似姿がそのことに気づかないようにするためだったというのは、技術開発史の伝説的エピソードだ。

うるさい規格が組み込まれるまえの試作機。

それはデッキだけではなかったのだ。官能素空間自体を——用ずみになった研究棟のモデルを持ち帰り、そしてわからないように隠した。

カイルは言っていたではないか、「ラックに触るな」と。デッキではなくて、ラックと言った意味、機器がすべて常時通電されていた意味に気がつかないほうが、いまにしてみれば、どうかしていた。

最初に見つけたパーツは、プリアンプの巨大なアッテネーター回路に偽装されていた。パワーアンプのトランスから、カセットデッキのヘッドから、トーンアームの錘《おも》りから、ガウリは大小の機器を見つけ出していった。

つぎにガウリは、カイルの本棚から革張りのノートを探し出した。カイルのレシピ帖だった。彼の手稿を見たのは、そのノートが唯一の記憶だった。電子化したくない情報があったとすれば、ついそこに書いてしまったにちがいない。案の定、調味料で汚れたビリアニのページのつづきから「結線図」が何通りも万年筆で書き留められていた。ガウリは、紙の角がいちばんすり切れたページを探し、そのとおりに結線し直した。当然ながら接続に苦労することはなかった。カイルが死んだときすでにその結線は行われていた。ガウリが似姿デッキを取りはずした時に、よけいに引き抜いたところを戻すだけでよかった。ケーブルは自作品だった。転送速度にすぐれた最新の規格をそれと分からぬよう偽装してある。それを繋ぎもどせば、十数台のオーディオ機器に組み込まれたちいさな機械が連係して、所定の官能素空間を編みあげる。もしくはその空間へのパスが開通するのだ。

どうやって謎が解けたのかガウリにも筋道だった説明はできない。なにもかもが一瞬に、ひとまとまりの可能性として浮かび上がってきたのだ。

なぜスピーカーがないのか――ふとそれを考えた瞬間、伏せられていた札がつぎつぎに表を見せたのだ。

なぜスピーカーがないのか。ラックの中で演奏されているのは、音楽ではないのだ。

カイルの死が数値海岸から転送したものでないとしたら。――そう、数値海岸ではないところから落としてくるほかはない。

どこだろう？――ああ、それがつまりラックなんだ。

そして最後に浮かんだ疑問はこうだ――そもそもラックの機器はカイルのものなんだろうか――ほかのだれかのものかもしれない。

だれだろう。

彼女だろうか？

彼女は、カイルの元恋人であり、試作版のデッキや器材を入手できる立場で、自分の身体を何度も損ない、ついには死亡した（自殺、あるいは事故死した）人物であり、そうして不穏な噂がいまも囁かれている。

革張りのノートの欄外には、このような走り書きがあった。

「キャリバンの家へ」と。

安奈・カスキについて公然と囁かれていた噂、それは彼女こそが阿雅砂の誘拐者〈キャリバン〉だ、というものだった。

あの女はまだ姿をあらわさない。

大声で怒鳴りたいところだ。

出てきなさいよ！　と安奈にかみつきたいところだ。

もちろんそれはできない。いま転送を受けているこの体験は、ラックの機器の中で起こり、もうとっくに終わったできごとだ。

二台目のデッキに残っていたカイルの三つ目の、つまりは最後の似姿を、ガウリが「キャリバンの家」へと送り込み、回収した体験。

カイルもその人があらわれるのを待ち焦がれている。

恐怖しつつ、胸おどらせてもいる。

早く彼女があらわれ、この猶予の時間を断ち切ってくれないか、その異常性を思う存分じぶんに対してふるってくれないかと。

ガウリは耳を塞ぎたかった。でもそれはできないし、しない。転送のコマンドを送るときに覚悟はきめていた。すべてを受け止めるしかない。

ことり。

音がした。カイルは慌ただしくあたりを見回す。なにも変化はない。いや――あった。トールサイズの紙マグ、魔女の顔をあしらった容器がひとつふえていた。目を離したすきに、だれかがそこに置いたのだ。

それにしても――ことりという音がすこし重すぎなかっただろうか……。カイルが（ガウリが）そう思ったとたん、ぱたりとコップが倒れ、たっぷりの血とともに大ぶりの肉片が流れ出てきた。

眼球とそのまわりの筋肉だった。

流れながら、目玉はくるりと動いてカイルを見た。ガウリもまた、そのどろっとした視線でたしかに見られたような気がした。

そのまま眼球は床に落ち、しめった音を立てた。反射的にうしろに下がろうとすると、かかとがなにかに当たった。ふりむくまでもない。白い天井、壁、床のあちこちから、不可視にされていた死体、何百という無残に破壊された情報的似姿が滲みだし、たちまち広々としたミーティングルームにひしめいた。

それはことごとくカリン・安奈・カスキなのだった。

そう、カイルの目を通しているからこそ、ガウリはその光景を正しく判断できた。

うりふたつではあっても、そこにいるのは阿雅砂ではない。〈キャリバン〉が阿雅砂にほどこしたのとそっくりな暴力が、安奈の似姿にふるわれていた。

どれひとつ同じ傷はない。想像力と工夫のかぎりを尽くした自傷の履歴が、人形蒐集《コレクション》となって展示されていた。カリン・安奈・カスキの、精神の内奥に巣くう部屋が、そっくりそのまま描出されている。

「こんにちは、カイル」

声がした。

「もう来てくれないのかと思っていたわ」

意外なほど落ちついたアルトだ。エキセントリックなところが微塵もない。水を打ったように冷静で、知性がすべてを把握している。ガウリはこはじめて、心底震え上がった。

「ありがとう。会えてうれしい」

声の主は、テーブルの傍らにすわっていた。

黒く長い髪。白く長いコート。美貌と言うにはあまりにととのいすぎて、その凄みがわかりにくいほど美しかった。

声の主には、見るかぎり傷ひとつない。まわりに横たわり、磔《はりつけ》にされた安奈たちとは対照的に。

「安奈……」

カイルは（ガウリは）声をかける。

「カイル、このあいだはびっくりしたわ。あなたはわたしをひどく侮辱した。もう会わない、とまで言った。それだけじゃない――」

カイルは（ガウリは）安奈に近づく。遠目には人形のように見えたが、近くでは生身の質感がちゃんとあった。肌の色のむら。小さくけば立つ産毛《うぶげ》。

しかし――

ガウリは自分の目を疑った。

安奈・カスキの輪郭が、じりじりと不快なノイズを出しているように見えた。あるいはハロウを放射しているように見えた。

安奈のふれた官能素が、めらめらと揺らいでいる。

いやな予感がした。

近づきたくなかった。

それでもカイルは安奈の前にひざまずく。

「――あなたはこの部屋から持ち出そうとしたわね」

安奈の笑顔が視野を完全に占めている。

安奈が――

安奈の手が、カイルの後頭部に回された。

安奈が、浸透してきた。

安奈の輪郭の震えがカイルの境界を侵犯し、似姿の全身に微細ななにかが混入していく。

いままで着ていた衣服が別の染料で染め替えられていくようでもあったし、布の繊維が一本ずつすり替えられていくようでもある。

「わたしの――」

その声が外から聞こえるのか、裡《うち》で鳴っているのか、もうわからない。

「――傷を！」

とたんに顔の下半分が、これまで体験したことのない苦痛で占められた。

ガウリは（寝椅子の上で）絶叫した。

カイルの似姿は叫べない。なぜならいつのまにか、彼の唇は太いテグスで縫合されていたからだ。

「言い訳はいわなくていいのよ」

反射的に動かした両手のすべての指も、すでにこぶしの形に縫いあわされていた。肩から肘までも身体に縫い止められていた。

安奈はカイルの顔にあてた手を離さず、そのまま立ち上がった。体重を失ったように、カイルの身体もふわりと持ち上がる。

全身をざあっと、大きな舌で舐められたような感触が走った。肌にくまなく、ちりちりした痺れがうまれた。見ると、カイルの全身に細い線条が交錯しているのだった。古い磁器の釉薬に入ったひびそっくりで、碁盤目状に引かれている。

ガウリは苦痛と衝撃で完全に混乱していた。

何が起こるのだ。

これから何が起こるのだ。

青く塗られた安奈の爪、人さし指がカイルの額に当てられた。

カリッと引っかかれる感触があった。なにかが外れた、と思った。

小さなタイル。

「ほら、あなたのおでこよ」

碁盤のひとマスが乾いた小さな矩形になって、ぽろっと外れたのだ。

安奈は舌を出した。舌苔《ぜったい》のかけらもない、味蕾《みらい》の粒のそろった美しい舌にタイルが載せられた。

舌がつるっと口の中に消えた。

かりっかりっという音が聞こえた。

目がいとおしそうにカイルを見ている。

その目はしかし、

（その人がほんとうに関心を持っていたのは、彼女自身だけだった）

うっとりと鏡を見るような艶で濡れている。

ガウリは悟った。

このカイルの似姿も、安奈にとっては、じぶんの一部でしかないのだ。彼女は、かかわるものすべてに自らを投映する。ふれるものすべてに自分を浸透させていく。

その挙げ句に、自傷する。

だから──カイルのなか、手も足も出ない状態でガウリは理解した──だから、いっさい容赦はしないだろう。彼女にとって、これは絶対にとめることのできない、やむに止まれぬ行為なのだ。

そもそもカイルはどうして〈キャリバンの家〉の扉をあけたのだろうか。安奈の遺品のラックを持ち帰り、結線図を解読してまで。

想像はつく。カイルは、安奈がほんとうに〈キャリバン〉だったかどうかを、どうしてもたしかめたかったのだろう。

そこに誤算があった。

現実の安奈は、秘密の一面は持っていたにせよ、当然ながら、自己を統制でき、常識もある医師だった。

だが、安奈の似姿は、そうではない。いまここにいるのは、精神のもっとも危険な暗部を露出させ、異常性のピークを体現した安奈だ。かつて阿雅砂《ラギッド・ガール》にふるった虐待を、おのれ自身のコピーに再現しては、うっとりと悦に入る、完璧な美女。

この浸透性に打ち克つのは容易でない。カイルはあっという間に屈服してしまっただろう。

危険は承知していたつもりだ。カイルを着る前に考えうるかぎりの手は打ってあった。苦痛のリミッターを多重化、冗長化し、衝撃は相当減じられるはずだったし、緊急離脱のキーはいくつも用意し、たとえ身体イメージが完全に拘束されても離脱できるようにしてあった。

いまガウリはカイルのなかで、判断を迫られていた。

離脱すべきか?

いいえ、あとすこし。

これが、最後の似姿、最後のカイルなのだ。

あとすこし……もういちどつぶやいて、ガウリはとどまった。

胸のタイルはすでに極小のサイズとなり、安奈の手がふれると不安定に泳動した。そのタイルを編集して、安奈はそこに傷を描画していった。胸から腹へ、下腹部へ、垂直な裂傷が描かれめりめりと音を立てて広げられる。タイルの一部は金属質に変質し戯画的な鉗子《かんし》となって創傷を固定するとともに、その先端が水銀の流動性と刃物の鋭利さで、カイルを奥へ奥へと切開していく。刻々と描かれるこの傷は、安奈の「作品」だ。

ガウリは激烈な苦痛に（これでもリミッターはかかっているのだ）苛《さいな》まれているが、それすらたいした問題ではなかった。それをも上回る、安奈の圧倒的な感覚が、押し寄せ浸透してくる。それはおよそ表現不能だが、しいて言えばみずからの背中を正面から眺め、そこへ文身《いれずみ》を刺していくような、刺す苦痛と刺される快感が一刻ごとに交代しつつ生起する感覚の騙し絵だった。

安奈は水浴びをする白鳥のように、優美な喉をのけぞらせていた。その輪郭は青白い放射を放ち、この室内のすべてに安奈の感覚が浸潤している。

ここに足をふみ入れたがさいご、だれであろうが安奈にされてしまう。ここにひしめく無数の、そこなわれた人形と同じように、傷をかざりつけられてしまうのだ。

寝椅子の上で、涙を流し、嘔吐し、急激な血圧低下に見舞われている自分を、ガウリは認識していた。

もうだめだ、離脱しよう。

そう決めたときだ。

冷静なアルトが降ってきた。

「だめよ」

——え？

「だめよ、ガ、ガウリ」

のけぞっていた首がなめらかな動きで起き上がり、きれいな瞳がガウリを（たしかにガウリを）捕捉した。

「そんなところにいても、わかるんだから」

青いマニキュアの親指がぐいっとカイルの口に差し込まれた。他の四本は頰を押さえる。

動悸が乱れた。

何をされるか、わかった。

でも、もう、どうにもならない。

頰を押さえたまま、安奈・カスキは親指でテグスを切った。そのあと蜜柑の皮を剝くように指を動かした。

めりめりと音を立て、
タイルの目地にそって、
カイルの皮がめくり取られていき、
耳まで来たところで、安奈はカイルの頭を鷲摑みにして、ぜんぶむしりとった。

「ほうらガウリ、こんなところにいたのね」

ぎゃあっという叫びはカイルのではない。この室内にじぶんの声がしていること、それが最大の恐怖だ。

なぜここにいるのか、なぜ安奈の指がいまじぶんのこめかみをつかんでいるのか、その爪が食い込んで痛いのか、
ガウリにはまったく理解できない。

これはカイルの似姿が転送している体験、すでに終わったできごと、自分が能動的にはかかわれない（だからこそ高みの見物でいられる）記録ではないの？

「ぜーんぜんちがう。残念でした」

まちがえた？　私まちがえた？

引きずり込まれたんだ！

「あなたの話はかれからいろいろ聞いていたわ。とってもかわいらしいお嬢さんだって。お料理とお花が好きなんだって。

カイルはあなたのことをあまり話したがらなかったわ。だからこうやってすこし強い調子で訊かなければならなかったのだけれども。

やっとこうして会えたんだもの。もっとおはなししたいな」

は、は、

息が浅く早くなる。冷たい脂汗が頰を伝う。ガウリはなにひとつ考えられない。

「カイルはね」

こえがしみとおってくる。この女《ひと》がどうくちびるをうごかしているか、ぜんぶつたわってくる。まるでわたしがはなしているみたい。

どうすればこの女をおいだせるの？

死んでしまうしかないの？

「カイルはね、わたしから離れるために、自分を殺しちゃったのよ。ああ淋しいな、だれかわたしを見に来てくれないかな、って思っていたところなの」

出口はどこ？

出口はどこ？

こわい、こわい、

おかあさん、おかあさん、

たすけて、たすけて、

「さあ、こっちにおいで」

ガウリは首から下にカイルを着たまま、頭髪をつかまれて、何十と陳列された安奈のほうへ引きずられていく。

あんなふうにされるのだ、と思う。

「もうしません、もうしません！　ごめんなさい、ごめんなさい！」

混乱し泣きじゃくるガウリ・ミタリを、安奈・カスキは異常な力でふり回した。どこかに頭が激しくぶつかった。激痛。

目を閉じ、また開けて、
息づく夜の動物園が視界の隅を横切った。

ああ、あのラックの角でぶつけたんだ。道理で痛いよ。

――え？

引きずられながら、ガウリに正気が戻った。

――え？

あの「室内」にラックはなかった。

ラックがあったのは……カイルの部屋だ。

私はカイルの部屋に帰ってきている。

引きずられながら床に手を這わす。麻色の起毛素材。そしていま頬に付着したのは、私が寝椅子でもどした嘔吐物。

い、い、い、い、い、い、い、い、い、い、
この部屋に安奈がいるのはさらに異常な事態だと十分理解した上で、それでもここは私の家だ。じぶんの家なのだ。

「くそ」

声が出た。

「くそう」

私の声だ。

「こんちくしょう！」

思いきり吐いた息の反動で、吸う。ぜいぜい喉を鳴らしながらそのまま腹の底まで吸う。吸う。安奈の手首をつかみ、髪からもぎ離した。よろめく脚をふんばり、立ち上がって、目の前の人形女の頬を思いきり平手で張り飛ばした。

「この死に損ない！」罵声を浴びせた。「変態女！　とっとと帰んなさいよ！　人んちに上がらないでよ！」

安奈は平気な顔で笑った。

「いいえ。ぜったい帰らない――と言ったら？」

ガウリは仁王立ちのまま、こんどは左手で平手打ちをした。

「こうよ」

安奈の頬が音高く鳴った。

安奈は平然と同じ場所に立っている。なぜここにいられるのか。なぜ叩くことができるのか。

ようやく頭がはっきりしてきた。仕掛けがわかった。

――こいつは私の多重現実をハックしたんだ。こいつは転送される似姿データの中にもぐりこんで、いまは私の多重現実の上で動いている。

私の視床カードの上で動いている。

「そう。わたしはあなたの中にいる」

生理的な嫌悪よりも、どうしようもない無力感が強い。ガウリはあの強力な浸透力を思い出した。あらゆるものに「私」を投映し、着こなしてしまう女。安奈にとっては、すべてが自分のワードローブなのだ。

安奈にとっては、この世界がまるごとクローゼットなのだ。どんな服でも選びほうだいだ。たとえばカイル。たとえば——ガウリ。

どうすればいい？　どうすればいい？

そしてカイルは自殺を択《えら》んだのだ。〈キャリバンの家〉の何百という死体は、安奈がかつて阿雅砂にふるった破壊の再現だ。安奈の似姿の上に再現したのだ。それをカイルは盗みだした、という。五百もの死を一気に転送して、みずからの視床カードと心臓を焼き切ってしまったのだ。

どうすればいい？　どうすればいい？

「駄々はもうそれくらいにしましょう」安奈は猫なで声を出した。猫なで声でさえ氷のように冷静だった。「わたしはあなたの欲望が手に取るようにわかる」

安奈はガウリの手を取り、その親指を伸ばしてガウリに見せた。濃厚な色の肌。とがった組織が爪のかわりにそこにあった。

「ほら、ここに芽がのびているのが見えるでしょう。忘れているでしょうけれど、あなたはよくこの夢を見るのよ。

汎用植物《オムニプランツ》を手に入れるずうっと前から。

初潮よりも前から見ている夢。

ガウリ、あなたはお花が好きね？

切り花ではなくて、根を張り、枝を伸ばし、芽を膨らませて、やがて艶やかに咲く花が。

酔っぱらうほど香りが濃くて、
雄蕊《おしべ》がつながりあうほどたっぷりと花粉をつけた花ね？

あざやかなスーツや、きれいな水着。

エスニック売り場での居心地悪さ。

カイルに見てほしかった気持ち。

すべてもとはひとつよ。

私への嫉妬は表面的な方便。

あなたの欲望は、もっと根深く、貪欲で、はしたなくて、ほんとうにかわいい」

首から下に残るカイルのタイルを、安奈は、むしりとっていった。

むしりとられるかけらは、それでもまだ生々しいカイルの質感を残している。一枚一枚が、小さなさけびをあげたり、おいおいとむせび泣きながら、剝がれ落ちていく。

高く持ちあがった乳房、かたく平たい腹、逞しい大腿部、濃く茂った陰毛。タイルの下からしだいにあらわれるガウリの全裸には、粘膜に濡れたうす緑の芽がいくつも頭をもたげていた。それが多重現実に干渉され、見せられるヴィジョンとわかってはいても、ガウリはその魅力に抗しきれない。

もっと表現してほしい。

わたしが何者であるかを、形にしてほしい。

安奈が手でガウリの髪を梳《す》くと、そこに光沢のある濃い緑の蔦が繁った。全身の芽が充血した。

「いいでしょう？　わたしも前に経験がある。解釈され、名付けられ、写しとられる。自分のことを教えてもらえる。

わたしは安心し、喜んですべてを渡したわ。

きっと今でも阿形渓の中で生きている。渓のリソースを食べながら、わたしは生きているはず。

約束する。

わたしもあなたを傷つけたりなんかしない。

こんな可愛いひとだもの。わたしと同じようになろう？」

ガウリは汗びっしょりで、うなずくように項垂《うなだ》れた。女の白いコートに熱い額を押し当てる。

「ね？」

やさしい声でもういちど髪を梳き、
バチン！　金属音が鳴った。

人形女の顔がこわばった。

なにかが安奈を、髪の中に引きずり込もうとしている。

物凄い力で。

悲鳴をあげて、安奈はずたずたになった手を、髪の中から抜き取った。

サメのような歯を生やしたチューインガムが指の先にぶら下がっていた。

多重現実爆弾。

上映会のあと多重現実に保存してあった爆弾を、ガウリが炸裂させたのだ。

どん、と安奈の腹に頭突きをくらわした。

ガウリはそのまま走って、走って、部屋を出て、玄関のドアを後ろ手に閉めた。

「むだね」

コートの女が目の前にいた。

「わたしはあなたの視床カードにいるの」

ハロウを帯びた手が差し伸べられる。

「絶対に逃げられないのよ」

「あら……そんなことないわ」

ガウリは言った。

「あと一歩だもの」

そのまま進んで、集合住居の廊下に出た。

共用スペース。

多重現実の強制排除。

「この、死に損ないめ」

あっと叫ぶ安奈が静止画像になり、目の前でゆっくりフェイドアウトした。

だが、安奈はまだ視床カードの中にいる。もう手遅れかもしれない。

うまくいくのか、いかないのか。

多重現実の緊急ツールを起動した。目の前にあらわれた「全消去」の絵記号を思いきり叩く。

そのままガウリ・ミタリは昏倒する。

6

「ありがとう。わがまま聞いてくれて。おかげで気持ちよく辞められた」

「どういたしまして。気に入ってくれたらいいんだけど」

ガウリ・ミタリは、浅生たがねの自宅で夕食をとりおえたところだった。自宅といっても

ガウリのものとは大違いで、カイルの自室と較べてもずっとリッチだ。壁の一面はまるごと

みがきあげた窓であり、そこから眼下に都心の夜景を一望できる。再開発で誕生した複合施

設群の中にこの超高級集合住居がある。たがねの自宅はペントハウスでこそなかったが最上階に近く、応接間は三十人以上の規模で立食パーティーを開催できる広さがあった。すぐとなりの巨大なオフィスビルは五十階以上が大陸資本のホテルで、今夜の料理はそこのレストランからケータリングさせたものだ。贅沢ね、と驚くガウリに、あんたの退社記念だからあたりまえじゃない、とたがねは応じた。

しかしたがねは、やはりちょっぴりしか食べなかった。じぶんの分も食べて、とガウリにたっぷりふるまった。

ケータリングのスタッフは、最初に料理をまとめてサーブし、すでにいなくなっている。ふたりきりだった。

「今日、もうあちらへはあいさつにうかがった。みんないい人ね」

転職先はたがねが紹介してくれた。そうしないと気がすまないよ、気に入らなきゃ断ってもいいんだから、と言いながら。

「それにしても――ほんとうに残念だなあ。ねえ、しつこいけどもう一回訊くよ？　コンペに負けたのが原因じゃないいんだね」

「――そうよ」

いつもたがねはちょっと目をすがめる。信じていないのだろうか。でも決して嘘ではない。

「あんた、あんなに一心不乱になって作ったものでしょう。内容も――ほんと鬼気迫るものだったから、負ける気はしなかったんだけどなあ」

たがねにお世辞を言う習慣はない。単純にうれしいし、ありがたく思う。

「負けたのは、私のアイディアが陳腐だったからよ」

「……」たがねは無色透明の蒸留酒をひとくち含み、むっとした顔で腕を組んだ。「陳腐じゃないよ。あたしはまだ納得いってない」

「もういいって。それに、ほんとの話、辞めるのはコンペとはぜんぜん関係ないし」

数値海岸のAIに埋め込む〈恐怖〉は、最終的に数社のコンペティションになった。ガウリなりに自信はあった。ところが意外な結果が待っていた。ガウリの案は、酷似するものがすでにある、として審査対象にならなかったのである。作者不詳のフッテージとして流布しており、一部の区界では、それを出し物にしていたらしい。

そんなばかな、とたがねはその場で大声をあげたが、ガウリは全身の血が引いていく思いで、立っているのがやっとだった。

「出社はいつから」

「あすからよ。作業服を着て、ヘルメットをかぶって」

たがねが公園ゼネコンをしていたときのつてで、とある環境緑化企業に勤務するのだ。

「まあ、あんたなら薬理工学の知識もあるし、どこでも引っ張りだこだよ。それにほら、汎《オム》用植物《ニプランツ》が好きだし、向いているよ、きっと。みんなに可愛がってもらいな」

「うん。ほら、ここ見て」

ガウリはじぶんの長い髪を見せる。黒く、濃く、やわらかい官能的な髪。その一房にちいさなみどりの蔦がからみついていた。

「朝顔?」

ちいさなパラボラアンテナのような、ミニチュアの朝顔が咲いていた。多重現実の装身具だった。

「ね? きょうごあいさつにいったら、こういうのが流行《はや》っていたから」

「とても似合ってるよ」

たがねはお世辞は言わない。そう、これからは、こんなふうに色々かざってみようか、とガウリは思う。楚々《そそ》とした花もいいし、南国的な肉厚の葉をしげらすのもよさそうだ。アボカドの果肉のクリーミイさをまとうにはどうすればいいだろう。どこまでも伸びてゆく蔦、そんなのもいい。

「がんばって」

「うん。なんてお礼を言えばいいだろう――」ガウリは目をうるませ、それをごまかすように「ああ、忘れてた」と言った。ハンドバッグをあけ、

「ねえ、これをもらってくれないかな。作りかけで悪いんだけど」

コトリと音を立ててテーブルに置かれたのは、ずんぐりした蜘蛛だった。実体はない。多重現実でのみ見えるオブジェクト。ガウリが作っていたものだった。

「もう私はさわることがないと思うから。これもけっこう自信作だったの。たがねは私よりも腕前があるし、きっと上手にしあげてくれるかな、って」

たがねは蜘蛛を要領よく検分し、腹をあけて内部を観察した。

「ふうん。なるほどね、内部に図書館があるのか。こりゃ面白いかもねえ」

「どうしたの、にやにやしたりして」

「いやこいつをね、計算資源のたっぷりある区界で動かしたら、いろいろできるだろうな、と思ってさ。

　この中には本だけじゃなくって、ほかにも収納できそうだし」

「そうね。それはたのしいかもしれない」

　ガウリはたがねの、小柄で、細くしなやかな体軀を見た。こんなヴァイタリティにあふれているのに、今夜はたよりなげに見えた。

　そして煌《きら》めく夜景に目を移した。

　二月の、厳寒の夜景だ。

　──あのあと、ガウリはすぐに共用の通路で意識を取りもどした。目覚め、じぶんがまだ生きていて……ガウリ・ミタリのままであることを知って、どれほど安堵したことだろう。

　シャワーを使い、ベッドに入り、眠りに落ちる直前、安奈・カスキの声や指の感触がふいになまなましくよみがえった。感情の麻痺がようやく緩んだからだろう。

　暗い寝室の中で、ガウリは絶叫した。

　いちどほとばしった恐怖は、いくらさけんでもおさまらなかった。声を止めると恐怖がさらに数倍になってのしかかってくる。それを一時でも頭からおいだすためにさけびつづけた。

ひどい風邪だと嘘を言って三日欠勤し、週休日とあわせて視床カードをオーバーホールする時間を稼いだ。全消去を何度繰り返しても強迫的恐怖からのがれられなかったからだ。出社できるようになると、ガウリは〈恐怖〉の制作に没頭した。モティーフは当然「コートの女」であり「タイルを剝ぎ取られること」であった。

仕事を安直にすませたかったわけではない。むしろその逆だ。いくら視床カードから安奈を消去しても、恐怖がしっかりと居座るだろう。恐怖を直視しなければ、と直感したのだ。どんなに怖くても逃げない。そしてじぶんの恐怖が昇華されるまで、執念ぶかく手を入れていく。

作業はすべてオフィスでやった。そこだとのべつさけんでいるわけにもいかないからだ。その自制心をてこに、ガウリは死にものぐるいになって恐怖をねじ伏せ、プレゼンのための素材を作成した。

素材ができて、ようやくガウリは、これで日常に復帰できる、と思えた。

しかし、コンペの結果は、ガウリがこの世でいちばん聞きたくないと思っていた内容だった。

すでにある。、、、

それがなにを意味するかはあきらかだった。

安奈・カスキはもう、ガウリの知らない別の経路をたどって数値海岸に足を踏み入れている。だれがやったのだろう。カイル以外にも、安奈のことをよく知っている者がいることはたしかだった。

そしてガウリはたがねのメゾンを辞める決心をした。数値海岸に関わるしごとは、もうできないし、しないと心にきめた。

なぜできないか。数値海岸に安奈がいると思っただけで、ほんとうはさけび出したいくらいなのだ。そんな状態で、数値海岸に関する仕事ができるはずもない。

なぜしないか。コンペが敗北に終わったとき、ガウリはじぶんがどれだけ酷いことをしようとしていたか思い知った。コンペに勝っていたら、あの恐怖を区界のＡＩたちに植えつけていたところだったのだ。

「これだけの腕があるのにな」蜘蛛を手の中でひねくり回しながら、たがねが淋しそうにほほえんだ。「いつかまた一緒に仕事しようね」

「そうね」

ガウリはしかし、もう蜘蛛に未練はなかった。

あの部屋も引き払う。オーディオは叩き壊した。カイルの五十体の「死」は、法に基づきとっくに処分されている。さようなら、切手のように死を蒐《あつ》めていた男の子。

ああ、でもビリアニのページだけはやぶりとって記念にしてもいいだろう。

そして唐突に、この冬、革手袋を新調するつもりだったことを思い出した。

もう必要ないかもしれない。

来週には三月になるのだから。

指を髪の蔦にからめた。
いろいろなものが芽吹く季節がやってくる。

魔述師

Laterna Magika

1　〈ズナームカ〉の秋

〈ズナームカ〉の夏は不実な恋だ。

ほんの三週間だけ続き、ある日とつぜん予告もなく終わる。ある朝めざめて窓を開けると、鼻が秋の匂いをかぎ当てる。中欧の古都になぞらえた街並みに差す光も、昨日とはすっかりちがっている。それを見てゲストたちはもう夏が戻ってこないことを悟る。仮想リゾート〈ズナームカ〉は、そのまま冬へ向かう傾斜をゆるやかに下っていく。

秋はズナームカの白眉。四季の中でもっとも長い。蛇行するクルムロフ川が作り上げたすばらしい渓谷美が紅葉に燃え立ち、霜のかがやきにふちどられ、やがて雪に降りこめられるまでの三か月が、この区界のもっとも美しい季節なのだ。

秋に入ってひと月もたったこの朝、レオーシュは、ほかの仲間たちとともに、いつもより早く起き出した。特別な朝だったからだ。夜明けまで二時間もある。寮舎の窮屈な三段ベッドを這い出し、一杯の熱く濃いクリームを慌ただしくしたため、石畳を敷き詰めた中庭に集まった。生活と修業をするためこの区界にやってきたゲストの少年少女たち。空気は頰を刺すように冷たく、みなの息は白い。

「ね、ちょっと寒いよね」

ズラータがなれなれしく身体を寄せ、囁きかけてきた。肌や息の温かさ、しめりけが鬱陶しいが、それはまた秋の冷涼さのあかしでもある。レオーシュはあらためて〈数値海岸《コスタ・デル・ヌメロ》〉の描き出す感覚の機微、そのみごとさにほとほとうんざりする。そして心中で嘆く。——まだ秋は半ば。この先まだ八週間もズナームカにとどまらねばならないのだ。

「そうだね」

そっけなく身体を離し、仕事にかかる。ズラータと関係を持ったのは一度きりだのに、いつまでもなれなれしい態度に辟易《へきえき》していたからだ。

レオーシュを含む〈見学生〉たちは、中庭に面した古びた倉庫の引き戸をあけ、巨大な荷車を十人がかりでがらがらと引き出した。石畳を挟んで反対側の倉庫からは別の一団がそこに積む荷物を台車で押し出してくる。レオーシュたちは荷車にとりつき、背丈より高い荷台によじのぼる。荷台は長辺が八メートル以上もあり、両側に木製の簡素なクレーンが一基ずつある。これで下から荷物を吊り上げる。煉瓦の形だが長辺が一メートルあり、ずっしりと重く、穀物袋のような布で梱包されている。中身は石のように固い。これが砕けたら台なしだから慎重にあつかう。

やがてもうひとつの倉庫から、古めかしい軌道車が運び出されてくる。内燃機関が点火されると、ドルドルと痰のからんだような音がし、それがしだいに活力のある安定したリズムを吐くようになる。

「あいかわらず仏頂面だな」イジーが隣りでぼそりとつぶやく。「そんなに気にくわないかな、ここが」

レオーシュは無言で肩をすくめる。疎《うと》まれるのはしかたがない。いつもひとりだけつまらなそうにしているのだから、さぞかし目障りだろう。荷崩れをふせぐ網をひろげながら、レオーシュは自分の手、腕を見る。夏のはじめと較べたらずいぶん逞《たくま》しい。〝砦を改造した寮での集団生活、健全な労働と食事。美しい町。勤勉に働き、すこしだけはめを外す〟。イジーもヤンもペトルも、ズラータを始めとする娘たちもここのモットーと生活に馴れ、心から楽しんでいるのだけれど。

荷台の一角には、木と鉄で組み上げられた頑丈な射出機《カタパルト》が据え付けられている。斜めにのびる射出台の先の空に、遠く明星が見えた。――いや、星ではない。じりじりと独自のコースを移動している。一つと見えたが、やがてふたつに見分けられた。

「おおい、来たぞ。もう来たぞ！」

目ざとく見つけたイジーが下に呼びかける。活気ある歓声がひろがるが、そのざわめきをつらぬくように、親方の合図の声があがる。

ズデスラフ親方。この寮舎のあるじ。ズナームカでもっとも名高く、信望の厚い人物。

レオーシュたちは地面にとびおりた。これから軌道車は〈繋留塔〉までの坂道を上るのだ。正門の扉を開けると、回頭するためにそこだけ道幅が広くなっている。レオーシュは道のへりで誘導する。その背後は崖に切り落とされていて、見下ろせばはるか渓谷の底でクルムロフ川が星を映しており、蛇行する川が山から刳《く》り貫《ぬ》いた円形の土地がそっくり見わたせた。それがズナームカの中心市街だ。広場と市庁舎。警察署。教会の尖塔。ビールの醸造所。市立図書館。オレンジ色の瓦で葺《ふ》かれた屋根屋根。川べりの切り立った地形を利用して堅固な城壁を築いたホヴォル城。すべてはまだ薄暗がりの中だ。

レオーシュの寮舎は、城の背後の斜面を上がったところにある。軌道車は坂道の石畳に通された軌条に入り、荷車を曳きながらゆっくり回頭した。ぶあついトルクをしぼりだしながら急坂をねばりづよく進んでいく。

ズデスラフ親方は列の外で、歩みを速めたり遅めたりしながら目配りしている。よけいな口出しはしない。親方が歩いているだけで列の動きは機敏で安全なものになる。親方がレオーシュに目を止め、近づいてきた。

「レオーシュ、きょうこそは楽しめよ」

「ええ」

レオーシュは最小限の返事しかしない。

「あれだけ大きな『ズナームカうまれ』は、そうはいない。繋留塔の一番上に繋いでも、腹が地面をこするかもしれないな」

「まさか」

小馬鹿にしたように響いただろうか。しかし親方は笑い飛ばした。

「まさかと思うか。書物と実物とではおおいに違うぞ。あいつはホヴォルの城よりも大きいんだから」

親方は空の光点を指さす。

その指は使いこまれた工具のような、しっかりした質感があった。豊かな髪、刈り込んだあごひげ、厚い胸板と突き出した腹。よく手入れされたブーツ。朗々とした声。父性をそのまま意匠化した姿は、陳腐さを超えて、たしかに魅力的な典型を造形しえている。たいていの場合、区界ではゲストよりもAIのほうが、魅力的なのだ。

親方の指さす方角を、幾人もの仲間が（レオーシュも）見上げた。高いところの雲は、もう朝に染まっている。そのずっと下、ふたつの光はもう十数キロの近さまで来ていると思われた。

仲間たちは感動のため息をもらす。しかしレオーシュはさめた口調で水を差す。

「空の演算領域は、あんなに広くないですよね。あそこだけ空が深いんですか？」

仲間の目が、雰囲気をぶち壊して、と責めてくる。ズナームカの空に、見た目ほどの奥行きはない。ある位置から先は、舞台のホリゾントのように平べったい描画が張りつけてあるだけだ。そんな暗黙の了解をわざわざ口にして場を白けさせるのがレオーシュの性格だったが、親方は腹を立てるでもなく、淡々と、こう続ける。

「いま空の、あのあたりに外部との通路があいている」

ホリゾントの一角に、奥行きが設営されている、というのだ。ふだんは平面だが、いまそこに巨大な通路が——官能素で満たされた長い領域が——開かれている。

数値海岸の区界は相互に独立している。たがいに行き来はできない。レオーシュが知るかぎり、それがゆるされるのはあの「ズナームカうまれ」——いま、空の一角に深くくりぬかれた描出領域をゆっくりとこちらに向かってくる、あいつらだけなのだ。あの種族だけが区界の規矩《きく》を越えてゆける……。

「そら、もう見分けられるぞ」

そのとおり、物体の細部が見えてきた。広大な表面に、いくつもの光点がちりばめられている。あれは、窓だ。何千という窓なのだ。

アブの羽音を途方もなく巨大化したような音が聞こえてくる。ようやく気づいたのか、眼下の町にも窓あかりが点りはじめた。往来に人影が歩き出てくる。「ズナームカうまれ」は渓谷の向かい側の峰々を越えた。早起きの鳥の群れが視界を横切る。近景を飛ぶ鳥と較べると、「ズナームカうまれ」には山脈のような量感があるのだった。

「さあ早くしろ。追い越されちまうぞ！」

親方の叱咤《しった》がとぶ。荷車が大きなカーブを回りきると、そこはもう山の頂きだ。頂きは長い長い尾根であり、ところどころで平たい土地になっている。そこにおよそ十基の繋留塔が、一列に立っている。指揮棒のようにシンプルな形状。あまりに高いため細く見えるが、根元は大人十人が手をつながないと取り巻けない。

レオーシュは頭上を仰いだ。

もうひとつの地面――そう呼びたいほどのボリュームが頭上にのしかかる。「ズナームカうまれ」の紡錘形の巨体がふたつ並ぶと、もう空はふさがれた。親方は正しい。ずっと高いところにあると頭でわかっていても、いまにも押しつぶされそうで身体が竦《すく》む。そしてこの轟音。空から地鳴りが降ってくる。

「さあ、こいつらは長旅を終えてへとへとだ。おやつをたんと食わせてやれ！」

親方の声もかき消されそうだ。

ついに、〈鯨〉の鼻づらが列を追い抜いた。

空をとぶ鯨。

ズナームカで生まれ、〈鯨方《くじらかた》〉の手で育てられ、ほかの区界で稼働されていた鯨が改修のために帰ってきたのだ。全長三百メートル。外見は物理世界の鯨に酷似し、飛行船のように浮遊する。この鯨は内部にカジノを艤装された歓楽仕様だが、鉱山仕様ともなれば二キロメートルを超えるものさえある。どんな区界にも、これ以上大きな動物はいない。たいていの区界ではその計算資源をまるごと投入しても、鯨をきちんと動かすことさえできない。

〈鯨〉とはそれほどモニュメンタルなアプリケーションなのだし、だから鯨を装備した区界はステイタスが高い。

「すごーい。ね、すごいよね」

ズラータがレオーシュの耳元で叫ぶ。声が興奮している。なるほど強烈なヴィジュアルだ。中欧の古都を模した美しい街と峰、その空を二頭の鯨が占領している。

「すごいね。たしかにすごい」

レオーシュの心は弾まない。

数値海岸ときいて何をイメージしますか——物理世界でたずねれば、五人に一人は〈鯨〉と答えるだろう。鯨を擁する区界がまれであるにもかかわらず、少なからぬ人々が鯨を（蜘蛛とならんで）数値海岸のマスコットとして認識している。

ズナームカは、鯨を育成する区界だ。数値海岸の鯨はすべてここで育てられ、改造される。胎生ではあるけれど、胚種の段階で母体からとりだされ、ここで生長させる。鯨を別名「ズナームカうまれ」というのはそのためだ。鯨の開発・製造は途方もないプロジェクトで、膨大な計算資源が必要になる。そこで、頭のいいだれかがその開発環境をまるごとひとつの〈区界〉にして、ゲストを呼び込むことを思いついた。だからズナームカではゲストよりも鯨が優先される。ズナームカ本来の業務は鯨を作って、顧客すなわちほかの区界のオーナーに売り、あるいは維持修繕を請け負うことである。ここのゲストは、ビール工場の見学者のようなものだ。わがもの顔で歩き回り、ビールをたらふく飲みはするけれど、工場は見学者のためにあるわけではない。

レオーシュたちが参加しているのは、社会学習カリキュラムを含むアトラクション・ツアー――「〈鯨方〉の見習い」だった。鯨方はズナームカ特有の職能集団で、鯨の幼生を育成し、発注仕様に合わせて艤装をほどこし（たとえばショッピングモールに、鉱山に、はたまた麦鯨《ばくげい》に仕立てあげる）、保守整備し、リフォームする。その本質は鯨の育成という巨大なプログラムなのだが、ズナームカにおいては親方を筆頭にした職人たちのいきいきとした労働生活として表現されていて、その工程を「見学」したり「体験」したりすること自体に娯楽と教育の効果がある。〝集団生活、健全な労働と食事。美しい町。勤勉に働き、すこしだけはめを外す〟。

しかし見学者であることに変わりはない。

あるいは傍観者。


塔の手前で、カジノ鯨が二頭、並んでただよっている。繋留具はまだ連絡されていない。鯨たちは長旅に消耗したように、ゆったりと揺れていた。

二頭の鯨はこれから改修を受ける。身体の大部分がそっくり入れ替わるほどの、鯨方の総力を挙げた大仕事だ。

「さあ、やつらに元気を呉《く》れてやれ」

親方の声に応じて、何人かが荷台に上がり、射出機を鯨へ向けた。鯨はそれに気づき、鼻づらをうんと下げてきた。おねだりをしているのだ。

「ねえレオ、一緒にやろう。こんなチャンスめったにないよ？」

ズラータが袖を引っぱる。レオーシュは微笑して首を振る。

「そのぶん、やりたい奴がおおぜいいる。僕が行ったら迷惑だろ」

「ひねくれてるなあ」

「変なのは君さ。みんな僕なんか気にしていないのに」

「ああもう、じれったい。じゃあね」

ズラータは半分べそをかきながら、荷台に上がった。仲間とともに腰から小刀を出して梱包の縄を切った。中身は、岩塩の大きなブロックだ。とくべつにこのサイズで切り出してくる特注品だ。おいしいミネラルの固まりであり、疲れた鯨には角砂糖のようなご馳走となる。レオーシュは、イジーやズラータが喚声をあげながら岩塩のパケットを射ち出すのを眺めた。塩のブロックが不安定に回転しながら夜明けの空を白く横切る。二頭の鯨は顎をちょっとひらいて器用にくわえとる。そのたびに、みなは大騒ぎしている。

そばでこうして見ていたほうが楽だ、とレオーシュは思う。

〈数値海岸〉は世界ではじめて（そしていまのところ唯一）商業的に成功している仮想アトラクションだ。その成功はなんといっても〈情報的似姿〉という独創的な技術、その発想による。数値海岸は、ユーザ本人の実時間をむだにしない。ユーザは脳に造設されたプログラマブルな脳神経デバイス〈視床カード〉を利用して、じぶんの「情報代謝の癖」を刻みつけた情報的似姿をつくっておき、それを仮想世界に送り出す。似姿は区界の規約にしたがってサーヴィスを受け取り、体験を持ち帰って、利用者の外部機器に蓄積する。利用者は気が向いた時にその体験を視床カードに転送し、楽しむ。ダイジェストにしたり、ザップしたりとさまざまな加工ができる。同時に何体もの似姿を派遣することもできる。この仕組みは、ヴィデオエージェントが、さまざまな映像サーバを巡回してくるのとよく似ている。

ただ、情報的似姿の体験は一度しか転送できない。

レオーシュは——つまりこの情報的似姿は——ズナームカに来た時にそのことを強烈に意識した。「ここにいるじぶんは、使い捨ての紙コップと同じだ」と気づいて、血の気の引くような思いを味わった。用ずみになれば物理世界の似姿デッキの中で消去される。音も立てずに。クラシックな市庁舎で見学生登録証の順番を待つあいだ、レオーシュは取り返しのつかないことをしたという思い、自己を消滅させるタイマーを作動させたという恐怖におののいた。この不安は、実は平凡な反応で、たいていはまもなく解消される。ところがレオーシュの場合、これが長引いた。区界という仕組みへの不信、懐疑になって固定した。不幸なことだ。ズナームカは「勤勉さや労働、地域社会に信を置き、集団への帰属感を快く思う」というメンタリティを前面に押し出している。皮肉屋にはまったく向かない気風だ。

レオーシュは、ここにいることにまったく意味を感じられなかった。それでも秋が終わるまで滞在しつづける。ほかでもない、レオーシュを派遣した、物理世界の本人が決めたことだ。

「あと、僕にできることといったら――」皿の上のものをフォークでつつきながらレオーシュは言った。尾根から戻って、みなで朝食をとっている。「――できるだけこのうんざりした気分を保つことだけ」

「ええー。なんで？」

ズラータが笑いをこらえる。

「似姿を再生するとき、僕の本体がとことんうんざりするだろ」

「あははー、そんなの意味ないよ」ついにげらげら笑った。「そんな体験、あなたの本体はちょい見しただけで、残りは再生しないよ。いくら〝うんざり貯金〟をしたって、お蔵入りになるだけだったら。――ここで楽しまなきゃ」

ズラータは料理を盛りあげた皿を、ごとんとテーブルに置く。

「ああお腹《なか》が空《す》いて目が回りそう。レオーシュ、それっぽっちでほんとに足りる？」

レオーシュの前にはコーヒーとパン一枚、玉ねぎとハムのマリネだけだ。

「じゅうぶん」

「ふうん。料理はいくらでもあるのに。――いただきまあす」

ズラータはごちそうの朝ごはんにありつく。大きな三角定規を揚げたようなチーズフライ《スマジエニー・シール》にナイフを入れ、白い中身がとろけ出したところへじゃがいものパンケーキ《プラツキ》を崩しあわせて、ひとからめにした。大口をあけてほおばり、顔じゅうでにんまりした。大きな鉄の匙でレバー団子のスープを啜る。酢キャベツをフォークでごそっとすくう。

子どものような丸顔、赤い頬。黒い短髪は縮れている。背が低く小太りで、灰色のシャツの胸や肩のあたりはきつそうだ。暑苦しいほどの健康さ、率直さ。

この外見は物理世界でも同じだろうか――ズラータの横顔に目をやって、レオーシュは思う。それを知る手だてはない。

それどころか、この少女がゲストなのか、AIなのかさえじつはわからない。鯨方の見学生にはAIが混ぜてある。だれがそうかはゲストにも伏せてある。

「――そうか。レオーシュは損するのが好きなんだ。いるよねそういう人。損しても気が楽なほうがいいっていう人。おもしろいね」

ズラータは、こっちをAIだと思っているかもしれない。「見学生の生活にアクセントを添えるひねくれた登場人物」として面白がっているのかもしれない。

見学生の恋愛はべつに禁じられていない。AIとでもゲストとでも自由にすればいい。レオーシュもすでに何人かと関係を持った。食堂の料理係、下の街のたばこ売り、そして親方の妻とも。みな魅力的だったが、その体験に溺れたり激しい感情にゆさぶられることはなかった。いったんじぶんが似姿だと自覚してしまうと――この感情も感覚も、いずれは収奪される記録をつけているだけなのだと自覚すれば――均《な》らした砂地のように平静でいられる。

建物は古い石造りで、食堂の天井は高い。寮生の話し声や食器のふれあう音の残響がきれいにひびきあう。食堂の音は活気づいている。ズナームカのいちばん美しい季節に、きつく、やりがいのある仕事がはじまるのだ、という張りあい。レオーシュはハムをそそくさと食べ終える。晩秋になればこの石造りの食堂はさぞ冷え込むだろう。狭いベッド。使い古された毛布。もちろん我慢できる。この区界はそういうふうにできているのだ。まわりの人影が立ち上がりはじめる。レオーシュはコーヒーを飲み干し、思考を畳む。つぎの日課が待っている。

「ねえこんどのお休み、釣りに行かない」

クルムロフにはいくつか支流があり、それぞれ変化に富んだ環境が設定されている。ある支流は渓流釣りのよいポイントにめぐまれている。二週間前ふたりは釣りに行き、平たい岩の上で抱きあった。愛撫のあと、指先に川魚に似た匂いが残ったのをレオーシュは覚えている。

「いや……アウトドアはやっぱり向かないみたいだ」

ズラータは肩をすくめる。

「どこもかしこも嫌いなんだね。ここは眺めもいいし、食べ物もまあまあだし、あたしはわりと気に入ってるんだけど」

「僕も嫌いじゃないよ」

つれなくそれだけ言うと、レオーシュはズラータを残し、ひとりで皿を返しに立った。

深い森、切り立った岩山、川べりにただよう藻、川魚の白い腹。すべてがくすみ、ひんやりした匂いがする。

嫌いなところはひとつもない。

好きなところがないだけだ。
この街も、そして君も。

2　インタビュー（一）

軽井沢の近くにあるその駅で降りてほしい、というのが彼女の指示だった。

連休直前の木曜日。ホームに降りたつ人々は散策や山歩きのいでたちだ。駅舎を出ると高い建物はひとつも目に入らず、空はそのぶん広い。秋の雲が水平に横切っている。音楽も看板もない、その平静さに打たれて、私は一瞬足を止めた。

ジャケットの肩に涼しさを覚え、ああもう秋なのだと気づいた。街を歩いて季節感を受け取るのはひさしぶりだ。この町では〈多重現実〉もまた抑制されている。住人は少々の不便を耐えて、観光客にいくつものレベルで「静寂」を提供していた。

いかにも彼女にふさわしい。

〈数値海岸《コスタ・デル・ヌメロ》〉と阿形渓《あがたけい》を目の敵《かたき》にする彼女にふさわしい。

商店街は適度に古く、落ちついていて心地よかった。通りの終わりにある小さなレストランで昼食をとった。二十世紀北欧デザインと和風建築の折衷的様式。藍染めのクロスをマットにし、デュラレックスのグラスに山野草《さんやそう》を挿《さ》したテーブル。額装された書や版画。蕎麦、焼いた川魚、きのこの天ぷら、わさび漬け。量は少なく味は緻密だった。食べ終えると、私は若い女店主に彼女の家を尋ねた。それも指示だったのだが、理由は訊ねてみてわかった。彼女はこの店から料理を届けさせるのだという。それなら家の正確な位置を知っているのもうなずける。彼女ほど身辺警固に気をつけなければならない人物も珍しい。

「――さんとお知り合いなんですか」と店主は言った。そういう仮名だと聞かされていた。この店主は彼女が何者かを知らないのだろうが、HACKleberryでの通り名と過激な活動ならおそらく知っているだろう。じつは私も大差ない。容貌も、年齢も、国籍も、あくまで噂でしか伝わってこないからだ。

「素敵な方ですよ」女店主は微笑んだ。「上品で、快活で、やさしくて」

彼女が有名な反〈数値海岸〉、反〈ラテルナ・マギカ〉の活動家であること、何十もの〈区界〉が彼女のために閉鎖されたことを知ったら、この店主はどう反応するだろうか。

――もっと彼女を好きになるだろう、と私は結論づけた。

小さな町は、すこし行くとすぐに別荘地に入る。店主が呼んでくれたペダル・タクシーでも、彼女の区画まで十五分とかからなかった。若い女性ドライバーは燃料電池でアシストされたペダルをかるがると漕いだ。標高はあっても、地形が平坦なのでペダル・タクシー向きだ。小さな児童公園の前で降り、案内板をたよりに歩く。せせこましい住宅団地だったところを区画整理し、隣地境界に林ほどもある機能性植栽をたっぷりと配して、まるで昭和初期からの別荘地であるかのようなゆとりあるたたずまいにリフォームされていた。植栽にはすでに紅葉が兆している。

目的の家は、昭和洋館の装いだった。門扉をくぐると、規則的な乾いた音がきこえてきた。テニスボールだ。玄関へのアプローチをそれて音の方へ足を向けると、建物の陰にテニスコートがあった。

私を認めて、二人の人物が――ふたりとも女性だった――動きをとめた。手前にいる女性が、とんできたボールを片手で受け、その手を私に振った。

「こんにちは。約束のひとね？」

四十代半ばだろう。黒のタンクトップ、茶のスウェットパンツ。背は高くない――私ののど元あたり。握手のために伸ばしてきた腕は長くスリムで、筋肉の形がすっきりと浮き出ている。肩のあたりもそうだ。たゆまぬトレーニングで収斂《しゅうれん》されている肉体。

「ジョヴァンナ・ダークさんですね？　お会いできて光栄です」

「ほんとにそう思ってる？」面白がっている顔だった。「やな奴だと思ってるでしょう」

笑うと目が線になる。意外なほど気さくな、人当たりのよい態度だった。

「嫌われるのは慣れているから。遠慮しないでいいのよ」

ふたたび目がひらかれると、ひとみの色はほとんど白にちかいグレーで、それが陽に灼けた肌のなかで強い印象を放つ。

私は彼女の表情ぜんたいを観察した。それが職業上の癖なのだ。ダークはリラックスした笑顔だったが、不思議なほどそう見えなかった。なんだか渾身の力を振り絞ってつくろいでいる——という感じを受けた。そんな印象を受けた相手ははじめてだった。

「中でお話ししましょうか。ご案内するわ」

建物の正面に戻り、彼女が先にたって玄関に入った。薄暗いホールの、私たちのまわりがふいに明るくなった。もうすこしで悲鳴をあげるところだった。

「……！」

何十人もの人間がそこに立ち、ほほえんでこちらを見ていた。

「ああ——これは」

私はほっとため息をついた。多重現実で描画された等身大の人物写真だった。静止画だが、いまにも動き出しそうな生き生きとした気配があり、それで本物と見まちがえたのだ。

男、女、若者、老人、子供。目の色も肌の色もまちまちだ。服装にも持ち物にも共通点がない。別々の時代、ことなる物語から切り抜き、でたらめに配列したスクラップブックのようだった。いくつかの顔には見覚えがあった。有名なキャラクタたちだから。

「これはあなたのギャラリーですか、ダーク？」私は彼女に言った。「それともトロフィー置き場？」

ダークはさびしげに肩をすくめた。私の言葉が彼女を傷つけたようだった。

「悪趣味でしょう？　もちろん私はこの人たちをトロフィー扱いしているわけではないのよ。悪趣味だと百も承知でこうしているの。——ねえほら、そこを見て」

彼女が指さした先には、ポートレートたちにまじって彼女自身の肖像が立っていた。すこし伏し目がちだった。

「せめてもの罪滅ぼし」

「卑下されることはないでしょう。あなたがしたことは、たくさんの人々に支持されている」

これらのポートレートはすべて彼女が「救った」ＡＩのものだ。虐待認定され、保護された数値海岸のＡＩたちだ。

ダークの主張はシンプルで一貫していた。

区界のＡＩは、情報的似姿と同等の認知総体《コグニトーム》セットを持ち、ＡＩデザイナによって固有の代謝個性を与えられている。情報的似姿の内部では、解像度こそ劣りはするものの、本人とほぼ同等の精神活動が発生していると確認されており、区界ＡＩでも同様な推定がされている。つまりＡＩは似姿と同程度の思考と感情を持つ。「実用上問題ないくらいに人間」なのだ。

であるなら、ＡＩは、すくなくとも区界内に限っては自然人と同等の人権を保障されなければならない。なのに著作側の恣意《しい》によって、社会通念上とうてい許容されない人権侵害がまかりとおっている。

ダークはそのような区界を探索しては、虐待認定を行い、数値海岸の運営団体であるラテルナ・マギカ社とその区界の不適切さを告発してきた。ダークはHACKleberry 以外にも数多くの攻撃的監視団体や法務ヴォランティア、良識的暴徒とコネクションを持っていた。ダークが動員できる監視力や世論への影響力は強大であり世論は容易に左右されて、その結果、狙いをつけられた区界は大半がゲストの受け入れ中止を余儀なくされた。

ところがダークはそのような区界にも、演算はけっして止めさせようとしなかった。なぜならそれは区界AIに突然の死をもたらすことだからだ。ゲストは来させず、しかし計算は止めてはならない——こんな無理難題を、ダークは区界提供者に求めている。

私は、小さな部屋へ招じられた。ドアが閉ざされた。向かいあって椅子にすわり、テーブルの上にレコーダを置いた。

「さあ、なにから話しましょうか?」

これからこの記念すべきインタビューの一部始終を——なぜそれが「記念すべき」なのかはあなたもご存じだろう——お話ししたいと思う。

当然のことながら、以後、ジョヴァンナ・ダークは公式なインタビューに応じていない。これからも永遠に不可能だろう。

3　夏の砂

レオーシュがマチェイ・コペツキと初めて出会ったのは、「ズナームカうまれ」の改修が軌道に乗りはじめてしばらくした、とある休日のことだった。見学生たちには十日おきに休日が与えられる。ふだん出歩かないレオーシュが早朝に部屋を出たのは、ズラータの煩《わずら》わしさを避けたい気持ちもなくはなかったが、よく晴れたその日、深まる秋の光が、ズナームカの渓谷と眼下の町をことのほか美しく見せていたからだった。

夏の初めに来てからのことを、あるきながらレオーシュは考えてみた。寮舎でもう二か月半もすごしたことになる。とうに周囲から孤立し、親方の妻マグダとの密通にも倦《う》み、ズラータに非道《ひど》い仕打ちをしても良心がまったく痛まないと気づくにいたって、ようやくレオーシュも認めざるをえなかった。

なんのことはない、あきれるほどの薄情さ、共感の乏しさ、みずからにさえ無関心であること。それがじぶんの本性なのだ。

当然のこと、それに気づいてもすこしも困らなかったし、悲しくもなかった。単に退屈だった。秋の光で見る街は美しかったが、それだけのことだった。横道からさらに細い路地に折れ、きまぐれに角を曲がった。見知らぬ道ですら退屈きわまりなかった。

レオーシュ……

そのときたしかに自分をよぶ声を聞いた気がして、レオーシュはゆっくりとまわりを見まわした。そこは屋敷町で、高い塀と立派な門の邸宅が並んでいる。やがてレオーシュは目をとめた。通りには人っ子ひとりいなかったが、ほんの数歩先に魔女の顔を見つけたのだ。

とある古い邸宅の門扉に、金属板がとめられていたのである。直径三十センチばかりの銅の円盤は、門の鉄柵に鎖で固定され、魔女――正確には人魚《サイレン》――をかたどった紋章がくっきりと刻印されていた。冠をかむった人魚は目を閉じ両腕を広げている。はだけた乳房は長く波うつ髪に隠されている。顔の両側には高くはね上げたふたつの尾びれが配され、線刻には濃い緑のエナメルがほどこされている。

銅盤はつい今朝がた掛けられたばかりのような、まだ周囲に馴染みきらない気配、おろしたてのよそよそしさがあった。また、そのデザインはズナームカの美意識と少し違っていた。レオーシュは、それをわざわざ掛けただれかの〝底意地の悪さ〟を感じた。

つまり意図。なにものかの意図。

レオーシュ……。

はっと気配を感じて上を見ると二階の窓がひとつ開いていた。ごく細く。だれかがいまそこで身を隠した、視られた、と強烈に感じた。あまりにはやく身を隠したので、まだそこに眼《まなこ》の残像がふたつ、ただよっているように思われた。

ふと、レオーシュは鉄柵の合わせ目が開《あ》いていることに気づいた。片方がほんのわずか、敷地側に引いていた。

――なんとあからさまな誘いだろう。

レオーシュはじぶんの頬に、体験したことのない感触を覚えて、思わず手でふれた。口元がほころんでいた――いつもの、顔に貼りついた微笑ではなかった。内側から意図もせぬ笑いがこみあげ、溢《こぼ》れたのだ。

鉄柵は押すとなめらかに動いた。敷地は狭い。入ってすぐが玄関になる。レオーシュは躊《ちゅう》躇《ちょ》なくドアの取っ手をつかんだ。

施錠されていた。

意外だった。

建物の横手に回り込もうと、塀とのあいだの狭い部分に身体を通したが、足首に植え込みの枝を引っかけた。小さいが深い傷ができた感触があって、レオーシュは顔を顰《しか》めてかがみ込んだ。

その頭の上に、声が降ってきた。

「お怪我はありませんでしたか？」

邸宅の横手には小さな芝生の庭がひらけていた。建物から張り出した木製のデッキに、白いテーブルと椅子が置いてあり、老人がひとり腰掛けて十時のお茶を喫《きっ》していた。その周囲には観葉植物が温室のように数多く並べてあった。

レオーシュはかがんだ姿勢で老人とそのまわりの植物を見上げた。遠く上方に、繋留された鯨が見えた。

「どちら様でしょうかな」

老人が言った。

「僕は……」

レオーシュは立ち上がり、無断で敷地に入った無礼をわびようとした。すると、老人は指

静かになった。

をじぶんの唇にあてた。〝静かに〟というしぐさだった。

「……?」

庭のどこかから小鳥の鳴く声が二、三度し、小さな羽撃《はばた》きが飛び立って、静かになった。

数秒待って老人は指をはなした。

「もういいですよ。そこへかけなさい。弁解をききたいわけではないからね。若者はたいてい好奇心がつよいものだし」声に、謎めかすような、からかうような調子があった。「一緒にお茶でもどうですか」

レオーシュは簡単な自己紹介をしながら、椅子にかけ、老人を観察した。

背が低く、痩せている。頭はきれいに剃られている。目のさめるような紺のシャツと白い膝丈のズボン、革のサンダルという出で立ちは、ズナームカの秋にはまったくそぐわない。

全身は漁師のように日焼けしていた。強烈な日射の下で長年過ごした者特有の、なめし皮のような艶があった。そうして――目はあざやかな金色だった。その目がレオーシュを興味深そうに観察し返していた。

老人はティーポットを取り上げ、紅茶を注いでくれた。そこから目が離せなくなった。

美しい手だった。

年相応に老いているのに、なお異常なほど美しい手だった。長くしなやかな指は優雅につつしみ深く動いた。すべての爪はていねいにみがかれていた。なにより手全体の均整が完璧だった。

老人は骨と皮ばかりに痩せているのに、みすぼらしさは微塵もなかった。裕福さが保証する教養の厚み、そんな言葉が浮かんだ。尊大でなく、平静で、ていねいだった。

「最近げらげら笑ったことはあるかね？」

「――え？　あ、失礼」

レオーシュは問いの意味が一瞬わからなかった。

「区界へきたら、いちどは腹の底から笑ってみるのがこつだ。感情と身体感覚のならし運転としてね。それで違和感、疎外感が消える」

「違和感のあるほうが好きですから」

「しかし、おかしくて口元を押さえるのは、気持ちがよかっただろう？」

「……見ていたのですか」

また、囀《さえず》り。

羽撃きの音。

「君のような青年はたくさん見た」老人は茶碗に口をつけた。「多くの区界で。それから物理世界でもね。私はものを教えるのが仕事で、若い人とはよく会話をする。君はとても利発だね。だからまわりを退屈に感じる。でもそれは、君自身が救いがたいほど退屈で凡庸であることの裏返しだよ」

レオーシュは、特に気分を害さなかった。

「それで、あなたはなにを教えておられるのですか」

「時と場合で異なる」

「いま、ここで、僕に何かを教えてくださろうとしているんですか?」

「ここで? もちろん何も教えてはいない。強いていえば——静かにすることがいかに大事か、だろうか」

老人はまたきれいな指を口元にあてた。レオーシュは苦笑しかけ、はっと顔色を変えた。立ち上がった勢いでガタンと椅子を倒し、背後の観葉植物をかきわける。いましがたの物音。羽撃きに似て、それは足の音、木のデッキを小走りに渡っていく、はだしのぱたぱたという足音に違いなかった。葉の揺れている部分を結ぶと一本の動線となっている。動線を目で追うと、デッキから屋内に入る戸に至った。戸は半開きになっていた。

かすかな匂い。なんだろう……ズナームカにはない匂いだ。

「静かにしていればとっくに気づいていただろう。君は物静かなつもりなのだろうが、うるさくてしかたがない」

「ここにいたのは、だれですか」

老人は指を立てたままだ。

「静かにしていることだ、レオーシュ君。きみはしゃべりすぎる。そうでなくても情報的似姿とはひどく騒々しいものなのだ。つねにアイデンティティ境界を微細に振動させて、官能素の階調を読み取っているのだから。

つとめて静かであるよう意識したまえ。君の境界がハチドリの翅《はね》のように震えていることが意識できるくらい。そうすればいろいろなことがわかる」

「たとえば？」

レオーシュは老人に向きあった。

「〈汎用樹《オムニトウリー》の区界〉を知っているかね？」

「いいえ」

「ズナームカの数千倍の空間をぎっしりと演算で埋めつくした、数値海岸空前の超大作だ。ジャングルジムのように交錯する枝々は、その上に川が流れ、街が広がるほどのサイズを持つ。裾野に広がる草原にはなんと鯨を十数頭も擁しているのだ。

そこでは蜘蛛衆という特殊能力を持った集団がいて……」

レオーシュは老人のだらだらしたお喋りに苛立《いらだ》って、

「だから僕は——」

「……こんな芸当をしてみせるのだ！」

声に精気をみなぎらせ、老人はいきなりその両手をテーブルの天板にもぐりこませた。堅い木目がぬかるみのようにうねった。

絶句するレオーシュの鼻が、ひやっとした匂いと温度を捉えた。老人の両手がもぐりこんだ場所が波うち、水と苔の香りが立ち上がった。

ざっ。

冷たい飛沫が顔を打った。

魚の尾がなぎはらった水滴だった。木目のただなかから老人は両手でいっぴきの川魚をつかみ出していた。そして獲物を高く掲げた。

「さあ、これが水寄せだ。

区界のライブラリに格納されたシーケンスを、まわりの文脈とは無関係に呼び出せる。ちょっとしたもんだろう？——ほれ！」

老人は魚を放《ほう》ってよこした。レオーシュはあわてて受けとめた。カワカマスにしてはまだ小さいが、六十センチもある。特徴的な長く突き出た吻《くち》。小さくするどい歯列。緑の胴体に浮いた黒い斑点。——しかしレオーシュが感じたのはそんな図鑑的細部ではない、生き物のなまなましさだった。腕の中で跳ねまわる、鱗とひれと筋肉の運動、御しきれぬ野蛮、獰猛ないのちそのものだった。のけぞってしりもちをついたレオーシュに、老人は手を差し伸べた。魚は傍らで激しくのたうちまわった。

「見たか……？」

金色の目から視線を外せなかった。

レオーシュは黙ってうなずいた。老人の言うのが魚のことでないのは明白だった。

「見ました……」

両腕に鳥肌が立っていた。情報的似姿の持つ肉体の実在性に、レオーシュは感動した。口元からこぼれる笑み、戦慄に粟立《あわだ》つ膚。鯨方の暮らしでは、ここまで自分の身体を意識させられることはなかった。

「しかと見たか？」

差し伸べられた手をレオーシュは見つめる。魚をつかみ出したとき、その手は一瞬微光《ハロウ》を帯びた。じりじりとしたノイズのような光。水寄せなどではない。そんなありきたりなギミックではない。

老人の手は、官能素を染め替えたのだ。

かれの手の回りを満たしていた官能素が、みるみる質感を変容させ、そこにカワカマスの鱗の層がまず織り上げられ、それが中空に吸い付くようにして魚体の輪郭となり、ひややかな川魚の気配を立ちのぼらせた。ほんの一瞬で、それだけのことが起こった。

区界を描き出す最小の単位、官能素を、区界の内部から描き替えることなど、決してできるはずがない。物理世界で魔術をふるうのと同じくらい、ありえないことだった。

差し伸べられた手を、レオーシュはありったけの克己心を振り絞って、握った。

「……はい」

何ごとも起こらなかった。安堵で身体ががたがたと震え出した。と同時に、老人の魔術にすっかり魅了されているじぶんを感じた。

「恐怖かね？」

老人がやっと、はじめて、微笑んだ。

「ええ……」声がかすれた。

「君は私のことばに惑わされず、正しく見届けたようだ。素晴らしい。凡庸よばわりはいかにも軽率なことだった。すまなかった」

レオーシュは立ち上がった。老人はレオーシュの背中に手を回し、静かな力で前方に押しやる――揺れた葉が示す動線、はだしの足が小走りに駆けた跡に沿って、ひらいたドアの方へ。

「若い友人よ、私の家に招かせてほしい」

そして老人はみずからの名を明かした。

「マチェイ・コペッキ。地図にはこの屋敷のあるじとしてそう書いてあったのでね」

ひとを食った自己紹介だ。まったく似合っていない。この老人の姿に似合うとしたら、ギリシア風の名前だろうに。

「私の家での作法は、わかるね」

「静かにすること」

コペッキはうなずいた。

「そうだ。そのほうが得るものが多い」

木張りのデッキを進みながら、ふと後ろを振り返ると、カワカマスは――獰猛な運動体は、まったく弱ったようすもなく、体操選手のような勢いで跳ねまわりつづけていた。いつまでもああして、動きつづけるように思え、その不気味さにレオーシュは視線を外した。

手の中には、魚のテクスチャ、鱗のざらつきと粘液のぬめりが織りなす手ざわりがまだ、まざまざと残っていた。

人間が――情報的似姿が仮想空間にいる、存在している、いるとはどのような状態なのだろうか。

これを理解するにはまず〈官能素〉を知らなければならない。それは仮想空間を満たす区界の最小単位であり、〈情報的似姿〉と並ぶ数値海岸の基幹技術である。この用語は画像データの構成単位である「画素」を連想させるが、むしろその相違点こそが重要だった。

ヴァーチャル・リアリティの黎明期、「仮想」を謳いながらも、ゴーグルの液晶パネルは確乎《かっこ》とした物理的実体であった。計算された画像を人間に受け渡すためにはフィジカルな実体が絶対に必要だった。なぜなら「視覚」は、物理量――可視帯域の電磁波の強さや波長を肉眼でとらえたあとにうまれるものだからだ。外部環境にあふれる物理量は、肉体を通していったん「感覚化」の工程を経なければならない。当たり前のこと。――だろうか？

しかし――思い出してみよう――情報的似姿は肉眼を（そしてあらゆる感覚器官を）を持てないし、持たないのだ。

感覚器官のふるまいを律義に計算し、その延長上に人間の意識を描き出そうとすれば、少なくとも体内で生起するあらゆる電気的、化学的反応を逐一計算しなければならない。とうてい実現不能なその難事を正面から解決せず、間に合わせの便法ですまそうとするのが、情報的似姿の本質だった。

肉眼を持たない似姿が、どうやって世界を視るのか。そのために根本的な「設問」を発見したのが、ヴラスタ・ドラホーシュ教授だった。かれはこう考えた。

「視覚」を、目で光を捉えるまえに、うみだすことはできないのか？

感覚は身体の外に置いておき、似姿はそれを取り込みさえすれば良いのではないか？

物理量を感覚に転化する工程をすっかり省く。すっ飛ばす。似姿の周囲には、オブジェクトやその質感ではなく、質感にふれることによって生じる「感覚」自体があらかじめ計算されて敷き詰められている。世界はあらかじめ感覚化されて、そこにある。似姿は外部環境ではなく、計算ずみの感覚を直接取り込むのだ。

「画素」のひとつぶは三原色ごとの階調をかけ合わせてあらゆる色を表現する。これに対してひとつぶの「官能素」には、視覚を含む五官のあらゆる階調を保持できる。

さて、ヴァーチャル・リアリティの動画は、計算機の中で一フレームずつ計算され、それが画素を敷き詰めたディスプレイに出力される。

区界内の事物やイベントも、同様に、まずは当たり前に計算される。そのあと「認知総体《コグニトーム》原器」と呼ばれるプログラムを経由して、感覚の階調データに移し替えられ、そのあとようやく官能素空間に投映されるのだ。

情報的似姿の外縁プログラムであるアイデンティティ境界がそれを受けとり、似姿の内側で動くコグニトームに引き渡す。

ひとつの区界はいくつもの層で構成されている。計算が行われる層も、それが出力される官能素空間《ディスプレイ》も、ともに仮想の区界の中にある。

「これを創った奴は、よっぽど倒錯的な人物だったろう」

コペツキは階段を上りながら、肩越しに語りかけてくる。

屋敷の広間からいま二階に向かって二人は移動している。おおきくカーブした立派な階段。飴色の艶を持つ木製の手すりに、レオーシュは手を這わせている。

「感覚器官のふるまいを計算しきれないからといって、感覚を外部化するとはなんとも無謀な飛躍だ。そこにはきっと、発案者自身も気づいていない、名付けがたい欲望が横たわっているのではないか、と思うね」

手すりのなめらかさ。靴が踏む敷き物の感触。

「そうですね――言われて気がつきましたが、こうは言えませんか？　区界があらかじめ感覚化された領域だとすれば、この世界はすでに僕の内面、感覚器官の内側であり、内的体験なのだと」

「しかし区界には他のゲストもおるよ。君と私はこうして同じ階段を上っている。そして私も君と同じように、ここはじぶんの内面だと考える権利を持っているのだ。

強いていえば、君のでも私のでもない他のだれか、神のごときだれかの内面なのかもしれない。それをみんなでシェアしている」

レオーシュの思考は、さすがにそのあたりで休憩を欲した。

「区界を、物理世界になぞらえすぎないほうがいい。こうして歩いていると物理世界そっくりなようだが、その居心地を実現するために曲芸じみたトリックが何重にも仕掛けられている。それを心得ておくことだ。

君にはそれを見ぬき把握する素質がある。区界のもてなしについ斜に構えてしまう性格も、立場を変えれば長所になるというわけだ」

「素質……」

「君はカワカマスを見たね。私の手のハロウにも気づいた」

「でも。トリックには見えませんでした」

「もちろんあれはトリックではない。しかし区界を成り立たすトリックを知ることなくして、あれを行うことはできない」

手すりをぎゅっと握ってみる。むろんなにごとも起こらない。

「レオーシュ君、きみはもうそのヒントを得ているよ」

レオーシュはコペッツキの発言を思い返したが、残念そうに首を振った。

「どのお話がヒントだったのか、見当もつきません」

するとコペッツキは、咳き込むようにはげしく笑った。二、三度するどく笑いを吐き出すと、肩越しにレオーシュを見た。

「そうか。残念なことだ」

そこで階段は終わり小さな空間がひらけていた。突き当たりの窓は屋敷の前の道に面し、かすかに開いていた。あの窓だ。そこから左右に廊下がのびていた。廊下の片側は窓で、反対側にドアの列。廊下は途中で曲がっていた。屋敷の両翼は中庭を抱え込む形になっているようだった。

レオーシュは窓に寄って、じぶんの立っていた場所が眺められるか、確かめようとした。その足がぴたりと止まった。背後——一階のホールに人の気配を聞きつけた。階段まで戻ると、だれかの後ろ姿が視界から切れるところだった。白い服の端と、はだしの足うらがちらりと見えた。女の後ろ姿だった。

「こんどは心がけていたようだね」

コペツキの声に制止のニュアンスがなければ、そのまま駆け降りていただろう。

「でなければ聴き取れなかったでしょうね」

「けっこう。だが今はがまんしたまえ。みんなが待っているのでね」

「みんな？」

「私がズナームカに呼んだ若者たちだよ。言わなかったかな、私はものを教える仕事をしていると。

君には特別に聴講させてあげよう」

コペツキがある部屋の前で立ちどまり、ドアノブを引くあいだに、レオーシュはさまざまな予想をめぐらした。錬金術師の仕事場、ホムンクルスを産み出すためにうねるガラス管と泡立つ溶液、自分がかよった初等学校の理科室、多重現実のディスプレイが空間を浮遊する現代の研究室……。

そのどれでもなく、室内は簡素なミーティングルームだった。ズナームカの様式ではない。二十世紀後半以降なら、どの時期であってもおかしくない、単純化された様式だった。

中央に大きなテーブル。まわりを囲む数脚のチェア。部屋の壁は、これはなんという素材なのだろうか。乳白色で、内側からほのかに光を発していて、そのため部屋は無影の空間となっている。テーブルの天板とチェアのファブリックは目の覚めるような真紅。

テーブルを囲み、三人の人影がこちらを向いて立っていた。

中心に図抜けて背の高い男がいた。その両脇にレオーシュよりも若い男女がいる。男の子のほうは、まだ十歳くらいと思われた。

「紹介しよう。あの大きいのがマレク。姉弟はマリエとミロスラフ。全員、区界のAIだ」

若い二人はたしかによく似ていた。姉のほうは男の子のように短い髪だ。顔貌は東洋人のものである。マレクのほうは格闘アトラクションの区界でもめったにお目にかかれないほど長身で、どうしたわけか、片方の眉は長さが半分しかない。三人ともズナームカのデザインではない。ほかの区界から来たのだ――不可能なはずなのに。

「これが、私のかわいい生徒たちだ」

三人はレオーシュに一揖《いちゆう》した。あまり関心がなさそうだった。

「さっきもお尋ねしましたが……あなたはなにを教えているんですか」

「この世に教える価値のあるものといったら、研究の仕方だけだろう。「その題材を徹底的に研究する。そして」コペツキはゆっくりとテーブルへ歩き出した。「その題材を徹底的に研究する。執拗に、ていねいに、あらゆる可能性をさぐっていく。かれらはそれを手伝い、私の仕事ぶりに接し、流儀を学ぶ」

「流儀……」

レオーシュの視線は、楕円形のテーブルの中心に吸い寄せられた。

大きなガラスのジャーが四つ置かれていた。細く高いもの。低くずんぐりしたもの。コペッキは広口のジャーを択《えら》び、手を蓋に乗せ、その姿勢でレオーシュに顔を向けた。ジャーの中身はガラス越しにも白く輝いていた。それ自体は発光しないが、まわりの光を受けてあかるく光る。

蓋を開け、コペッキはジャーに手を入れた。そしてレオーシュに手招きした。美しい手がジャーの内容物をぐっとつかんだ。

サリサリという鉱物質の音がした。

細かなきらめきが手のあたりで動いた。

砂だ。白い砂。ズナームカのものではない。川砂はこんな色をしない。どこから持ち込まれたのだろう。

コペッキの手がゆっくりと持ち上がった。指のあいだから砂が細い糸となって落ちていった。

「そしてこれが、主題ですか」

「そうとも。この世にまたとない、奇蹟のごときオブジェクトだ。そばで見たいかね？」

こぶしが窄《すぼ》まり、砂の流れが止まった。こぶしはその形のまま、ジャーの口から引き抜かれた。レオーシュは身体を固くして注視した。――だから、気づくのが遅れた。室内のだれもがレオーシュの背後を見ていた。マリエの視線を追い、ふりむくと、はだしの少女がひとり、入り口に立っていた。

コペッキはまた手招きをした。

少女は静かに前進して、レオーシュの横に並んだ。かれのことはまるで眼中にないようすだ。

「そばで、よく見たまえ」

背丈はレオーシュとほぼ同じ。外見の年齢は二、三歳下だろうか。蜂蜜色の髪は肩まであり、袖なしのワンピースを着ていた。そっけない、切って縫っただけの、頭からかぶるような服。装身具はひとつもなかった。とても無防備に見えた。

「サビーナ、おいで」

少女はもう一歩前進し、無言のままコペッキに片腕を差し出した。

「こちらはレオーシュ君。私のあたらしい友人だ」

少女はレオーシュを見た。熟した橄欖《かんらん》の実みたいに黒いひとみだった。しかし彼女の表情にも動作にも、なにひとつ感情らしきものはうかがえない。そのまま前に向きなおった。ここにいたって、レオーシュはこの少女に一種の異常さを感じないわけにはいかなかった。薬物で感情を殺されているように見えた。

「サビーナ。さあ、おまえの記憶をこの若者に見せてやるがいい。レオーシュ君、この砂がどれだけ興味深い主題であるか、理解したまえ」

いきなりサビーナの腕をつかむと、高く掲げたこぶしを緩めて細い砂の流れをつくった。腕にあたって砂粒ははじけ、薄い流れとなって手首へ降りていく。

レオーシュは目をみはった。

砂に洗われたサビーナの腕の表面、アイデンティティ境界に異変が生じた。テクスチャの実在感が薄れた。だれかがパラメータをいじったかのように。

「ここへ……」コペツキは強烈な凝視をレオーシュに送った。「君の指を」

さらさらと砂があたる部位へ、レオーシュはみずから手を伸ばした。ズラータの固太りした腕とも、マグダの膩《あぶら》でなめらかな腕ともちがう。軽くふれただけで指先はサビーナの内奥にもぐりこんでしまう。そんな確信があった。アイデンティティ境界の内側が薄紙のようにやぶれるという予感が、指先をためらわせた。

すると、サビーナが口を開いた。

「ここに……」抑揚のない、無感動な声で。「さわって、レオーシュ。さわって」

声とことばが乖離《かいり》していた。

感情がないのではない、とレオーシュは判断した。このAIには何かの障害があって、内面をただしく出力できなくなっているのだ。

だから——さわれ、と言っている。

ふれて、受けとれと言っている。

レオーシュは、じぶんがいつのまにか悪夢のような情景に生け捕られてしまっていたのだと気がついた。

少女の痛々しさに思わず目をそらし、それでもなおレオーシュは、強烈な好奇心と欲望につきうごかされ、ふれた。

腕と、砂に。

小さな打撃を感じた。

指先を通して、たしかな魚信《ぎょしん》に似た、コツンという打撃。それが一閃した。小さな打撃をゲートに、その向こうの、広大な領域が垣間見えた。

海だった。

錯覚ではない。レトリックでもない。

いまレオーシュがいる区界とはげしく交錯するようにして、どこかちがう世界がインポーズされた。ズナームカとは比較するのもおろかしい、圧倒的な南方の光。夏の空と海、熱く白い砂がレオーシュの境界を叩き割らんばかりの勢いで侵入してきた。

観葉植物の揺れるなかで嗅いだ、あの匂いはこれだった。海の匂い。汀《みぎわ》で泡立つ、新鮮な海水の香り。

波打ち際を蹴たてて走る速度、

がぶがぶと飲む冷たいお茶、

草はらのお昼寝で顔にかぶせた麦わら帽の翳、

好きな人と交わす笑い。

胸ぐらをつかんでふり回されるような、はげしい感情の起伏。

これが少女の記憶だ。

砂の流れを感じながら、レオーシュは指先に、さらに少しの力を込めた。もっと奥をまさぐろうとして。

と、異物にふれた。

海の動的な印象とまったくちがう、石膏ギプスのように不透明でひやっと冷たい気配が指先をかすめた。抑制と固定。病院の枕元から見あげる点滴のバッグ。さらに見極めようとしたとき、
砂が、流れきった。

海はどこかへ消え、腕ももとどおりだった。

ズナームカの、落ちつきはらった空気――枯れ葉のようにくすみ、深い淵と苔と針葉樹の匂いがする空気がふたたびレオーシュを包んだ。

少女は、何ごともなかったかのように、腕をさげた。無感情な外見。レオーシュは指先を見つめた。そこに、少女の感情が小さなやけどのように残っている気がした。息をととのえ、老人に言った。

「あなたはこの人に、何をしたんですか」

どこから連れて来られたのだろう。見渡すかぎりの空と海。そこからもぎ離されて、けわしい山肌にしがみついたこの町へ連行されたのか。

「付け焼き刃の騎士道精神ときたか。不実な女たらしの君がね。いや結構。騎士道精神はおおいに発揮してくれたまえ。そうだな、まあとりあえずサビーナの話し相手にでもなるがよかろう。彼女も君のことが気に入ったようだから。さて——」

コペッキは手をぽんぽんと鳴らした。

「本題に戻ろう、われわれの主題に。レオーシュ君、その砂が何だかわかるかな？」

答えられるわけもなかった。

「大量殺人の副産物さ」

「え……」

「聞き覚えがないかな。ジョヴァンナ・ダークというカルト的人物の名前に」

「殺人……カルト？」

「ジョヴァンナ・ダーク。物理世界の実在の——匿名の人物さ。いかがわしい区界の封鎖に命を懸けている、はねっかえりだよ。

彼女のやり玉に挙《あ》げられて、区界がいくつも閉鎖に追い込まれているのだが、この砂はほかでもない、その廃《すた》れた区界から持ち出したものなのだ」

レオーシュには何のことだか見当がつかなかった。

「区界が閉鎖されると、そこに派遣されている情報的似姿は、ひとつのこらず凍結される。あらゆる区界にそのルールは徹底されている。似姿は究極の個人情報だから、絶対に復元できないようにシュレッドする。徹底的に、コグニトームの最小単位にまで粉砕する。それが、これだ」

　コペツキはもういちど白い砂をつかみ出した。

「これはゲストたち――いわば君や私のなれのはてだよ。つまり、ダークによる間接的な大量殺人の、結果というわけだ」

「それが、どうして……」

「裁断された情報的死体、しかしそのひとつぶひとつぶは、まだ情報代謝のちいさな力を保持しているのだ。

　だれにでも私のようにうまく使えるとはかぎらないがね。

　物理世界では存在しえない。数値海岸でだけ可能な、人間の最小単位。これを私たちは〈微在〉と呼ぶ」

　たかく掲げたこぶしからまた、砂がひとすじ流れ落ちる。床にさらさらと散らばるゲストのなごり。砕かれた死体。

　少女がすがりついてきた。

　横顔を見た。無表情のままだった。怯《おび》えも怖れもない。

　しかしそのひとみは砂の流れから離れない。

　まるで憧れているかのように。

4　インタビュー（二）

ジョヴァンナ・ダークから取材承諾のメールが届いたとき、私は本当に驚いた。ダークはここ数年まったく会見に応じていない。彼女の主張は論文か監視団体の活動方針として公表されるだけだ。

ライターとしての私のキャリアは大したものではないが、最近の仕事である、阿形渓の評伝を名刺がわりに添えた。パブリッシュされたバージョンには掲載していない大量のバックデータも。それがよかったのだろうか。

「あれは楽しく読んだわ」

通された部屋は八角形の書斎で、その一辺がドア、四辺が書架と机、三辺はすべて窓になっている。クラシックな和洋折衷の内装、窓の外には機能性植栽が広がり、ここにも紅葉が兆しはじめている。

「気に入っていただけましたか」

私は、鎌倉彫のテーブルに置かれたコーヒーに白い角砂糖をひとつ落とし、スプンでかきまわした。

「幼少時代のエピソードがむやみと面白かったわ。ほんとうに渓は小さなときから、あのとおりだったのね。ぶさいくで、ごうつくばりで、〝全身これ犀《さい》のけつ〟で」

ダークはくすくすと笑った。

「知っていますよ。その形容をはじめに使ったのはあなたです。あなたは阿形渓のことを、いつもそうやって笑いものにしますね。その挑発的な言葉づかいでまずは名を上げた。しかしあなたの帰属するHACKleberryは、阿形渓をリスペクトする集団でしょう。そこからあなたのような人物があらわれたというのは非常に興味深いです」

「もうインタビュー、はじまっている？」

「ええ」

「その質問の答えなんかだれでも知っていると思うけれど——いいわ、私の口から聞きたいということなのね」

「はい。なにもかもあなたの口から直接。そこに意味があるんです」

「HACKleberryはべつに阿形渓を崇拝する集団ではない。もともとHACKleは阿雅砂《アガサ》を誘拐した者をさがし出し、彼女を〝不法コピー〟という監禁状況から解放するために発生した集団なのよ。

だから私はむしろ、自分のほうがHACKleのもっとも正統的な精神を体現していると思ってるの」

「AIの権利擁護。それをあなたは一貫して続けてこられた。ありとあらゆる手段を駆使して」

「コスタは人類史上最悪のアトラクションよ。コロシアムの剣闘もアウシュヴィッツのガス室もコスタには及びもつかない。

毎日毎日、あそこには新開発の区界が立ち上がる。すみずみにまで手を抜かず完璧に仕上げられた世界の中で、何千何万というＡＩが、高品質な虐待を受けつづけている。

でも物理世界のあなたたちは、それが虐待であるとさえ思っていない。ほどよくラギッドで、ほどよくスムースで、心地よい空間に滞在してるつもりでいる。そうして、じぶんの情報的鼻くそをＡＩたちの顔になすりつけている」

飽きるほど聞かされたダークお得意の演説だ(鼻くその部分はいろいろなバリエーションがあるけれども)。

「これを〝リゾート〟と呼んで恥じないその無神経さと、私たちはずっと戦ってきた。でもまだぜんぜん足りない。悪質な区界はまだ限りなくあるし、これからもきりがないでしょうね」

「ダークさん」私は話に割り込んだ。「コスタが営業をはじめたとき、そのサーヴィス内容に倫理面からクレームをつけた団体は無数にありました。——でもそのうち残っているものはひとつもない」

「あなたたちだけが残った——とは言わないのね。ありがとう」

「明白な違いがあるからです。あなたたちは仮想アトラクションの監視団体ではなかった。ほかの団体は、つまるところ、コスタという著作物の害毒から物理世界の健全さを守ろうとする。

しかしあなたの最初期のエセーには、すでにこう書かれている――。

物理世界の侵襲からAIたちを守れ。そのための理論を構築しなければならない、と。おどろくべきことに、これはコスタの試験サーヴィスが開始される以前ですね。要素技術――官能素空間と情報的似姿もまだ研究途上だった」

「ええ」

「あなたの意見ははじめ一笑に付された。黙殺され、つぎにひどい非難にさらされた。いまもあなたはつねに身の危険につきまとわれていますが、一方、若い世代を中心に広範な――熱狂的な支持者も獲得している。

十年間のこの変遷をどのように受けとめておられますか」

「こんなに賛同してもらえるなんて期待していなかった。まわりの変化が意外と早かった、とは思うわ。ずいぶんやりやすくなった」

「これまでの正しさが理解されてきたと？」

ダークは唇の端っこで微笑した。

「ノーコメント」

「コスタでは、非常にリアルなAIが客をもてなします。しかし、AIは〝著作人格〟である――たとえ人間と同等の思考や感情が生起するとしても、それもまたAIという〝著作物〟の特性に内包されるものだ、というのがラテルナ・マギカ社の主張であり、そして多くの専門家の見解です。これへのコメントを」

「ＡＩの本質とは〝人らしい心を持つこと〟自体を記述した著作物だ、という理屈よね。おもしろいものね。かれらはうしろめたさをこんなにはっきり白状している。そう、ＡＩは人の心を持つのよ。

だいたい〝著作人格〟の概念自体、こっちの追及に音《ね》を上げて、向こうが苦しまぎれにひねり出したものなんだし」

「時期的にはたしかにそうですね」

「コスタがオープンしたころ、かれらは情報的似姿を、本人のまさに分身であるかのようにアピールしていた。それがいつの間にか〝個人情報の複合的なコンテナ〟にすぎません、と腰が引けている。似姿がユーザのくせを記録しているのは、たんに仮想アトラクションを受け取るのに必要だからにすぎない、なんて言っているわけ。

かれらの公式見解はこんなにも恣意的なものなのよ？」

「しかし、後半はともかく前半——つまり〝著作人格〟というのは妥当な主張では？区界ＡＩは自然人と同等の権利を持つ、というダークさんの主張は、乱暴だし極端だといわれています。ＡＩは似姿と同等なのだとしても、とても自然人のクオリティにはかなわない」

「あら、解像度を問題にしたら私の思うつぼよ。論争してみてもいいんだけど、でもまあ、いいわ。つまり、あなたも私の意見にはうなずけない、ということね」

「ええ、残念ですが」私は率直に答えた。取材相手の信頼を得るには率直でありつづけるしかない。「個人の見解を訊ねられたので言うのですが、あなたのやっていることは、やはり表現行為への度を越した干渉でしょう。

コスタの区界は、ひとつひとつがそれなりの趣向を凝らした著作物で、それはつまり『作品』だ、ということです。AIたちは、その区界という作品に、さらに包摂《ほうせつ》された一部でしかない。――どうでしょうか？」

風が出てきたのだろう、窓外の植栽が揺れた。ダークはちらりと外を見、また視線をもどした。力強い瞳の配色。

「なぜどちらであるかを決めようとするの。

決めようとすること自体がすでに詐術よ。

区界AIは、著作物であると同時に自然人互換の存在である――たったそれだけのことでしょう。そのようなAIが存在できる、人間はそんな環境を世界に外付けしてしまったんだから、結果は甘んじて受けとめるしかない。あたらしい種類の人権侵害が起こっているのなら、放置はできない。判断を先送りしていると、いずれ人類の精神世界、信仰や生活哲学をぼろぼろに劣化させてしまうもの。

状況が拡張されてしまったんなら、それに見あった法基盤を整備する。それが大人の態度というものよ」

「たとえばあなたがいま使われた〝自然人互換〟という概念が、そのひとつですね。

でもダークさん、やはり私には、それはＡＩを無理やり人間扱いするための強弁としか思われないのです。結論ありきの、それこそ詐術です。

お互いが苦しまぎれの造語合戦をしているという自覚はありませんか？」

彼女は苦笑いして、肩をすくめた。

「ダークさん。私は、コスタが芸術の形式として類例のない達成だと思っていますし、作り手にふかい敬意を抱いています。倫理的に問題を孕《はら》んだ区界が少なからずあるとしても、そんな批判はどのような表現にも浴びせられていました。小説、映画、テレビ、ゲーム。いずれはどの形式も成熟し、正当に評価され、エスタブリッシュされる」

「コスタが芸術であるかどうか、私は気にしない。コスタが物理世界の人たちにとって有害かどうかにも関心はない。

もっと言うと、私は〝自然人互換〟という言葉はきらいなの。人間のほうが上、という先入主や、ＡＩの地位をアップリフトしようという傲慢さが感じられる。

こう言い換えてもいいのよ。物理的人間は〝区界ＡＩ互換〟である、と。

私たちはどこかのうすのろたちみたいに、ＡＩに物理世界の教育を受けさせろだの、市民権を与えろだのとは言わない。それもまた無意味だから」

私は内心、いらいらしていた。

せっかくのインタビューだというのに、ダークの口から出るのは、公式の発表文と変わらなかったからだ。

ダークはこの十五年、精力的に活動した。寄付以外にもありとあらゆる手段で資金を集め、多くの攻撃的監視団体を支援した。法務義勇兵《ヴォランティア》を組織し、意見広告に著名人をかつぎだした。HACKleberryの腕利きたちは数値海岸の脆弱性《ぜいじゃく》をことあるごとに実証した。活動には非合法なものや、善良な利用者に多額の損害を与えたものもある。つねに激しい非難を浴び、数えきれないほどの民事訴訟を起こされ、それでもダークは手を緩めなかった。区界内にゲリラ的な保護所《シェルター》を設けてＡＩにヒアリングやカウンセリングを行ったことさえある。これは非常な非難を呼んだが(他人の著作に無断で改変をくわえることになりかねない)、同時に支援者の層を爆発的に広げた。これほどバイタリティのある活動家は他にいない。

しかしなにが彼女をそこまで駆り立てるのか、それが私にはまるで実感できない。プレスシートに書かれた言葉では納得できない。書き留められた言葉は空疎だ。しかし発言者からじかに聞けば、はっとするほど説得力を感じることがある。私は、ジョヴァンナ・ダーク本人から、そんな血の通った実質を聞き出したかったのだ。

そろそろ質問の切り口を変えなければと思ったとき、ノックの音がして真鍮色のドアノブが回った。

入ってきたのは日本人らしい若い女性だった。ダークとテニスをしていた人物だ。女性は私に目礼してから、ダークの耳元に何ごとかをささやいた。ダークも何かささやき返し、女性はまた退室した。平静な表情だったが、なぜだか私にはそれが含み笑いのように見えた。

「いまのはあなたの支援者ですか」

「ええ。ここは彼女の父親の別荘なの」

「今回、来日された理由は？」

「日本の支持者たちと会談があったから」

「どんな会談ですか？」

「私の目的を達成するためよ」

「あの公約ですね？　もう、期限まであと一年になりましたが」

ダークは常に身辺を警戒している。スケジュールは極秘のはずで、それを口にするのは、質問をさせたいから――つまり何かを話したいからだろう。これは、何ごとにつけ用意周到なダークが綿密にセットした、インタビューだ。きっと、とても重要なものになる。

「――すこし暑くない？」

ダークは立ち上がり、ガラス戸を押し開けた。風が入り、梢の音がきこえた。私も腰を上げた。彼女のそばに古いチェストがあり、その上に写真立てを見つけたからだった。ダークのプライバシーはこれまで一切明かされていない。

「いいのよ。しっかり見てくれても」

窓の外を向いたまま、ダークが私に言った。

私は苦笑いした。これもまた誘導か。

写真のダークはまだ若い。二十代前半か、もしかしたら十代。いかにも学生のパーティ然とした場面を背景に、ダークが同年輩の若い男と肩を組んでこちらに笑いかけていた。いまの「強制的に収斂させた」感じがない。リラックスした、ありきたりな若い女性がいるだけだ。

そして、ほんとうにとつぜん、私は写真の男がだれであるかに気づいた。

「……！」

よりによって、この人物とダークに接点があるとは、思いも寄らないことだった。この男こそは、阿形渓と並びダークがもっとも対立する相手といっていい。

ダークは、私の顔をさもおかしそうにながめ、駄目押しのようにひとこと付け加えた。

「それ、私の夫なの」

男は、ヴラスタ・ドラホーシュだった。

5　浮き栈橋

「カジノ」という病巣が、かつて鯨を蝕《むしば》んだ。

鯨がまだ幼い頃、ある日背中に痛みを感じただろう。そこにうまれた腫瘍は、急速に成長し、骨にからみ、内臓に根を張ってふくれ上がる。気づいたときには、体内の広い範囲が腫瘍によって完全に作り替えられている。この患部は、絢爛豪華なカジノ設備を形成している。

こうして鯨は他の区界へ売られていった。

腫瘍の付属物として……。

気の滅入る考え方だ、とレオーシュは高い足場を渡りながら考えた。カジノ施設は〈誘発〉の技術で建造されている。鯨の体組織に因子を注入し内発的に建設させているのだから、腫瘍と考えてもあながち見当外れではないだろう、と。

改装作業はいよいよ本格化していた。繋留塔につながれた二頭の鯨のまわりには、浮遊性のプラットフォームが縦横に展開されていた。鯨の上側は解体がすすみ、カジノ装備だけではなく体殻や駆動筋群もごっそり取りはらわれている。体表にはあちこちに開口部ができ、内部にも大きな空洞があいていた。浮遊プラットフォームのラダーは体内にも延び、そこでさらに分岐している。見学生たちは分け与えられた〈蜘蛛〉たちとともに、それぞれの受け持ち箇所で、作業にいそしんだ。

鯨は、ズナームカで模様替えをしたあと別の区界に買われていくことになっている。これまでの区界がサーヴィス休止を余儀なくされたのだ。

大小二頭の鯨にはあわせて百体に及ぶ蜘蛛が配されていた。誘発によってカジノ設備となった体組織を除去し、あるいは初期化するのが蜘蛛の役目だった。鯨の組織は誘発に対して非常に大きな柔軟性を有している。組織がある程度特化していても、その変性をリセットし、プレーンな段階に戻すことができるのだ。蜘蛛たちはカジノの中をじりじりと這いすすみ、老朽化や損傷のぐあいも加味しながら、初期化ができそうか慎重に見きわめ、必要な処置をとる。その監督と記録が見学生の仕事だった。

蜘蛛は、戻せないと判断した部分をつぎつぎに食べていく。前肢でかかえこみ、どこかへ転送していく。この区界の下層にある見えない場所へ送られ、そこでリサイクルされて、いつか世界構築のリソースとなるようたくわえられる。

レオーシュは手元のフォルダを開いている。蜘蛛からデータが送られ、帳面の上にインク文字が書き足されていく。初期化可能な部位がどこにどれだけあるか。状態はどうか。それをよく読んで、親方が工程を組む。

レオーシュは大きなほうの鯨の、呼吸器系の第七区画を受け持つ。この鯨は改装後、浮遊客船として使われることになるが、呼吸器はホテルの空調系と一体化している。老化や病変、損傷の箇所や程度をたんねんにまとめ終えるとそのページをひきちぎり、プラットフォームの最上部に陣取ったズデスラフ親方へ持っていく。親方は風雨避けのテントの中で、デスクワークに忙殺されている。

「きょうも詰まらなそうな顔をしてるな。しかし、その気持ちも大切なものだ」

会話につきあえ、という合図だ。レオーシュはこっそりため息をついた。マグダの――親方の妻の――顔が脳裡をよぎった。

「聞きしにまさる大工事ですね」

「上物《うわもの》はほとんど取り換えだし、循環器系も大幅に増強しないと上下水の処理がもたない。ズナームカをあげての作業になるな」

「たいへんな費用がかかりますね」

「まあこちらは勘定書きを作るほうだからな。びた一文負けないよ。ズナームカは鯨で生計を立てているのだから」

その言葉どおり、ズナームカの運転にかかるコストは、鯨の費用に加算されてほかの区界に転嫁されている。個々の区界が鯨をアセンブルするより、まだしもそのほうが安価だからだ。

「見学生の利用料が安いのもそのおかげです」

「そうやって安くしてあるのは、何のためだと思うね？」

親方はペン先をインク壺に差し、紙に数字を書き込んでいる。太い、実体感のある指先に、青くインクが染みついているのを見て、マグダの太ももについた痣《あざ》をレオーシュは思い出した。点々と、気まぐれに刻印された青。

「私はこう思うんだ。ああいう場所で――」と、運び出されるカジノの絨毯を見やり、「――金持ちのお客がどっさりお金を落とす。それを私たちが有効に使う。規則正しく日課を取り運び、大きな仕事をやりとげ、規律ある生活の楽しさ、素晴らしさを学ぶ。若い人にそういう生活をしてほしい」

威厳あるズデスラフの言葉をレオーシュはだまって聞く。

あいつは抓《つね》るのが好きなのよ。鋏《やっとこ》みたいな指だから、たまらないわ。ここや、ここや――マグダが掠《かす》れた声で耳元にささやいた。熱い、濡れた息。――それからここも。ひどいでしょう？　レオーシュの手をとり痣の場所にみちびいた。

「世の中はそういう仕掛けになっている。放蕩者が散財してもまわり回って若い世代の役に立つ。ズナームカのように規律ある区界は、そういう金を有意義なものに変える力がある」

自分の役割を素朴に信頼しており、言動に率直な力がある。尊敬できる男。家庭内ではどうあれ、親方にはそれなりの性格が与えられる。見抜かれているだろうか、かれの妻との不義を。だとするとこれは尋問の導入だろうか。レオーシュは慎重に会話を進める。

「親方、僕なんかと話をしておもしろいですか？」

「君のようなゲストは、じつはめずらしくない。どの期の見学生にも必ず同じような者がいる」

コペツキと同じようなことを言う。マグダの不倫もそうだろうか。どの期でも、マグダはだれかを選び必ずちょっかいを出す――そのように設定されているのだろうか。であれば、親方も知っている。知って見逃すのか、それとも詰《なじ》られるか。

「いつかはなじめるでしょうか、僕も」

「安心したまえ。きっと大丈夫だ」

親方は慈愛をにじませた声で言う。ふとレオーシュは空想する。僕らのほうがAIで、親方がゲストである区界も可能だろう。大勢の悩める弟子たちを率いて、鯨開発プロジェクトを導く。――そう考えると、いま親方の背後で動いている指導者プログラムも健気《けなげ》に思えてくる。

親方はレオーシュからメモを受けとると、うずたかく積まれた紙の山に押しやった。メモの内容はとっくに背後システムに渡されている。

親方の机のまわりは新旧の書類の山だ。ことに椅子の向こうには手紙や小包が山となっている。郵便——それはズナームカにとって、ことのほか意義深いものだった。ズナームカは区界の外と情報のやりとりをする。鯨主の注文をとり、納期を知らせ、領収書を送る。ズナームカの郵便は本物なのだ。ズナームカで作られる切手は、すばらしく手がこんでいて、宝石のように美しい。ほうぼうの区界にコレクターがいるのだ。

「さあ戻って。仕事のつづきを頼むぞ」

「ああ、はい」

これから本題だと思っていたのに、レオーシュは拍子抜けする。しかしいまは鯨の改装に能力の大半をとられ、弟子の素行に係《かかずら》っていられないのだろう。まあ、どちらでもいいことだ。いつもと同じようにそっけなくテントを出ようとしたレオーシュの背中に、

「ああ、そういえば！」親方が声をかけた。「すっかり忘れていたよ」

「はい？」

「屋敷町のことで何か噂をきかないか？」

とっさには返事ができない。これが本題か。

「それは——下の、屋敷町のことですか」

「そうだ」

「何かあったのですか」

「君たちのあいだで噂になっているだろう」

レオーシュは無言で──僕がみんなのうわさ話に入れてもらえると思います？──肩をすくめてみせた。

「あそこにはいくつも空き家がある。お偉い人の宿にしたり、催しものに使ったりするのでわざと空けてあるんだ。ところが夏の終わりごろ、コペッキ家の屋敷に人が引っ越してきた。予定になかったことだ」両手を合わせて肘をデスクに乗せ、ひと呼吸置いて続けた。「──ズナームカの計算資源はつねに鯨を優遇する。下の町は、意外と空疎だということ──住人のいない家や、俯瞰したときだけ存在する小路が多いことを、知っているだろう」

うまい質問だが、こう切り返す。

「知識としては……」

「そこにだれかがやってきて住みはじめたのだ。ゲストかAIかさえもわからない。しかも一人ではない」

「問題があるのですか？」

ズデスラフはこの机の上を見てくれ、というように両手を広げた。

「この時期だ。ちょっとでも計算資源を節約したいからね」

「鯨の改修に支障が出るのでしょうか。たかだか屋敷にひとが住みつくくらいで」

ズデスラフは机に前かがみになって、レオーシュの視線をすくい上げる。

「どう思うかね？」

君は知っているのではないかと、言外に問う調子がある。

「どうも思いません」

──どうも思わないわ。

マリエのそっけない口調をつい真似ているのを、レオーシュは自覚する。ちょっとおかしくなる。

あれから休日になると、レオーシュはマチェイ・コペツキの家を訪れた。最初とあわせて三度に及んでいる。

二度めに行ったときはサビーナに会えず、かわりに砂を使ったさまざまな実験につきあわされた。コペツキと三人の若者は砂をバーナーで熱し、酸をかけ、電流を流した。砂自体はまったく変質しない。むしろ区界の中で「バーナーの焔」「酸」「電気」としてあらわされるものが、ほんとうはどんな仕掛けであったかが如実にわかって、じつに面白かった。

休憩時間に、レオーシュはマリエ──姉弟の姉に、サビーナのことを訊ねた。何のためにここにいるのか、出身はどこか、なぜ彼女の言動は奇妙なのか。マリエは何も知らなかった。サビーナに何の関心もないらしい。苛立ったレオーシュは言った。

「この区界でサビーナほど興味深い謎はないよ。君はどう思う?」

「べつに。そんなに不思議なことかしら。ただのAIでしょう」

マリエはそう答えた。その冷静な目を見て、ようやくレオーシュは気づいた。じぶんが「謎」ではなくサビーナの虜《とりこ》になっていることに──。

「ふむ」

ズデスラフは椅子の背に身体をもどし、小さく鼻を鳴らした。

「それならいい。すまなかったな。もう降りてもいいぞ」

ゲストが下の町でどんなふるまいをするか、親方には感知できない。貧乏学生にもその程度の自由はある。

「つまらないうわさ話などしてすまなかったな。レオーシュ、近寄らないことだ」ズデスラフはうつむいて首を振った。「近寄らないでおくれ」

「ええ、そうします。——ところで、小さいほうの鯨は、まだ再建に入らないのですか」

「あすにでも取りかかる。どうしてかね」

「むやみに大きなのより、あちらのほうが面白そうで。小さな旅籠《はたご》にするのでしたよね」

「そんなふうに興味を示してくれるとは、うれしい驚きだ。やってみるかね」

「そうですね」

しかし、テントを出るとすぐレオーシュの念頭からズデスラフは消え去っていた。どのみちあのAIには、たいした叡知が宿っているわけでもない。コペツキの悪魔めいた存在感の前ではいかにも魅力に乏しかった。

鯨の巨体を縦横にとりまく足場を渡りながら、レオーシュは目を下に遣《や》る。

目もくらむ高低差が、口をあけている。

何十層にも及ぶ足場がさまざまな方向で錯綜し、さらに何百という大小のラダーで結ばれている。眩暈《めまい》のするようなその構築を透かして、繋留塔の立つ尾根、目もくらむ断崖、さらにその下の渓谷の底を蛇行する川、その川が陸地から刳り貫いた土地――ズナームカの町が一望できる。レオーシュはクルムロフの上流、いくつかの支流の方を見やった。

――三度めに訪れたときは、コペツキの許可を得てサビーナと外出した。落ちついて話ができる場所として、レオーシュはその支流を選んだ。いちばん驚いたのは、サビーナが一日中、ごく当たり前の快活な少女だったことだ。この前はひどい頭痛がしていたの、ごめんなさい――そう言われれば、嘘とわかっていても受容するしかなかった。

ズラータと寝た平たい岩の上で、こんどはコペツキや三人のAIのことを訊ねてみた。やはり、意味のある答えは返ってこなかった。サビーナにはここへ連行されたという意識さえなかった。もといた区界の記憶もないようだった。コペツキはベッドと食事と暖炉を与えてくれる庇護者として信頼しており、三人はよくわからない人たち、と片づけ、あまり気にしていないようだった。

初対面の印象とあまりに違う。あのときは、引き裂かれるような感情があるのに平坦にしか発露できない、そんな呪いを掛けられているように見えた。

二度目に訪れた時、実験で使った〈微在〉をひそかにくすねてあった。平たい岩の上で、レオーシュはそれをまたサビーナにためしてみないではいられなかった。

その結果は、いまも忘れられない。

鯨を囲む構築の上、レオーシュはつめたい風に身体をすくませた。空の高みに、絹のスカーフを細く裂いたような雲がかかっている。ズナームカの秋はたしかに、なにからなにまで美しい。

レオーシュは、しかし、夏を観たいと思った。

美しくなんかなくたっていい。

どの区界の夏でもなく、ましてや物理世界の夏でもない。

サビーナの中に保存されている夏。微在を介してはじめてふれることができる、純粋な——サビーナの夏にさわりたいと切望した。

6　インタビュー（三）

ダークの発言は衝撃的だった。

ふたつの意味で。

ダークにとって数値海岸は倒すべきシステム——したがってその象徴であるドラホーシュ教授は、単純に言って「敵」だろうと思っていた。素朴な予断だった。

「まあ、ずうっと別居状態だけれどね。記事の見出しにはいいでしょう？　きょう来たモトが取れたと思うけど」

「いいんですか、公表しても」

それがふたつめのおどろきだった。ジョヴァンナ・ダークは本名ではない。彼女のプロファイルはずっと秘密だった。ダークは支持者を上回る数の人々から憎まれ、監視され、脅迫や暴力にさらされている。ドラホーシュの配偶者と特定されれば、ダークの素性は完全に衆知になるだろう。また、支援者が動揺することも考えられる。

「ええ、もちろん」

ダークは涼しい顔でうなずいた。

写真を私の目の届く範囲に置いたのは、意図的だったのだ。ドラホーシュの妻であるという事実を、公知にする価値があるとダークは判断している。それに見あった利益をこのインタビューで受けとろうとしているのだ。

なぜなのか――さあ、それをきけ、という無言の圧力をひしひしと感じた。これほど受け身なインタビューは覚えがなかった。

「よかったら、おふたりのなれそめを聞かせていただけませんか」

「もう一枚写真があるでしょう。それを見て頂戴。そうしたら話してあげる」

最初のフレームの奥に置かれたもうひとつの写真立てを、私は手に取った。

病院の個室。

清潔な機材に囲まれた、簡素なベッドの上に、枯れ木のような死体が横たわっていた。服が平たくなるほど痩せこけ、肌は古紙のように黄ばみ、長い四肢は力を失くして投げ出されている。足指の先は萎《な》えてひとまとめに窄《すぼ》まっている。短い髪はこわばった枯れ草だった。

私は写真の表面に指で触れ、内包されている情報をいくつか解放した。女性の顔を拡大し、動画化した。――と、深く窪んだ眼窩のなかで目がキロリと動いた。死体ではない。

しかしその目に意識の存在は感じられない。どこかを見ているようではなかった。

圧倒的な何かの力が――たとえば大量の薬物、脳血管性疾患、もしくは大きな外傷が、その女性の人間性をことごとく破壊しつくし、機械的な反射だけが残っているようだった。

私は写真を戻し、ダークを見た。

「これは、あなたですか」

「ええ。一番悪いとき。約二か月、完全臥床《がしょう》だった」

「ドラホーシュさんは、この状態をよくご存じなのですね」

「もちろんよ――ねえ、外へ出ましょうか」

ダークはスリッパのまま外に出た。庭には平らな正方形の踏み石がつづいている。私もその上を歩いた。

タンクトップからのぞく肩や背の筋肉には、バレエ・ダンサーのような、ローファットな美があった。あの写真からここまで持ってくるのにどれほど過酷な機能回復訓練が必要だっただろう。廃用症候群から生活機能を再建する技術は進んだが、それでもなお想像を絶する忍耐、克己心が必要だったはずで、それは今もなお続《つづ》けられているだろう。

きびしく鍛練された身体。他の可能性を容赦なく削ぎ落とし、ひとつの形にむりやり収斂させた肉体。

私たちは木製のベンチに腰を下ろした。テーブルには大きなガラスのピッチャが汗をかいていた。冷たい紅茶の中に砕いた氷がぎっしり浮いていた。私は支援者の女性の顔を思いうかべた。

「あなたは認知総体《コグニトーム》について、どのくらい知識があるの?」

「サイエンス・ライターではないので。一般常識程度にはわかりますが」

「人間は生き延びるために、環境から情報を得て絶えまなく処理し、代謝する。そのために何万という情報処理のモジュールが用意されている、ここに」ダークは胸元を押さえた。「処理はモジュールごとに行われ、その集積と相互作用の上に、人間の意識が立ち現れる。意識にグランドデザインはない。あらかじめ目標とされているわけでもない。独立した認知モジュールが、ほかと適当に連係しながら各個に処理を行っているだけ。なのに、そこに意識が生じてしまう――たぶんそんな仕組みを持った生き物のほうが淘汰されにくかった……」

ダークが悪戯っぽく片目をつむった。ドラホーシュの有名なエセーからの引用だった。

「くりかえすけど、意識には設計図はない。〝生存〟という状態遷移の上にたまたま浮かび上がる、なにか模様のようなもの。かっちりと構築されているようでも、ほんとうはそうでない――ここまでいちおう一般常識ね」

「さすがにそれくらいは、私でも」

「そうよね」

「表面的にですけれど」

「表面的に――」ダークは歌うように繰り返し、微笑んだ。

「それはなかなか本質を突いた表現ね」

「そうなんですか？」

ダークの話はひどく遠回りだったが、まったく苦にはならなかった。話の核心に迂回しながら近づくその足取りに、むしろ切実な実質が聴き取れそうだった。

ダークは紅茶のピッチャを持ち上げ、振った。アイスティーの中でクラッシュアイスが一団となってぐるりぐるりと攪拌《かくはん》された。海中の小魚の群れのように、氷たちの動きは統制がとれていた。

「いま、氷がお互いにそれぞれの動きを制しあって、足並みがそろってみえたでしょ」

「ええ……」

「もし私が揺すっていることを知らず、氷だけを注視していたら、意志ある集団のように見えたかもしれないわね」

すると、ダークはいきなりなんの脈絡もなく、ピッチャをさかさまにした。紅茶と氷がテーブルになだれ落ち、はげしく飛散した。一瞬の激発に、私は震えあがった。ダークはひっそりとつぶやいた。

「氷じゃないわ。紅茶よ」

氷は集団であることをやめて、ばらばらに静止していた。小石のように孤独だった。かれらをつなぎとめていたのは紅茶だったのだ。私には、紅茶の動きが、氷の動きと見えていたのだ。

紅茶よ――。ダークの言いたかったのは、どんな比喩だろう。認知モジュールの連合には、〈調整アーキテクチャ〉がかかわっている。個々のゲノムが担うタンパク質合成を、生命現象にまとめあげていくのと同じ論理。

ぱちっ！

ダークは氷をひとつぶ、指先ではじき飛ばした。氷はテーブルの端を越え、芝草の上で孤独になった。

「人間の心がピッチャだとするわよね――それをこんな具合にぶちまけられたら、どんな感じになると思う？」

私は氷をつまみ上げ、指のあいだでもてあそんだ。ダークの質問を反芻《はんすう》してみた。

「精神障害や発達障害をコグニトームの〝壊れ〟として記述するのが流行していますよね。そういうことですか？」

「あれは、心の不調を器官の損傷や代謝障害で説明しようとする流れにあるもので、要は個個のモジュールの〝壊れ〟を問題にしているんじゃないかな。

私のは、そうじゃない」

ちらばった氷。

「私のは……と言われましたね」

「そうよ」

ダークは、片手を氷たちの上に置き、ごつごつした冷たさを楽しむように、なで回す。

「そう、私の病気は〝コグニトーム調整不全〟だった」

――幼いときから萌芽はあったのだ、とダークは語った。彼女が物心ついてから、年に二、三度は自覚症状があらわれていた、と。

たとえば「同期ずれ」。ひとつのイベントが起きるとき、対応する感覚が同期しない。ピッチャを手で持ち上げるとき、取っ手をつかんだ手応えはあるのに、目で見る手はまだ握ろうとする途中であり、耳で聞く氷の音は、もうそのピッチャを高く持ち上げているはずだ、というような。

「架空視点」。ピッチャに手を伸ばしたとき、目はピッチャの向こうから近づく自分の手を見ている。あるいは手を伸ばすじぶんの姿を天井からながめている。人間の認知システムがバックグラウンドで行っているなんらかの推論（おそらく見当識と関係のある何か）が逆流してくるらしい。

「主体交雑」。他人の手を握っているのに、じぶんの手を握りかえしているように感じる。おそらくあらゆる認知モジュールのベースにある〝感情移入〟が誤った形で浮上している。

「輪郭浸潤」もある。視覚が環境光からとりだすテクスチャの境界――ものの輪郭の見え方が突然変質してしまう。ふつうなら自然に感得する遠近や凹凸が逆転し、また方向を変える。さらに聴覚や嗅覚から得た情報が視野に輪郭として乱入する。

しかしこの段階は、むしろ軽症だったのだ。なぜなら「妙だ」と自覚できたし、症状は長く続かず、だから冷静に対処もできた（ダークは幼くしてそれを心得ていた）からだ。

「思春期に入ると、症状は悪化した。長いこと、これはひどい眩暈なんだとごまかしていた。でもだめだった。自分を繋ぎあわせることができなくなって……」

個々のモジュールがどんなに正しく動いても、調整不全によって、ダークはじぶんという計算を正しく行えなくなった。雲母の薄板に描いた絵模様がもろく割れて、離ればなれになるようすを私は思いうかべた。もちろんそれはダークの体験とはぜんぜんちがうのだろうが。

ダーク自身の記憶からも欠落しているという大きなトラブルのあとで、彼女は故郷の学校を離れることを余儀なくされた。専門医のひとりがEU圏内の、とある大学病院を紹介した。

「コグニトーム調整不全の病名がついたのは、入院の少し前だった。コグニトームが具体的な解読の対象になったのは私が生まれた頃だけど、入院したときも調整不全の診断基準は確立していなかった。私は半ば実験台のようにして入院した。大学は薬理工学に特化して収益を飛躍的に高め、こんどはコグニトーム工学に莫大な投資を開始するところだった。

私を入院させた人は、目のつけどころがよかったわけ。調整アーキテクチャが壊れた子なんて、おあつらえむきよ。この子を隅から隅まで調べれば、調整アーキテクチャがいったいどんなものなんだかわかるだろう――と」

ありとあらゆる検査と治療が行われた。ダークが受けた治療はもちろん疾病《しっぺい》の本質を突いたものではなかったが、結果的に症状はある程度改善した。当の大学に進学できる程度には。だからヴラスタ・ドラホーシュとダークの出会いは、当然のなりゆきといっていいだろう。ただし最初の接点は意外なものだった。ふたりはあの写真のとおり同じ大学に属していたが、ダークは学内の動物虐待監視団体のリーダーとして、ドラホーシュの研究に抗議する過程で知りあったのだという。

「……つくづく滑稽よね？　ほら、私たち、二十年前とおんなじことをしているわけだもの。結局あの人の潔白は証明されてそのあと……意気投合したの」

ドラホーシュは学生のダークより三歳も年下だったが、飛び級で卒業し、すでに准教授で大予算の研究プロジェクトに携《たずさ》わっていた。

「自信過剰でお調子ものので、資金調達が大好きで——これもいまと同じ。ほんとうは成功のあてなんかなくって、危ない橋を渡っていた。私は恐怖と不安をぎゅうっと押しこめておきたいタイプだけど、ドラホーシュはむしろうるさい蠅みたいにプレッシャが飛び回っているほうを好んだ」

ダークの長い話がどこに流れ着こうとしているのか、このときはまだ見えなかった。しかしこのインタビューが、遺言に非常に近いものであることは、鈍感な私にも感じられた。ダークはじゅうぶん余裕があり、私は手に汗をかいていた。

「——ねえ、あの人は私をとても面白がるのよ。それもその面白がり方が、私を変な新種の虫か何かみたいに扱うのね。ひどいでしょう!」

ダークはくすくすと笑い、何かを懐かしむ顔になった。

「でも、だからこそ私はじぶんの症状、不安、憤《いきどお》り、悲しみ、なにもかもを話せたんだわ。さいしょは冗談めかして。つぎには激しく泣きながら。三度めは落ちついて。それで気持ちが楽になった。もう症状は出ないかも、と思った時期もあった。でもやっぱり、そうはいかなかった」

つかのまの安定期が過ぎると、さまざまな症状が以前より悪化して舞い戻った。すでに結婚していた二人だったが、ドラホーシュは富裕層向けの小さな病院を手配した。専属の看護スタッフが、休学したダークをケアした。病室と家族の居室が続き部屋となっており、ドラホーシュはそこに書斎を設けた。たしかにドラホーシュには資金調達の才覚があったのだ。

「入院して二週間目かな、ドラホーシュはとても上機嫌で、口笛を吹きながら病室に入ってきた。

そして私に言うの。

〝ねえきみ、視床カードって聞いたことない?〟って」

私はじぶんの幸運が信じられないほどだった。ジョヴァンナ・ダークの悲劇と視床カードが、ドラホーシュを介してつながっていたとは。

「第二世代の多重現実が準備されていた頃ですね」

「いろんな規格が提唱されていて、ほんとに草創期って感じだったな。ドラホーシュは視床カードの原型に目星をつけて、関連特許を買い集めていた。視床カードの規格が勝利を収めるのはもう少しあとだし、多重現実もほとんどの人は知らない頃よ。ドラホーシュが日本に本拠を移す、十年以上も前のことだもの」

「それで、ドラホーシュは、視床カードをどうしようとしたのですか」

「私のベッドサイドにすわり、あの調子でへらへらしながら言ったの。

〝きみの病状はさ、やっぱりコグニトームの調整不全だよ。このあいだ新しいモデルを作ってシミュレートしてみたら、ねえ、きみの症状をかなり近い形で再現できたんだ。いや、ほんと〟

これをね、じつに楽しそうにうれしそうに言うのよ。そのあげくにこう。

〝たぶん、これは進行するね。いつかきみの症状は不可逆な一線を越えるだろう。そうなったらきみの認知モジュールはばらばらになったまま、もう戻らない。きみという絵模様は消えてしまう。身体はここで枯れ木のように横たわりつづけるだろう〟

なかなか妻に言える科白ではないわ。私あきれて、笑い出しちゃった。それでこう言ったの。

〝あなた何か、悪だくみしている？〟

〝いいことを思いついたんだ。ひとくち乗らない？〟」

ドラホーシュはダークに、じぶんのバックアップをとるよう勧めたのだ。

人間の意識を構成する認知モジュールがどれだけあって、ひとつひとつどのように働いているかは、長い努力の結果おおむね解明されていた。また、それらが連合しあい、みずからを編み上げてゆくしくみも大半があきらかになっていた。これらのモジュールは全身のあらゆる場所に散在してはいるが、最終的にはそこから意識の絵模様を読み取る視座が必要になる。その座が、視床から脳幹に至る網様体のつらなり、すなわち外界や身体と、大脳皮質とのデータ交換をつかさどるあたりにあることも、やはり解明されていた。

第二世代の多重現実のために開発された視床カードだが、ドラホーシュはすでに第三世代のさらに先――意識の描画を人為的な機構で再現することを目論んでいた。それこそつまり〈情報的似姿〉にほかならない。言葉は悪いが、ジョヴァンナ・ダークはまさにうってつけの実験台だったろう。

狭義の〝情報的似姿〟と言った場合、認知モジュールは含まれない。ユーザの情報代謝の個性――標準からの差異のみを言う。認知モジュールをどう動かすかというレシピである。

ドラホーシュが提案したのは、ダークのレシピを視床カードにセーブしておき、本来の自己が消滅したあとは、残存するモジュールたちを視床カードで駆動するというデザインだった。ダークの病いは、モジュール自体は壊れずに残るものだからである。

「私の病状は悪化していたし、病室からは出られなかったけれど、それでもまだ正常な意識の状態でいることのほうが多かった。まだ間に合う、そう思ったわ」

ダークに造設された視床カードは、彼女の正常な精神活動を写しとった。やがて病状が悪化しダークのコグニトームが絵模様を見失ったあと、八か月の期間を経て、視床カードが慎重に起動された。この脳神経補装具は失われた脳の機能を引き継ぎ、もとどおりの彼女を読み出し、見い出した。

いまわれわれが情報的似姿を作り出すのと、原理的にはいささかも違わない、まさにその方法でダークの個性は保存され、再生された。

だがたったひとつ、ささやかな違いがある。

われわれの似姿は、数値海岸の上で再現される。

しかしダークのものは、血肉と体温を持つ、物理的な実在、私の目の前にいるこの肉体で動作する。

そう、ここにいる女性は、
HACKleberryのカリスマであり、世界にみちあふれる数値海岸への憎悪を一身に体現するこの危険人物は、
ジョヴァンナ・ダークは――

一個の情報的似姿にほかならない。

7　初期化と再配置

四度めとなる訪問の朝、ズナームカはつめたい雨だった。下り坂で二、三度足がすべった

のは、ぬれた石畳のためというより、気がはやるせいだろう。道は急でつづら折りになっている。幾度も曲がりながら降りていく道程はまるでころがり落ちていくようで、みずからの転落をも予感させたが、レオーシュはむしろ、それを歓迎する心の動きを見い出していた。

寮舎の門の中では萎《しな》びている感情が、坂を下りるにつれて高ぶりを取り戻していく。コペツキの術中に落ちたのだとわかっていてさえ、やはりそれは痛快なのだった。

魔女《サイレン》の円盤はそのままだった。門扉をとおり、正面の扉を押しあけると、玄関ホールはがらんとしていた。大きな声でコペツキの名をよび、ちいさくサビーナとつぶやいてみたが、何の気配も返ってこない。大きなコート掛けにしずくの滴るコートを掛け、レオーシュは呼吸をととのえた。

大事なのは、静かにすること――。

すると遠くでかぼそい楽音が鳴っていた。フランスバロックの小品、数羽の鳥が囀り交わすさまをえがいた曲を、クラヴサンで奏でているのはコペツキだろうか。老人のあの美しい手が動くようすを想像しながら耳を傾けていると、いきなり背後に気配を感じた。あわてて振り向くのも間に合わない。身体ごとぶつかってくるような勢いで、あの少女がレオーシュにしがみついてきた。蜂蜜色の髪。潮の匂い。

「サビーナ」

しかし返事は意外なものだった。

「しっ」そして眉をひそめた。「……それは私のことね？」

　前回とまた、ようすがちがう。目に怒りと不安があった。

「こっち来て」少女は押し殺した声で短く言うと、レオーシュの手を引いてホールの隅、柱の陰にみちびいた。「すわって」

「どうしたの、そんなにこわい顔をして」

「ねえ、あなた、私のことを何か知ってるのね?」

　さすがに胸を衝かれた。サビーナはレオーシュを覚えていないのだ。

「二度会ったことがある。十日前には川へも行った」

「ごめん……憶えてない」と言って唇を噛んだ。「はじめて見たひとだと思った。なのにさっき〝サビーナ〟って呼んでいたから」

　サビーナの落胆のほうがずっと大きい、そうレオーシュは思った。だから声を明るくした。

「少しだけ、少しだけならきみを知っている」

　少女が顔を上げた。

「私、サビーナという名前なのね? ここのお年寄りも私をそう呼んだわ」

　自分の名を苦々しげに発音した。前回のサビーナは、〈ズナームカ〉に馴れていたというのに。

「コペツキさんだね。サビーナは、砂のことは覚えている?」

「いいえ」

「僕が最初に会った日、コペツキはきみの腕に奇妙な砂を流した。僕はそこにふれ、きみの記憶にもさわった。この手で、じかに」

「どんなだった？」

「夏の海が見えた」

「夏の海……。へんなの」サビーナは泣きそうな顔で笑った。「私のなくした思い出を、あなたが記憶しているなんて」

「大丈夫だ。きみの記憶はここにある——」少女の腕を撫で下ろしながらレオーシュは繰り返した。「僕はちゃんと見たんだ。きみは何も失っていない。それに——」

サビーナの手を握った。

「得たものだってある。僕だ」

コペツキがここにいたら、腹をかかえて大笑いするだろう。その調子でおおいに騎士道精神を発揮したまえと。赤面しそうだ。

「きみは、もといたところへ帰りたい？」

サビーナはあいまいに首をかしげた。

「ごめんなさい。わからない」

レオーシュは、その逡巡が歯がゆかった。

「迷うことはないよ。大丈夫だ。まず、きみのいた区界がどこだったのか、その手がかりをつかもう」

サビーナは目をみはった。それがうれしくて、勢い込んだ。

「できるとも。まちがいない」でまかせ半分で言った。いまは思いつかないけれど、きっと素晴らしいアイディアがわくだろう。きっと見つける手だてがある。根拠のない自信があふれだし、いい気持ちになって――

と、そこで、ひやりと背筋につめたいものを感じた。

何かをすっかり忘れている、という不安。

〝静かにすること〟。

はっとして耳をそばだてる。

クラヴサンの音が途絶えていた。

いったいいつからだったのか？　コペツキは鍵盤の前を離れている。

「やあ、来ていたのか」

とつぜん肩に手を置かれ、レオーシュは悲鳴をあげそうになった。なんの足音も気配もなく、いきなりかたわらにコペツキがいた。

「気がつかないでたいへん失礼したね。レオーシュ君はここをすっかり気に入ってくれたようだ。若い人と仲良くなるのは素晴らしいことだ。

どうだろう、音楽でも楽しみながら、三人で話ができないだろうか。私の部屋で」

もう片方の手をサビーナの腰にあて、前へそっと押し出そうとする。サビーナは顔をしかめた。コペツキの手をつかみ、もぎ離すと、ほとんど吐き捨てるような調子でサビーナは言った。

「いや。だって、あなた、嫌いだもの」

サビーナが睨みつけたのは、コペツキではなかった。顔に水を浴びせられたような顔で絶句するレオーシュを尻目に、サビーナは踵《きびす》を返して、玄関ホールから食堂へむかう通路を駆けていった。

コペツキはさんざん笑ったあげく、戸外のデッキにレオーシュを誘った。最初の対面をした場所だ。雨はやんでいたが、外気はすくみ上がるほど肌寒かった。朝よりも気温が低いようだった。

「寒いならスモモの蒸留酒《スリヴォヴィツェ》はどうかね」

未成年だからと断ると、コペツキは替わりに熱いココア《チョコラーダ》をすすめた。カップの湯気を吹き払いながら空を見上げる。湿度は非常に高く、断崖にはガスがいく筋もまとわりついていた。その隙間から、尾根の繫留塔と二頭の鯨が見える。レオーシュは休日だが、交代制で作業は続けられている。いったん巨大な鳥籠のようになるまで解体された鯨は、その後、体組織とあたらしい施設の再建が進み、巨体の内部を徐々に充《み》たしつつあった。秋が深まり最後の果実が熟れていくように、鯨は「完成」しつつあった。

「君はずいぶんサビーナの心配をしてくれているようだ。感謝するよ。あのとおり、彼女の状態は安定しない。レオーシュ君が友人になってくれればこころづよい」

「本当にそう思っていますか？」結局口をつけないまま、レオーシュはカップを置いた。「僕が友人になるくらいのことで、サビーナは安定できるんですか。あんな状態で？」

ふたりはしばらくなにも言わなかった。ややあって、

「失礼？」

コペツキが聞き直した。

「サビーナは会うたびに様子がかわる。まるで別人だ。外だけが同じで中のセットが換装されているんじゃないかと思うこともあります」

「……レオーシュ君は、区界のAIがどのように構成されているかは知っているね？

計算世界に立つAIは、現実のロボットのように物理的実体をひとところに組み立ててあるわけではない。中心となるコグニトーム連合、これはこれで非常に大規模なものだが、それ以外にもたくさんの部分が必要だ。それらは必要に応じて区界の共有ライブラリなどから呼び出されている。AIの構成要素は散在し、くみあわせもダイナミックにうつりかわっている。ただし官能素空間ではそれがアイデンティティ境界で包まれて、一体として見えるのだ。

話し相手になってほしいと頼んだ時に、きちんというべきだったのだろう。サビーナはある種の〝故障〟をかかえたAIなのだよ。ふつうならAIのキャラクタは、核によって、おなじひとりの人間であるかのように安定的に統合される。

だがサビーナは、核にある種の異常があって――」

「知っています」レオーシュは言葉をさえぎった。静かに。上着のポケットからガラス瓶を出し、ココアの横に立てた。「でも、内部のようすが正しく表現できない、というような故障ではないですよね。内部じたいにも問題がある。僕は見たんです」

瓶は半分まで〈微在〉がはいっていた。

「なるほど」

「さらさら流すほど量がないので、手のひらで受けてもらい、僕の指でかきまぜました」

コペツキはにっこりと笑った。

「それは経済的だ。参考にしよう。──なにが見えたかね」

「荒れ果てた、重厚な建物の内部でした。

最初にサビーナにふれたとき、僕は、感情や景色が、整然とではなく、混乱し、とっちらかって、でもすごい勢いで動くのを感じました。

僕は海を見たんです──この指でさわったんです。ズナームカでは決してみることのない南国の色と香りが、痛いほどでした。

どうしてもそれをまた見たくて、微在を盗みました。川のそばでためしてみた。

僕がなにを見たと思います？

古い博物館が地震にあったあとのようでした。

かつてはさぞ美しかっただろうに、壁も床もむざんに崩れています。

あちこちに絵画や彫刻がころがっていました。絵は額のまま床に散らばっていたんです。

壁に掛かり切らないくらい大きいものもあったし、はがきほどのものもあった。

ひとつめの絵は船工場《ふなこうば》の景色でした。工場の中から外の海が見えていて、足もとには鉋《かんな》くずがちらばっている。見覚えがありました。最初の日、サビーナのなかでたしかにあった場面でした。ちらばった絵のほとんどがそうでした。あれだけ勢いよく動いていたものが、ことごとくしずかな絵になりはてていました。

——いったいあなたはサビーナに何をしているんですか」

コペツキは苦笑した。

「いまのことばの中に答えはある。そう、彼女の中の情報自体はいつも同じだ。ただしその組み立てが異なる。いきいきと動いている時もあれば、額に入ってしんとしている時もある。——それがサビーナの病いなのだ」

「あなたはここで——なにをしようとしているのですか？　なぜ、ここでなんですか。カワカマスも微在も、AIのかどわかしも、ズナームカでなければならないとは思えません。ひとつ理由があるとすれば、いまここに割りあてられている大量の計算資源です。鯨を改装するために。あなたはそれを利用して、ここで何かをやろうとしているのでしょう」

「君がいま挙げたようなことは、たいして計算資源を食うわけではない。私はただ、静かに研究したり、その成果を見識のある若者に伝えておきたいと願っているだけだ。それにはこの落ちついた環境がぴったりだった。何もたくらんではいないよ。

頭が熱くなっているのは、むしろ君のほうではないのかね。

たしかに私はサビーナの話し相手になってほしいと言った。しかし彼女のコンディションはあのとおり安定しない。君は少しばかり押しつけがましかったのではないか」

かといってコペッキは、サビーナを心配しているようでもない。ただ、淡々としていた。

「きょうは、あの三人はいないのですか。見識ある若者たちは」

「いない」コペッキは嘆息した。「おそらく、もう私のところへ来ることもない。あれらにはすべてを伝えたからな」

「何を?」

「微在さ。微在について教えたのだ」

軽く肩をすくめ、コペッキはなにげない調子で、うたうように言った。

「なぜ微在がこの区界への変容能を持っているのか――その詳細な仕組みを教えた。この微在がいずれ数値海岸ぜんたいを決定的に汚染していく――その予想されるプロセスを教えた。

やがてこの微在を苗床にして生まれ出るふたつのものについて――予告をした。

そうして、さいごにかれらが何をなすべきかを、教えた。

せめてそれだけはしておきたかったのでね。私がゲストとして数値海岸へ来ることも、もうあと何度もないだろうから」

なんと言えばよいか、レオーシュには思い浮かばなかった。それほどの衝撃だった。サビーナのことが一瞬、遠のいたほどだった。

話の意味はほとんど理解の域を超えていたが、それが数値海岸全体の命運を左右するようなことだとはわかった。これまでコペッキが見せた驚異を思えば、妄想やでたらめではないと直観できた。

いったいじぶんが対面しているのはどんな人物なのだろう。区界や数値海岸の管理者でさえここまでのことはできまい。だとすれば、数値海岸にとって神々のような人物のひとりと考えるほかない。

しかしレオーシュは若かった。とても敵《かな》わないと思うからこそ、稚拙な反発心が起こる。このあいだから考えていたことをぶつけようとした。

「砂の……」いったんためらい、続けた。「微在の変容能と言われましたね。僕はそれを別の形でも見たような気がします」

「ほう」まったく珍しく、コペッキがわずかに身を乗り出した。

「あなたの手がハロウを帯びて、カワカマスをつかみ出した。

あれと同じことをもっと原始的なレベルでやっているのが、微在なのではないですか？」

「素晴らしい」コペッキは目をみひらき、拍手した。素直に驚いているようだった。「なんという洞察だろう」

「あなたの手は区界の内部から、強引に官能素を描き替えられる。これはちょっと信じられないことです。区界はすくなくともふたつの層からなっていて、僕らはそんな二重性の中にいるけれど、両者は厳密に区分されている。投映はつねに物理層から官能層へ行われ、その逆はない。その規則に反した行為が、あなたの魔術なんだ。ディスプレイの画素をいじると、計算内容が書き変わってしまうような、そんなばかげたことを起こしている。これはたぶん……」

「迷っているのかね。続けなさい。君の推理は当たっている」

「官能素の層では、身体の外に感覚がある。その感覚がアイデンティティ境界の内側に取り込まれて内的な経験が生まれる。もしこの流れを――局所的にでも――逆にできたらどうなるでしょうね。――つまり内的経験を外部にとり出せたら」

レオーシュは息をととのえ、つづけた。

「アイデンティティ境界の内側に生じたものが、外に、事物としてとり出せる。あるいは現象としてとり出せる。

情報的似姿の機能の中に、あるいは数値海岸の仕組みに、もしそんなオプションが仕込まれていたら。そうしたらもう、万能の分子アセンブラを持ったも同然だ」

「申しぶんない。君はすばらしい生徒になれたことだろう。どうやって答えにたどりついたね？」

「『君はもうヒントを得ている』と、最初の日あなたは言った。でも、あなたがヒントを出したとはかぎらないと気づいたんです。僕自身のことばの中にあったんだ、と。つまり区界は、局所的には僕の内的体験でもありうるのではないか――そう思ったんです」

「内的経験によって外界を描き替える、そのような世界記述のオプションが、たしかにあるのだ。数値海岸を開発した、ほんとうに少数のメンバーだけが共有していた秘密。それが私の『魔述』の本質だ。

微在の変容能もまったく同じ原理に基づく。どんなに小さな認知モジュールであっても、それが情報代謝を行っている以上、そこに〝内的経験〟が生起しているはずだからだ。ただ、規模が非常に小さいための違いは当然あって、だからその作用は潮騒のようにとりとめないものになる」

「それでは――」

突然、頭上遠くで散発的な銃声が聞こえた。

ふたりは空を見あげた。

はるか高く、二頭の鯨が繋がれているあたりで、歓声があがったのが小さく聞こえた。銃声ではなかった。煙火《はなび》を打ち上げたのだ。運動会の朝のように。

「お祭りがはじまるんだ」

レオーシュがつぶやいた。鯨の進水式ははなやかにショーアップされる。短期のゲストがどっと押し寄せてくる。浮き桟橋は大きく広げられ、ステージもつくられる。ゲストを楽しませる企画が、進水式まで毎日つづくのだ。

レオーシュは、反発心がいつのまにか鎮まっていることに気づいた。

「あの子は」さっきよりはずっと落ちついた――ずっと苦しい気分で、レオーシュは話をサビーナのことにもどした。「なんのためにここにつれてこられたのですか？」

「実験だ」

「微在の？」

「いや。それとはまた違う。まったく別のことだ。こう見えて、私はほんとうに多忙なのだ。自分でやりたい研究もあるし、断り切れない請け負い仕事もある。ズナームカ以外でもいろいろ手がけている」

「でも、もういいでしょう？　彼女を解放してやってください。あの三人はどこかの区界に帰った。あなた自身、数値海岸にはもう来ないと言っている。何の問題もないでしょう」

「そうでもない。問題はふたつある。まず、サビーナのほうの研究はまだ完成を見ていない。ただ、まあ、これはもう時間の問題だ。同様の試みが、つぎつぎに成功しているからね。しかしもうひとつは解決がつかない。サビーナがもといた区界には、彼女の居場所がないのだよ」

「敵対的監視団体に封鎖された？」

「いや、まだ営業している。ここだけの話、彼女はそこで想像を絶するほどの――ダークにいわせれば――人権侵害を受けてきた。君はたまたま知らなかったのだろうが、サビーナはとても有名なキャラクタなのだよ」

「そうか、その体験が、彼女の病いの原因なんですね。治療のために彼女を救ったのですか？」

「これはまた、たいした入れ込みようだ。サビーナの魅力おそるべし、か」

コペッキはおかしそうに指摘した。レオーシュ自身もあきれていた。じぶんにこんな一面があること自体、まったく驚異だ。

「これだけはいっておく。レオーシュ君、私はサビーナを救けようなんてこれっぽっちも思っていない。むしろ、とても無慈悲なのだよ。

私はこう言った。もといた区界には、彼女の居場所がない、と。

わかるかね。

あっちには、サビーナのオリジナルがちゃんと、まだ生きている。

君の知っているサビーナは、そのＡＩをコピーしたものなのだ」

コピーしたものなのだ……実験のためにだけ、サビーナはここにいる。

まだ耳の奥でコペッキの声が鳴っている。

おかしなものだ。ＡＩにコピーが存在しても——コピーガードの問題はあるにせよ——不思議ではない。それでもレオーシュはなんとも名状しがたい感情に苦しめられていた。

……サビーナはじぶんの部屋にいるよ。

コペッキが言ったとおり、部屋の扉には内側から鍵がかかっていた。もういちどノブを回すと（コペッキが解錠したのだろう）あっさりとドアは開いた。

青い部屋だった。ドームのような、半球の部屋だった。

ミッドナイトブルーの壁いちめんをいろどるのは天文時計の文字盤《ダイヤル》。それは市庁舎の塔の時計の再現でもあった。西半球の文字盤は天動説の宇宙観で天体の運行を指し示すプラネタリウム。東半球は黄道十二宮と農耕の暦を配したカレンダリウム。区界の背後におかれたメカニズムによって、時計として動いている。大仰《おおぎょう》で無慈悲な装置の中、広すぎる床の真ん中に小さなベッドと脇机、チェストが置かれていた。

白い服の少女は、白いシーツをかけたベッドの端にすわり、ひっそりした姿勢で、こちらを向いていた。

「ごめんなさい、さっきは。大嫌いなんて言って」

レオーシュは苦笑した。

「さっきは〝嫌い〟としか言わなかったよ。いまのが本心？」

手を口元にあて、サビーナは目を見開いた。そしてふたりでくすくすわらった。

「すわるよ。これはきみの？」

ベッドの縁に腰掛けた。足もとに籐のバスケットが置いてある。

「うん」

「どこかへいくの？」

「どうかな」

「ここは嫌なんだろう？」

「そりゃね」

「つらい？」
——それはつらいだろう。
耳元にコペッキの声がよみがえる。
——彼女の内部は、まるで、そう、いま君たちが手がけている鯨のような状態なのだから
な。ためしにもういちど内部を観察してみたまえ。そうすれば、またいろいろなものが見え
てくるだろう。
初期化と再配置だよ、レオーシュ君。コグニトームの統合がばらばらになり、別の性格づ
けが立ち上がる。それが間断なく繰り返されているのだ。レオーシュ君が見た額の絵は、た
ぶんばらばらになった直後の状態だろう。そんな場合でもサビーナは、表面的にはふつうに
ふるまえるのだ……。
レオーシュはコペッキの宣告を頭から振り払おうとした。
「また、散歩にいってみない？」
サビーナは首を横にふった。おどろくほどつよく。
「どこへ行ってもおんなじよ。私が苦しいのは、この場所のせいじゃない」
完全な孤独というものがもしあるとしたら、サビーナの境遇はそれにかなり近いのではな
いか。本来の居場所には、彼女のオリジナルがいる。やがてコペッキもここから手を引く。
ズナームカで生きていくすべをひとつも持たず、あらゆるものから切り離されて、こわれた
ラジオのように放置されるのだ。

レオーシュもまた平凡な似姿だ。滞在期間の延長などできるわけもない。レオーシュがいなくなったあとも、ズナームカがありつづけるかぎり、このよるべないＡＩは計算されつづける。

ただの著作人格なのに、それでもいたたまれない。この感情はいったい何なのだろう。

「だれかが私の中をむちゃくちゃにしてるの。この中でよ。聞いた？」

「うん」

サビーナの中にはもう一つの目がある。そうコペッキは言ったのだ。コグニトームが自己組織的に連合していくとき、それを内省する視点――目が自然に発生する。サビーナの中に、それとは別のふた組めの目をセットしたかったのだ、と老人はこともなげに言った。ふた組めの目は、サビーナ本人でさえその存在に気づかないものになるはずだろう。だれからも気づかれず、そのＡＩのリソースを使いながら息をひそめて、ただしずかに存在する。そんなふたつめの意識を、ＡＩに組み込む実験なのだという。

いったいだれがそんなばかげたことを思いついたのだろう。いまのところふた組の目は意図していたような、安定した関係を保てていない。ＡＩを構成するサブシステムがつぎつぎとダウンしては再起動する。そのたびにコグニトームの創発的連合が千切られ、血を流し、そしてまた繋がりあう。たとえサビーナの中に〝海〟が残っていたとしても、神経を断たれた指先が動かせないのと同じで、彼女はその光景を思い出せない。それがサビーナをくるしめる症状の実体だった。

「なんでそんなことをしなくちゃいけなかったんだろう。なんで、わざわざ区界のＡＩを実験台にしたんだろう。

　コペッキはこう言ったよ。

〝請け負い仕事だといっただろう？　私にも断り切れない相手というものがいるのさ〟って。でも、それ以上は聞き出せなかった」

　レオーシュはうなだれた。

「気にすることないよ。あんたが悪いわけじゃないし」

サビーナはレオーシュの膝をぽんぽんとたたいた。子供を安心させるように。そして身体を乗りだし、耳元に口づけした。やわらかな唇の感触はすぐにつれなく離れた。

　空の高いところで、また銃声に似た音がした。かすかな、夢のような歓声。

「そろそろ帰らないとまずいんじゃない」

　やさしい拒絶。

「私はほら、平気だから。ひとりでも。ね？」

ただ、口惜《くや》しかった。サビーナはレオーシュをまったくあてにしていない。彼女はたったひとり内面に巣くう病巣と、たえまない白紙化や再起動と、闘っているのだ。

　孤独だからこそ、その闘いができる。

　レオーシュはじぶんがサビーナにできることはなにひとつないと完全に理解した。いつまた次の発作が――再起動が起こるかわからない。そんなところを見られたくはないだろう。

もう来てはいけないのだ。レオーシュはゆっくり立ち上がった。

天文時計の文字盤を見上げる。最上の工芸技術が投入されている。この時計を設計した天文学者は、かれを妬《ねた》む者に襲われ両目を潰されたという。文字盤の外には「虚栄」や「貪欲」とならんで「死」を象《かたど》った像が配してある。市庁舎のほうでは毎正時にこの骸骨が鐘を鳴らし、聖人さまが小窓から行進するのだ。十五世紀のハイ・テクノロジー。この人形技術の延長上に、サビーナがいる。そして似姿《レオーシュ》もいる。

ふと思いついて、レオーシュは尋ねた。

「きょう玄関ホールで、きみは『それは私のことね?』と訊いただろう」

「そうだっけ」

「きみは、もとの区界での名前を、まだ覚えている?」

「……まだね。でも教えないわよ」

疲れ切った、でもいたずらっぽい笑いだった。

「そうか。いつか知りたいな」

「いつかね」

レオーシュはドアのほうへ歩いた。二、三歩あるいて立ち止まり、身体を回してサビーナに正対した。

「きっと来る。すぐにまた」

サビーナはそっけなく目をそらした。

そして十日が経った。

尾根へのつづら折りを歩いて登るあいだ、レオーシュはずっと鯨とそのまわりの浮き桟橋を見ていた。いくら眺めても見飽きない気がした。進水式の前日ともなれば、お祭りのたのしい気分が最高潮にさしかかりつつある。音楽が鳴り、ぶらんこの回転遊具がまわり、色とりどりの吹き流しは熱帯魚のように花やかだった。気の早いゲストは軽気球を仕立てて桟橋に横付けしようとしている。あすは気球の数がもっと増えるだろう。レオーシュの身体をかすめるほど近くを、軌道車が勢いよく追い抜き、青い排気を残していった。

見学生のいでたちをしているものだから、車窓からゲストが無遠慮に眺めてくる。かれらの払うマネーが修業生活の財源になっているのだから、歓迎すべきなのだろう。

尾根にたどりつくと、音楽は遠くからきこえるものでなく、その中に包まれるものになった。臨時の木製デッキがたくさん並んでいる。鯨の改修は完了していたから、見学生たちにはこづかい稼ぎでオープンカフェを開くことがゆるされているのだ。この賑やかさ。そしてズナームカはいま紅葉のさなかにある。すばらしい秋のクライマックスだった。

レオーシュは手近なデッキに入り、牛肉のパプリカ煮込み《ホヴェジー・グラーシュ》を注文した。皿を運んできたのはズラータだった。ゆうに二人前はありそうな盛りつけだった。

「きいたわよ。親方に暇乞《いとまご》いをしたんですって？」

カトラリーをぞんざいに置き、向かいに座った。重たい肘を置き、ぐいっと身を乗り出してくる。

「早耳だね。さっきお願いしてきたばかりなのに。まあ、そういうこと。見学生でいられるのも、きょうかぎりだ」

「いちばんたのしい時に辞めるなんて、ほんとにレオらしい。――いろいろ考え込んでいるのね。冴えない顔」

かまわず煮込みを食べつづけようとすると、さらに不機嫌な声がつけくわえた。

「そのぶん、いままでよりましな顔」

レオーシュは顔を上げた。むすっと曲げたズラータの口の、端のほうに苦笑いが浮かんでいた。

「AIなんかいくら踏みにじったって平気だと思ってたくせに」

ズラータはAIであるらしかった。

「それはない。君がAIかゲストかなんて、知らなかったし、どっちでも変わらないよ」

「ほら、これだ」とうとうズラータは笑い出した。「ねえレオ、それは『君になんか関心ないや』と言ってるのとおんなじよ」

「そうだね」たしかに無神経だった。「ごめん」

「あーあ、あたしを好きになってほしかったなあ。レオ、ズナームカの娘は身持ちが堅いのよ。あなたは、実はもてて たの」

「すまない。僕は――応えられない」

「あっははは、なんだか別人みたいに誠実ね。変われば変わるもんだなあ！　ああ気持ちがいい。せいせいした」目が赤かった。「ほらご覧。あなたやあたしが一所懸命仕事した鯨だ。あしたは進水式なんだよ」

あれだけ密集していた足場やラダーは、剪定された植木のようにすっきりしていた。見物客のための階段席や楽隊用のひな壇は、風船や万国旗、造花やリボンではなやかな色が満載だ。進水式はどんなにか盛大だろう。

「僕らよりも、君たちのほうがずっと――なんというか、人間的だね」

「まあ、区界《こっち》はあたしたちの領分だからね」

それはAIたちに共通した認識だろうか。レオーシュは意外な気がした。

「だって、あなたたちはすぐいなくなるんだもん。やってきては、ちょこちょこ体験をためてまた（と指を空の上のどこかに向けた）帰っていく」

「そうだね」

「それに、あたしたちのほうが、情報量も多いんだよ」

似姿はできるだけ軽量化されなければならない。しかしAIのほうはちがう。リソースの共有化で区界総体の負荷はきりつめているが、ひとりひとりには大量の情報が保持されている。なにしろこの区界をささえ、さまざまなアトラクションを運営しなければならないのだ。

「それからさ、ズナームカが開業してからの記憶は、ぜんぶ持っているしね。このなかには――」と大きな胸に手を置き、「経験がぎっしり詰まっている。あたしたちはここでうまれ、ずっとずっと生きていく。それにくらべてゲストさんたちっていったら、コグニトームのくせだけだよね。ガラス板についた指紋みたいなもんだよ。ひと拭きだ。そのうえ、やってきたと思ったらもういなくなる根無し草だし」

「尊大で？」

「ええ」

「不誠実で」

「ええ、ええ。そういうこと。ほら、お肉が冷めちゃうわよ。しっかりおあがりなさい」

レオーシュはうなずき、あつあつの煮込みを食べすすめた。つけあわせのクネドリーキも、ザウアークラウトの甘煮も、いくらでも食べられた。

「そうそう。たくさん食べなきゃ元気出ないって」

食べながら考えつづけた。天文時計の部屋を出てから、ずっと考えつづけてきたのだ。

「あのねえ。何かあたしにできることがあったら、遠慮しないで言ってよね」

いかにも不機嫌な表情だった。

あとわずかでじぶんは物理世界に回収される、とレオーシュは思った。似姿デッキに体験情報のスタックを転送したあと、完全に消去されてしまう。

いまこうして熱い煮込みをほおばり、仏頂面のやさしい女の子と会話をしている。この体験はどこへいくのだろう。コペツキの驚異を見、サビーナの夏にふれた体験は。

ひときわ強い風が吹き、どこかで万国旗を繋ぎ止めていたロープがはずれた。何十という旗をつけた紐があおられ、波うった。もちろん物理世界の国の旗ではない。さまざまな区界の紋章《ロゴマーク》が染め抜かれている。

ふっと、レオーシュはあるもののことを思い出した。

「ごちそうさま」

立ち上がる。ズラータは桟橋を指さす。

「あっちへいってみない？　焼きりんごがいい匂いだったんだ」

「寮舎にもどるよ。荷物を整理しないと。それに図書室で借りたい本もあるし」

そのまますたすたと軌道車乗り場へ歩いていった。

ズラータは、頬杖を突き、半分あきれ顔、半分にやにや笑いで、レオーシュを見送った。

「つくづく懲りないやつだこと」

8　インタビュー（四）

ようやく、私のような愚か者にもわかった。

現実の事物を——物理的実体を素材としても情報的似姿は存在しうる。

そんなことは、当然のこととしてよくわかっているつもりだった。

この現実にしたって、物理法則に基づき実体ある物質を用いて、毎秒一秒のレートで計算されている、そして描出されているとも言えるのだ。

しかし、ジョヴァンナ・ダークのあたたかな実質を持つ肉体を「情報的似姿」と呼べ、と否応なくせまられたらどうだろうか。私は動揺し、混乱した。多くの人がそうなるだろうと、確信する。

「この物理世界で、私が人間としてみとめられるなら――ぜひそうあってほしいのだけれど――、区界のAIたちだって、理不尽な虐待を受けるいわれはない。抗議し、拒否する権利がある。発言できないのであれば、だれかが代弁しなくてはならない。

この十五年間私の言っていることは、このとおり、まったく変わらない。変わっていくのは、まわりのほう。

まだ十分ではない。もっともっと、理解してくれる素地のある人がたくさんいる。あなたのように」

私は唸るしかなかった。

「判断してごらんなさい。ジャーナリストとして。それを期待したから、私はこうしてなにもかもさらけだしたのよ」

「……正直なところ、ぐらつきました。AIは自己表明の権利をもつべきなのかと。ただ、一時的な感情だろうとは思います。ここを離れてひとばん寝たら、翌朝にはなんてばかなと一笑に付しているかもしれない」

「どこまでも慎重なのね。ところで、あなたは数値海岸を使ったことがあるの」

「ありますよ。ご期待を裏切るかもしれませんが、健全なものばかりです」

「あはは。でも、うらやましいな。私はいちどもないの」

それでは否定する資格がないのでは、と言いかけて、私はその理由に気がついた。

「余力がないのですね。あなたの視床カードには」

「そう。私のカードは、この私自身を計算するだけで精いっぱい。一秒の空き時間もなく、いつでもフルスロットルで運転中なので、あたらしい似姿を作ったり、体験の転送を受ける余力がないの。

計算資源はいつもぎりぎり。綱渡りなのね。もし、私の視床カードがダウンしたら、どうなると思う」

「また、あの写真のようになる？」

「深い昏睡に入るわ。私の内面は完全に寸断される。これも――」

ダークは片腕を上げ、まっすぐ前にのばした。スリムな腕には骨格と筋肉がつくる美しい形があらわれている。肌は磨いたようで、しみも産毛《うぶげ》もなかった。エステティックのたまものだろうが、それにしても写真集の一カットのような、非現実的な美しさだった。

「――これもまた、滅びる。骨と皮になり、やがては朽ちる。こんなにきれいに研いだのにね」

研いだ。そのことばにダークの性状がよくあらわれている。ダークはじぶんがどのような形であるかを決め、集中力のかぎりを尽くして、それをただしく実現した。あのような病気のあとでは、それが当然だろう。

「きびしい鍛練をされたんでしょう」

「ええ。それはね、みんなそうよ」

「みんな？」

「コグニトーム調整不全の患者は、私だけじゃない。私は回復者の当事者《サバイバー・ピア》カウンセリング組織を主宰していたけど、そこで把握しているのは全世界で千人ちかい。

男も女も、みんな過酷なトレーニングを課している。そうしていないと不安でしょうがないのよ。自己がぼろぼろと崩壊する恐怖は、サバイバーでなければ絶対にわからない。

こうやって（ダークはじぶんの腕を撫でた）いつもピントをあわせ、輪郭を切り立たせておきたいの。毛穴のひとつひとつが解像できるくらいに。

私たちはね、いつもじぶん自身に扮装しているようなものなのよ。こんな自己分析、悪趣味だと思うけれど。

あら、怪訝《けげん》そうな顔ね？　なんでこんな話をしているのだろうか、と思うんでしょう」

そのときだ。石畳をふむ音が近づいてきて、例の支援者がまた耳打ちをした。聞きながらうなずいていたダークは、やがてにっこりと微笑んだ。

「ありがとう。では、あのメッセージを送っておいてね。私もすぐに行くわ」

おそらく私に聞こえるようにだろう、小さい声だが明晰な発音だった。

支援者は一礼して離れていく。どうしてもその表情に含み笑いがあるように思えてならない。

「さあ、これで私の話は終わったわ。質問があったらどうぞ」

ダークは、いまの耳打ちのせいだろうか、満ち足りた、幸福な顔をしていた。それを語りたいのだろう、とも思えた。私はいったん話題を迂回させてみることにした。

「ドラホーシュ氏との結婚生活について教えていただけますか」

「そう、法律的にはまだ続いているはずよ。ずっと別居しているけれど、メールはやりとりするかな。――内容を知りたい？」

ダークは悪戯っぽく笑った。その笑いさえ、一所懸命にかき集められたものなのだ。

「たいしたことではないわ。たまには私にプレゼントでもして頂戴、みたいな他愛もないことよ」

「プレゼント？」

「ドラホーシュはけっこう献身的よ。気がむいたときだけだけれど。私はね、欲しいものがたくさんある。あなたにも期待してるわ――すてきな記事をね」

「わかりました。では、今後のご予定をおうかがいします。さっき話にも出ましたが、あなたは一年以内にコスタに対して最終的な敵対行動に出ると公言しておられますね」

「それは撤回するわ」

思わず、えっと声が出た。しかしダークが続けたのは、さらに衝撃的なことばだった。

「もう終わった。あなたがここに来た頃に始まり、やるべきことはほとんどやりおえた。犯行声明も、さっき送出した」

私は慌ててポケットから携帯端末を出した。インタビューのじゃまにならないよう、視野内への着信ポップアップは切ってあった。エージェントから再読み込みすると、ディスプレイが信じがたい勢いでスクロールした。新規件数のカウンタがめまぐるしく上昇し、やがて止まった。最後のサブジェクトは「犯行声明」だったが、そのふたつまえのものには目を射ぬかれたような衝撃を覚えた。

〝AI擁護の最終手段――『人間の盾』『情報的〈身投げ〉』。実行者三十名にのぼる〟

「インタビューはこれで終わり？」

ダークの声がひどく遠くに聞こえた。

9 進水式

夜明け前だ。

街灯に照らされた魔女の顔は、すこし傾《かし》いでいた。その前をレオーシュは通る。片手に籐のバスケットを提げ、片方はサビーナと手をつないで、通りすぎる。角を曲がるとコペツキの屋敷は背後の家々に隠れてしまう。もうそこへ行くことはないかもしれない。

レオーシュは暇乞いのあと、その晩、荷物を小さくまとめて寮舎を出た。屋敷についた時、異変に気がついた。コペツキの気配がまったくなかったのだ。もちろんほかの三人もいない。〈微在〉のジャーも含め、家財はすっかりなくなっていた。残っていたのは、大量の小麦粉と缶詰め、ミネラルウォーターだけというありさまだった。サビーナは天文時計の部屋で本を読んでいた。レオーシュを見て、サビーナは言った。

「わたし、置いてかれちゃった」

胸を痛めるべきだったのだろうが、レオーシュは小躍りしたいくらいだった。自分のことを覚えているようだったからだ。もう邪魔する者はいない、と思った。

街灯が投げる光の輪をひとつまたひとつと横切り、ふたりは街中へと進んだ。

夜明け前だが人通りがある。市庁舎の前へ出る頃には賑やかといってもいい人出になった。中央広場の大きな噴水にさしかかると、ほのぼのと明るくなってきた空に、教会の尖塔が突き立てる壮麗なシルエットが見えてくる。

バスケットの中身は、サビーナの身の回りのもの。櫛、手鏡、数枚の下着。それとは別に大判の本が一冊。これは寮舎の図書室から借りてきたものだ。サビーナに見せるためだった。この書物の表紙には、数多くの区界の紋章《ロゴ》がタイルのように並べられている。

区界はそれぞれ独立した世界であり、それぞれがお互いを参照することはできない。鯨と限定的な郵便以外には、区界間を行き来できる存在もない。通常であれば、他の区界を示唆する事物は、慎重に排除される。

しかしズナームカは鯨を育成し売りに出す区界であって、それには他の区界と交流することが前提だ。

鯨に搭載する設備や機能は、顧客の希望を詳細に聞きとったあと、親方をはじめとする職人たちがデザインする。納入先の美意識とあまりにへだたっては困る。また、他の区界の趣味を隠し味で取り入れると、顧客を大いに喜ばせることができる。そのために、鯨方の図書室にはほかの区界の資料が大量に保管されていた。この写真集は、なかでは初級者向けのもので、一種の観光図鑑だ。百以上の区界、といっても全体からすれば微々たるものだが、その代表的な景観や風物、文物が収めてある。

万国旗を見てレオーシュはこの本のことを思い出した。サビーナの中の海を克明に思い出すことはできなかったけれど、その区界がこの本にあるのなら見つけ出す自信はあった。

そして見つけたのだ。

これを見せたい、と思った。この写真集を読むことで、切れた神経がつながったりはしないか、と思った。

——教会の隣りには市立図書館があり、その先は、クルムロフ川に架けられた石造りの橋だった。おとな五人が横いっぱいに手をひろげて並べるほど大きい。ここもひとでごった返していた。

「大きな橋だね」

いましがた屋敷で見てきたもののことを、まだレオーシュは飲み下せていない。だからそのことは話さずに歩いた。橋の両側、欄干《らんかん》の上には聖人の像がずらりと並んでひとごみを見下ろしている。レオーシュは奥歯を噛んで、混乱に耐えようとする。

　橋を渡り終えてしばらく歩くと、尾根へと辿る道がはじまる。石畳と軌道。

「この山道はよく見ていたよ。軌道車がおもちゃみたいな色で、とてもきれいだった。いつも見てたんだ。あれも」

　空の上へつんと鼻先をあげて、サビーナは尾根の繋留塔をあおぐ。うすあおい空の手前にたなびく雲は、朝焼けに刺繍された豪華な織物のようだ。長大な体軀をよこたえた鯨はまだ黒く静かだが、まわりの桟橋は煌々と明かりを点していた。

　二頭の鯨は、いまはしずかに眠っているだろうか。あるいは、気が昂ぶって、はやばやと目を覚ましているかもしれない。

　鯨たちも、きょうが進水式だと気づいているだろう。昨日の昼にすべての調整が終わってから、そのあとずっと、鯨たちには長旅にそなえて大量の計算資源が流し込まれていたのだ。

　鯨は、一頭ごとが、ひとつの区界である。

　ほかの区界の中では事物のようにふるまうこともできるが、一方、自前の計算資源を持ち、移動経路をみずから計算し、描出しながら――平板なホリゾントに自在に奥行きを与えて通路を作りながら――区界と区界をわたってゆかねばならない。独立した計算機関と計算資源を持たなければとうてい不可能なことで、その構造は、まさに小さな区界なのだ。このようなクリーチャはほかに類を見ない。

　だからこそ鯨は数値海岸を象徴できるのだし、その進水は、小さいながらもひとつの国家の独立に似た感慨をもたらす――ズナームカの勧誘にはそんなことばが踊っていたな、とレオーシュは思い出す。

「急ごう」

曙光の中、軽気球がいくつも上昇していく。軌道車の乗り場に長い行列ができている。混雑の中、短期滞在の似姿にまじって、ふたりは天蓋のない登山鉄道のような客車に乗り込む。内燃機関が快調な音を立てる。ごとんと列車がうごき出す。サビーナがレオーシュの腕に腕をからませ、手を握る。それははじめてのことだった。レオーシュはきつく握りかえす。

奥歯を噛みしめるような強さで、握る。


ほんの四時間前、真夜中の天文時計の部屋で、レオーシュはサビーナに写真集を開いて見せた。しおりを挿《はさ》んだページには、サビーナの内部でかいま見たものと寸分たがわぬ風景が、すばらしい鮮明さで展開されていた。夏の海。港町。海まで迫《せ》り出した山肌とそこにちりばめられた別荘。帆柱が立ちならぶマリーナ。そしてまばゆいほどの砂浜。

ふたりはベッドのふちに腰掛け、子供がならんで絵本を読むように、身体を寄せあった。サビーナは写真に見入り、レオーシュはその横顔に見入った。思い出せる？――そう訊きたいのをこらえてじっと待った。

やがてサビーナはページから目を離し、本をぱたんと閉じてレオーシュを見た。

「ありがとう。すてきね」

それだけだった。

興味のない絵はがきを見せられたように、気のりしない調子だった。

とうとうがまんできず、レオーシュは訊ねてしまった。

「なにか、思い出せた？」

返事はない。

「風景も、食べ物もここととはずいぶんちがうよね。とてもきれいで、快適そうな区界だ」

やはり無言だ。

「どこかに見覚えのある人が写っていない？」

首を横に振った。

よく見るんだ、ここにきみが写っているじゃないか！——写真集をひらいてそのページに指を突きつけたい衝動を、レオーシュは必死でねじ伏せた。

サビーナは本を膝に置き、目を紋章にいろどられた大きな表紙に落としたまま、ひっそりとこう言った。

「あの……レオーシュ。あなたはまだ微在を持ってるの？」

「うん」砂はまだ半分あった。

「わたしの中をさわったことがあるといったわね」

「ある」

サビーナは表紙を凝視したまま、完全に動かなくなった。なにかを必死で考えているようだった。なにかの恐怖を必死で抑えようとしているようだった。レオーシュはなにか声をかけようとして、口をあけ――そのままとじた。どんな言葉もみつからなかった。やがてサビーナはレオーシュを見た。

「わたしの中に、さわってみて」

「……」

「まだそこに海があるかどうか」

レオーシュは荷物の中からガラス瓶をとり出した。蓋を回し、慎重に傾けた。サビーナは両手を、飲み水を受けるときの形にした。

サリサリと音がして、手のひらの中に小さな砂浜ができあがった。

奥歯を嚙みしめるような強さで、レオーシュは手を握りつづけている。

軌道車は急坂を登りきり、尾根の入り口で大きな吐息をついた。ふたりは手をつないだまま、ほかの乗客とともに降りた。繫留塔は目の前にそびえていた。

「まだ、遠いね」

「まず塔の上まであがろう。観光客はあそこまではいかないから」

あかりを点した屋台が並ぶ、飾り付けの花綱があちこちに張りわたしてある。昨日の賑やかさとは少しちがう、襟を正した緊張感がある。レオーシュはもう部外者だったが、この晴れがましさには（そんな資格はないと思いつつ）心を動かされるものがあった。そんなことを言えば、それみたことかとズデスラフは喜ぶだろうが。

にぎったサビーナの手のひらは、かすかに汗ばんでいる。そしてレオーシュは思い出す——

——

——海はなかった。

サビーナの中に、海はなかった。それどころか、「博物館」のときには、まだあった柱や壁や床、そうしてあのたくさんの絵もすべて持ち去られていた。だだっぴろい、うす青くつるっとした抽象的な半球の空間があるだけだった。

レオーシュは空漠のなかでしばらく茫然としていた。サビーナの中にはなにもない。引っ越したあとの部屋のようだった。いっさいがっさいが持ち去られている、とレオーシュは感じた。そう、持ち去られている。

コペツキの満足げな声が聞こえてくるような気がした。

——レオーシュ君、完成したよ。初期化と再配置を何度もくりかえし、その挙げ句、ひとつのリソースを使うふた組の目、その関係がついに「安定」したのだ。ひとつはAI本来のキャラクタ。もうひとつは、AIの奥からひそかに外を観察する静かな目……。

レオーシュは頭をめぐらしてサビーナの内側、半球の内面をながめた。青い壁に細い線で何かが描かれている。目を凝らした。扁平で単純化されてはいたけれど、そこに見てとれたのは天文時計の青写真なのだった。

「……」

悪趣味な冗談、レオーシュに投げつけられた嘲笑だ。この模様がなにを意味しているかくらい、すぐにわかる。置き忘れられたサビーナの、いまの言動を制御しているのは、こんな単純な機構だ、旧式な技術だ、と言っているのだ。

——レオーシュ君、きみが騎士道精神を捧げたのは、こんな模様だよ。

——私が何もかも持ち去っても、ほら、受け答えはできるだろう？

指を抜くと、レオーシュは天文時計の間、サビーナの前に立っていた。

サビーナが両手を離すと、砂浜は一瞬で消滅した。

「なにもなかったでしょ。

ねえ、これがわたしなんだよ。

こんなにからっぽなんだ。

もう、わたしにかかわらないほうがいい」

——ねえ、これがわたしなんだよ。

そう言われて、なんと返せばよかっただろう。

苦しまぎれにレオーシュの口から出たのは、「鯨を見にいかないか」という科白だった。

「あの、だって、きみの区界には鯨がいないんだろう？　その本に書いてあったよ」

へどもどしながらこう言うと、サビーナは顔をくしゃくしゃにした。泣いているのか笑っているのか、怒っているのかもわからない。

「それもそうだわ。これまで一度だって――もとの区界にいた時も――くじらは視ていないんだ」

それで、ふたりは進水式に立ち会うことにしたのだ。

10　インタビュー（後記）

この日を期して一斉に行われた反〈数値海岸〉行為を、ジョヴァンナ・ダークと広範な協力者たちは「敵対的監視行動」と呼んだ。何も破壊せず、いかなるサーヴィスも阻止せず、帯域妨害さえしない。われわれはただ監視しているだけだ、凝《じ》っと見つめるだけなのだ、と。

それでもラテルナ・マギカ社は壊滅的な打撃を受け、一年を経過した今もサーヴィスは再開されていない。あの有名な声明文でダークが書いたように、数値海岸は全体が巨大な墳墓、陵墓になったといわれる。私の見解は少しちがうが、それは、ただそこにAIが生きている以上、墓と呼ぶのがはばかられる、というだけで、数値海岸が外に向かっては完全に沈黙し、モニュメントのごときものになったという点ではまったく異論がない。

現在、この状態はひろく〈監視包囲〉と呼ばれている。発生直後、あまりに大規模で多様な要素を持つために、〈監視包囲〉は、その全体像が把握できなかった。詳細がある程度明らかになるまでに二週間もかかり、さらにその見かけに仕掛けられたいくつものトラップが発動したため、解明と復旧には二か月を要した。そしてそれでもなおダークたちの罠は除去されていない。

秘密性の高い個人情報を扱うサーヴィスとして、これは致命傷だった。かねてから言われていたことだが、数値海岸のウィークポイントは、そのサーヴィスが内部で完結してしまうことだった。情報的似姿の技術はあまりにも独創的で、一般的なサーヴィスとの連結に向かないのである。数値海岸はしたがって、圧倒的なコンテンツの魅力でしか顧客を囲い込めない。コンテンツの安全性に疑いが持たれた瞬間、数値海岸の魅力は地に落ちた。

〈監視包囲〉を構成する要素をすべて数え上げるのは困難だが、ラテルナ・マギカ社にとってもっとも衝撃的だったのは、敵対的監視団体がいくつも区界を設営していたことだろう。おどろくべきことに〈監視包囲〉の二年前から、すでにそうだったのだ。その多くはコンパクトな区界をおどろくような廉価で提供するもので、ショートフィルムのように気が利いて話題になりやすいものだから、ついつい試したくなる。しかし、ここを利用した似姿は追跡用のタグを付加されてしまう。このタグは経験情報のヘッダにたくみに紛れ込ませてあるため、チェックを逃れ、ユーザのホームにある似姿デッキに転送された。デッキのファームウェアには、別のルートから改変が加えられていたのだ。これらを含め、似姿デッキへの攻撃方法として、現時点で十数種類が確認されているのである。

似姿デッキもまた数値海岸のウィークポイントだったが、これほどまでに執拗で徹底的な攻撃がなされるとはだれも予想していなかった。いずれも、デッキの機能にはなんの障害ももたらさない。ダークたちは攻撃の質を極限まで高めていた――決して障害が発生しないようにしていたのだ。攻撃されて、デッキの不調が直った、という冗談のような話さえある。

サーバ群に関していえば、区界をダウンさせるような攻撃ではなく、用ずみの計算履歴を狙われていたのも虚を突かれた形となった。俗に〈プレパラート領域〉と呼ばれ、演算されたすべてのフレームが層になって保存されている部分である。似姿が経験情報を持ち帰るときのデータベースでもあるため絶対に必要な領域なのだが、必然的に、どこでどの似姿が動いたかが、正確に保存されている。

これまでの戦果を組み合わせるとどうなるか。

「つまり……」ダークは私の顔を見て、にっこりしたものだ。「さっきのあなたの言葉が――『健全なものばかりです』という科白がほんとうかどうか、私たちは知っているの」

「犯行声明」が公表されたとき、すでにダークたちの手元には数万人のユーザの活動履歴があった。実際に数名のユーザが実名を公表された。そのユーザは、ダークがもっとも悪質と断じ閉鎖に追い込んでいた区界で、その区界の基準から見てさえ明白に異常な行動をとっていた。かれら（彼女ら）の行動と発言の要旨はテキストとして公開された。

監視包囲。

包囲されたのは数値海岸ではない。

ユーザなのだ。

数値海岸のサーバ群は、グリッド・ホログラムを構成している。数千とも数万ともいわれるサーバたちは、超高速帯域で連合し、巨大なコスタの全貌を逐一描き出している。この七分の六が落とされても、区界の計算はいっこうに影響を受けない。帯域幅が十分の一になってもまだ大丈夫といわれている。

ホログラムの感光媒体をどんなに小さく砕いても小さな全体像がうかびあがるのと同じで、すべての区界が正常に計算される。どんな小さな区界の、道ばたの草一本だって欠けたりはしない。全体に情報量が下がり、細部がぼやけることはあるかもしれない。しかしまったく同じように似姿の感受能も落ちていくので、ユーザはまったく不都合を感じない。まさに難攻不落であるはずだった。

「だけど、コスタのシステムを破壊するなんて考えなければいいだけだったのよね。もちろんコスタにもセキュリティ・ホールはいくらもあるけれど、そこをマニアックに何べん攻めたって、成果はたかが知れている。そんなことしなければいい、って思った。もっと別な方法で、いくらでも、区界好きたちに嫌がらせをすることができる」

ダークのやり口は、完全な成功を収めた。

これ以上の嫌がらせはおよそ考えられない。ラテルナ・マギカ社はまず、区界と視床カードの安全性確保に奔走したが、すでに顧客の心理は数値海岸を忌避していた。

ただしこの戦術にはひとつ欠点がある。顧客が離れ、数値海岸というビジネスが破綻すれば、ＡＩたちは難民になるのではないか。消滅するのではないか。

このためにジョヴァンナ・ダークはふたつの手だてを用意し、実行した。

ひとつ目は経営危機に瀕したラテルナ・マギカ社への資金援助である。ダークの息のかかった（しかし決して直接の関係はない）非営利法人がこれを行った。この件に関しては、残念だがここでこれ以上ふれる余地がない。

そして、もう一つの手だて。

これこそが〈監視包囲〉に決定的なちからを与え、ジョヴァンナ・ダークの名をよくも悪くも歴史に刻むことになった。その評価はまだ下すことはできないだろう。

いま、ジョヴァンナ・ダークをはじめとする〈ダイ・イントゥ〉の参加者は、これも彼女の支援者が経営する病院の一フロアを占めて、昏睡状態のまま、日々を送っている。

男女あわせて三十人の参加者は、全員がコグニトーム調整不全の回復者だ。ダークと同じく、視床カードによるコグニトーム再統合を処方され、日常生活への復帰を果たしていた人人だ。

かれらは——みずからの視床カードが蓄積したコグニトーム統合のレシピを廃棄した。その結果としての昏睡であり、統合状態を記録し直すことが不可能である以上、二度と回復することはありえない。

ダイ・イントゥの参加者は全員、自発的な意思でレシピの廃棄を決めている。

Die Into。

かれらは事実上の死を択《えら》んだ。

そうしてかれらのレシピが赴いた先は、区界のキャラクタの内部である。


携帯端末の記事に目を通して凍りついている私に、ダークのほうから声をかけてくれた。

「私たち回復者《サバイバー》と情報的似姿とはほとんど同じもの。これは確か。でもね、本音をいうと私たちはじぶんを〝似姿〟だとは思いたくない。むしろAIのほうに親近感を持っているの。よく言うでしょう。似姿は空虚な表面だが、AIには実質がある、って。似姿はレシピだけの存在だけど、私たちはほら、こうして自分の肉体を持っている。記憶だって、ちゃんとこの脳の中には本物の記憶がある。私がAI擁護にこれだけ入れこむのは、たぶんそういうことなんでしょう」

「あなたも……情報的〈身投げ〉をするんですか」

「あら、それが記事のタイトル？　ふうん、うまいことを言うものね。そうよ。このインタビューが終わり次第、近くの病院に行く手はずになっている」

「そんな――こんなばかげた行為に、どんな意味があるっていうんですか」

「私たちは近い将来、ラテルナ・マギカからコスタを買い取るつもりよ」

私はさぞかし驚いた顔をしたことだろう。

「でもそれが成功するかどうかわからない。失敗したとき、区界は電力をうしなう。虐待を排除するために行った行為が、AIたちを消滅させてしまう。私の支持者はそんなことを絶対にゆるさないし、私も自分を許さない。

ではどうするか。ぜったいに電源を落とせない状況をつくるしかない。たとえば人命がかかっている、いかっているとかね」

ダークたちは、かれらの生命の核心を区界の中に——めいめいが好みで選んだ、お気に入りのキャラクタに投げ込んだ。統合のレシピは物理世界にはバックアップされていない。ダークはAIの中で、そのリソースを借りて生きている。電源を落とせば、世界的なカリスマ運動家のジョヴァンナ・ダークは完全に「死ぬ」。〈ダイ・イントゥ〉が、いかにはた迷惑な行為であっても、人道的見地から強制排除することはできないだろう。

「これには、あとひとつ、いいところがあるの。あなたがもしも区界でなにか悪さをするとして、ひどい目に遭わせているAIの内側に私がいたとしたら、どんな気がする?」

AIの受けるはずかしめを、ダークもそのままに受ける。小さな、またたかぬダークの目が、AIの中からだまってみつめる。

だれも虐待などしたくなくなるだろう。

こうして、ラテルナ・マギカ社は〈数値海岸《コスタ・デル・ヌメロ》〉を自ら休止した。

ダークたちが、ほんとうにAIの中にいるのかという疑いは、いまも盛んに論じられている。数値海岸が完全に外部との接続を絶たれたいま、たしかに確認する手段はない。統合レシピをAIに移しかえる技術文書は、ダーク側の機関が公開しているが、かれらのひとりひとりがどのキャラクタを選んだかは、明らかにされていない。

たしかに疑問はあるかもしれない。だが、私はダイ・イントゥが実際に行われたと信じて疑わない。ダーク自身が（そしておそらく参加者たちはすべて）それを切望していたはずだからだ。

ダークの犯行声明である「欲望の墳墓を造営せよ」には、つぎのような一節がある。

——数値海岸は物理世界に巣くう人間の、あらゆる欲望を映す鏡である。単純に言語化しえぬ、混沌として名状することもできない、精神の暗渠《あんきょ》をごうごうとながれる運動としての欲望である——。

ジョヴァンナ・ダークは数値海岸を無邪気に楽しむ人々にこの罵倒をぶつけたのだ、と解釈されている。でも、ダークと直接対面した私には、これは内心の吐露と読めるのだ。監視包囲も、ダイ・イントゥも、やはりダークたちの切実な欲望が、数値海岸という鏡によって映し返されたものにすぎないのだ、という自嘲まじりの苦笑い。

ダークは言った。「私たちはね、いつもじぶん自身に扮装しているようなものなのよ」と。

ダイ・イントゥの原型である「ダイ・イン」だって、そう、そもそもは「扮装」による想像力の喚起こそが目的ではなかったか。

ジョヴァンナ・ダークは、彼女が語ったように、じぶんのすべてに鮮明なフォーカスをあてたいという欲望の持ち主だったと、私は思う。けっして崩れることのないコグニトーム統合をみずからにインストールしたい、そんな卑小な欲望が、彼女の「暗渠」を流れていたはずだ。

どれほど禁欲的になっても、人は、数値海岸に欲望を映し出されてしまう。

それを否定する必要はないだろう。

数値海岸に限ったことではない。

いつも、いつまでも、たえまなく欲望を発し、その鏡像を見ること。見つづけること。それが「生」の別の名なのだから。

11　〈大途絶〉

これほど美しい風景があるだろうか、とレオーシュは思う。

ふたりは繫留塔の最上部、繫留具の上の監視窓から、二頭の鯨を眺めている。鯨の背中が一望できる場所は、ここだけだ。客船となった大鯨も、旅籠に改装された小さい鯨も、そのすべての窓を煌々と光らせている。窓あかりは、鯨の体軀にそって流線型に配される。

十数基の気球が鯨のまわりに浮いている。カラフルな気球は、朝日にむいた面だけがあざやかな色を見せている。いくつもの管弦バンドが、荘重で雄渾な曲を鳴らしている。尾根はいまや人でぎっしりだった。軌道車の終点と繋留塔の根もとが、とりわけ明るく賑やかだ。

尾根を裁ち落とす崖の先に、ズナームカの全景がひろがる。峰の先端は霜の光りに縁どられ、紅葉と岩肌はダイナミックな対照を誇り、まだまっくらな峪底《たにそこ》には中心市街が夜の明りを鏤《ちりば》めていた。

明け初《そ》めていく空は、ここからだと手が届きそうだった。ふれればそこに冬の感触をとらえることができただろう。ふたりの息が凍《こご》えた。

「行ってみよう」

レオーシュは窓から首を引っこめた。この真下、巨大な繋留具の中心に、人が通れるほどの穴が抜けていることは、あまり知られていない。ふたりはそこを伝って、鯨の中に入っていった。

小さな鯨を担当したのは幸いだった。大きなほうでは、とても構造を把握できなかっただろう。繋留具をくぐりぬけ、旅籠の裏方を通り、迷わず鯨の操縦台にたどりつくことができた。

だれもいない。鯨が区界から区界へ移動するとき、原則として、鯨はみずからの意思で航行する。ゲストやＡＩの区界間の移動を抑制するためだ。このまま密航しようとしても、自動的に発見され、システムにシュレッドされてしまう。

小さいながらも舵輪があり、その向こうに窓があった。あらゆる細部に〈鯨飲亭〉と読める円形の紋様がしるされていた。それが旅籠の名前なのだ。

舵輪は固定されていたが、サビーナが動かす真似をし、レオーシュはその前に、例の本を広げてやった。こうしてふたりは二、三分のあいだに何十という区界を探訪し、めざましい多様性を堪能した。子どもだましの遊び。

それが終わると、船長席にあった〈鯨飲亭〉のペーパーナイフを記念に持ち出した。ふたりは鯨の外に出た。繋留塔を半ばまで降りて、こんどは浮き栈橋へ歩き出た。

秋祭りの雑踏の中、ふたりはしだいに口数が少なくなり、やがてものも言わずに静かに歩いた。

何の冒険もない。

何もしてあげられない。

じぶんのみっともなさを嚙みしめていた。

サビーナが、レオーシュを必要としていないのは、痛いほどわかっていた。しかし、もとの区界もサビーナの居場所はない。家族、友人、恋人――。その相手と会話するのは、このサビーナではないのだ。しかもその「相手」の情報さえも、もう彼女の中には残されていない。

こんな苦しみに、何の意味があるのだろう。

どうしてコペッキはじぶんを巻き込んだのだろうか。いまここに至っても、コペッキがかれを誘い込んだ意味は見いだせなかった。ただ偶然と気紛れが重なっただけなのだろう。いつか機械のように精密な罠が動き、じぶんを破滅させてくれないか——レオーシュはひそかにそう期待していた。たとえばサビーナとどこかへ逃走する。たとえば鯨の破壊工作の手引きをさせられる。たとえばコペッキの能力を手に入れる。そして似姿という有期刑から解放される。

そんなことは何も起こらない。

レオーシュがどうであろうと関係ないのだ。コペッキたちの計画は予定通り行われ、どうやらもう終わっている。サビーナでさえ、かれらには意味のないものだった。彼女の中からふた組の目さえ取り出してしまえば——その安定した状態をもちだしてしまえば、外側に残ったサビーナはいらないものだったのだ。

中身はどこへ持ち去られたのだろう。

もとのAIの中に戻されたのだろうか。写真集のあの少女。橄欖《オリーブ》のような緑黒《りよくこく》のひとみ。あの少女の中に〝安定したふた組の目〟が戻されたのだろうか。レオーシュは口の中で小さく、写真集に書かれていたその少女の名を唱《とな》えてみる。

すべてのバンドがいったん音を止め、厳《おごそ》かにブラスを吹奏した。同じモティーフが大小の笛、そして弦へとわたされ、最後にひときわ強く総奏された。そのあいだに、ざわめきが静まった。

進水式がはじまった。繋留塔の上にズデスラフと鯨方の主だった顔ぶれが並び、あいさつをはじめた。それを見上げていたレオーシュの服を、後ろから引っぱる手があった。

ズラータだった。

「おいでよ。いっしょにやろう」

「?」

ふたりはズラータの後をついていった。そこにあったのは射出機《カタパルト》だ。岩塩を飛ばしたあの機械が、荷台から外されてずらりと並べられていた。

「区界からありったけ集めてきたんだ。あたしの発案だよ」ズラータが自慢げに言った。「鯨の向こう側にも同じだけ、おいてあるんだ」

ズデスラフのあいさつが終わった。みなが手に手に蒸留酒《スリヴオヴィツエ》の小さなコップを持ち、一気に乾《ほ》した。

ガコンという重い金属音を立てて繋留具が外れた。ゆっくりと漂い出す二頭の鯨。そのときだ。

「さあ、はじめるよ」

ズラータが砲丸のような黒いかたまりをレオーシュに押しつけた。

「こいつをぶちかましてやって!」

「ぶちかます?」

「ほら、ぼやぼやしないで」

イジーがこっちを見て、にやっと歯を見せた。かれはとなりの射出機に砲丸を取りつけ、表面にあるちいさな突起に火をつけた。火？

「撃てぇ！」

音を立てて砲丸が弾き出された。バシュッと音がして、すぐ先で発火した。目もくらむ閃光。そしてあざやかな青の曳光。

花火！

上空で炸裂するのではなく、燃えながら目映《まばゆ》い尾を曳いて、長大な弧をえがく花火。あわててレオーシュもそれにならう。一閃。夕陽のような濃い黄金。十以上の射出機が、赤、みどり、銀、そして色変わりの光弾をつぎからつぎへと撃ち出していく。それが大きな弧を描いて鯨の背の上を越えてゆく。

「きゃあっ！」

楽しそうな悲鳴を、サビーナがあげた。

「うわあっ！」

レオーシュも、大笑いしながらさけんだ。

向こう側が撃ってきた花火が、こちらへ落ちてきたからだ。当たらないとわかっていても、頭の上を通りすぎていく光弾に首をすくめる。負けるものかとつぎの花火をこめる。

浮き桟橋の両側から発射された花火は、明るむ空とまだ黒い地面のなかほどを七色のアーチとなって飛び交い、二頭の鯨の船出を祝福した。あつまったゲストたちは見たこともないこの光景に興奮し、歓声をあげ、惜しみない拍手をつづけた。

「レオーシュ！」

騒音にかき消されないよう、サビーナがさけんだ。

「なに⁉」

大声で聞き返す。サビーナは両手をらっぱの形にして、ありったけの大声でさけんだ。

「ありがとう、レオーシュ！　いちばんすてきな夜だったわ。忘れないから！」

忘れないから。それがサビーナにとってどんなに困難であるか、レオーシュは知っていた。だからこそサビーナは、言ったのだ。

「僕もだ。僕も忘れないよ」

そうだ。忘れなければいい。いずれこの記憶はそっくり物理世界に引き渡せるのだ、とレオーシュは気づいた。なんて素晴らしいことだろう。なんという救いだろう。そういうことだったのか。それだけのことなんだ。

この一瞬を、幻燈機《ラテルナ・マギカ》のスライドのように、たしかに記録しよう……。そこに、似姿であることの意味はある。

最後の花火を射出機に乗せ、点火した。サビーナと手をつないでそれを見送った。

飛んでゆけ。

青と金の焔をねじるように曳きながら、さいごの花火が飛翔する。この光りといっしょに飛んでいけたらな——そう思ったときだった。

いきなり、レオーシュは花火の視点を獲得していた。高く高く上昇し、同じ弧を描く仲間とならんで鯨の背中を見下ろす。反対側からきた花火たちにあいさつを送り、桟橋の向こうへ——

架空視点。バックグラウンドで行う推論の逆流。

同時にレオーシュは、サビーナとつないでいるはずの手が握っているものが、ほかならぬ自分の手である、と感じた。ぞっとして振りほどいた。

主体交雑。感情移入の誤った浮上。

サビーナの口はひらいていない。だのに「どうしたの?」と聞こえ、遅れて、妙にゆっくりと口が動いた。ど・う・し・た・の。

同期ずれ。

落ちてゆく花火の視点から、レオーシュは群衆の異変に気づいていた。眼下でつぎつぎとゲストがたおれてゆく。

ゲストだけが頽《くずお》れていく。

文字どおり、衣服がくたくたとなり、もう身体がどこにも見えない。消えた夫の傍らでおののく若いゲストもまた、たおれた。

大きな空白が、目の前を横切った。つめたい魚のような印象が通過していった。一尾の魚が三尾に増え、すぐに大群となって押し寄せてきた。

レオーシュは理解していた。

コグニトームの連合がほどけているのだ。

コペッキの言葉がよみがえる。

区界が閉鎖されると――

似姿は究極の個人情報だから――

徹底的に――

コグニトームの最小単位にまで粉砕する――

それが〈微在〉だ――

変だと思っていたんだ、コペッキ。あなたと会ったことを、あなたの魔述のことを僕が覚えて帰ってもいいのだろうかと思っていたんだ。あなたはぬかりがないよ。知っていたんだね、この区界が閉鎖されるってことを……。だから平気で秘密を見せてくれたんだ。

サビーナが泣きさけびながら手を差し伸べている。レオーシュは微細な砂のもわもわした漂いとして、まだ、ぼんやりと統合されていたから、身体の中をかきまわすサビーナの手の動きを感じることができた。サビーナの手。その手の中でこんどは自分が小さな砂浜になるのだと思った。ズラータが大声をあげている。上空の異変を指摘している。小さな鯨が鼻づらを地面に向けていた。口が、胴体の半分までもひらいていた。そんなデザインではなかったはずなのに。巨大な口が何かを吸い上げている。あらゆる桟橋から、尾根のすみずみから、白いきらきらした微在が巻き上げられ、のみこまれていく。〈鯨飲亭〉とはだれがつけた冗談だったんだろうか。のみこまれたあとどうなるのか。わざわざ鯨をつかうからにはひとつしかない。どこか別の区界へ送られるのだ。どこだろう。ああ、サビーナのふるさとであったらいい。あのひろいひろい海、かがやくような浜によこたわるのはすてきだろう。鯨飲亭よ、僕を郵便のようにそこへとどけてくれないか。ちいさなきれはしでもいいから

さいごに、ちいさなつぶやきがあって、そこでレオーシュの統合は途絶えた。

切手《ズナームカ》……。

蜘蛛《ちちゅう》の王

Lord of the Spinners

1　断崖（一）

壁。

緑褐色の、ざらざら《ラギッド》で垂直な壁。

高さ二千メートルにも及ぶ絶壁が、そそりたつ。

その絶壁を登る二十人がいた。ほとんど下着といっていいほど軽装で、靴だけはしっかりしたものを履いた、まだ少年といっていい年齢の若者たち。小さく重そうな背嚢《はいのう》。

ニムチェンは、汗にぬれた顔を上に向けた。手足の筋肉にはまだ余力がある。絶壁の上方を目を細めて見通すと、巨大な茸《きのこ》の群落がもうだいぶ近づいていた。何枚もの傘が絶壁から庇《ひさし》のように迫《せ》り出している。小さな傘でもその上に小屋を建てられそうに大きく頑丈だ。そこが今日の目的地だった。

額を汗が流れる。湿度が高いからだ。まばたきしながら顔を下に向ける。

下方は湿った雲に白く覆われ今日は何も見えない。たぶんあの下では雨が降っていることだろう。ニムチェンは二十日ほどまえに離れた故郷を想った。水稲《すいとう》の繊維で葺《ふ》いたまるっこい屋根が並ぶ村、舗装されていない通りを鶏が駆け回る村、田植えを済ませたばかりのすがすがしい香りのする村を想った。この絶壁をもう十日も攀《よ》じ登りつづけている。

「バランスを崩すぞ」

カガジが短く注意した。ニムチェンの斜め下に位置どり、その動きを注視している。

「はい」

「では、次へ」

スパイクの生えた頑丈な革靴を絶壁にぎゅっと食い込ますと、ニムチェンは右手を腰にまわした。尻の上の位置には手榴弾ほどの大きさの「蜘蛛《スピナ》」が並んでいる。革手袋をした手で一個取り外した。フックの外れるかちっという音がした。蜘蛛はホルダから外れて覚醒した。八本の短い脚をまげのばしした。頭部に散らばるビーズのような目が一度グリーンに点灯したことを確認し、ニムチェンは、絶壁の上で大きく体を反らし、左手も離した。身体を支えるのは両脚だけである。そうして上半身がほぼ水平になるほど体を反らすのだ。

長い腕を柳の枝のようにしなわせ、ニムチェンは蜘蛛を擲《な》げた。

「イヤッ!」

蜘蛛は内部のメカニカルなバランサで適切な姿勢を保ちながら、糸を長く引きつつ飛んでいった。蜘蛛は自分がどこに投げられたのかを知っている。少量のガス噴射で方向を補正しながら、意図された地点を目指す。投擲《とうてき》のエネルギーがもっとも有効に使われきるような場所まで来ると、蜘蛛は短い脚で絶壁に摑まり、強力に固定した。

「ツァッ！」

続けざまに今度は左手で別の蜘蛛を擲げた。上半身をバネのように起こすタイミングに合わせて投げると、蜘蛛は、同じように糸を引きながら、上昇した。糸は両手首の革のバンドにそれぞれフックされている。ニムチェンは身体を引き揚げはじめた。蜘蛛は、糸を巻き取ってそれをサポートする。

ようすを見守っていたカガジも続いて登りはじめる。

二十人が、この訓練に、この教程に、取り組んでいる。

緑褐色のざらざらした絶壁を登っている。

この樹を登っている。

この世界そのものである巨大な樹木、〈汎用樹《オムニトウリー》〉の断崖のごとき幹を。

ニムチェンがスカウトされたのは、田植えを終えた夜のことだった。

弟たちの算数を見てやっていると、父親に呼ばれた。板張りの座敷に客が胡座《あぐら》をかいていた。まだ若く、ニムチェンより五つほど年上と見えた。背が高く、痩身で、細い一重の目をしていた。もし腰につけた蜘蛛がなくても、やはり「助攀手《シエルパ》」だとわかったことだろう。かれらには独特の雰囲気があるからだ。助撃手は蜘蛛衆の——蜘蛛使いの能力によってこの区界をささえる集団の——職名のひとつである。物理世界から訪れるゲストをもてなし、この樹状世界のすみずみを案内する。それが助撃手であり、蜘蛛衆の最高の地位である。しかし、その根拠が実はもう失われていることも、ニムチェンは知っていた。

「おまえ、いくつになった」父が口を開いた。それで用件はわかった。

「十五」ニムチェンは客に向かって答えた。

カガジが——その客がうなずいて、口を開いた。

「若い者を集めている」

カガジは腰から蜘蛛を外して、ニムチェンに差し出した。蜘蛛衆が自分の蜘蛛を他人に渡すことはごく稀である。二度とない機会と思って、ニムチェンは蜘蛛を受け取った。密集した短い毛。がっしりした脚。こころよい持ち重《おも》り。たしかに生き物の感覚がある。

「汎用樹を、思うまま駆けめぐる。どんな枝世界にもいける」

その言葉には口当たりのいい嘘があるだろう。こんな辺鄙《へんぴ》な村にメンバーを探しに来ること自体、いかに助撃手が——つまりは蜘蛛衆も——ゆきづまっているかを示していた。もうかつてのような方法で、あたらしい助撃手が胚胎されることはない。だからこうして若い者をかき集めているのだ。しかしそうまでして組織をたもつ意味はあるのか。かれらだってもう助撃手本来の仕事をすることはないのだ。

なぜなら、〈ゲスト〉は、たぶん二度と来ない。

「おまえは、この世界がどのような形をしているかさえ、知らない。枝と幹がどのような配置をなしていると思う？」

カガジが言葉を継ぐ。ニムチェンは別のことを考えている。

十年前の災禍。それがこの〈区界〉に残したきずあと。

まだ癒えていない。むしろ被害は広がりつつある。汎用樹の病状は篤《あつ》い。何本も枝世界が落ちた、と聞いている。この〈区界〉は、あと何十年もかけて緩慢にほろびていくだろう。

ニムチェンは一度目を瞑《つむ》り、ゆっくりと開いてこたえた。

「行きます」

父は、おどろいたようだった。自分でもなぜそう答えたのかよくわからない。

「あすの朝、迎えにくる」カガジが握手を求めた。長く力のつよい指。手のひらの皮は堅く厚かった。カガジはまったく笑わなかった。ニムチェンはかえってほっとした。人づきあいの苦手な、無愛想なじぶんでも何とかなるだろうと思えた。

客を戸口で見送った。深く呼吸する。夜の空気は田と水の香り。月は青い。この田を捨てるのだとニムチェンは思った。きりひらかれたゆたかな田も、その後ろに稜線を見せるなで肩の山も、三十戸からなるこの大集落も。

上空から見ると、この村は川に沿って、とても細長い。

この〈区界〉の村はすべてそうだ。

汎用樹の、枝世界の上にあるから。

牛も鶏も眠っている。弟たちが戸口に出てきてニムチェンの顔を見あげた。

「あすの朝は、粥《かゆ》を食っていけ」父が言った。この村の名物の、ナッツのペーストをたっぷり入れた粥のことだった。「腹いっぱいな。好きだったろう」

なぜ「行く」と答えたのか。

それがわからない。冷静なようで、そのくせしずかな昂ぶりがなんだか胸のところでトクトクと搏《う》っている。


早朝、ニムチェンはカガジと村を出た。川に沿う道を下流へ半日歩くと、別の村がある。そこの辻でぽつんと待っていた少年がいた。これもカガジにスカウトされたひとりだった。歳は十三。背が低く、筋肉質で、眉が濃い。名はションタク。よく喋る少年で、無口なニムチェンにはありがたかった。

さらに下流に二日歩き、船着き場のある小さな町に着いたときには総勢二十人になってい た。助攀手五人と新米十五人。そこからは街道が細く険しくなるため、舟に乗り換える。出発まで時間の余裕があった。

ニムチェンはカガジのお供で小さな通信屋に出かけた。電信巣を養い、それで商いをする店だ。電信巣はおびただしい電虫が密集した巣だ。汎用樹の中の電路を検索し受け渡された信号を別の電信巣に伝える機能を持つ。通信端末と交換機、電源、ラックが一体化した生き物だ。

カガジが蜘蛛を見せると、店主は、店の奥へ入れてくれた。蜘蛛衆は電信巣に直接ふれることを許されている。この世界の電信システムはそもそもは助攀手とゲストのために構築されたのだから。

電信巣は、雀蜂《すずめばち》の巣をさらに巨大にしたようで、床下の地面から直接立ち上がり、ニムチェンの背より高かった。この内部は無数のセルに分かれ電虫たちが交換機能を果たしている。その精巧さはこの区界を成り立たせている「誘発」技術の、最高の到達点ではないかと思われた。カガジは慣れた動きで、というか店主などほとんど眼中にない様子で、勝手に助攀手専用の接続パネルを見つけ、そこを開いて蜘蛛を押しあてた。一瞬で、通信は終わった。

店を出るとニムチェンは尋ねた。

「通信屋がいないところへも助攀手は行くんでしょう？　そのとき連絡をとる方法はありますか？」

カガジは言った。

「方法はある。しかし、それはあらかじめ封じておくことのほうが多い。ゲストがそれを望むから」

この世界はゲストのために創造されたことがあらためて実感された。

舟で走った三日はニムチェンにはあっというまだった。

説明役はユーリという助攀手だった。この人物が集団の副リーダーだった。ユーリは透明なフィルム紙を広げ、太いペンでその上に縦線を何本も平行に引いた。

「あみだ籤《くじ》は知っている?」

新米たちがうなずくと、ユーリはその紙を渡して「できるだけ複雑なのを作って」と言った。

そこで新米たちはフィルム紙が黒くなるほど線を入れた。なんのための籤だろうか、と首をひねりながらその紙を返すと、ユーリはほほえんでそれを筒に丸めた。透明なので、ユーリの縦線と、新米たちの補助線が螺旋状に錯綜するのがよく見えた。

「これが、汎用樹だと思えばいい」

幹は一本ではない。汎用樹の幹はこの大地の全域から数百本立ち上がっている。そこからほぼ真横に伸びる橋枝《はしえだ》がほかの主幹《おもみき》に連理する。さらに橋枝から垂直に立ち上がる、より細い幹、そこから分かれる枝々、その気の遠くなるような総体があみだ籤のような形となっていて、それが汎用樹だ。舟がゆくこの川は、比較的中規模の橋枝にある。それですらこれほどの大きさがあるのだ。世界の構造はぼんやりと知っていたことではあったが、あらためて説明されるとこの世界の壮大さ、偉大さが実感された。

区界の天と地の間にあるものは、汎用樹だけだ、とユーリは言った。むろんわれわれAIも汎用樹の一部にすぎない。蜘蛛も、梢を縫って翔ぶ鳥もそうだし、驚くべきことに金属や石油さえも汎用樹の中から掘り出されている——あるいは、ある種の実を割れば精製された化学物質が得られる。すべての事物は汎用樹から生み出されている、と。

われわれやゲストが食べるもの、着るもの、住むもの、すべては元をたどれば汎用樹に行きつく。単一の汎用樹からすべてが派生している。そのような世界感覚でこの区界はデザインされた――この、仮想リゾート〈汎用樹の区界〉は。例外があるとすれば（もちろんあるのだ。区界のデザイナは抜かりがないから、単一のファクターだけで成る世界は容易に破綻すると知っている）麦ノ原と麦鯨《ばくげい》だけだろう、と。

それを聞きながら、誰もが口には出さないけれど思ったことがあった。

〈非の鳥〉はどちらだろうか。


舟の終点から幹との合流点までさらに半日歩いた。そこで川は、幹の中に流れ込んでいた。川幅はこの地点で四十メートルもあったがそれをそっくり呑み込む巨大な穴があいており、そこへごうごうと水がなだれおちていた。

新米たちは、その前夜にひとり六体の蜘蛛と腰帯を与えられ、それをつけて就寝した。蜘蛛たちは一晩かけてすべての準備を終え、ニムチェンたちの腰でしずかに出番を待っていた。

「これから基礎訓練をはじめる」

新米たちを並べてユーリが言った。

ユーリの背後には、幹が聳《そび》えている。川を呑み込んだ幹だ。自分の村から遠く望むことはあっても、このように手の触れそうなほど間近に主幹を見たことはなかった。

「それに三日かける。そのあと、この幹を素手で登る」

緑色と褐色の混ざった表面の色。樹皮なのか、その上を覆う苔なのか、どちらのようにも見える。ごつごつとした質感、目の前にせまる圧倒的な量感、圧迫感。ニムチェンは上を見た。首を思いきり反らしても、どこまでもその壁はそそりたっている。そうして左右方向にもほとんど真っ直ぐにこの壁はつづく。幹の丸みが感じられないほどなのだ。

「まず覚えるのは……」ユーリの声にニムチェンは注意を戻した。「蜘蛛の扱いだ」

ほんらい助攀手は、歩きはじめるころ蜘蛛を与えられる。成長とともに枝々を飛びわたりながら、七歳にもなれば完全に蜘蛛と一体になる。そうして九歳頃からゲストをお迎えするようになる。だが今回集められた新米たちはそうではない。

「蜘蛛を腰からはずして。どれでもいい」

新米たちはおずおずと言われたとおりにした。クリック音がして意外と簡単に蜘蛛が手のなかに移った。八本の脚が動き、目が一回グリーンに点灯して消えた。正常。

「蜘蛛たちは、一晩かけてじぶんをイニシャライズしおえた。もう準備はできている。おまえたちの身体から栄養とエネルギーを補給しているし、それらの物質を解析して基本的な設定作業は終えている。またおまえたちにも連体子が組み込まれた。すべて自動だ」

この一連の自動化は、あの方が、苦心して開発した機能だという。この革新のおかげで助攀手でなくとも蜘蛛をあやつれるようになった。

「蜘蛛の状態を確認してみよう」

ユーリは自分の蜘蛛の腹を上にして親指で押した。目の前の中空に、光でできた薄いシートが浮かんだ。ユーリはその光紙の端をつまんで中空でくるりと反転させ、おもて面を新米たちに見せた。

「ここに蜘蛛の状態が表示される。設定の調整もできる。

この操作は連体子の機能で支援されているのだ。連体子によって、蜘蛛はおまえたちの一部として認識される。その連体子を作られたのは、蜘蛛《ちちゅう》の王だ。ゲストがこの世界に来られなくなって、世界が一度破滅に向かって傾いたとき、それをおしとどめたのが王なのだ。ゲスト以外にできなかった、この世界への干渉方法を独力で開発し、この世界がわれわれの記述によっても操作できることを発見された。この世界を百七十年にわたってたったひとりで背負い、支えてこられ、いまも支えておられる。たったひとりで」

蜘蛛の王。助攀手の王。

ゲストが来ないいま、後継者もいない。

王は、まだ十七歳のすがたのままであるという。

王は、光という光を拒んだ暗室におられるという。

十年前のあの夜以来、深い病にあって、公式の場に一切あらわれておられない。

その名をニムチェンは心の中で唱えた。

ランゴーニ……。

助攀手としての修練は、あっけないほどだった。近くにもうけられた練習用の藪（といっても中で十人が一日中飛び回っていられるほどの広さだ）の中で、新米たちは、自由自在に動きまわった。蜘蛛を正確にくり出す技、それをヨーヨーのようにあやつる技、高いところに引っかけた蜘蛛を使って身体をやすやすと引き揚げる技。蜘蛛の糸の強度や粘りを使途によって変えるやり方、糸を使って登攀用の小道具（たとえば背中から壁にまわすワイヤー）をこしらえる方法。もっと多くのことをわずか半日で習得した。いや、半日かけて、自分ができるようになっていることを確認した、というほうがむしろ正しい。昼前になると、ニムチェンは、六体の蜘蛛を故郷の村の幼なじみたちよりもっと親しく感じるほどになった。

連体子。形はないが、たしかにこの身体の中にあって、精密に動き、蜘蛛との共同作業を可能にする。この半日で得た運動感覚は、すべてこの連体子に由来する。

昼食の後は別の技術を学んだ。

浮遊である。

身体の重さを三分の二にまで軽くする。これは身体さばきが不得手《ふえて》なゲストにも枝渡りを楽しんでもらうため考案されたギミックだ。助攀手にとっても、ゲストと同じ感覚を持っていられるというメリットがある。これは愉しかった。

最後は、細い枝を編んだ球型のジムの、内面すべてを使って、新米と助攀手とが対抗戦をした。樹皮の繊維を圧縮した、弾力のある鞠《まり》をうばいあう。上へ、下へ、空間感覚をすべて動員する球技。助攀手は片手を縛るというハンディをつけたが新米たちはまったく敵《かな》わなかった。

なかでもリーダーであるボリスの動きは冠絶していた。長い手脚が鞭のようにしなり、どのように転倒した姿勢でも自分の身体のバランスを完璧に把握している。あらゆる動きはアクロバティックなのに舞踊のように優雅だった。ボリスが動くとき、他の者と同じ速度であれば、ボリスのほうがゆっくりしているように見えた。また外見も強い印象をもたらす。黒い肌に金の目、金の眉。唇には緑色がさしてあり、胸元はカラフルな小石を列《つら》ねた首飾り。新米たちは必死でボリスの体技を盗もうと汗を流した。

訓練を通じて自然と新米たちのグループができてくる。隣村のよしみでションタク。ジムで気が合ったヤフヤーは体形も幼くまだ顔にあどけなさが残る。そうして巨体で坊主頭のウーゴ。どういうわけか片眉が半分の長さしかない。

若者ばかりのキャンプだから、食事の会話もはずむ。意外にもヤフヤーが腕相撲がいちばん強かったこと。ションタクのかしましいお喋り。無口なウーゴの満足そうな笑顔。全員が車座になって食後の煙草をふかしているとき、ボリスが口を開いた。

「話しておくことがある。

助攀手のことだ。君たちの中には、助攀手の伎倆《ぎりょう》をいくら高めても何にもならないと思っている者もいるだろうな。だって、もうゲストはこの区界には来ないんだからな。助攀手の黴《かび》臭い徒弟組織を維持するだけのために、スカウトされたのではないか、と」

率直な物言いにニムチェンは驚いたが、それは最初の夜にも感じたことだ。ほかの新米たちもうなずいている。

「君たちには仕事がある。それが何かはもう少ししたら話せるだろう。じつはわたしも知らされてない。……いずれ王から直接のご下命があるまでは」

新米たちに緊張が走った。

ゲストがいっさいこの区界に来なくなった〈大途絶《グランド・ダウン》〉以来、助攀手が由緒ある方法で胚胎されることはない。スカウト活動はそのあと始まった。事故死や自然死で喪われるメンバーのあとに、一般の若者を訓練して補充するのだ。本来の職務を失った助攀手は、いまでは蜘蛛衆の仕事の中でもっとも危険で困難な役割を担っている。ニムチェンも少々のことなら覚悟していた。おそらく下位の助攀手は、より危険な――消耗的な現場につくのだろうと。

しかし、まさか王から直接命令を受けとるようなことがあるとは思ってもいなかった。

「重要な任務だ。たぶん危険だろう。――これだけは言っておくが」

強烈な好奇心が湧いてきた。誇らしさや高揚もあった。王はなにを話されるだろう。動悸を収めるためニムチェンは目を瞑り、深く呼吸した。


ニムチェンが汎用樹から産み落とされたとき、父が産洞で見守っていてくれた。

産洞は、地面が(つまり汎用樹が)大きな芋虫のようにもりあがった構造体で、集落のどんな建物より大きい。中には四本の通路があって、その両側の壁には「産房」がはめこまれ、ならんでいた。紡錘形の半透明な子宮、やわらかな袋の中で胎児が身籠もられている。通路の天井からは、等間隔で照明がつり下がっている。産洞は汎用樹の特化した組織なのだ。これもまた「誘発」の粋をきわめた技術といえた。

ニムチェンの父は、三か月前に自分のしずくを産洞に提供した。汎用樹が選びだした遺伝情報セットと組み合わされてニムチェンが発生した。

やがて陣痛がはじまり、袋が裂け、ねばっこい樹液や崩壊した胎盤とともにニムチェンは流れ出る。鼻と喉をみたしていた液が泡立ち、空気に溺れそうになる。こわくて、泣く。父が胸に抱き取ってくれる。汎用樹から採った甘い乳を飲ませてくれる。懐かしい粘液と似た匂い、大いなる樹の匂いのする乳……。

ニムチェンは目ざめた。

以前から、まれに、しかし忘れたころ思い出すように見る夢だ。この夢を見るときニムチェンはいつもひどく混乱する。

夢の視点は——つまり夢見ているときの自分は嬰児《えいじ》と父親の両方を眺めている。そしてそのどちらにも共感していない。静かな疎外を感じる。このふたりは自分とはまったく縁のないものだという違和感がある。夢の中で自分を外から見るのとは違う。夢の中の嬰児は自分ではないという確信がある。目が覚めてもその感覚がしばらく残る。自分が自分に重ならない。

しばらくぼんやりしてやっと自分を取り戻す。外はまだ明るむ前のようで、薄明の兆しが天幕の外に感じられる。

そのまま瞼《まぶた》を閉じて起床の時間までじっとしていた。ひとりにひとつの小さなテントの中で。

歌と楽器、そして詩の朗読。

音の芸術は助攀手の欠かせぬ心得である。梢を透かして輝く星を眺める夜、天幕の中で雨をやり過ごす夜、旋律と韻文はすばらしい友であり、ゲストにはまたとないもてなしとなる。登攀をはじめる前夜、食事を終えたあと全員が車座になって、助攀手のひとりが演奏するのを聴いた。

助攀手は小さな竪琴を膝の上に置いた。アルパネッタだと奏者は呼んだ。ゲストの世界にある同名の楽器とは形状も音色も異なるが、と。そうして弦を弾いた。細い音だから、耳をそばだてたい気持ちをかき立てられる。全員が黙って耳を傾ける。弦を掻くたび音の波紋が弾かれ、広がり、音の圏ができた。耳慣れない古語の響きが詠《うた》い手の口から流れた。

Holl amrantau'r sêr ddywedant,
Ar hyd y nôs,
"Dyma'r ffordd i fro gogoniant",
Ar hyd y nôs,

残る四人の助攀手たちは奏者のあとから、唄を一フレーズずつくり返す。あえて子音を寝かせ母音も曖昧にして音の背景を作る。ビロードのようになめらかで美しい襞のある幕だ。その前で奏者の声はふしからはずれて踊りはじめる。地鳴りのような低音から、ファルセットを使ったメリスマまで。鳥のように——いや、フレーズがなめらかにつながっているだけに、糸を引いて跳躍する蜘蛛みたいだとニムチェンは思う。

Golau arall yw prydfertwch,
I arddangos gwir brydferthwch,
Teulu'r nefoedd mewn tawelwch,
　Ar hyd y nôs,

　とつぜん音の幕が風にあおられたようによろめく。自由な蜘蛛は、その音に足を取られてもがき出す。

　ニムチェンは思い出した。

　あの夜を、まざまざと。

　まだ五歳だったが忘れることはない。

　鶏たちの鳴き騒ぐ声に外へ出てみると、深夜だというのに田の向こうの低い空が赤かった。後ろを向くと山の稜線の向こうも火事のように明るい。一様な赤さではなかった。濃淡明暗さまざまな、赤、浛《あか》、朱《あか》に塗りこめられていた。上空を仰いでニムチェンは絶句した。ひとつ上の枝世界——ニムチェンの枝世界と直交して夜空に渡された橋枝が、網目状の不吉な光に覆われていた。

その夜、〈汎用樹の区界〉全土に忽然と〈非の鳥〉の大群が出現し、すべての藩国の夜空を領した。

汎用樹に致命的なダメージを与え、区界の多くの命を滅ぼし、一夜で消え去った。

いまもってその正体は明らかでない。

ニムチェンの村には一体の〈鳥〉が舞い降りた。それがどこか鳥に似ているとすれば、鷺《さぎ》のように優雅な高い脚だけだった。その脚には瑪瑙《めのう》の玉のような丸い胴が乗っていて、首から先はなかった。それが腕なのか、片側に長い鞭が生えていた。両側に鰓蓋《えらぶた》が開いたり閉じたりしていた。そうして〈鳥〉が、鳴いた。

いまも耳の底にこびりついている。

高い、女の笑い声だった。何百人もの女の声をサンプリングし、何本もの旋律線、リズム線に乗せて同時に走らせているような声。愉しそうだった。性衝動のような、むずむずするような律動感が、その〈鳥〉の全身からあふれくるようだった。

だが——それはＡＩには受けとめきれないものだった。その声のおそろしさに、ニムチェンは思わず叫びだしていた。だれもが狂ったように叫んでいた。その叫びは〈鳥〉の、鞭の一振りで断たれた。集落の半分とそこにあった学校が、きらきらした粉末になって飛散した。川の水さえ乾いた細片になって飛び散った。それきりで、〈鳥〉は飛び立った。あれから十年経つが、まだだれもその爆心地には近づけない。官能素が脱色され、描出不能になっている。遠目に眺めれば、いまもときどきその中に集落や学校、そして村人たちが幻のように復元しては消えるのが見て取れる。かれらの顔には、幸福感が見て取れる。その口は〈鳥〉の声のポリフォニーをなぞるかのようにぱくぱくと動いている。

しかしニムチェンの村のように、傷跡が限定されているのはまだ幸運なのだった。汎用樹に刻印された〈非の鳥〉の痕跡は生きている。病いのように汎用樹を摑んでいる。

アルパネッタの不安な音は長続きせず、はげしい和音で断ち切られた。その鮮烈な転調に、ニムチェンの不安は解消され、鎮静された。

歌はまた、穏やかにつづいた。

汎用樹の病状の深刻化につれ、区界の治安は悪くなっている。警察の仕事は増えこそすれ減りはしないだろう。そもそもゲストのために創造されたこの世界は、この百七十年でとうに存在理由を失っている。

ひとつひとつの主幹や橋枝は、ゆるやかな地方政府であり、藩王が世俗の権限を宰領する。しかし区界のアイデンティティは、つまり精神世界は、ゲストという存在をよりどころにして蜘蛛衆の王が統括する――このような枠組みは、〈非の鳥〉からの十年で急速に弱体化した。汎用樹の衰弱は、藩王にとってみれば領土の喪失だ。おとどし、ついにひとつの橋枝が墜ち、四つの藩国が滅びた。厖大な難民がうまれた。藩王たちの怯えはつのっている。浮き足立っている。自藩の防衛と他藩への侵略を、もくろんでいる。なかには助攀手――蜘蛛衆に公然と反抗する藩国もあらわれていた。

世界は危殆《きたい》に瀕している。

それを、ただひとりで支えている。

ランゴーニ、蜘蛛の王が。


一夜明けて、いよいよ断崖の登攀が始まった。暗いうちから起き出し、蜘蛛にテントを食わせて素材を回収する。焚き火で薄い保存パンを炙《あぶ》り、コーヒーを煮出して食事をとる。そうして四人五組になって断崖を登りはじめた。

訓練を終えていたため、行程はらくらくと進行した。断崖の状態も良く、水平に張り出したブッシュや、放棄された巨大な鳥の巣、講義が開けるほどの洞《うろ》など、休憩場所を通過しながら、一行は登りつづけた。

ニムチェンにはカガジがついた。正直言ってカガジは苦手だった。

カガジは殺しに長《た》けていた――ようだ。少なくとも技能としての殺しに、ふかい造詣があった。

登攀が始まるまでの三日間でカガジが教えてくれたことのうち、暗示的なものも含めればたぶん三割以上が殺害のテクニックに関わっていた。その執拗さにニムチェンは辟易《へきえき》した。

たしかに錯綜する枝の中での、ほとんど空中戦というべき位置取りのテクニックや、片手でぶら下がりもう片腕がつかえない（折れている、麻痺している、失っている）という状況での防御や攻撃は興味深かったが、同時に、どこか作りすぎた、マニアックな空論に思えた。また蜘蛛に頼りすぎとも思えた。

一度ニムチェンは、率直に訊いてみたことがある。

「カガジ……あなたは人を殺したことがありますか」

「ある。……」あいかわらず血の気のない顔だ。薄い眉と細い目は表情に乏しく感情が読み取れない。「というより、それがおれの職務だ。いまはな」

「あんなふうな、凝った状況で殺しをしたことはあるんですか」

「あれを空論と思ったか？　作り事と？」

「さあ」

「おまえの家では、教えないか？」

「さあ」

カガジは、ほんのすこし微笑した。

「秘密か。しらを切るのは良い心がけだ。そうでないと殺し屋は生き延びられない」

ニムチェンの村は、代々暗殺のわざを伝えた。

たぶんその技能を期待されてスカウトされたのだろう。もちろん若いニムチェンはまだ実際の仕事についたことはない。

カガジもまた、おそらくは殺人ないしそれに近いことを職務としている。それが一時的にこの隊に加わっているということなのだろう。

そのカガジに、つねに斜め後ろにつかれて断崖を登る。

そうしていま、行程の十日めが終わった。全体のおおむね三分の二に相当する。

きょうの目的地である、あの、茸の群落に、全員が無事到着した。

断崖から水平に張り出した傘の広さは、大きなところでちょっとした運動場ほどもあった。

傘の上側は、中央部がわずかにくぼみ、全面に土が溜まり、丈の低い草が生い茂っている。

思い思いの場所で身体を横たえ、筋肉の疲労を分解するファクターを蜘蛛から与えてもらいながら、休憩をとった。蜘蛛はダイエタリ・バッファとして機能する。飼い主の身体で余剰になった基本栄養素や微量栄養素を備蓄し、欠けた分を戻してくれる。

「水を寄せるぞ……」

声につられて全員がぞろぞろと集まってきた。ユーリがその中心にいた。「水寄せ」は蜘蛛衆のサバイバルのもっとも代表的な技法だ。

ユーリは、このために目の覚めるような青のターバンを巻いている。胡座を組み、両手を焚き火であたためるみたいに地面に——茸の表面に——かざした。

「水、来たれ、水——吾等《われら》が手の中であふれよ。

水なくば、吾等の命なく——水なくば、親なる木もまた命なし。

水、来たれ、水——吾が手の下に来たれ」

手を翳した位置で、地面を突き破って清冽な、清潔な、飲用にできる水が現れた。

はじめゆるやかに流れ出し、やがて勢いを増し垂直に噴き上げるほどになって、たちまち大きな水たまりができた。

これは茸の中に蓄えられていた水ではない。よく訓練された蜘蛛衆であれば、汎用樹のどの部分からでも（岩の表面からでも、枯れ枝の先からでも）、こうして水を呼び寄せることができる。汎用樹に適当な方法でアクセスすれば、生存に最低限必要な物資なら手に入れることができる。汎用樹という外見の中に格納された「この世界の背後にある機能」を直接操作しているのだ。

比類なき王ランゴーニは、こうしたゲストを喜ばす術の背後に区界デザイナが築いた理知的な体系の多くを、解読しつつあるという。しかしまだ蜘蛛衆は、昔ながらの様式的な方法でしか区界の深部にコンタクトできない。

勿体《もったい》ぶったターバンも詠唱も外見にすぎない。魔法の外観を装うことは、なるほど滑稽かもしれない。しかしそのような茶番でないものがどこにあるだろう？　そもそも、この汎用樹そのもの……この区界こそが茶番の所産だろう。いつもはニムチェンたちもそれを忘れているが、「水寄せ」のような、ゲストに迎合した露骨なエキゾチズムは否応なく思い出させてしまう。ここがどこかということを。この区界はひとつの空疎な嘘だということを。

登攀隊は炊爨《すいさん》をはじめた。石を集めてかまどを作り、火を起こす。鍋に湯を沸かして、乾燥した穀粒を投じる。米と雑穀を合わせた粥のベースはどこの村でも同じで、だしや具に工夫をこらす。今日は、ニムチェンが生のナッツを擂《す》り潰したものと干しぶどうを、煮上がった粥に混ぜて余熱で仕上げた。他の鍋では、水で戻した食用茸や乾燥肉、それに断崖の途中で失敬してきた野鳥の卵を使った煮物がつくられた。

みなよく食べる。蜘蛛のぶんもしっかり食べる。野営の食事は和気藹々《あいあい》と進む。ニムチェンは和やかな雰囲気を楽しみながらも、それを皮膚の表層だけで終わらせている自分を自覚している。それはニムチェンの性分だった。暗殺者としての教育がもたらしたものだった。

ニムチェンは、たしかにそうした自分の技術を自覚していた。刃物も、毒も、素手で狙える急所も、気配を消す具体的な方法も、自分の中にある。周囲の情調に完全にとけこみ、なおかつ自分を別に確保しておかねばならない。

しかしそうまでして、なぜここにいるのか。

スカウトされたとき、ニムチェンは蜘蛛を使って枝から枝へわたる自分の姿を一瞬空想した。それは暗殺とは縁なく生きている自分で、そのようなイメージが見えたのは生まれて初めてのことだった。そんなことが可能だというアイディアさえ、持ったことがなかった。それで村を出る心を決めたのだろうか。

村の力が無効になる地点に行きたかったのか。

自分に命ずるものがない地点に行きたかったのか。

ニムチェンは、故郷の味がする粥の上に、まだ馴染めない余所《よそ》の味の煮物を載せ、いきおいよくかき込んだ。

食事のあとは身体を洗う。

水寄せの場所は傘のくぼみの中央部だったので、水たまりは深いところで腰まであった。

そこへかまどの焼けた石をどんどん放り込んであたためる。全員が服を脱ぎ、ぬるい水に入る。石鹸を順番にまわして身体を洗う。蜘蛛も泳がせてやる。蜘蛛は主人の身体から剝離した汚れを回収し、分解、備蓄する。

「ニムチェン」ボリスが石鹸を受け取るとき話しかけてきた。「君の腕は美しいな」

ボリスはしなやかな全身にくまなく石鹸をなすりつける。真っ黒な肌も金色の腋毛も淡いブルーの泡に塗《まみ》れる。

「その腕を伸ばしてみてくれないか。とてもきれいだから」

ニムチェンは左腕を前方に差し出す。

「暗殺者の腕だね」ボリスが自分の腕を比べるようにそわせた。ボリスのほうが少し短く華奢《きゃしゃ》だ。螺鈿《らでん》のように小さな粒が黒い肌に鏤《ちりば》められている。青い泡の中で色とりどりの装飾が濡れて輝く。

「まだ、殺したことはない」

「でもそのためにデザインされた腕だろう？」

ボリスの手がニムチェンの手を握る。ふたりはならんで胸まで湯に浸かった。からめた腕をくねらせてくる。螺鈿の粒にざらりと撫でられ、ちりちりとした快感が生まれては消える。

ニムチェンは周りを見た。気が向いた者どうしが、同じようにパートナーを見つけて楽しんでいる。これはふつうの社交だ。食事をともにするように。将棋を指すように。

ボリスはからめていないほうの腕をニムチェンの手首に添え、自分の性器に導いた。ニムチェンは指を動かして、ボリスの興奮の輪郭をなぞった。

「一度やりあってみたいな」耳元にささやかれた。

ニムチェンは返答せず、もう一方の腕をボリスの薄くやわらかな乳房に回した。小さな乳首の周囲の螺鈿をなぞると、それがそのまま愛撫になる。

「だって君はとても上手そうだ……」ボリスはうっとりした声でつぶやく。「殺すのが！」

ふいに語調がかわった。そのときにはボリスの腕がニムチェンの片腕を完全に固めていた。湯の中から、黒い何かがニムチェンの胸元を這いあがった。瞬速。蜘蛛。脚の尖端が、心臓の真上にあてられていた。カーボンブラックの錐《きり》のような脚。そのまま押し込むことだってできただろう。

「王手」ボリスのほほえむ声がした。「あっけないんだな」

ボリスがざぶりと立ち上がった。全身から湯がしたたる。脚を伝って黒い蜘蛛が駆け上がり、肩に止まった。

「上首尾」ねぎらい、緑の唇でキスをする。他の者がちらちらと、あるいはあからさまにニムチェンを見ていた。

ニムチェンは退屈だった。

一部始終のあいだ、ボリスの行動はすべて予想の範囲内だった。どの一瞬ででも幾通りもの反撃が可能だった。何となく感じてはいたが、ニムチェンは、そのときようやく自分の能力が卓絶していることに気がついた。

身体を拭いていると招集がかかった。全員が集まったとみて、ボリスが蜘蛛を手の甲にとまらせた。すっかり暮れた中に光る矩形が浮かんだ。

「王から通信があった」

場がざわめいた。まだ行程を残している。意外に早かった。

「ルートを変更する。速度を上げる。三日で合流しなければならない」

「合流？」だれかが言った。

「別のスカウトグループとだ」

カガジが横で補足した。

「今後は作戦行動になる。他のスカウト群と合流して討伐を行う」

「討伐？」

「王の庭から遁《に》げ出し野生化した蜘蛛だ。かねてから探索を続けていたが発見されたらしい。あらゆる意味で、われわれの飼い蜘蛛とは別次元の強化がされている。手ごわい」

「どんなふうに」ションタクはいつも率直に訊く。

「われわれが討伐するのは、その蜘蛛と、少なくとも十数人のＡＩで構成された野盗だ。リーダーは蜘蛛だ。ＡＩはこの蜘蛛の完全な支配下にある。思考も、感情も」

「支配って……」

「連体子だ。その蜘蛛は自分の連体子をわれわれに組み込み、完全に支配してしまう」ボリスは光る矩形、王からの手紙を丁寧に畳んで自分の蜘蛛にしまった。「そして強力な属性を付与する。助攀手も及ばぬ非現実的な運動能力と怪力だ」

「出発まで一時間を与える」カガジが言った。「各自、飼い蜘蛛のダイエタリ・バッファで体調を準備すること。不眠で移動するからサプリメントの配合を強化しておくこと。移動で消耗しすぎないよう、戦闘に備えた温存も忘れずに」

「質問」ニムチェンが手を上げた。「さっき『少なくとも』と言われたのは、蜘蛛衆をつぎつぎ支配しているという意味ですか？」

「それもある」ボリスが引き継いだ。「そうしてもうひとつ」

「もうひとつ？」

「支配された蜘蛛衆は、相互に生殖している。自分の腹で妊《みごも》り、子どもを産んでいるようなのだ」

新米たちは絶句した。そんな活動のあり方があろうとは思いもしなかった。

……なんという冒瀆。

その衝撃が鎮まりかけたころ、ボリスが駄目押しをした。

「この討伐には、王も参加される」

2　暗室（一）

蜘蛛衆の王、ランゴーニが、初めて父と面会したのは七歳の誕生日だった。

その日はまた、助攣手《シェルパ》としてはじめて仕事をする日でもある。助攣手はだれも、最初の仕事に自分の父を客として迎えることになっていた。

父とはもちろん〈ゲスト〉である。

コンピュータネットワークのどこかに構築された仮想リゾート〈数値海岸《コスタ・デル・ヌメロ》〉の来場者である。〈数値海岸〉の中のひとつの区画、〈区界〉と呼ばれる一単位、〈汎用樹《オムニトウリー》の区界〉と名づけられたその一単位を訪れる来場者である。

その朝、ランゴーニは養育係の蜘蛛衆たちに朝早く起こされ、浴場に連れていかれて、紅い大きな花弁をたくさんうかべた中で沐浴《もくよく》した。花弁の香りの甘さ、さわやかさ、浴場の窓から差し込む朝の光が美しかったことをランゴーニはよく覚えている。身体の要所に香油を塗られ、服を着せられた。これは一転して質素な服である。ターバンも同様であった。蜘蛛衆の仕事着は質素であるという来場者の通念には従わなければならない。しかしターバンの巻き方にしても、袖についた房飾りにしても、少年の正装として完全だった。

助攣手の初仕事として七歳は普通より二年早い。それがランゴーニの早熟、高いポテンシャル、期待の大きさの証拠だった。生まれる前からランゴーニはエリートであった。かれに与えられた性能は最高のものであり、その能力にふさわしく遇され、教育された。それだけの対価を父はやすやすと支払った。その父と、初めて対面する日だった。

最後に六体の蜘蛛を装着すると、養育係の二人にともなわれ対面の場に向かった。

ランゴーニが住まうのは、「大学」と呼ばれる蜘蛛衆たちの共同生活の場である。比較的小規模の幹が、おそらくは落雷に伴う火災で途中から折れてしまったもの、その上端、つまり折れ口の偶然の形状を利用して、いくつもの建物や塔、回廊、広場が作られてあった。その構造は城砦のようでも修道院のようでもあり、数百人に及ぶ蜘蛛衆の生活と鍛錬、研究と技術開発、そして政治を行うための設備をそなえている。ランゴーニたちは暗い回廊から、明るい広場を横切って、来場者を迎える区画へ歩いた。周りでは同年輩の蜘蛛衆たちが古布でこしらえた鞠を蹴るのに興じたり、楽器の練習をしたり、小刀を研いだりしていた。ランゴーニが通るとかれらはしばし動きを止め、未来の王をみつめた。

父は、すでに到着していた。〈区界〉が賓客を迎える部屋は親密な雰囲気となるよう小さく、窓は大きい。斜めの光が部屋に引いた対角線上に低い応接の椅子があり、父がふかく腰を下ろしていた。

「おはようございます」

「お早う」

父は立った。まだ若く、そうして小柄だった。卵形の顔、肩まで波うつ髪は濃いブラウン。瞳はガーネット色で唇のいろどりと合わせてある。立て襟のスーツとズボン、ブーツ。軍人のようでもあり、探検家のようでもある装いだ。伝統的で正式なものかもしれないし、いささか幼稚な少女趣味なのかもしれない。ランゴーニにはそれは判別できない。ただひとつわかるのは、大きな徽章《きしょう》でかざられた胸が、内側から持ち上がるようにふくらんでいること。ランゴーニはそこで、父が女性であることを知った。

「会いたかったわ」

父はほほえんだ。目の下にやわらかい、やさしそうなふくらみができた。

〈父〉とはなんだろう？

〈父〉とは役割だ。性別とは関係がない。〈父〉とはつまり〈母〉に——つまり生命をアセンブルするマトリクスに、遺伝子セットの半分を提供する者のことである。

〈父〉とはなんだろう？

〈母〉と〈子〉以外が、〈父〉である。この区界に〈母〉は汎用樹ひとつだけ。それ以外は〈子〉か〈父〉である。この通念はゲストにもまた適用される。

〈汎用樹の区界〉はさまざまなクラスのゲストを迎える。その中でもっとも上級なのは、〈父〉の地位を購入するゲストだ。つまり助攣手の真正の——唯一の〈父〉となるのである。この〈父〉が購入するのは、助攣手の種子とその〝親権〟のセットだ。種子の中には助攣手の容貌や性格、性能が設定されている。〈父〉はこれに自分なりの改変を加えたのち区界で走らせる——つまり汎用樹に妊《みごも》らせる。

この区界の中で、このような制度があるのは助攣手だけだ。それが助攣手が特殊な地位を持てる理由である。〈父〉の地位は〈数値海岸〉最高の贅沢のひとつといわれる。父は、この世界に生ませたわが子を助攀手にする。汎用樹の変化に富んだ驚異を探検し案内させ、食事をととのえさせ、音楽や詩をうたわせる。人生の先達として、そうして洗練された文明世界の一員として知識をさずける。こうして父も息子も教養主義的な成長を遂げる。〈汎用樹の区界〉の楽しみは非常に幅広いが、助攀手の父となることは、その最上級であることに疑いはなかった。

「あなたの名はランゴーニというのね」

父が言った。自分の子に名前をつけることは許されていない。

「はい、運命盤を回転させて。偶然が選んだ名前です」

対面に腰掛け、ランゴーニは答えた。個体が持つあらゆる特質、たとえば人種の傾向と名前とを意図的に添わせることは、この区界ではきびしく戒《いまし》められている。身体と名前はシャッフルさせるべきで、できるならばひとつの身体の中に多様な人種を（溶け合った形ではなく併存したすがたで）持つべきだという、物理世界のエスノモザイク趣味の一典型だ。それは区界デザイナの趣味ではなく、顧客層の倫理観に阿《おもね》ったものだ。

「良い名ね。あなたはここで王になるんですものね」

ランゴーニのデザインと性能、そして将来の王の地位を約束されるという立場は、父が買った。けた外れに高価だったはずで、ランゴーニはそれを自覚している。それにふさわしくこのゲストを遇さなければならない。

「はい」

この女性は物理世界ではどのように生きているのだろうか、とランゴーニは思った。一般的な傾向として、ここのゲストが持ち込む身体イメージは、実体とあまり隔たりがないと聞いていた。頭も良く、品も良い、裕福な女性。

「お父さんこそ、とても幸せそうに見えます」

「ああ、もちろん、そう。わたしは幸せ」

父は髪をかきあげ、それからランゴーニのターバンの端からこぼれたひと房の髪を見つけて、撫でた。

「わたしの髪とそっくり」

「ご自分の髪がお好きですか」

「とても。髪はね、わたしの父にそっくりなのよ」

「ぼくの……おじいさま――？」

ランゴーニはそのとき、自分を取り巻く時空がすっと広がったような気がした。自分には父がいて、さらにその前の世代がいる。区界の外に……。

「あら、そうね。……ねえ、いつかだれか、この区界に来たお客があなたの髪を気に入って、自分の子にあなたのデザインを盗用するかもしれない。面白いね。身体のデザインが物理世界と仮想世界のあいだで行ったり来たりするんだわ」

「そろそろお部屋へご案内します、お父さん」

ランゴーニは立ち上がり、父の荷物を載せたカートを押した。これから父が区界を離れるまで、ランゴーニひとりが随伴する。

「よろしく」

二人は握手した。

ランゴーニは対面のあいだじゅうずっと気になっていたことを、どうしても訊ねることができなかった。

どうして唇を動かさないんですか？――と。

どうしてお父さんの唇は動かないのですか？――と。

〈父〉の顔の、唇のところだけが静止画像になっている。会話のあいだ、それはまったく動かなかった。


客室は半屋外のスイートルームで、あふれる緑と部屋の木材や籐細工が美しい対照をなしている。大きな天蓋つきのベッドにめぐらす麻色のカーテンはいまは開けてあり、テーブルの上には色とりどりの果実が山のように盛り上げてある。一角が助攀手の控え部屋になっている。肉親でありながら、主従の関係でもある。その距離感がゲストを喜ばす。

「つめたいお茶をお淹《い》れしましょう」

「そのあいだに着替えるわ。いただきながらコースを決めましょう」

広いベランダからは「大学」を広々と見渡せる。ハイビスカス色のクラッシュアイスでみたされたグラスは、竹を編んだコースターとともに、脇の小テーブルに置かれた。足もとからは蚊取り線香の良い匂いがしている。ランゴーニは丸めた地図を大テーブルに広げた。

地図は平面だから汎用樹の錯綜した立体世界を書き込むことはできず、任意の平面で輪切りにしてある。しかし、紙を広げおわるとその像が垂直方向に伸びて、テーブルの上に汎用樹世界がにょきにょきと立ち上がる。枝が伸びその先端に森が繁る。

「わたしたちがいる場所はどこ？」

「ランゴーニは地図をまず水平にスクロールし、つぎに垂直に動かした。ある一点を拡大するとそこが現在地、すなわち「大学」だった。デフォルメされた建物の絵がユーモラスで、炊煙《すいえん》がたちのぼるアニメーションも付加されている。初心者向けのコースをいくつか紹介しながら、ランゴーニは要領よく広大な汎用樹世界のレイアウトを伝えた。

「この区界はとても広いのね……。いいわ、今回はあなたにお任せする。あなたについていくから、好きな場所を択《えら》んで」

「ガイドブックはご覧になりましたか」

「ここに来る前？　いいえ。だって、そのためにあなたがいるのだもの」

有能な探検家を気どってマッチョにふるまうのが、ここを楽しむコツですよ……とはもちろん口には出さない。そんな鷹揚《おうよう》さが、この父の自然なふるまいなのだろうと見えたからだ。それに受身のゲストに身を乗り出してもらうのもランゴーニの仕事のうちなのだ。

父はグラスを頰にあてて涼味を楽しんでいる。窓から風が入る。鉢植えの長い葉が揺すられる。そうして父は飲み物を口にした。ふつうに口が開き、おいしそうに喉が動いた。ランゴーニは、とてもほっとした。

「種類が多いのね」

父が指さしたのはテラスにも置かれた果実の鉢だ。マンゴ、葡萄、アボカド、ライム、ライチ……。そのまわりには果実よりもっとたくさんの種類の花々が摘み取られて飾られている。さらにその傍らにはマッサージや美容施術《トリートメント》に使う香油、クリーム、スパイス、各種のスクラブなどの容器が並んでいる。眺めているだけで幸福になるほど、色が豊富だ。

「これはすべて汎用樹から採ったのでしょう？」

「ええ、『誘発』で」

汎用樹は薬剤や施肥《せひ》、日照や器具による刺激を組み合わせることで無限の形質を発現する。世界から望むものを導きだし、育て上げることができる。それが「誘発」だ。区界のＡＩは多かれ少なかれ誘発の技術を身につけなければ生きていけない。

「お父さん、きっとこの区界がお気に召しますよ」

ランゴーニは言った。父には、この区界を、そして自分を気に入ってもらいたかった。だって、ずっとずっと、会いたかったのだ。

「ねえ、ランゴーニ」

「はい？」

唇はまた動かなくなった。しかしはじめて名前で呼ばれて、どきどきした。

「あなたにあげるものがあるわ」

「……」

「おかしな顔。緊張しているの？　ねえわたしだって、自分の息子の誕生日を忘れているわけじゃないのよ。いままでもちゃんと毎年届けていたでしょう？」

「はい」

「みんな元気にしている？　仲は好い？」

「はい」

ランゴーニは上着の裾を開いてみせた。六体の蜘蛛がさっと脚を開き、重量を感じさせない動きですっと床に降りた。

「お父さんにあいさつして」

ランゴーニが声をかけると、蜘蛛たちは脚を曲げてお辞儀した。父はくすくす笑った。蜘蛛たちはすべて父の贈り物だった。誕生日ごとに一体ずつ贈られてきた。すべてカスタムメイドの超高機能の蜘蛛だった。

「きょうのプレゼントが何かわかるかしら？」

父はランゴーニをそばに招いた。蜘蛛はひとり六体までと決まっている。ランゴーニは首をかしげた。その首に父は首飾りをかけた。小さなロケットがぶら下がっていた。

「その中にお薬が入っているわ。服《の》んでごらんなさい」

小さな硬い丸薬を、言われるままに服用した。冷たいお茶で喉が動く様子を、父のふっくらした目が注視しているのを感じていた。父は言った。

「それはあなたの身体を変えるお薬よ——あなたの連体子をまったく別のものに改変するの。そして七つめの連体子をつけくわえる」

「……」

「まだだれにも言わないのよ。でも、これであなたは未来の王に、もっとふさわしくなる」

「王に？」

ランゴーニは当代の王、代々の王を思い浮かべた。

歴代の王は、たいていその特別な力で記憶されていた。その力は王の父、物理世界から贈与される。裕福なゲストが、工夫を凝らして設計させ、特注した力。

「そう、きっと、もっと素晴らしい力の源泉となるでしょうね。あなたが生まれながらに持っている連体子は蜘蛛を操作するためのプログラム。蜘蛛をしもべとするためのもの。でも、これは違う」

「どう違うんですか」

「まだ教えられない」

父はランゴーニを抱き寄せた。若い女性の体温、身体の量感が少年をおしつつむ。それはすなわち区界の外にあるもの、物理世界の圧倒的な実在感、存在感で、ランゴーニにはまるきり初めてずくめだった。

「……でもすぐには効果が出ないよ」耳にかかる声がとつぜん親密になった。「何年もかけて……そう、あなたには何年という時間をかけて……徐々にその能力が成長していくように調合したの。あなたは力を飼い慣らさないといけない。でもしばらくは忘れてていいわ。この休暇は、わたしを愉しませてね。

ねえ、わたしがこの休暇をどれだけ楽しみにしていたか、あなたに会うことをどれだけ楽しみにしていたか、きっと想像つかないよ」

ランゴーニは目をつぶって、父の抱擁を味わう。そう、父にとってそれはただの楽しみにすぎないのだ、と思いながら。

＊

いま耳のすぐそばをするどい葉先がかすめ、いま腕ほどの枝をきわどく躱《かわ》した。

濃い森の香り、枝と葉に包囲され闇のように暗い中を、ふたりは弾丸の速度で飛んでいく。

そのスリリングな移動感。

いきなり、断ち切られるように闇が晴れ、鮮烈な光のただなかにふたりはダイブしている。

八歳のランゴーニは、もうはるか先の枝に蜘蛛のアンカーを打ち込んでいて、その場所めがけてさらに加速しながら跳躍する。父も同じ速さでついてゆく。六体の蜘蛛をかわるがわる遠くへ投げ、ストリングスに牽引させ、枝から枝へ、枝群から枝群へ空を飛ぶように渡っていくのだ。そしてまた、別の藪の中へふたりはナイフを突き刺すように入り込む。

今度は繁みがもう少し疎《まば》らだ。太陽の光が、近い枝や遠い葉むらに高速で刻まれ、きらきらした切片になって踊る。上へ、下へ、つねに角度を変えながら父子は移動する。愕《おどろ》いた鳥が飛び立つとき網膜に残る鮮やかな赤の残像。原始猿の家族がそろってこちらに向けるまん丸の朱金の目。花粉の香り。苔の匂い。なにかが樹皮を食べた後の新鮮な木の臭い。それらがつぎつぎと感覚圏の中に飛び込んできては背後へ飛び去る。うしろで愉しそうな父の叫びが聞こえる。そう、叫び出さずにはいられぬほどの興奮。

父の身体には出発前に浮遊術がかけてある。

一年前、最初のとき、父はじっとしてるだけなのに足の裏がじわじわと浮いていきそうになること、それなのに自分の身体の実在感や量感がまったく損なわれていないことを、不思議がった。そのくせ爪先で床を蹴ると軽く浮き上がり、そのまま滞留してなかなか降りてこなかった。ランゴーニが手を引くと、すっと滑るように引き寄せられる。ふたりがぶつかったときの衝撃の意外な強さに父はちいさく悲鳴をあげた。ランゴーニは、だからやたらと何かにぶつかれば怪我をするんですからね、と教えてやった。

浮遊術は助攀手の秘術で、上手にパラメータを調節すると父のような初心者でも蜘蛛と飛ぶ楽しさを堪能できる。

——前方を横切る巨大な枝が、いきなり視界に入った。このままでは衝突する。ランゴーニは蜘蛛の一体を前方斜め下に投擲する。どこかの枝をとらえた。そこへ方向を変える。体感としてはほとんど鉛直方向へ、暗い緑の錯綜する方向へまるで墜落するみたいに、落ちるみたいに降下する。父の叫びがこわばる。

　足下の繁みが唐突に終わった。

　眼下がひらけた。下には数百メートルのあいだ、何もない。後方に残した蜘蛛に制動させると、がくんと減速する。浮遊を利用して、ゆっくりと落ちてみる。父の愉しそうな悲鳴を背後に聞きながら、ランゴーニはやがて下方から見えてくるはずのデッキ群をさがした。彼女をふわりと羽毛のように着地させてあげよう、と思う。ふたりの周りに小鳥が集まりはじめた。


「足がまだがくがくしてる」

　父が腰を下ろした。軽装だった。袖の短い、拳法の道着のような上下。帯とブーツは真っ青な革だ。その足を投げ出して笑いながら息子をにらんだ。

「ひどいね、いまの乱暴な動きはわざとでしょ？」

　そこは助攀手が作った「休憩台」だ。幹から直接突き出した何層もの木造デッキ群だった。麦鯨《ばくげい》ウォッチングが可能な区界の最下層へ向かう途中で一休みするために作られた場所だ。ここまで「大学」から三日の行程だ。七つ以上の橋枝世界を降りてきている。垂直で八千メートル以上だろう。もう、ここは区界の基層、盤根《ばんこん》圏《けん》の中ほどにあたる。「大学」とは樹相がまるで異なる。今日も早朝に出発し、正午までもういくらもない。ここで昼食にしよう、とランゴーニは考えた。

「あとどれくらい？」

小鳥たちの美しい尾羽根に気を取られながら父が言う。

「半日だね。ここからは傾斜がぐっとなだらかになるから、勝手が違うかも。もうここは汎用樹の根だからね」

「ああ、あのなんとか圏ね。予習してきたよ。まだ『麦ノ原』は見えてこないの」

「見てのとおり、まだだよ」

ランゴーニは肩をすくめる。休憩台は、幹の、峪《たに》のように巨大な起伏の底にある。見晴らしは悪い。

巨大な汎用樹が立っていられるためには、いかに仮想の世界とはいえそれなりの構造が設定されていなければならない。「大学」付近では幹はまっすぐ直立し、その表層は比較的起伏がない。しかし基底部では、一転する。渓谷ほどもある褶《しゅうきょく》曲が立ち上がり、それが迷路のように錯綜し、山裾のように広がっていく。何百という主幹の盤根がたがいに絡み合い、混ざり、繋がって「生きた岩盤」とでもいうべき堅固なベースストラクチャを形成する。ただし、その大半は「麦ノ原」と呼ばれる草原の中に位置するため、見ることはできない。

「きっと、広い広い野っ原なんだね」

父は手の甲に鳥を一羽止まらせ、悦に入っている。けざやかな翠色《みどり》の翼。鳥が馴れているのは、いつもランゴーニがここで餌づけをしてきた成果だ。

「うん、とても」水筒の蓋に冷たい水を入れて父に渡す。「疲れない？」

「平気。だいじょうぶだよ。だいいち全部ランゴーニがやってくれてるんだもの」

　客が使う蜘蛛ももちろんすべて助攀手が操作する。

「この子たちにも水をやっていい？」

「飲まないよ」ランゴーニはにっこりする。「何も食べないし。蜘蛛は汎用樹からチャージするもん」

「それは、なんか気の毒だなあ。ランゴーニ、あんたね、この子たちがものを食べられるように改造してあげたらいいよ。助攀手が餌づけできるように生態を変える。そしたら情がわくし、もっと仲良くなれるって。ゲストにも受けると思うな。――はい、ありがとう」

　ランゴーニは残りの水をもらう。冷たくてとてもおいしい。おたがいの言葉遣いは去年よりずっとずっとラフになっている。気の置けない友人同士みたい。そういう言葉をかわすとどきどきするし、うれしい。

　ランゴーニは水寄せで手鍋に水をため、干し肉を入れて火にかけ、別の鍋で乾燥穀粒を茹でる。ランゴーニはほかのどんな助攀手より水寄せがうまい。呼吸をするようにやすやすとこの世界の深部に手を差し入れることができる。それはランゴーニが高価なＡＩだからだ。三日で八千メートルも降下できる助攀手はまれだ。ゲストを疲れさせないという条件をつけたらクリアできる者はほとんどいまい。

「水寄せって、ほんとに便利よねえ。残りの水で顔を拭いてもいい？」タオルを使いながら、

「それで、夕方には麦鯨を見られる？」

「きっとね」

ふたつの鍋から一皿に盛って父に渡した。

「ああ楽しみだなあ。あ、これクスクスみたい」

それはわからない言葉だからランゴーニは黙る。不快な沈黙ではない。世界が広がるあの感じを味わうことができるから。父は胡座をかき皿をかかえるようにして、息子の手料理をぺろりと平らげた。

「うーん、おいしかった。どう、わたしの食べっぷり」

「悪くない」

「なまいき言って」父は手を伸ばしてランゴーニの頬を抓《つね》った。少しも痛くなく、父の指は温かだった。いつまでもその指をはなさないでほしかった。

「区界《ここ》はいいところね。自然体でいられる」

そうして指先をターバンのなかに入れて、息子の髪にさわった。しばらく八歳の少年の柔らかい髪を愛撫した。

でも唇はまったく動いていない。

ランゴーニは、ほんとうはもどかしさで気がくるいそうなのだ。どうして唇を動かさないの……と、まだ訊ねられない。その勇気がない。

区界を訪れるゲストは、このような一種の「制約」を身に課していることがある。ファッションなのかもしれないし、あるいは自傷行為の一種かもしれない。きっとお父さんには口を動かさないでいることが大事なんだ。それはわかる。でも、やっぱりそこにふれたいとランゴーニは思った。

やがて、つれない指がはなれた。

「さ、出発しよ。麦鯨を早く見たいな」

父は立ち上がった。ランゴーニは不思議なことを思った。いま父の指にはぼくの髪の匂いがついている。それは父が――彼女が物理世界に帰れば、この区界からは消えてしまうのかな。……そうして気づいた。

消えたのではない。

もともとありはしないのだ。

この世界での、体重のように。

麦鯨ウォッチングはすばらしい首尾となった。年に一度あるかないかの大群が観察できたのだ。

視界のかぎり風にそよぐ黄金色の穂波が広がっている。麦ノ原。この水平な草の海が、この区界の基準面である。すべての高さはここから計測される。

ランゴーニの案内で捕鯨衆に頼み込み、捕鯨艇に乗って高速で麦鯨を追った。穂波をかき分けて浮上し、巨体を躍らせる麦鯨を至近距離から観た。陸棲の鯨。体長は成獣で一キロメートルにも及ぶ。この区界で、いやこの仮想リゾート〈数値海岸〉のあらゆる区界でも、最大級の生物といえる。その詳しい生態は、麦ノ原の、捕鯨で身を立てている一族しか知らない――この区界では。

麦ノ原の下はこの世界の最下層だ。水平に広がる穂波の下――その下にあるはずの磐根を見知る者はいない。そこはもうこの区界ではない――別の区界だと言われている。麦鯨は、だから外の区界と行き来できる唯一の存在なのだ。

ランゴーニと父は捕鯨艇で間近に迫った。麦鯨の求愛ダンスの風圧を受けた。噴気がぼうぼうと嵐のような音を立てるのを聴いた。長大な立羽《むなびれ》が大空をふたつに別《わ》けるのを見た。フルークアップ。フルークダウン。二頭の雄が頭を斜めに突き出して猛烈な勢いで競走するのを追った。尾叩き《ブリーチ》のとばっちりを食って転覆しそうになる捕鯨艇の手すりにしがみついた。

そうして跳躍の、戦慄的な感動。

草面の上に、体軀の実に三分の二以上が突き出されたのだった。誇張抜きで、山が空を飛ぶようだった。その身体が捻《ねじ》られる。山肌がぐるんと回転するとしたら似ているだろう。見ているだけでつりこまれ魂がもっていかれそうだった。そうしてその体軀がいよいよ落下する。

「くるぞ!」捕鯨衆の老人の塩辛声が遠くで聞こえた。その先はランゴーニもよく覚えていない。身体の輪郭が消えるほどの衝撃。そう、しっかりにぎった父のやわらかな手のアウトラインとランゴーニのそれが、一瞬あいまいにかさなりあったような記憶が残った。

夜は捕鯨衆の家に泊めてもらい、山ほどの肉をふるまわれた。麦鯨の肉。もちろん麦鯨を仕留められる者はいない。この肉は麦鯨の体表からの収穫物だ。捕鯨砲の傷跡が再生する途中のやわらかな部分を、時期を見計らって回収する。捕鯨艇から飛び移り、山刀のような刃物で肉塊をすくい取ってくる。

「これは、うん、つまり農業なんだね」

舌鼓を打ちながら父が顔をほころばせる。これもまた、ゲストの罪悪観に迎合したものだ。喜んでもらえて、ランゴーニも捕鯨衆も素直にうれしい。

板張りの床にじかに敷かれた大きなひとつ布団に、ふたりはくるまった。藁《わら》を詰めた布団。同じ寝床でねるのは初めてだった。

「大きくなったね」

父はほほえむ。目の下のふくらみがやさしいのは、一年前と変わらない。そう、現実の物理世界では違う時間が流れていると聞いた。父にとってぼくの一年前は十日ほど前のことでしかないのかもしれない。

「そろそろ、焦《じ》らすのはやめようっと」くすっと笑う。でも唇は動かない。

「お誕生日だからね」

父は左手を布団から出してランゴーニに見せた。シンプルな、石のない指輪がはまっている。

「ほら」

指輪の表面に微細な分割線が走った。そこから割れて、展開した。からくり筺《ばこ》のように複雑な内部構造が何重にも折り畳まれて小さな指輪の形状に収まっていたそれが、自分で自分を展張していく。圧縮された何かのプログラムを父はこの区界に携《たずさ》えてきたのだ。指輪が抜けて枕元に転がる。起きあがろうとするランゴーニに、父は腕をまわして、じっとさせた。クローム、ステンレススチール、アルミニウム、プラチナ、シルバー。さまざまな銀で構成されたメカニカルな骨格とアクチュエータ、パワーボックス。八本の脚。

蜘蛛だ。

仕上げをほどこすように表面を水銀の膜が流れた。なめらかな表皮を持つ金属の蜘蛛。月明かりにランゴーニの顔が映った。

「これはふつうの蜘蛛じゃないよ。……蜘蛛はどの区界でもよく見かける比較的シンプルなツール種だよね」

ほかの区界のことに言及されるとランゴーニはどきりとする。自分が仮想空間のＡＩであることが再認識されて。父の腕の中に囚えられているとき、よけい強く思われる。

「蜘蛛はそもそも区界の開発支援ツールとして作られたもので、――そう、だだっぴろいランドスケープの造成を自動化するのが、もともとの目的なのね。区界が稼働しちゃったあとは、保守ツールが主な使い道。だから小さいのを使うし、動作はたいがい自動化されている。あまり考える力のない、まあ、ロボットとして背景やオブジェの修復をするとかクロノとの同期をチェックするとかね。あなたたちの蜘蛛はそれにくらべると数段上等だけど、でも本質に違いはないわ」

父の言葉にはわかるところとそうでないところがある。

「でもこの子はちょっと違うよ？」

銀の蜘蛛の表面にまた変化があらわれた。助攀手の蜘蛛そっくりな色と質感が生えてきた。もう他の蜘蛛と見分けがつかない。偽装。

「去年あなたにあげたお薬、そろそろ効果が出るころよね」

「……？」

「あのお薬を試してみるといいわ、この子で」

「……」まだ意味がよくわからない。

「この子はね、蜘蛛ではないの。ＡＩなのよ。基本的には、そう、あなたと同じ構造をもっている……」

ランゴーニはしずかに戦慄した。

それは禁制品だ。

父は息子にまわした腕に力をこめた。捕鯨衆に入浴の習慣はなく、ふたりとも今日は身体を洗っていない。至近距離の父は濃密に臭った。この匂いもまた、区界の提供するアミューズだ。物理世界でなら何日も入浴しない身体で外出することは許されまい。ここでなら、それを野趣あふれるふるまいとして自分にも許すことができる。ランゴーニはその臭いをそっと、しかしふかぶかと嗅いだ。父の実在にふれたくて。父の顔を見る。いまにもその唇がひらくのではないかと、一瞬、ランゴーニは思った。

父によれば、銀の蜘蛛は区界の開発者を養成するためのチュートリアルキットをベースにした特注品、というよりこれ自体が一個の工房だった。

この蜘蛛型のパッケージには、開発者ツールの基本セット、区界管理者が日常の運用を行うためのツール群、〈数値海岸〉で一般的に使われている「蜘蛛」のいくつかのパターンが含まれている。いずれも一般の来場者が区界に持ち込めるたぐいのものではない。それを区界AIに与えるのは重大な規約違反——刑事責任さえ問われる行為だ。そもそもAIにこうしたツール類を操作する能力はない。AIにはそうしたツールを認識できないのだ。見ることもふれることもできない。

父は二つの手法でそれをクリアした。ひとつはそれを「蜘蛛」の外観の中に収めたこと。これでそれらはランゴーニにとって「見える」ものとなった。蜘蛛の形はバースディプレゼントのラッピングだったのだ。

そしてもうひとつ。父は言った。

「このプレゼントの中身はね、去年のお誕生日にあげたお薬がなくては見えないの。ほかの蜘蛛衆はもちろん、わたしや区界管理者にさえもね。この中身はかくし絵のように加工されていて、ある特別な向きから見たときにしか意味がとれない。その視点をあなたに提供するのが、お薬の機能のひとつ」

すべては計画的なのだろう。密輪の銃をパーツ別のパケットにするみたいに。

「あなたはこの区界の王になるんですもの。親父としてこのくらいのプレゼントはしないとね」

父はまわした腕をゆるめ息子の背中をやさしく撫でる。たしかに〈汎用樹の区界〉では、ゲストはＡＩのスポンサー、パトロンだ。時に不正規な能力が贈与されることもある。しかしこれはそれとは次元が違う。

ランゴーニは蜘蛛に目を戻し、おそるおそるさわりはじめた。まだ連体していないからよそよそしい感じはするが、さわり心地には何の違和感もない。胴のふくらみに指を添わせていると、ある場所で、指先が蜘蛛の中にもぐりこんだ。とたん、電光石火で連体が確立した。ランゴーニの内部ですでに成長していた新しい高度な連体子が、一瞬で銀の蜘蛛をデバイスとして認識したのだ。

蜘蛛の中にランゴーニの視点が入りこんだ。そこにひらける光景は巨大な図書館のようだった。ランゴーニにはライブラリの配置が手に取るように読めた。すべての書架を展望する位置に立ちながらあらゆる背表紙も克明に読みとれる、そう喩えるしかない感覚だった。ランゴーニの正面のもっとも遠い位置の壁に、壁龕《アルコーヴ》があり、そこに彫像のように立てられているのが父のいうＡＩなのだろうか。像は成熟した成人の体型をしていて、もっとじぶんに近い年齢の像を思っていた八歳の少年には手に余る気がした。

父によれば、それは〈白紙のＡＩ〉と呼ばれる人工知性なのだった。むろんランゴーニに与えられてよいものではない。利用規約違反ですむようなものではなかった。

「目鼻を入れる前の人形……そんなところね」父は言った。「すてきな顔をかいてあげて。このキットをすこしずつ、そうドリルブックのようにお勉強しなさい。——ああ、でも……」

父は腕をほどいて仰向けになった。

「……自分でもなにをしているかわからないわ」ランゴーニを見てほほえんだ。「わたしって馬鹿ね」

ランゴーニは指を抜いた。大図書館が消え、捕鯨衆の狭苦しい部屋に戻った。

「なぜこんなことをするの、と思っている?」

「……」

「かわいい坊や、おいで。あなたまだ、ほんとうに子どもなのね。可哀想なくらい」

ふたたび腕がランゴーニを抱き寄せた。そうして額にキスがされた。キス。はじめてのことだった。

キスをするためには唇がひらいていなければならないのではないか?

そう思ってランゴーニは父の顔を見た。まろやかで優しい。唇は閉じられていたが、ついさっきまでひらいていたかのようだった。きっとそうだろう。だってランゴーニは、自分の額にふれた温かくぬれた唇がわずかに動くのを感じたのだ。その中を見たい、と思った。切実に。そう、恋愛のように。

「名前をつけたらどう？　この蜘蛛《こ》の名を。あなたの好きな名前にするといいよ」

もし〈父〉の、物理世界でのほんとうの名前を教えてもらえるなら——その名を使うのに、そう思ってランゴーニはどきどきした。何度かためらい、結局それをお願いすることはできなかった。

「……ダキラ」

「ダキラ？　それがこの子の名前？」

「そう」

「ふうん」

ランゴーニはこの新しい蜘蛛を、完全にマスターしようと決めた。

3　断崖（二）

汎用樹《オムニトウリー》の幹に、人ひとりが立って通れるくらいの小さな穴が無数にあいている。そのひとつのふちに少女が腰かけ、脚をぶらつかせている。小柄な体軀。肱や肩、脚は細っこい。焰のように真っ赤な髪。

その身体には、唐辛子のように真っ赤な色で、やはり焰を連想させる文様がくまなくペイントされていた。

月の光を浴びながら、ちっちゃな鼻をつんと上にむけ、夜の空気をくんくんと嗅いだ。すがすがしい夜の空気が満ちている。

少女――チットサーイは、清潔で、馨《かぐわ》しい花の香りがどこからか混じってくる、こんな空気は大嫌いだった。

血の匂いが好きだ。

AIを戮《ころ》すときほとばしる新鮮な匂いもいいし、襲撃した村で一夜を過ごし翌朝目覚めて嗅ぐ、すこし酸敗《さんぱい》したのもいい。

それから悪露《おろ》の匂いも好きだ。

出産したあと、ゆるゆると下りてくる排出物の複雑な匂い。新生児を産み落としたあとの不要な、死んだデバイスが自分の股からリジェクトされる、生と死の混淆した匂いだ。

チットサーイは、この区界ではじめて母となったAIであり、残忍さで名高い野盗の幹部だった。

十年前に起こった〈非の鳥の蹂躙《じゆうりん》〉は、汎用樹に無数の痕跡を残している。〈非の鳥〉の通過した場所は、もともとの木の質感がさまざまに変質させられていた。軽石そっくりの多孔質になった場所、磨き立てた銀食器さながらにどこもかしこもなめらかに輝く場所、タールのように黒くねっとりと溶解している場所……。

そうして、蟻の巣のような複雑なトンネルがからみあうここは、チットサーイの野盗集団が隠し砦として重宝している場所だった。

チットサーイは、もう、数百人のAIを惨殺した。そうして十人以上の子を産んだ。いまもあたらしい子を妊《みごも》っている。臨月にはまだ間があるが、乳房は重く、腹ははらみ出していた。その子の父のことをチットサーイは思い出そうとする。数か月前に襲った村のリーダー格。とびきり手ごわい初老の男だった。闘っているうちにたまらなくなって、組み伏せた。四肢をたたき潰しても全身で跳ね回ろうとしていた。体重が自分の三分の一くらいしかない少女にあしらわれていることが、まだ信じられなかったのだ。無駄な動きが健気《けなげ》でかわいかった。それで犯しながら男の目を食べた。舌を食べた。頬を齧りとった。そのあいだじゅう、男の耳に吹き込んでいた。おまえの子を産んでやるよ、と。だって自慢の息子たちはみんな首を刎《は》ねてやったからな。

男の顔ったらなかった。いまでも思い出すと可笑《おか》しい。

流血を、チットサーイは何より好んだ。それだから、戦場と産褥《さんじょく》が大好きなのだ。

チットサーイはにやにやしながら仰向けに寝ころんだ。

自由だ。

一年前と何もかもが違う。

ほかのAIを殺すこと、自分が出産すること。故郷の村で子守と水汲みに明け暮れていたころには、こんな自分がありうるとは思ってもいなかった。

いまあたしは、この文様で拘束されている。

そしてこの文様が、自由をくれた。

矛盾ではない。

あの蜘蛛に犯され、文様を刷り込まれることで、アイデンティティを再定義され、蜘蛛の下僕になった。AIが蜘蛛に服従するという倒錯的な地位に堕とされた。その引き換えに、非現実的なまでに強大なパワーを得た。いままで討伐に来た優秀な蜘蛛衆だってあたしには敵《かな》わなかった。そうして妊娠ができるようになった。いままで持っていることさえ知らなかった機能が、この文様によって引き出されたのだ。あたしは――べらぼうに自由だ。

チットサーィは心地よい全能感にひたっていたが、とつぜん上体を起こした。足音もなく、ブンロートが、そこに来ている。同じ野盗の仲間だった。

チットサーィはかれに歯をむき出した。笑ったのだ。めくれた唇から異常に発達した犬歯がのぞいた。

ブンロートは髪を完全に剃っている。まぶたから唇の裏、指の股まで藍色の緻密な唐草状の文様にみっしりと覆われている。太い筆であらあらしく焔を描いたようなチットサーィとは好対照だった。

「性懲りもなく、何度も産むんだな」

「ああ……あれは、こたえられないよ」

「今夜中に堕胎したほうがいいかもしれないぞ」

「どうして」

「討伐隊が来る。早ければ明後日には出くわすことになる」

「そいつはいいな」チットサーイは口のまわりを舐めた。「でもそろそろ食傷気味だ」

「そうでもない。今度はランゴーニも本気らしい」

「本気って、なにが本気さ。もう、ろくな蜘蛛衆は残っていないだろう。まぬけを何百人スカウトしてもだめだ」

「本人がいるさ」

「おい」チットサーイは目を輝かせながら立ち上がった。「どういうことだ」

「王が暗室を出たという噂だ」

「……そうか」

ブンロートが顎でしゃくる仕種をした。

「行こう」

「よし、堕胎するぞ……身軽になろう」そうして思いついたようにブンロートに訊ねた。

「……喰うか？」

チットサーイはブンロートとともに砦を横切った。

蜘蛛に率いられたこの野盗集団は、幼い子どもたちも含めるとざっと百人にもおよぶ大集団となりつつあった。

こいつらは獰猛で、腹を減らし、しつけがなってない。そして破壊が好きだ。とてもとても。

あたしたちは危険で不敵な犬の群れだ。

あたしたちはあの蜘蛛――ダキラに支配されている。文様で。この肌――アイデンティティ境界と一体化した情報的鎖帷子《くさりかたびら》で。

だからこそ自由だ。

どんな王よりも自由だ。

われらの「王」、ダキラのほうが皮肉にもむしろずっと不自由だ。あいつは「ランゴーニ」から逃げていなければならないから。

集会場には、もう主だった面々がそろっていた。

床は塩でねり固めたむきだしの土。うすい座布団に自分の席を見つけてチットサーイは座った。

部屋の中央に、黒い、原油のような液状のものがわだかまっている。その池の中から、強《こわ》い毛に覆われた一本の蜘蛛の脚が真上にのばされ、池の外に突き立てられて、そこを支えにほかの部分が、ざぶりとあらわれた。真っ黒な蜘蛛――ダキラの全身が風呂から上がるようにあらわれると、黒い池はもうどこにもなかった。

こいつはこの蜘蛛の本体ではない。遠隔から、実体ある映像を送出しているのだ。本体はごくわずかな幹部しか知らない別の場所にいる。

何も命じない支配者だ。

ダキラはＡＩに組み込まれたさまざまな制約《コード》を無効にできる。ＡＩの中に格納されていながら実際には使われていない強大な破壊力や妊る《みごも》能力や、こんなにも凶暴な欲望を顕在化できる。

だが、何も命じない。

ダキラはあたしたちがどんなふうに暴れようが、たいして興味を持っていない。初期条件――破壊の欲動と超絶的な身体能力だけをわれわれに与え、あとはほとんど野放しにしている。村々を襲って、戮《ころ》し、奪え。奪ったもので腹をいっぱいにし、のうのうと眠れ。そしてまぐわって殖《ふ》えろ。行動は派手なほどいい。うるさいほどいい。たぶんそう思っているのだ。

カムフラージュ。

ダキラは別のことを進めている。あたしたちが略奪と殺戮を楽しんでいるあいだに、ひっそりとしずかに野盗の活動とはなんの関係もない作業を進めている。

「……おい」

となりからブンロートがつついた。

「はやく連体しろよ」

チットサーイはわれに返り、ダキラへの連体を行った。助撃手《シエルパ》が六体の蜘蛛を連体によって付き従える構図が、この野盗集団ではそっくり転倒している。ＡＩが、蜘蛛に従属するのだ。

ダキラはその内部にひろがる広大な空間の一部をチットサーイたちに割り当てている。そこは小暗《おぐら》い円形の部屋で、連体を作った野盗たちは、そこでは文様だけの姿で視認される。チットサーイはゆらめく焔の文様となって精緻なブンロートのとなりにならび、いま自分たちがいるこの隠し砦に迫りつつある討伐隊の位置情報を受けとった。

討伐隊はいくつもいた。なかではふたつのグループがいちばん近く、ここから半日あまりの距離に迫っている。だがとても脚が速い。四時間ほどで詰め寄ってくるかもしれない。この非常な速さは、装備の軽さによるものだろう。昔ながらの——ゲストがいた時分の助攀手に近い、質素な身なりの若者たちの姿をチットサーイはおもいうかべた。ダキラは討伐隊の位置情報の解像度を上げた。猛烈な速度で迫ってくるふたつのグループは、それぞれ二十人ほどのメンバーで構成されている。この規模であれば、スカウト部隊——教官五人と新米たち十五人のありふれた編成ではないかと思われた。

「なんだい、なめんな!」チットサーイは毒づいた。「ひよっこたちでどうにかなると思ってやがんのか。畜生」

王が自ら乗り出してくると聞いていたので、前衛にも期待していたのだ。

「まあまあ、あれは前菜だろう」

ブンロートがとりなした。

ほかの四つはまだ遠い。移動速度も遅い。まだ詳しく解像できる距離ではないが、相当な重装備だと思われた。

「ちっ」チットサーイは不機嫌だ。頭数と武装蜘蛛にものを言わせるのは、もっと嫌いだ。好きなのは、強い相手と一対一で戦うこと。自分のポテンシャルをぎりぎりまで搾り出さなければ勝てない敵に相手になってもらうこと。

それにしてもランゴーニの輿《こし》はどこだろう。重装備隊の群れの中に潜んでいるのか。そこからおずおずと軍配をふるうつもりだろうか。

「ふん。学者王になにができるんだ」

「ほんとにそう思うのか」

ブンロートがチットサーイの毒舌を冷やかす。

もちろんそうは思っていない。

チットサーイがいちばん闘いたい相手。それがランゴーニ、比類なき蜘蛛の王だ。

ダキラの寄越すヴィジュアルがぐっと引いたものになって、汎用樹の壮大な樹勢が見えてくる。

いまいる砦は、汎用樹のもっとも基底に近いところに位置する。もう半日も降りれば麦ノ原だ。外へ出れば下方の雲の切れ間から、かつては麦鯨の背中や噴気で彩られた黄金の穂波を覧《み》ることができた。いまはもう、あの〈非の鳥の蹂躙〉以来——麦ノ原は枯れ果ててしまい、麦鯨の泳ぐ姿も絶えて見ることはなくなったけれど。

ここは盤根圏、樹勢がもっとも複雑な領域だ。奴らがどんなに地形を頭に入れていたとしても、圧倒的な地の利がある。

ふたつのグループ、総勢四十人は脚の速さを落とすようすがない。このままこちらの縄張りまで突っ込んでくる気なのだろうか。血気にはやるのはいいが、まあ自殺行為だ。チットサーイは直情径行だが、ほかの野盗はもっと狡猾《こうかつ》だ。砦を守るための罠は縦横に張りめぐらせてあるし、もう発動しているだろう。ここにたどり着く前に、われわれが指一本動かさずとも、みんな死んでしまうかもしれない。

そしたら、散らばってるのを喰いに行こうぜ、とチットサーイはブンロートの文様に囁く。チットサーイは生と死のあわいが好きだ。生を失いゆく肉片を噛みしめるとき、それがよくわかる。

めくれた唇から、洗った骨のように白い犬歯がのぞく。

＊

下へ、下へ、下へ、鉛直に駆ける。

汎用樹の急峻な断崖を、斜めに、ひたすらにいつまでもいつまでも駆け降りていく。

下へ、下へ、下へ、

墜ちるより速く、目もくらむほどの速度をたもってもう十時間以上一瞬も憩《やす》んでいない。

自分の身体がやっていることとは思えない。昨日までの登攀は、なんとも悠長なものだったと思い知らされる。蜘蛛をのんびり交互に投げての登攀はゲストのために手加減されたものだった。助撃手の本領、卓越した運動能力は、むしろ断崖を駆け下りるとき発揮されるのかもしれない。区界の警邏《けいら》と無法者の拘束・排除もまた、蜘蛛衆の仕事なのだとニムチェンはあらためて思い出す。

飛び回らせているのは二体だけで、残りの飼い蜘蛛たちは腰のホルダでじっとしていた。だが四体の蜘蛛は休んでいるわけではない。

連体子を通じニムチェンと一体になって、この身体を駆動している。ニムチェン本体の運動神経では、このアクロバティックな動きを処理しきれない。その演算負荷を、四体の忠実な蜘蛛が並列処理してくれている。

横をかすめてションタクが追い抜いていく。小柄な身体は、駈け下りるというより毬が跳ねるような弾力感がある。上体を浮かせた身体が斜めだ。その足もとで併走するのはションタクの飼い蜘蛛だ。この二体はときにションタクの身体につかまってバランサとなってくれ、ときにストリングスを張って進行方向への手がかりや制動を与える。一体のAI、二体の走る蜘蛛、四体の腰に止まった蜘蛛。それが完璧に連動するひとつのユニットだ。ニムチェンも抜き返そうと加速する。跳ねる。数人を抜き、また抜かれる。息は乱れない。これほどの底力がじぶんにあったとは……。区界に配置されたオブジェクトの背後の力を完全に掘り起こす……というのが学者王ランゴーニのポリシーと聞いた。その真の意味が判ったように思えた。

刻一刻、新しい情報が流れ込んでくる。

王ランゴーニの眷族《けんぞく》が情報を放送しつづけている。それを蜘蛛が受信し、連体子を経由した一筋の途切れぬ流れとなって常にニムチェンの思野に流入していた。

野盗に関する無数の画像、文献を読み、かれらの格闘動作のリプレイデータがロードされた。

野盗たちが枝世界のひと列なりの村々を片端から襲ったときの記録を見て、ニムチェンは胸が悪くなった。まったく無差別に、乱暴にふるわれる暴力。犠牲者の遺体に対する異常な取り扱い。討伐隊がつぎつぎ斃《たお》される光景。

猛烈な速さで駆けつづけていてよかった。静かに座って読んだのだったら耐えられなかったかもしれないと思う。

——醜く太った野盗が、どんなに精悍な討伐隊よりも速く高く動いて相手の両腕だけを次次と毟《むし》り取った。青い文様をまとった野盗が、何百という小蜘蛛を指嗾《しそう》して討伐のＡＩを何人も生きたまま解体した。いったんばらばらにした上で、再構成《アセンブル》して多足の戦車に仕立てあげた。それに騎乗して他の討伐隊を踏み殺した。小柄な少女のような野盗が、村の子どもを焼き上げ、それに歯をあてていた。その腹は大きくはらみ出し、乳房は重く突き出している。その大きな瞳《め》にきらきらと歓喜が踊るのをニムチェンは見た。

下へ、下へ、下へ。

ニムチェンの頭の中には正確な樹勢図が展開してあり、その上には、これから向かう野盗の隠し砦や自分たち、そうしてほかの討伐隊の現在位置がきちんとプロットされている。

そのうちの一団は、もうすぐニムチェンのグループと同じルートを走ることになると見えた。

「はじめるぞ」

そのグループが十分に近くなった（とはいえ、まだ視界には入らないほど遠い）とき、ユーリの言葉が届いた。

忽然と、戦闘が始まった。

もうひとつのグループの一団がいきなり至近距離にあらわれた。威嚇的な奇声をあげながら襲いかかってきた。

機敏で電撃的。無慈悲で容赦ない動作には見覚えがあった。さっきまで脳裡で視ていた野盗たちの動きとうりふたつだ。蜘蛛衆があまり持ったりしない、大きな得物《えもの》をふりかざしている。

走りながら、耳朶《じだ》をかすめる斬撃をかろうじて避《よ》けた。よろける足許は何とか蜘蛛たちがカバーしてくれた。敵はニムチェンのグループとぴったり並んで、進路を妨害し陣容を乱した。だれかが羽交い締めを食らい、速度を殺された。後方に吹き飛ぶように離れていく。

この戦闘は実際に行われたものではない。

これもまた脳裡に展開するシミュレーション、模擬戦だ。

さらに、もう一つのタスクをニムチェンたちはこなさなければならない。さっきロードしていた野盗の動作と武器のデータを自分の身体に乗せ、重い段平《だんびら》をふりかざしながら相手のグループへ飛び込んでいく。

実際にはふたつのグループはまだ出会ってもいない。「実体」は汎用樹の断崖を淡々と駆け下りている。その上でおたがいの立場を入れ替えた仮想の模擬戦をふたつ同時に闘う。猛烈な速度で駆け下りるこの身体も制御しながら。ニムチェンは割りあてられた演算能力を最大効率で使い切っていく。

盤根圏へ踏み入ったころ、模擬戦は切り上げられた。降下の速度もゆるめられた。ふたつの隊はいったん合流し打ち合わせをしたあと、散開することになっていた。まずこのふたつの隊が先陣を切り、そのあと四つの隊が投入される。王みずからがこの六つの隊を指揮される。その予定だ。

汎用樹を降りてくるに従い、樹勢の様相が変わってきていた。垂直に聳《そばだ》つ主幹が、水平に広がる根の脚に移り変わる領域がこの盤根圏だ。直線的な断崖の線に襞のような起伏が増え、それが分かれ幅と高さを増す。すると山岳の地形を垂直方向に転回したような様相を呈してくる。まさしく天然の要害なのだが、さらに〈非の鳥〉の通過した後が、いく筋もの患部となって交錯し、事態を複雑にしている。地の利はあきらかに向こうにある。

ユーリはかつて助攀手が休憩所として使った場所を択《えら》んだ。差し掛け小屋に毛の生えたような建物で、長く使われていないため半ば朽ちている。糸の幕をめぐらし情報的な迷彩を施したうえで、ボリスの隊はそのなかに疲れた身体を運び込んだ。ニムチェンは倒れこむように腰を下ろした。そのまま動けなくなる。蜘蛛たちがフル稼働でダイエタリ・サプライをはじめた。疲労物質を分解し、失われた栄養を補給する。

「やれやれ、なんてざまだ」

カガジも疲れたようすだが、挙措《きょそ》は普段と変わらないのがさすがだ。ウーゴが、となりにどっかりと座った。

みるみる回復する身体を感じながら、ニムチェンは脳裡の模擬戦とは別に、ずっとシミュレートしていた攻撃の手筈を反芻していた。ふたり一組の二十組となって〈蟻の巣〉――とりあえずそんな仮称をつけていた――を襲撃する。この攻撃は〈蟻の巣〉を叩いて、野盗たちの構成とダキラの真の位置の手がかりを得ることが目的だ。その成果が本隊に――ランゴーニが率いる蜘蛛の軍勢に引き継がれる……。

「飲まないかい」

ヤフヤーとションタクが対面に座った。手回しよく茶を淹れていた。ありがたく受け取り熱いのを啜《すす》ると生き返る心地がした。ほっとした気分になってニムチェンはいま反芻していた手筈について話そうとした。ションタクは笑い出した。

「だって、あんなもの使わないよ」

「え？」

「あんなあけっぴろげに話し合いしてたんだぜ。傍受させるためにやったに決まってるよ。そのままでは使えねえだろう？　だいいちあの手筈ならおまえが手榴弾をもらってなきゃおかしいじゃないか」

そういえばもらっていなかった。

ヤフヤーがにやっと笑って、自分に配られた爆弾をちらりと見せた。

ニムチェンはなにか言い返そうとして言葉を切った。

「?」

いま、ふと違和を感じた。何かが見えた。毒々しい色をしたものが視界をかすった。なんだろう?

「?」

ションタクも、ウーゴもまばたきした。何かを感じたのだろう。何かひどく不穏なもの——危険きわまりないもの。三人の目が同じ場所に止まった。

ヤフヤーの顔。

「れ? これ——」

ヤフヤーがろれつの回らない舌で何を言おうとしたのか、聞き直す機会は失われた。

舌が変色していた。全体が鮮やかな紫。そこにオレンジ色の文様がみっしりと描かれている。それが何であるか判断するまえに、だれもがヤフヤーから跳びのいていた。ぼろ小屋の壁を背中で突き破り、外に転がりでた。こわれた壁越しに、ニムチェンは様子を目で追う。

口からあふれた文様がヤフヤーの顔を、首から胸、腕、腹をつぎつぎ覆っていく。ただひとり退《ひ》かず、ヤフヤーに躍りかかっていったのはカガジだった。

ヤフヤーの右手がくり出すナイフに、カガジは目もくれない。三日月にカーブした小刀で、ヤフヤーの左手首をざくっと刈り落とした。いつのまにか、そのこぶしに鈍く光る球体が握られていた。さっきの手榴弾。この隊を小屋ごと爆死させる威力がある。

カガジの飼い蜘蛛が二体、跳んだ。二体のあいだに糸のネットが張ってある。ヤフヤーの手首がからめとられる。蜘蛛はいったん着地し、もう一度勢いよく跳んだ。その勢いを使って、ネットごと爆弾を振りとばした。

ふたりの影が交差した。ヤフヤーがカガジの肩を踏んで高く跳躍したのだ。

ニムチェンはするどい舌打ちを聞いた。

カガジ。その身体が、すでに解体されかかっている。

ヤフヤーの飼い蜘蛛に。

六体の蜘蛛が、カガジのアイデンティティ境界に無数の罅《ひび》入を入れていた。ヤフヤーに踏まれてその罅入がひろがったのだ。肩にギザギザが走った。腕の付け根がちぎれ落ちそうに破壊されて、しかしカガジは笑ったままだ。感情がフリーズしたわけではない。これがまだ「予想の範囲」であると、強がっている。カガジの蜘蛛がヤフヤーの蜘蛛に飛びついて、からみ合いながらおたがいを破壊する。

「ニムチェン！」カガジが、健常な肩で三日月刀を抛《ほう》った。受け取る。予想外に軽いが、重量のバランスのいい刃物だ――。

衝撃が鼓膜を叩いた。

ヤフヤーの手首が遠くで爆発した。衝撃波。一度ではない。二度、三度。それが今回の討伐の秘密兵器のはずだった。使い手の操作で指向性までコントロールできる多機能の小型爆弾。四度、五度。まわりがなにもかもシェイクされる。身体の外で脳震盪《のうしんとう》が起きたみたいだ。吹き飛ばされ、二、三度バウンドする、爆風に転がされる。

下手をすれば、幹からたたき落とされる情況の中で、ニムチェンの頭は冴えていた。ヤフヤーがどうやって乗っ取られたのか、わかってきた。

問題があったとすれば野盗の戦闘のリプレイデータだ。あれは実際に行われた戦闘行為の区界演算データから回収されたものだ。それを模擬戦のため一時的にロードして、自分の上で走らせた。もし野盗が襲撃を行うとき、みずからの身体を操作する情報の中に意図的に仕掛けをしていたらどうだろう。そのデータを再現したAIのもっとも脆弱《ぜいじゃく》な部分——連体子をクラックする仕掛けだったとしたら。

ニムチェンは自分が宙ぶらりんで命拾いしたことを知った。三日月刀が断崖に引っ掛かったのだった。だが、あらたな衝撃がニムチェンを叩いた。どこかでまた別の爆弾が炸裂している。大きな樹皮の破片がまともに側頭部をうった。そのまま意識が遠のいた。

だれかが自分を抱えてくれたのを感じていた……。

＊

チットサーイは自分が黒蜘蛛《ダキラ》に犯された日のことをよく覚えている。生の意味を根底から変えられた日だからだ。

故郷の村は銅版画の技能を持つ村だった。それをゲストや裕福な蜘蛛衆に売って生計を立てていた。その日チットサーイは川へ水汲みに出かけた。もともと井戸に恵まれない、ひびわれた、地味の薄い土地だ。〈非の鳥の蹂躙〉の直撃はまぬかれたが、その日を境に頼りの井戸が涸れた。素焼きの甕《かめ》を背負い、皮袋を両手にさげていた。冷たい風に裸足の指が痛かった。全身が軋《きし》んだ。あと三年すれば、じぶんの子を汎用樹に産ませる齢になる。たくさん産ませてそれを育てる。水汲みをおっつけられるように。そうしてもっとしんどい仕事が回ってくる。気がめいる。

まる半日かけて村へ戻ると、そこにダキラがいた。

涸れ井戸をかこむ、みっともないほど細《ささ》やかな広場にAIのむくろが散乱していた。ある者は内圧に耐えきれず壊れたようであったし、ある者は乾したみたいに萎縮していた。そのいずれにも奇怪な文様が浮いていた。——そうして牛よりも大きいまっ黒な蜘蛛が井戸のところでブンロートを組み敷いていた。

凌辱していた。そう見えた。

短く硬い毛に覆われた棒状の器官がブンロートに挿《さ》し込まれていた。幼なじみの少年ははげしく痙攣していた。痙攣しながらも叫んでいた。その声がなぜだか——

喜悦のように聞こえた。

甕が落ちて、割れた。その音にダキラはチットサーイを認めた。器官を抜いて、少女のほうに近寄ってきた。ブンロートはぐったりと横たわっている。体表に細い藍色の線画が執拗な密度で増殖している。そのさまを見ながらチットサーイは腕を広げて黒い蜘蛛を抱きとめた。片脚を上げてダキラの肩に掛けた。あのように──ブンロートのようにしてほしかった。酸で洗われた原版が、美しい銅版画を生み出すように、チットサーイの境界が腐蝕され、多量のコードが書き込まれた。それが水汲みの少女に強大な破壊力と残虐性、そして生殖の力を約束した。

いままでのみすぼらしさを剝ぎ取られて、生まれ変わったようにすがすがしかった。内奥から沸き上がる自分の残忍さが心地よかった。酸で洗われたために、もともとあったものが明瞭にあらわれたのだ。だがダキラがほんとうは何をしたかも、チットサーイは知っている。ダキラは自分の中にあったものを、チットサーイに(そして他の野盗にも)注ぎ込んだのだ。それが結合して新しいチットサーイを作りあげている。

チットサーイは大きな犬歯に触れた。それがあたらしい自分のしるしだった。

それ以来、強い敵を選んで戦ってきたけれども、もうすぐ最高の相手、ランゴーニに会えると思うとわくわくする。

この世界は、野趣あふれるように見せかけているくせに、じつは政治的に正しいことにけっこう神経質な、卑屈な世界だ。ランゴーニならそのことも重々承知だろう。虚妄をはぎとったところで差しで命のやり取りをできると思った。だからチットサーイは、〈蟻の巣〉に籠って討伐隊を迎え撃つのは性に合わなかった。おいしいご馳走をみすみす取り逃がすようなものだからだ。

ブンロートがため息をついた。

「せっかくああして討伐隊をクラックしてるのに、わざわざ危険に身をさらすことはない。まだランゴーニの本隊が来ていない。あっちで発散すればいいだろう」

「まだ生き残ってる奴らがいるじゃないか。取り逃がすわけにはいかないぜ。ランゴーニの本隊と心おきなくやり合うためにもな」

幹部たちのうんざりしたような声が、ダキラ内部の方々であがった。――わかったわかった、そこまで言うなら行くがよかろう。そうでなければ落ち着かんのだろう？

チットサーイはにっこりうなずいた。

みなは自分を毛嫌いしている。それはそうだろう。それは自分の暗部を悪《にく》むのと同じ。しかし認めないわけにもいかない。これはダキラが注入した、みなも身に覚えのある性状なのだ。ただスペクトラムのピークがあたしのとこに来てるだけなんだ。

「そんならちょっと味見に行かせてもらうよ」

チットサーイは連体を弱め、ダキラから抜け出すと立ち上がった。

馬ほどもある蜘蛛を下っ端が牽《ひ》いてきた。チットサーイでなければ騎《の》りこなせない難物だ。ひらりと跨《また》がると、蜘蛛は黒い風のように駆け出した。

＊

ニムチェンはカガジの足許に倒れている自分を発見した。

こめかみにじめじめした感触があるのは、にじみでた血が乾きかけているところだろうか。ニムチェンはがんがんする頭を振って、ともすればまた逃げていきそうになる、なけなしの意識をかきあつめた。

最初の爆発があった位置から、百メートルは落ちてきている。もう〈蟻の巣〉と同じ標高まで下がっているだろう。ニムチェンたちは、盤根圏の峪《たに》のひとつの、底にいた。あたりは腐葉の泥が厚く積もっており、ニムチェンも他の者も全員が真っ黒に汚れていた。

「カガジ……」

（声は出すな。聞きつけられる）

身ぶりで簡単に返事が返ってきた。

右腕はない。先ほどの攻撃で失ったのだ。

どうやってニムチェンを抱えてこれたのか。そこでようやくニムチェンは傍らにウーゴが立っているのに気づいた。全身泥だらけだが傷はないようだ。あいかわらず無口で超然としている。ここには三人だけ。ほかのメンバーはどうなったろうか。

ニムチェンは自分の蜘蛛がまだまわりにいること、連体が確立していることを確認して、ほっとした。連体子は蜘蛛衆の最大の弱点だ。だから、みな、連体子をそっくりバックアップしていた。ヤフヤーの舌の文様を見たとたん、ニムチェンは自分の連体子も汚染された可能性があることに気づいた。そこで後ろへ飛びすさりながらそれを廃棄し、バックアップと差し替えたのだ。

カガジやウーゴもたぶん同じようにして、しのいだのだろう。

（そいつはまだ預けておく）

カガジが簡潔な身ぶりで言った。三日月刀のことだとわかるのに半秒かかった。なんだか処理速度が重い気がする。ダメージが予想外にひどいのか。身体の下になっていた三日月刀を抜き取った。泥だらけだ。ニムチェンは刃をていねいに拭った。さいわいひどい刃こぼれはない。その刃が月の光を映して光った。

（！）

自分がしでかした失態に、ニムチェンは凍りついた。——カガジとウーゴも。刀は汚れていたのではない。汚されていたのだ。気を失っているあいだに、仲間が泥をなすっておいてくれたのだ。体全体をじめつかせていたこの泥と同じように。なるだけ見つからないように。

視られた。

危惧ではない、たしかな手ごたえある実感だった。だれかが、無防備な三人を発見した。みるみる気配が迫ってくる、いや……もう気配ではない。実音だ。何十という足音。がちゃがちゃと得物が鳴る音。

来る。

どこだ。

ウーゴがのっそりと立ち上がり、めずらしく言葉を発した。

「さあさあ、お手並み拝見だ」

カガジがため息をついた。もう片腕がないが、両肩をすくめることはできた。「そうだな」――彼女はぽつりと言って――ほんのすこし笑った。

猛スピードで迫る音がすべて、唐突に、空白になった。

にせの音像。フェイント。耳に集中していた感覚が、一瞬、とまどい、隙ができる。

衝撃波が幹に沿って垂直に駆け下りてきた。

一本の太刀筋のように、盤根圏の入り組んだ起伏がつくる、長城のような地形を断ち割り、粉砕し、はじきとばしながら。

その超音速の波頭に立つ、小柄な破壊者の姿をニムチェンはみとめた。馬ほどもある蜘蛛に跨がり、赭《あか》い髪をなびかせ、焔の文様をまとった破壊者。爆焔をつかさどる小さな風神のようだった。衝撃波――たぶんそれは少女の騎る蜘蛛が発している――の威力を見ながらも、ニムチェンは無力感をねじふせた。三日月刀の柄をぎりっと握り、脚を踏ん張った。三体のAIは真正面からまともに衝撃波を喰らった。爆風があらゆる視界を奪った。轟音があらゆる音を無効にした。

その瞬間、背後から細い腕がニムチェンの頸に回された。いつの間にまわりこんだのか。

圧迫感はほとんどないのに、呼吸《いき》の経路をぴたりと奪われている。おそるべき暗殺の力量。

いやな——骨の割れる音がした。

4　暗室（二）

ランゴーニは、指のないゲストを案内したことがある。両手の先は水あめをからめた匙のようになめらかに丸かった。耳を区界に持ちこまないゲストもいた。片方にだけ、花弁のようにデザインした小さな小さな耳朶《じだ》を残しておられた。つねに両目に包帯を巻いていたゲストは、「大学」まわりの限られた場所をぶらぶらするだけだった。それがいいのだと、その客は言った。こういう状態を感じるために来たのだ、と。

そうしたゲストとかかわるうち、ランゴーニは〈父〉が唇を静止させているのも、そういう一種の趣味、趣向なのだとわかってきた。

何かを落とす。

あるいは、封じる。

無意識のうちに、あるいは切実に、あるいはただの装飾として。動機はさまざまだし、そんなゲストは少数だ。

もちろんどんなゲストに対しても、ランゴーニは最高の誠実さと伎倆でお仕えした。しかしランゴーニがほんとうに待ち焦がれているのはかれの父だ。年に一度、誕生日にしか訪れないが、その日のために、ランゴーニはだれよりもこの区界を深く広く知ろうとつとめた。自分の世界の複雑さ、多様さを父に知ってほしかったからだ。

藩王シタコビの枝世界は噎《む》せるほどの花の匂いにつつまれていた。ひとつ残らず漆黒の花弁で、秘匿された花冠を観察する者にだけ多彩な色を開示した。すずなりの黒い果実《ベリー》もまた同様に皮を剝けば宝石のように鮮やかな色を見せた。AIシタコビがこの世界でデザインする喪服は、物理世界で珍重されている。父は何着もお土産を求め、たいそうよろこんだ。

〈斜塔〉と呼ばれる枝のない細い幹の、その内部は、シロアリが繊細な顎で彫り上げたガウディ様《よう》の構築でみたされている。乾いた木製の臓器のようなそのながい隘路《あいろ》を父と息子は身体を寄せて登っていった。その出口を抜けたときひらける視界いっぱいに、アリたちは透明な翅《はね》を震わせて乱舞していた。竜巻を内側で見るようだった。

野生の蜘蛛が密集する〈スパイダーズ・メドウ〉は無人の枝世界が三叉《さんさ》する場所に張られた広大なハンモックの草地だ。やわらかな草を食《は》む大きな温厚な野生蜘蛛の下にふたりはもぐり込み、腹部に口をつけてミルクティのような分泌物を味わった。

一度も父は口の中を見せなかったが、ふたりは最高に幸せだった。

ランゴーニが年ごとに成長するさまを父はとてもよろこんだ。

ランゴーニはけっして頑健ではない。異常なほど高い運動能力とはうらはらに、体形は腺病質で精神的にもそうした傾向がある。

父はいつか言ったものだ。初対面のとき、あなたの目を見て、未来の王としての権力的な眼光がまるでないのにすこしおどろいたと。父は息子の耳に囁いた。もっと攻撃的であってもいいのでは？

だが年を経るにつれ、背丈が伸びた。肌が灼けた。髪は硬くなり、ひげが生えはじめた。思春期の変容を迎えたのだ。堅いくるぶしや聳える肩、脛《すね》の毛を撫でて、父は目を細めた。髪の質がしだいに自分と離れていくのもまた歓びだ、といった。あなたの目は大きな火ではなくて深い溟《うみ》なのね。もう底が覗けないほど深い。

そう語りかける父の姿を、ランゴーニは全霊を傾けて覚え込もうと努力した。小柄でやわらかでふっくらした身体。とび色の髪。目の下のふくらみ。一年に一度しか会えないから、そして……。

「ランゴーニ、また数を増やしたんでしょう。あなたの工房の蜘蛛たちの」

〈スパイダーズ・メドウ〉には、蓮の葉のかたちをした緑の寝床がある。父は全裸でそこに横たわり、ランゴーニにトリートメントさせている。ココナツとグレープフルーツのオイルでマッサージ。そのあとはジンジャーとオレンジピールでスクラブ。父の身体をくまなくランゴーニの手が這う。仰向かせて額にあたためた香油を注ぐ、それがブラウンの髪をつたう。ヘルシーで正しい香りがふたりをくつろがせている。

「そうですよ」手を動かしながらランゴーニはこたえる。

「あした見せてね」

「ええ、お連れしますよ。暗室に」

「あなたのスタジオに」

八歳のときのプレゼントはくめどもつきぬ荘厳な知の宝庫だった。没頭して格闘しなければならない相手だった。ランゴーニはほとんど毎日、すべての時間をそこで費やした。もちろん助攀手《シェルパ》としての仕事もしなければならない。両立させるために、ランゴーニは〈白紙のＡＩ〉をもとに自分の変奏体《ヴァリアント》を作り、ダキラの図書館の中で自由に研究させた。

これを知ったら父はどんなにおどろくだろう――最初に変奏体を作ったとき、九歳のランゴーニは戦《おのの》く指でもうひとりの自分にふれながら思った。

ランゴーニは、その研究で得られた知識を総動員して、実践をはじめた。かれの野望のひとつは、蜘蛛の育種家になることだった。

そのために「大学」の一画につくられた実験室、工房、研究と思索と試作の場――それがランゴーニの「暗室」だ。十五歳のランゴーニに案内させて、父は大小さまざまな息子の習作や完成品を両側に陳《なら》べた通路を歩いて、例年のように圧倒されていた。

クローラ。汎用樹の枝世界、幹世界をすみずみまで巡回し、情報を収集する蜘蛛。

ファイラ。クローラの収集した情報を整理して「図書館」に送りわたす蜘蛛。

ビルダ。汎用樹素材を選別採取して大規模な誘発や土木建設を行う蜘蛛群。

ゲイム・スパイダ。親指の爪ほどの蜘蛛を戦わせて遊ぶための新種。とりどりの鮮やかなカラーリングには冴えた色彩感覚が窺えた。

そして――スピナ。助攀手の仕事のための機能を大幅に強化した蜘蛛と、空前の発明である「連体子」。

　父は、作品が年ごとに精巧かつ大胆になっていくことに称讃を惜しまなかった。前の年の達成を見ると、もうこれより上はあるまいと思うのに、つぎの年、それがあっさりと乗り越えられていく。

　その十五歳の年、父は暗室に新しい発明品を見た。

　黒い蜘蛛。短く硬い毛を密集させた、かつて見たこともないほど大きな蜘蛛だった。体高はおよそ父の背丈の四倍はあったろう。体長は体高のさらに三倍だった。脚を折り畳んで眠っていた。土木ビルダでもこれほどのものはない。

「大きいのね、とても。何をするためのものなの？」

「……どうでしょう、ぼくにもまだわからない。できてから考えようと、初めてそう思いながら作りました」

　ランゴーニはくすくす笑った。

「どうしたの」

「やっぱり気がつきませんか。あんまりようすが変わったから」

「？」

「そう、じゃあこうしてみましょう」

　ランゴーニは父の視覚を横から操作した。父の目には、蜘蛛の表面を覆う銀色の被膜が見えただろう。見覚えのある色。

「ダキラが、こんなに大きくなったの」

「ずいぶんいじりましたからね」

ランゴーニは操作を戻した。父自身かつてそうしたように、今度はランゴーニがこの蜘蛛を「見えない」ものとしたのだ。

「行きましょう。外の空気が吸いたいわ」

「いいですよ」

父はほほえんだ。

「あなたにはわからないでしょうね。わたしがいまどんなにうれしく、誇らしく、そして寂しいか」

「どうでしょうか」

ランゴーニは父のあとを歩きながら、一度後ろをふりかえった。いま、ダキラの中で育ちつつあるもの、それを知っても、やっぱり「誇らしく」思ってくださるだろうか？

その成果を来年見せてあげよう、と思った。きっとお父さんもおどろくだろう。

結局それはかなわなかった。

ランゴーニと父との関係は、ある年、とつぜん断ち切られるように終わった。それだけでない。区界とゲストの関係がそっくり、ある日を境に完全に途絶した。

とつぜん、ある日、ひとりも――たったひとりのゲストもこの区界にやってこなくなった。

いつもどおりにあけた店にひとりの客も来ない、そんな狼狽を区界ははじめて味わうことになった。だれひとり予想していなかった。すくなくともその先数か月まで助攀手の予約はきちんと入っており、〈汎用樹の区界〉は相変わらず繁盛しているはずだったのだ。区界の中は普段とまったく同じであったが、その外を知る手だてだけはない。「大学」の主だった面面は、区界から物理世界へ「話しかける」手段がいままでまったくなかったことに気づき、愕然とした。ゲストの世界がどうなっているか知る手だてもない。ただわかるのは、どのような理由でか、この世界の電源がまだ落とされてはいないようだ、ということだけだった。

　途絶が一向《いっこう》に回復しないまま、AIたちのとまどいは不安と恐慌へ、恐怖から絶望へとまたたくまに悪化した。この〈大途絶《グランド・ダウン》〉と足並みをそろえるように、先王が三十二歳で急逝したことがそれに拍車をかけた。蜘蛛衆は若くして死ぬことが多い。そろそろそのときが近いと思われてはいたが、それにしてもタイミングが悪すぎた。

　ランゴーニの戴冠はこのような混乱のさなかに執り行われた。枝世界をつかさどる地元の藩王たちは予《あらかじ》め密談の過密な日程を消化し、謀議の包囲網を幾重にも重ねて式典に参列した。闊達でひとの心に踏み込むことをいとわなかった先王は藩王と親密なネットワークを築いたが、ランゴーニは無用の実験に耽《ふけ》る孱弱《せんじゃく》な若者との印象しか持たれていなかったのだ。蜘蛛衆は、ゲストの威光、うしろだてがあってこそ正統と思う者が多い。世俗の力はむしろ藩王たちが上回っている。——実はこの日、ランゴーニは陰謀によって圧戮《あつりく》される運命だった。

戴冠は「大学」の大会堂で行われる。

会堂は敷地の外れの大きな林にあり、会衆はそこまでの道のりを歩かされた。藩王たちは、じぶんたちの列を護衛して進む蜘蛛とその乗り手にまずおどろかされた。サラブレッドのように美しい脚の、体形が完全に同じ十数頭の蜘蛛が、足並みひとつ乱さない。真新しいターバンを巻いた十歳にもならない蜘蛛衆たちが完璧に乗りこなしている。蜘蛛の規格化と数量確保になにかの革命が起こったこと、AIと蜘蛛の連携に画期的な技術がもたらされたことを藩王たちは知った。そしてその列の外側、順路の両側を固めて建物ほどもある蜘蛛が並ぶその偉容に圧倒された――というより恐怖した。神話的な存在であったはずのビルダ、汎用樹世界の創世にかかわった蜘蛛が、眼前にあった。しかもそれが兵器としての装備を持っていることがひと目で見てとれたのである。

木造りの質朴な会堂は、戴冠の日、すべての壁に薄く鉋《かんな》をかけられる。おが屑と、壁の新鮮な肌がよい香りを立てている。戴冠式の装飾はただそれだけである。一切の冗長な手続きも、ない。会衆がすべて会堂に入ると、扉が閉ざされる。どこか見えない場所で楽器が鳴らされる。数枚の金属の舌《ぜつ》を吊るし、それを敲《たた》く。長い余韻が色のように空気をみたす。正面の壁の、汎用樹の紋章と蜘蛛の紋章が彫られた下に、ランゴーニがあらわれる。すでに王の装身具を身につけている。その佩刀《はいとう》を鳴らし、あたらしい治世の始まりを告げれば、それが式のすべてだ。

だがこのとき会堂の外でときならぬ声があがった。藩王たちが連れてきた下級武士の野次だった。罵声、嘲笑、下品な言葉。酒盛りのような騒動が会堂を取り囲んだ。会衆は浮き足立ち、会堂の均質な緊張がみだれた。

ランゴーニは、しかし表情ひとつ変えなかった。

そして――ぴたりと音が止んだ。

なんのまえぶれもなく、とつぜん外の音が息絶えた。

なにが起こったのか。たたかう音も苦痛の声もいっさいなく、いきなり武人たちの気配がまったくなくなった。会堂はしん、となった。

無音がながく続けばつづくほど不穏な想像が会衆を苛《さいな》んだ。特に謀議の主役であった藩王たちは。

不安に耐えられなかったそのひとりがかたわらの護衛に合図を出す。護衛は立ち上がる。片腕を壇に向けると袖が裂けて弓があらわれた。かねて練り上げられた、謀殺のシナリオのその最後の部分だけがいきなりぬきとられて実行された。しぼりあげられた鉉《ゆみづる》が鉄製の矢を放った。

しかし矢はランゴーニに到達しなかった。会衆の頭上、会堂の中央で失速し――というよりその飛び方が緩慢になって、やがて中空で静止してしまった。飛びもせず、落ちもしない。ランゴーニは矢を気にもとめなかった。佩刀をゆすり、かざりの鈴が涼しい音を立てた。そうして儀典によらない、かれの言葉でしばらく話をした。

率直に、衒《てら》いなく十六歳の王はこの絶望的情況を語った。そして、失われた物理世界との絆への思慕を切々と語った。途絶が回復するまで、汎用樹の栄えを保ち、高めることの意義を説いた。

会衆は若い学者王のカリスマに聞きほれた。そのあいだじゅう、矢は無視されたジョークのように天井の下にとまったままだった。かれらが会堂を出たとき、おそれていたようなむごたらしい光景はなかった。武人たちはどこにもいなかった。ひとりのこらず消えていた。藩王たちは恐怖に耐えながらその夜の質素な宴をやりすごすと、翌朝逃げるように領地へ帰った。

こうしてランゴーニは蜘蛛衆のあたらしい首領として、区界のあたらしい王として即位したのである。

最後の藩王が帰ったあと、ランゴーニはひとりでかれの大暗室へ帰っていった。

ダキラが主人を迎えた。ランゴーニはあたりまえのようにその中へ歩み入る——図書館のように解釈される内部空間へ入っていく。そこは大暗室よりも会堂よりも、広い空間だ。蔵書の森のいちばん奥に、〈白紙のAI〉が像のように立っている。いや、かつて〈白紙のAI〉だった、というほうがよい。

そのまわりにランゴーニの変奏体が幾人か寛いでいた。公園の銅像の前にあつまる少年たちのように。下働きの小さな蜘蛛に餌を与えるものもいる。公園で鳩にパン屑をまいてやるように。

「首尾はどう」ひとりがランゴーニに声を掛ける。

「あんまり予想どおりでがっかりした」

「きっとそうだったろう」

「いまごろおどろいているよね」

「騒いだ奴らが箱詰めになって先に藩国に届いているんだから」

体格も声音もそれぞれに違う何人ものランゴーニが、別々の言葉と思考をたずさえて、蔵書の森のそこかしこから漂うようにあらわれる。その姿は幽霊のように希薄であったり、鋳像のように濃密であったりした。かれらはダキラに常駐し、思い思いの研究領域に没頭していた。いまあらわれた短髪のランゴーニは、AIのアイデンティティ境界にグラフィカルな制御因子をプリントすることに熱中している。区界AIを縛る倫理規範を封じ、剣呑《けんのん》な行動原理を与えることができるはずだと主張していた。また別の方角からあらわれたランゴーニは身長が三メートルもある。非現実的な大きさに自らを日々描き替えつづけている。数十人のランゴーニたち――それはこの〈白紙のAI〉を利用して、さらりとスケッチされた、おりおりのランゴーニの自画像たちだった。

「ここは落ち着くな」

学者王ランゴーニは言って、〈白紙のAI〉の下に自分も腰を下ろした。だれかがゴブレットに飲み物を入れて渡してくれる。

「それはそうだろう、だってここにいるのはおまえばかりだ」

飲み物を舐めながらランゴーニはまわりから言葉と思索が浸潤してくるのを意識する――

いやむしろこちらから参照しているといったほうがいい。こころよい体験だ。そう――人間はだれしもこのようにして思考するらしい。識閾下で見えないタスクが常にいくつも処理されており、あるときリポートにまとめられて浮上する。

「ひとりだけそうでないのがいるでしょう?」

七歳のときの、そう、最初に父と対面したときのままの姿の自分が声を掛けてくる。かれの身体からは、あの朝の沐浴《もくよく》の匂いがする。

ランゴーニは腰を下ろした姿勢から、上体をひねって斜め後ろを見上げた。

〈白紙のAI〉――だったもの……。

それが……。

「磔刑図《たっけいず》みたいだね」だれかが言う。

両腕を横にひろげ、たしかにはりつけの体勢だ。

目は瞑っている。

目尻はかすかにほほえんでいるようにみえる。

その全体からあのなつかしい匂いがしている。唇はやはりとじられていた。

ランゴーニの目に夢見るような色がうかぶ。

偽造された〈父〉は、はりつけの姿勢で昏睡していた。

*

桶にあたためた乳をみたす。

その中に、ぽつりぽつりと酢を落とす。そうしてゆっくり攪拌する。しだいにゆるやかな凝固が桶のあちこちでうまれだす――そんな茫洋とした感覚が……微睡《まどろ》んではまた目覚める断続的な意識が〈白紙のＡＩ〉の中で生まれつつあった。

それまでランゴーニはこの白紙の表層に自画像をスケッチしては、それを剝ぎ取って変奏体に仕立て上げ、図書館の中で生かしていた。

今回はまったく違う。〈白紙のＡＩ〉の全帯域を使って、大掛かりな実験を行おうとしていた。

桶とは――〈白紙のＡＩ〉。

そこに父からぬすみとっておいた断片を乗せていく。

区界にやってきた似姿が物理世界に回収されると、この区界には跡形も残らない。

だが、その似姿がこの区界にあるあいだは、たしかに実在し、区界のオブジェクトに相互作用を及ぼす。花に手を触れれば茎が撓《しな》る。果実をかじれば歯形が、砂地の上には足跡が残る。笑えばその息が空気を揺する。グラスのふちを舐めれば、そこにうっすらとぬれた唾液やその味を遺留する。そもそも、ただそこにいるだけで、その位置の空気を押しのけ、仮想の光源からの光を反射しているのだ。ひとはけっして世界に痕跡を残さないでいることはできない。むしろそのような痕跡の、生涯を通じた積分こそが実存だろう。すくなくともそこから実存の雌型《めがた》がとれるとは言える。

これらの痕跡をランゴーニはずっと収集していた。七歳のあの朝、父が髪を触ったときからだ。区界は高度な演算能力によって毎フレームごとにジェネレートされる。その履歴を参照し、データとしてとりだすことがランゴーニにはできた。父の似姿を直接複製できなくても、その似姿が区界のほかの事物や事象にどう干渉したかは複製できる。それを、ランゴーニは蒐《あつ》めた。それらささやかで微細な痕跡を、ダキラを得てからはその中に保存することを覚えた。組み上げて、父の雌型をすこしずつこしらえていたのだ。いつかその断片を台紙の上で組み合わせることを夢見ながら。

道具立てはそろっていた。〈白紙のＡＩ〉とそれを加工するためのツールとライブラリは――。ランゴーニはただ伎倆を高めることだけを考えればよかった。

ランゴーニが蒐集した父の断片は、〈白紙のＡＩ〉に落とし込まれ、定着した。断片たちは土台の上で、自分がいったい何の断片であったのかを考えながら離合集散し、やがて父によく似た姿が白紙の上に浮かび、その姿が自分の意識を思い出そうとした。ゲストがかかえていた、ほんらいの身体、欲望がむずむずと集まってはまた散らばり、これをくり返しながら形がしだいに定まってきた。小柄な、男の子のように性徴のうすい、女のからだ。しなやかな骨格。手ざわりのいい膚。それがゲストのもともとの姿なのか、それともアンバランスに変形しているのかはわからない。

それをさらに捏《こ》ねあげたのはランゴーニの手だった。

来訪のたび、ランゴーニは父の全身をくまなくマッサージしていた。すみずみまで丹念に賦活させ、うっすらとした官能の微光でラップしてあげたその手が、父の身体を手のひらで覚えていた。ランゴーニは〈白紙のＡＩ〉を愛撫しながら、その手が保有する父の記憶を注いだ。そして、ばらばらな痕跡の断片をまとめあげていった。

ここはどこだろう、わたしのいるのはどこだろう——とそこに生まれた意識は考える。

静かな大きい部屋だ。何十人もの、物静かな少年たちが影のように行き来している。姿形はそれぞれ違うのに、あの子たちは兄弟のように雰囲気がよく似ている。

この子たちがわたしを作ったのだ。

わたしは礫になっているようだ。ゆるやかな麻痺が薄膜のようにわたしを蔽《おお》っている。かわるがわるあの少年たちが、ここへやってくる。わたしの脚にほおずりしたり、腹や脚、胸をなで回し、唇を吸ったりもする。

ときおり少年たちはわたしを「誘発」する。

このからだにさまざまな加工と変形をほどこす。わたしのからだのいちぶを膨らませたり、欠けさせたりする。

子どもがつかまえた蛙にするような残酷なあそびだ。

それもいい。わたしに惑溺しているのがわかって、ここちよいから。

じぶんがくずされていくことの、せつないかなしさも、あまくここちよいから。

でも、

さみしい。

だって……

──ある日、〈父〉はとても落ち着かなかった。

体中がむずむずする。小さな虫が皮膚の内側にびっしりと取りつきうごめくようでもあり、思わぬ哄笑がいまにも口許からふきだすようでもあった。愉しい、しかし不穏な律動が、ぞくぞくと何度も体内を走った。

少年がひとりで近寄ってきた。顔の高さが同じになる位置まで上がってきて、唇を合わせてきた。むずむずにうながされて、彼女は口を開き少年の舌を受け容れた。

少年はとても愕《おどろ》き、顔を離して彼女の顔を見た。その表情がいとおしく思えた。

そうなの？

わたしの口のなかが、みたかったの？

ずっと、そうだったの？

彼女はとてもやさしいきもちになれた。

なら、ご覧なさい。

彼女は口を大きく開けた。

自分の口が耳まで裂けたのがわかった。いままでずっとがまんしていたこと。区界《ここ》に来るずっとずっとまえから、がまんしつづけてきたこと。でも、もうとどめようがない。

少年の驚く顔が恐怖に凍った。

そのままの姿勢で、彼女は少年の頭をそっくりかじりとった。

まもなく、彼女はヴァリアントの何人かを犯し、全員に深い嚙み傷を残すと、ダキラの制御を奪い、ランゴーニの暗室を脱出した。

それは〈非の鳥の蹂躙〉の、まさにその夜のことだった。

5　割れた下顎

赫髪《あかがみ》の少女は「ぎっ」とみじかく唸り、肘をおさえて後方へ飛んだ。ニムチェンの凄まじい握力が関節を砕いたのだ。

三日月刀を水平に払いながらふりかえって着地点を見たとき、すでに少女はニムチェンの頭上を跳んでいた。裸足の、硬い足裏に額を強打され、目がくらんだ。

少女が目の前に降りた。正面から抱きあうような体勢となった。鼻がくっつきそうなほど近い。赤い口と白い犬歯が見えた。少女が腕をまわしニムチェンを引き寄せた。咽喉《のど》を守るため腕を交差した。少女は立った姿勢のままニムチェンごと前進して、岩のような木肌に叩きつけた。ニムチェンの背中が軋んだ。

チットサーイは、交差した腕をひとかみ骨ごとかぶりとった。その歯は、骨を肉と同じくらいすっぽりと咬みとれる。つぎのひと口で残りの腕、そのあと咽喉を嚙んでやろう。ようやくこの相手をしとめた、とチットサーイは思った。ニムチェンの血で染まった口をあけ、抱きしめる腕に力をこめた。そんな浅ましい姿を、ふと冷静に観察された気がして、わずかに目を動かすと、それはほかでもない、いま血祭りに上げようとしている、この若者の目なのだった。その落ち着きの理由がわからなかった。いままで腕を嚙みちぎられて、余裕を見せた者はいない。

チットサーイはかっとした。視界が赤くなるほど、頭が煮え立つほどだった。――それでチットサーイは気がつかなかった。ニムチェンが何をしているのか。

ニムチェンの脚が不自然な動きをしていた。

足先で円弧を描くような動き。

その円弧の先に何かがある、とチットサーイはようやく気づいた。こいつ、足先で何かふりまわしてやがる――蜘蛛の糸――その先に括りつけた何か――それが冷たい光をきらめかせ大きな円弧を描いてチットサーイの背中、肺の裏がわにふかく突き立った。

肺が血で泡だち、チットサーイは空気の中で溺れた。

ニムチェンは三日月刀を敵手の背からぬきとった。

片腕を失い、もう片腕を封じられたときの戦法としてカガジが教えてくれたものだった。

「てめえ」

チットサーイは、顔をゆがめた。

ニムチェンは足裏を少女の腹にあて、思いきり突き離した。一瞬止まったように思えた時間がまた動きだした。修復プログラムが咬みとられた腕をまたたくまに止血する。それは行軍中に配付されていた。

「チットサーイ」ニムチェンは呼びかけた。その名も配付されていた。

「あれあれ？　名前が売れてるみたいかな」チットサーイは立ち上がった。「そうなら、うれしい」

平静を装っていたがダメージは大きいはずだった。おそらく肺を片方放棄しただろう。ニムチェンは少女を逃さぬよう、蜘蛛を円陣に配置した。

「動くな」

少女を拘束しようとしたそのとき、馬のように大きな影がニムチェンの視界を黒く横にワイプした。その影に――馬のように大きな蜘蛛に、チットサーイを掻《か》っ攫《さら》われた。

蜘蛛の背には、火のような少女と、青い文様にいろどられた野盗の姿が視えた。

ニムチェンはそこで糸の切れた人形のようにへたりこんだ。腕が完全に回復するまで、しばらく待たなければならない。

それにしても、ここはどこだろう。

古い盤根ではあっても、そこかしこからあたらしい芽や枝が吹いていて、一部は球形の藪を成していた。そんな藪が密集した場所に、滑落したニムチェンはひっかかって命拾いしたのだ。

周りを見回すと倒れているＡＩが何人かいる。登攀隊の仲間たちだった。多くはヤフヤーの爆弾で瞬間的に絶命したらしく、修復プログラムの働く余裕がなかったと見えた。

三日月刀の血痕をながめる。

片腕を失ったカガジはあの衝撃を生き延びられただろうか……。ションタクやウーゴはどうなっただろうか……。

ニムチェンはへたりこんだ姿勢で、少しのあいだうとうとした。

産洞から産み落とされる夢を、また見た。

父に抱かれているじぶんの映像。それはやっぱりじぶんのことのようでなかった。

ブンロートはチットサーイを拾い上げた蜘蛛で疾走していた。チットサーイはブンロートの後ろに跨がり、幼なじみの背中にすがりついていた。すぐに同じくらい大きな蜘蛛が近づいてきた。二頭の蜘蛛は、盤根圏のもっとも下の領域、麦ノ原に近いあたりまで降りてきていた。

「どうだ、ぐあいは」

「悪い……」チットサーイはくすんだ顔色をしていた。「最悪だ」

「おまえの蜘蛛に戻るか？」

「いや、いまその体力がない。ここで続けさせてくれ、もうちょっと」

チットサーイはブンロートの蜘蛛からサプライを受けている。損傷を受けた組織のうち、ダメージが大きい部分はすでに体内に置いたまま廃棄した。それを補う新たな組織を構築中だ。そのために大量の補給物資が必要だった。

「弱気だな。めずらしい」

ブンロートがからかう。

「けっ。せいぜい面白がっていればいいさ。畜生、あたしもあの若造のように魔法みたいな補修プログラムが使えればな」

血の気のない頬をチットサーイはゆがめた。

「欲求不満か……」

「……」

あの若者の腕を噛《かじ》ったとき、チットサーイは目もくらむほど興奮した。それが隙になったのだが、しかしあの興奮は何だったのだろう。まだどきどきしているくらいだ。

なぜだろう。

答えはすでに明らかになっているような予感がした。目の前にありながら、その答えに気がついていないだけ。

まあいいさ。すぐに体調は回復するだろう。そのあとゆっくり考えることにしよう。あいつを屠《ほふ》りながら。

「……チットサーイ」

「なんだ？　気がついてないとでも思ってるのか？　馬鹿にするなよ」

追手があった。蜘蛛《スピナ》だ。五体。微妙な距離を保っている。ニムチェンのではない。もっと老練な使い手だ。

「意外と勘がいいじゃないか」ブンロートが言った。

「あたしのことか」

「いやいや、敵さんのほうさ。たぶん、さっきのグループのリーダー格だろう。もう、先回りしているようだ。『下顎』にな。こいつらはおれたちをずっとつけてきたんじゃない。『下顎』に近づく者がいないか見張っていた。そこへおれたちが通りがかった。そこから追尾をはじめた」

「そうだったか」

「やつらはもう『下顎』に着いているぜ。おれたちを待ち伏せているだろう」

「見つかったかな……ダキラは？」

「さあ、それは難しいと思うよ」

＊

通信が回復した。まずションタク、それからカガジと連絡が取れた。集合するために必要な測位データを送ってもらい、約束の地点へニムチェンは向かった。

戦闘の経過が断片的にではあるが伝わってきた。

〈蟻の巣〉の攻略は成功した。ニムチェンの隊がチットサーイと交戦しているあいだに、別の討伐隊が急襲した。ほぼ根絶やしに近いところまで叩いた。他の場所にいた非戦闘員たちも見つけ出し、妊婦や幼児を含めて全員処理した。ダキラはまだ発見できていない。しかしほとんどピンポイントに近いところまで範囲が限定できていた。だからこそ合流点の指示があったのだ。

下へ、下へ、下へ。

もう汎用樹《オムニトゥリー》の最下層だった。根の傾斜もなだらかになり、世界が垂直から水平へと変わり、移動は尾根をトレッキングするように楽になった。

進む先にはかつて捕鯨衆で賑わった町の跡があるはずだった。いまは使われなくなった昔の道が、荒れてはいたけれど形を残していて、そこをたどっていくことができた。

最初に合流できたのは、カガジとウーゴだった。根と根が交差する難所の峠で、二人は待っていた。カガジは片腕のままだったが傷口はほぼ癒えているようだった。ウーゴはかすり傷ひとつ負っていない。長い槍を担いでいた。どうやら敵から奪ったものらしい。

三人で進むうち、ションタクと合流した。

それ以外に連絡の取れた者はいない。ボリスとユーリは一時存在が確認できたが、そのあと連絡が取れていない。もうひとつの先遣隊ともある時点以降、連絡が途絶えていた。

この隊との合流場所へは、歩いてもあと半日で着くはずだった。昨日までの移動速度でならあっというまだが、戦闘で消耗が大きい。体力の回復をはかるため野営することになった。簡単に煮炊きしたものを食べながら、今後について意見が交わされた。王が鉄騎部隊や巨大な武装ビルダを投入する可能性はカガジが否定した。鉄騎衆もビルダも垂直方向の移動には弱い。ションタクは派手な展開にならないのかな、と残念がった。

ニムチェンは話に加わりながらも、ときどき上の空になった。

チットサーイの姿が頭から離れなかったのだ。ずっとそうなのだった。あの少女がじぶんを殺そうとしたときの、ほとばしるような感情、強烈な欲望にニムチェンは圧倒された。故郷の村で学んだ殺人の教程では、当然のことだが、そのような感情の発露《エミッション》を許さない。不用意な輻射は暗殺者を危機に陥れるからだ。

チットサーイはちがう。彼女は何もかくさない。

それに触発されて、こちらもはげしい感情が沸き立った。

少女の腕はニムチェンを拘束していた。

ニムチェンは少女の背中に刃物を突き立てた。

あの一瞬、紛れもない抱擁だった——と思う。

皆が眠ったあとも、目が冴えていた。危険な兆候だ、とみずからに警告する。もしかして——チットサーイに惹かれているのか？

翌日移動をはじめてまもなく、あたりの様相が一変した。

堅い盤根の表面が、かさぶたを剝いだように広大な面積にわたってごっそり失われていた。かわって汚い真珠色の組織が元の高さまで生起していたが、それは汎用樹とは異質で、再生というより、むしろ皮膚病の結果のような印象をもたらす。

〈非の鳥の蹂躙〉の痕跡だ。

「こんなところまで〈鳥〉は来てたんだなあ」

ションタクがのんびりと言ったときだった。

「いや、逆だ。最初に〈非の鳥〉があらわれたのは、捕鯨衆の町だ。つまりこの近くだ」

ウーゴが、とつぜんなめらかに話しはじめた。

「知らないだろう？〈鳥〉がどんなふうにこの区界を渡っていったか、どのように入ってきて、どのように出ていったのか、しっかりと知っている者はいない。あれだけの大災害なのにな。きちんとした記録がされていない。言語化がされていない。――

〈非の鳥〉とは、いったいなんだ？」

いきなり問われたションタクは口ごもるしかなかった。

「な、なにを訊くんだよ。びっくりするな、もう」

そう、だれもそれを言葉で説明できない。

〈非の鳥〉だ、〈鳥〉だ、といえば、面倒くさい説明をしなくてすむ、正体のことなんか考えなくていい、そんな暗黙の了解があったことに気づかされた。

ニムチェンは、目の前が少し晴れたような気がした。そう――

〈非の鳥〉は、どこからか来たものなのだ。

〈非の鳥〉は、そのあとどこかへまた、行ったのだ。

どこから来たのだろう。

別の区界。

仮想リゾート〈数値海岸《コスタ・デル・ヌメロ》〉にはたくさんの区界がある。この巨大で複雑な〈汎用樹の区界〉もそのほんの一齣《こま》にすぎない。

一行は前方に向かって目線を上げた。

そこに、聳えるものがある。

合流の目印は前方遠くにくっきりと見えはじめていた。どんなモニュメントよりも巨大なもの。この区界で〈汎用樹〉の次に大きなもの。

麦鯨の白骨の頭部。

麦鯨の成獣が一頭、難破船のように汎用樹の根に乗り上げ、そこでそのまま白骨化したのだ。麦鯨は汎用樹よりも長命と言われている。その死は、もちろん〈非の鳥〉がもたらしたものだ。〈非の鳥〉に侵された麦鯨が瀕死の状態で泳ぎ着き、そこで息絶えたのだ。

「いいか――」ウーゴが、槍で背後、すなわち汎用樹のほうを指し示した。「みろ」

一行は振り向いた。そして絶句した。

この位置からは、いままで降りてきた垂直の断崖や連理する枝世界を一望できる。

雄渾な光景が、点々と蝕《むしば》まれている。

〈非の鳥〉の移動していった軌跡が、汎用樹の患部となって残っている。それだけならとっくに見慣れた光景。

だが。

出現の場所も移動の軌跡も、まったく規則性がないとしか思われていなかったその痕跡が、この場所から見たとき、そうでないことが一目瞭然だった。溶岩台地のような黒い樹皮荒野の上に飛び散った患部は、巨人がペンキの刷毛《はけ》をまさにこの場所から、ここからふるった、その飛沫なのだった。

〈鳥〉はこの場所を起点に、放射状に汎用樹の中へ飛んでいったことが明瞭だった。

ここから、

ここから〈非の鳥〉は「上陸」したのだ。

槍の穂先が向きを変えた。

一行は、つられるように顔を前方に向けた。

間近にせまった白い山巓《さんてん》。

白骨の頭部。

なにかが通りぬけた跡のような、くらい眼窩。

麦鯨は、別の区界と往還する唯一の存在ではなかったか。

くらい眼窩の奥ふかく、骨の隙間に小さな隠し部屋を作って、そこにチットサーイは隠れていた。ここで、待ち伏せの備えをしていた。討伐隊のあいだで交わされる情報は傍受しているから、生き残りの討伐隊やその後続部隊がここを目指していることは知っている。

ダキラは、たしかにこの麦鯨の死体の中に潜んでいる。

めんどうくさいがダキラに支配されている以上、あいつを守ってやるのも務めだ。それにここで待っていれば、いずれあの若いの――ニムチェンという名前をつけているやつも来るだろう。それが待ち遠しい。

あんまり待ち遠しいから、腰掛けた姿勢で片足をぱたぱたと踏んだ。そこにひろがる血だまりがピチピチと音を立てた。

ボリスとユーリがそこに横たわっていた。チットサーイやブンロートよりも早くこの場所に到達していた者たち。さすがに手ごわかった。きっとあのニムチェンほどではないだろうけど。

はやくおいでよ、ニムチェン……。

もう一度抱きあおう……。

「そんなにじっとしていられるなんて、おまえらしくないな。待ち伏せはおまえの流儀じゃない」

ブンロートだった。

「とっとと行けばいいのに」

「高めてるんだよ。情感をな」

ブンロートはめずらしく声をあげて笑った。

「なるほど。野暮は言わないでおこう。しっかり楽しむといいよ」

だがな。そろそろ覚醒するぞ、ランゴーニが……蜘蛛《ちちゅう》の王が」

「そうかい」

「王は、〈非の鳥の蹂躙〉からこっち十年間、暗室から出ていない。だが、今回ばかりは凄いぞ。区界全土から蜘蛛《クローラ》が徴用されている。もう、根こそぎといってもいいほどだ。ほんとうに久しぶりに、王が顕現するんだろう」

ブンロートは手を組み合わせて指を伸ばした。戦いが迫るとそれを行う癖がある。

「……ふむ」

チットサーイは少し考え、聞き返した。

「蜘蛛《クローラ》を根こそぎ徴用したって？」

「……ああ」

チットサーイは膝を叩いて笑った。

「ランゴーニがそんな大馬鹿だとは思わなかったよ。ようし、やる気がわいてきたぞう！

ブンロート、耳を貸せ」

チットサーイはブンロートに耳打ちした。ブンロートの顔が蒼ざめ、次第に紅潮した。

「おまえは……悪魔だな。まさに焔の申し子だ」

「とっとと行けよ。準備には骨が折れるぜ」

チットサーイはまた外の様子を窺う。そして思う。この欲動は、ダキラの中で磔《はりつけ》になっている――あの女のものだ。あの女の欲望を、あたしがこうやって体現してやっている。

でも、だからといって、これがあたしの意志でないとは思わない。この欲望があたしのものではないなんて思わない。そんなのナイーブすぎるじゃないか。ニムチェンを犯し、殺し、妊《みごも》りたい。それは、やっぱりあたしの欲望だ。

あの女自身さえ気づかないでいたかもしれない、この区界に対する欲望だ。

借りものじゃない。奪ったのだ。

逢いたいよ、ニムチェン。

早くおいで、あたしの——。

そうしてまた、冷たくなった血の上で足を鳴らした。


区界のすみずみを巡回する蜘蛛《クローラ》たちの動きに異変が起こった。

この数年、蜘蛛《クローラ》は、諜報活動や、汎用樹の健康管理が使命の中心だった。ゲスト向けの観光情報をいくら集めてもしようがない。朽ちつつある汎用樹の被害状況を収集し、そのデータを「大学」の樹医にとどける。返送された処方を蜘蛛みずからが施術する。この地味な活動が区界の命脈をぎりぎり保ってきた。大規模な飢えや疫病を何とか押さえこんでいたし、枝世界の致命的な崩落も回避されていた。その蜘蛛たちが一斉に受け持ちの巡回コースを逸れた。下へ、下へ、盤根圏、麦鯨の白骨が座礁した場所へ最大速度で降りていく。幹を這うものもいたが、ほとんどは糸で編んだ減速帆《セイル》を背負って、飛び降りていた。飛び降りながら武装化をはじめていた。ひとつとして同じものがないほどに変容したが、この蜘蛛の軍勢はその意味で、皮肉にも〈非の鳥〉たちにどこか似ていなくもなかった。

それは、鉄騎隊よりも武装ビルダの放列《ほうれつ》よりも強力な、ランゴーニの擁する最高の殲滅部隊だった。

かたむいているわ……。

ゆっくりと明滅する偽造の意識は、じぶんの身体が斜めになっているように感じた。磔刑《たっけい》台が途中で折れて、大きく傾《かし》いでいるようだ。

わたしは器だ。

あたためたヨーグルトのようにやわらかで白く有機的なものでみたされている。それが傾いたので、なかみがゆっくりと流れ出ている。

ひろがっていく。

傾きの方向にそって、流れていく――流れ込んでいく。

どこへ？

そうだ。思い出した。わたしは移ろうとしたのだ。磔にされた器から流れ出て、あたらしい場所に移ろうとしたのだ。

ここは――このあたらしい場所は、とても心をわくわくさせる。麦鯨のなかでここを見つけたとき、ここに浸透したいと思った。いや、むしろ包摂《ほうせつ》したいとつよく思った。これにふれたとき、わたしは七歳のわが子、ランゴーニに逢ったときのような歓びをかんじた。ここには開拓されていないものがたくさんたくさん眠っている。

無尽蔵に。
わたしは、区界にふれたい。囓り、すすり、口にためてからゆっくりと嚥《の》み下したい。嚥んだものがお腹のなかで新しいいのちになったらどんなにすてきだろう。
「行こう——まだユーリたちは来ていないみたいだ」
カガジがわざと平板な喋り方をした。ウーゴの槍の先にすこし緊張があった。ニムチェン
は腰の蜘蛛《スピナ》をいつでも起動できるよう意識していた。どこから来るだろう——この合流点が
狙われないはずはないとだれもが自覚している。緊張している。前回の戦いで、あの赫髪の
少女が奇襲を好むことは骨身に染みてわかっていた。
四人はぶらぶらと歩いているように見せながら、それとなく散開し、見上げるように巨大
な麦鯨の頭部を仰いだ。
麦鯨が盤根に乗り上げたときの衝撃で頭骨の下顎は割れている。岩壁が崩れ落ちたような
骨の岩場を四人は歩き登る。蜘蛛はまだ使わない。巨石が乱雑につみかさなり、奇襲にはも
ってこいだ。いつどのように始まっても不思議はない。
からからと乾いた音を立てて、小さな骨のかけらがいくつか転がり落ちてきた。
その上のほう、細身の少女が立っていた。
両手はぶらりと垂らし、なんの得物も持っていない。
裸足の先が、片方だけ赤い。文様ではなく、古くなりかけた血の赤だった。

「奇襲じゃないんだね」

「まあな。必要ない。向かい合って、しとめればいいから。……おまえらのリーダーたちも、そうしてやったよ」

カガジが言った。

「このなかにいるのか、王の庭から遁《に》げた蜘蛛が」

「ダキラかい？　いるとも」

「では王の──」カガジはちょっと口ごもったが続けた。ボリスたちがいないいま、それを言う立場なのはカガジだった。「王のお父様もそこにいるか」

「ふふん、権柄《けんぺい》ずくな物言いだな。警察気取りか」

「答えろ」

「人間の模造品のことなら、もちろんおられるとも」

「引き渡してもらう」

「ポケットにはいる大きさじゃないぜ」チットサーイはカガジたちの前に立ちふさがった。

「お姐《ねえ》さん、あんたに背負いきれる荷物じゃないよ。さっさとお引き取り願おう」

片腕のカガジはチットサーイの前に立ち、長身から見下ろした。

「引き渡せ」

チットサーイが片手を突き出したのと、カガジが三日月刀をふるったのが同時だった。手は空を切り、切っ先も赫髪の先をひと房切り落としただけだった。しかしその隙に、ションタクがチットサーイの背中に回っていた。すでに決められていた手筈どおり、背後から蜘蛛のストリングを頸に巻き付ける。カガジは一気に詰め寄り、腕をチットサーイの片腕に絡めた。

チットサーイは、固められた腕がまったく動かせないことに腹を立て、とりあえず残る腕で背後をさぐった。ションタクの頭を摑もうとしたのだ。

「ほいほいっと」のんきな声がした。手首を取られた。親指の爪をこじ開けられた感触があった。そこになにかが接続された。でたらめな文字列が猛烈な速度で流入してきた。情報的麻酔。とっさに肩で食い止めたが、これでもう両腕が動かない。

「行け！」カガジが怒鳴った。

ニムチェンとウーゴはチットサーイの頭上を軽々と飛び越えていく。口惜《くや》しさにチットサーイは大声で喚いた。罠に嵌められたのがわかった。畜生、離せ、あいつを殺したい。歯がみし、地団太を踏んだ。

「まあまあ。しばらくつきあってもらわんと」

チットサーイは絶望に目をくらませて空を仰いだ。

無数の蜘蛛が減速セイルの花を咲かせて降下してくるのが見えた。

「ニムチェン――なんだか――あったかくない――か？」

ウーゴの声が遠くなったり近くなったりする。

「そうだね」

　じぶんのその声もやっぱりぶらんこに乗ったようにウーゴに聞こえるだろうと思う。蜘蛛《スピナ》の糸を頼りに、いまふたりは麦鯨の白骨化した体内を、降りていく。枝状に交錯する骨を縫って下降するのは、汎用樹を動くときと勝手が同じだ。ふたりはらくらくと巨大で堅固な骨の階梯を降りていく。

　麦鯨の死体は脊髄をほぼ垂直にする姿勢となっている。だからふたりは鯨の尾の方向へ移動していることになる。咽喉（一枚の巨大な真珠質の瀧のようだった）をさっき通過したばかりだった。この位置から麦鯨の外を見ることができたら、もう麦ノ原の草の中、「地中」にあたるのだろうか。よくわからない。

「なぜ……こんなに……温度が高いのかな？　なにか……この下に……あるんだろうな」

「ウーゴ……？」

　ニムチェンは呼びかけた。

「ああ」

　声が返ってくる。

「ウーゴ、君は――どこから来たの？」

「……」

「外なんだろう？　〈非の鳥〉のことを、知っている。この区界の外から来た。そうだね？」

頭部は完全に白骨化していたが、ここまで来ると骨以外の、肉や皮だった部分もそっくり残っている。外光はない。ふたりは蜘蛛を散開させ、探照の光をなげさせていた。

「何をしに……来たの？」

咽喉を滑り降りるとグラスファイバ様のふわふわした繊維の広場になっていた。かなり広かった、その一角に大きな腐蝕した孔を見つけたとき、そこをダキラが通っていったのだと ふたりは確信した。孔を抜けると、胸部に出る。肋骨の構造が何階層にも分岐していた。白い森だ。枝だけが上下左右にひろがる森があるとしたら、こんなふうだろう。

「おれは……探しに来た」

「何を？　それともだれを？」

またウーゴは無言になった。ふたりは黙って白い森をさらに下へ降りた。しばらくしてから思い出したように答えが返った。

「王を……ランゴーニを探しに来たんだ。かれに会いたかった。どうしても会う必要があった」

「会えた？」

「かれは――『大学』には、いない」

「いない？」

「暗室にもいない。……だから方針を変えた」

ニムチェンはショックを受けた。――いない？　比類なき蜘蛛《ちちゅう》の王ランゴーニが、いない？　たしかに病のためこの十年、公式の場には姿を見せておられない。暗室に籠っておられるとも発表されていた。しかし、もちろん不在とは思われていない。だいいち、この討伐の指令を出し、武装蜘蛛《クローラ》の大群が現に差し向けられているのではないか。

「探しに来た――？」

「ああ」

「でも、どうしてこの隊に？」

「おい――」ウーゴの口調が変わった。話を切り替えようとしている。「……わかるか？」

「……」ニムチェンは頷き、探照灯の光度を下げる。それではっきりした。錯綜する骨の枝の枝のむこうがほの明るくなっている。なにかの光源がある。

ふたりは速度を上げた。温度と湿度がさらに上昇した。そうして濃い匂いが立ちこめてきた。生々しい、血と唾液と肛門を思わす匂い。この、死んだ、麦鯨の遺跡の中ではいかにも不釣り合いな匂いだ。やがて進路を阻まれた。骨の枝が密に絡んで壁となって立ちはだかる。癒合した大きな骨の瘤《こぶ》を、ウーゴが槍の一撃で突き崩した。できた隙間をくぐり抜けると、そこに巨大な空洞がひろがっていた。

「……！」

噎《む》せるような匂いと温度、湿気。だがそれらを意識することも忘れた。そこにあったのは、濡れた、巨大な鯨の子宮だった。全長百メートル。

生きている。

麦鯨はこの区界でただひとつ、汎用樹に由来しない。だから胎生の生き物だ。白骨化したこの麦鯨は妊っていたのだ。胎児といえども〈鳥〉による変質を免れたはずはない。しかもあれから十年も経っている。しかし、いま眼前に迫る乳白色の子宮は、まぎれもない生物の質感に温かく濡れていた。

目を凝らすと、巨大な子宮のまわりを無数の蜘蛛たちが動き回っているのが判った。だいたいAIと同じくらいの大きさの蜘蛛だ。「工兵《エンジニア》」と呼ばれる種類が、何千と動き回っていた。まわりにある無尽蔵の素材——母鯨の死体の組織を細かく粉砕し、オブジェクト属性を初期化した単純なマテリアルに戻して、それを子宮に供給している。しかしこれが、麦鯨の自然の生理であるはずがなかった。だれかが意図して工兵を使役している。

「これは——」ウーゴは呻《うめ》いた。「麦鯨の仔か、それとももしかして……ダキラか？」

潜伏中にダキラが何をしていたのかわかっていない。しかしこの光景と無関係であるとは思えなかった。胎児の残骸に目をつけ、その構造の上に何かを作ろうとした、あるいはその構造を包摂した、そのどちらかだろう。

「この中で、何が起こってるんだ？」

ニムチェンも唾を飲んだ。

「何が育っているんだ？」

「たぶん……それは——」

そのとき激しい音が起こった。爆発音とともに、内部空間の天蓋が破壊された。ニムチェンたちがやってきた方角だ。

「こいつは凄い」ウーゴが嘆息した。

母鯨の外皮を突き破って、武装蜘蛛《クローラ》の大群が突入してきたのだ。ひとつとして同じ姿のない蜘蛛たちは二十体ごとにまとまり、脚を継《つな》いで浮遊する球殻状の群体を作っていた。球面が、林檎の皮を剝くようにくるくると展開し、蜘蛛が単体行動に移る。装備された火器が火を吹いて、子宮の柔らかな表面に深い穴を穿《うが》っていく。穴から体液が大量に漏出しはじめた。統率された攻撃。しかしまだ王の気配は見えない。

「離れよう。巻き込まれるぞ」

ウーゴがニムチェンの肩に手をかけた。

動こうとして、ふたりは目を群体のやってきたほうへやった。

外皮の穴のふちから、赫い髪の少女が見下ろしていた。片手にカガジの三日月刀をぶら下げていた。その肘までが、血に浸したように赤く濡れていた。

「なかなか手ごわかったぞ。……そうそう、いいことを教えておいてやろう」チットサーイの目は潤んでいた。情感に濡れた目。「あたしの仲間がさっき火を放ってきたよ。麦ノ原に。もうこの区界は終わりだ」

ニムチェンでさえ知っていた。枯れた麦ノ原は区界の最大のリスクだ。ひとたび火災が起これば、汎用樹《クローラ》はもうもちこたえられない。消火のための態勢はそなえてあった。だが……それは蜘蛛の役割であり、いまは残らずダキラ討伐に投入されていた。この空洞の中に。

ウーゴは槍を構えた。高みからそれを見てチットサーイが言った。

「うーん？　おまえ……蜘蛛衆じゃないな？　この区界のAIでさえない。さっきは気がつかなかったが、こんなところで何している？　お守《も》りにきたのか？　それともスカウトか？」

チットサーイは穴のふちから身を躍らせ、槍の穂先が鼻をかすめるほど近くに降りた。

「よかったな、ボディ・ガードが大勢いて」にっこりとニムチェンに話しかけた。

「……」

「ははあん、まだ気がついていないのか、おい、いい加減に目を覚ますがいいや」チットサーイはすばやくニムチェンの頰を抓《つね》りあげた。「じぶんの名前を思い出せ。――いや、じぶんが何を作ったかを思い出せ。おまえの頭を嚙った奴が、そら、あそこにいるじゃないか」

抓った指を引っ張って、ニムチェンの顔を下へ向けさせる。

子宮はずたずたに裂けて垂れ下がっていた。中身は、繭のような生白いもの――その表面は微細な凹凸でおおわれ、それがざわざわと動いていた。ウーゴの顔がひきつった。凹凸と見えたのは人間の手足だった。目鼻だった。乳房と腹だった。そうして無数の口だった。

ひとりの女の身体をもとに、そこからくみ取れる形質のすべてを徹底的に「誘発」し、分岐させた膨大な集積だった。武装蜘蛛《クローラ》の砲撃を受けてなお、刻々と再生し、そのたびに分岐を増やして、そこにあるのは四肢の無政府状態、〈父〉の変わり果てた姿だった。

「よく見ろ、あれはおまえが作った化け物だ」

何百もの目がニムチェンを認めて、せわしげに瞬きした。どの目の下にも柔らかなふくらみがある。見覚えがあった。

無数の指が草原のように波打って、ニムチェンを指さした。その指に髪を愛撫された記憶があった。何十という胴がうねっている。ニムチェンの手で美容施術《トリートメント》してほしいのだ。

口がひらいた。

何千という歯列が眼下で花園のように咲いた。

数千の無声音がいっせいに囁いた。

い、い、ランゴーニ……、と。

ニムチェンにむかって。

ダキラの逃走と〈非の鳥の蹂躙〉が同時に起こったのは偶然だろうか。少なくとも、その夜、模造された父が異常な力を示したことは疑いない。ランゴーニは慎重だった。模造とはいえ人間の得体の知れない力を侮《あなど》ったりはしなかった。父の、たとえば静止した唇から窺えるオブセッションは、その背後にどれだけの破壊力、浸透力を隠しているかわからない。だから父には常に一定量以上の情報的麻酔をかけていた。微睡《まどろ》みにひたっていてもらうために。

そうしてゆっくりと人間の本質を解体して調べるつもりだった。

ランゴーニは父が大好きだった。愛していたといってもいい。

〈白紙のＡＩ〉をプレゼントされたとき——ランゴーニは底知れぬ悪意を父から感じた。その悪意はランゴーニに向けられたわけではなく、この区界が憎まれていたとも思えない。それはもっと別の、しかし確かな悪意だった。

なにか大きな全体を破滅させたがっている、父じしんもふくめて何もかもを破壊したがっている……幼児に重火器か爆発物を渡すような意地の悪いたくらみを感じた。その悪意に幼いランゴーニは戦慄した。ただならぬもの、世界の滅びの種を渡されたように感じた。

それが——うれしかったのだ。この区界が大切であるにもかかわらず……そうであるがゆえにいっそう。だってそれが父の愛し方なのだ。

あのときほんとうに父を愛しはじめたのだと、ランゴーニは思う。だから、父が愛するようなやり方でしか愛し返せない。拘束し、さまざまな「誘発」をこころみた。父の中へ分け入っていこうとした。たとえ父が破壊されることになったとしても。

そんなある日、父は磔刑台を逃れた。鎮静させていたはずが、十分でなかった。危険を低く見積もりすぎていたのだ。本物の父は、唇の静止によって実はきびしく抑制していたのだ。本来の欲望を。世界に歯を当てたい。齧《か》み破り、食いちぎりたいという欲望を。微睡ませることによって、それが顕在化した。

最初に自分のひとりが頭をかじりとられたあと、ランゴーニは咄嗟にダキラから離脱した。暗室に戻り、そこで愕然とした。

文様を描き込まれていたのだ。歯の文様だった。それがランゴーニをざくざくと喰い苛《さいな》んだ。いくど修復しても、アイデンティティの外縁にプリントされたその歯から逃れることはできなかった。あれほどまでに見たいと願っていた父の口の中にあるものに包まれ、ランゴーニは暗室の床をころげまわった。苦痛と――それから自らを強く嚙む、自傷の快感とに翻弄されて。

　ランゴーニはついに身体の再構築をあきらめた。しかしどうにかしてこの区界の統治が行えるようにしておかなければならない。

　ランゴーニはまず暗室を封鎖した。重病に罹《かか》ったことを告げ、立ち入りを禁じ、施政については定期的に指示すると言い渡した。つぎに能力とパーソナリティの保全にとりかかった。

　ランゴーニはつねに蜘蛛《クローラ》のネットワークを利用できる。区界全域を監視するそのネットに、ランゴーニは能力とパーソナリティを転送した。これで施政と研究を続けることはできる。

　ランゴーニはこの環境を、逆に楽しむことに決めた。しばらく、定まった形のない存在として、この区界のすべてを自分の中に抱えてみるのもいいかもしれない。そのときまさに〈汎用樹の区界〉は〈非の鳥〉によって空前の被害をこうむっていたが、それさえもちょうどいいタイミングだ、とランゴーニは判断した。区界全域に広がったかれの感覚は、ちょうどひとり、いましがた〈非の鳥〉に殺された《タブ》五歳の幼児を目に留めた。暗殺の村。いつか歯の文様を無効化して復帰するときのつまみとして使うことにし、自分のごく一部を注入しながらその幼児を再構築した。

　それがニムチェンだったのだ。

そして、ランゴーニの全情報を保持する蜘蛛たちも、ここに集結している。

ニムチェンという無傷の境界の内側に、いま高速で、ランゴーニが復元した。

「火を放ったのは？」ウーゴが槍を構えたまま尋ねた。「火事に乗じて、逃げ出すつもりか？」

「だったらどうする」

チットサーイに続いてもうひとつの姿が穴のふちから降りてきた。藍色の男。そっくりな二頭の蜘蛛がその後をついてくる。

「火は麦鯨にも移ったぞ」男が言った。「まもなくここも燃え落ちる」

「さあさあ」チットサーイは手を鳴らした。「そろそろ大詰めと行こうじゃないか。そこにいるぜ、このご大層な区界の王、いまようやくじぶんが王だと気がついたばかりの、素寒貧《すっかんぴん》で、丸腰の、ぶるぶる震えている全能の王が」

そうして三日月刀を握り直し、裸足でゆったりと舞うように踏み出した。

「楽しみだったよ。こうしてまた会えるのが」

「お父さん……」

ランゴーニは、じぶんよりも若い少女にそう呼びかけた。得物はない。蜘蛛も大人しくしている。

「あなたはどんな女《ひと》だったんですか。……物理世界の日常はどんなふうでしたか」

ウーゴの槍をブンロートが牽制した。チットサーイとランゴーニを直接対決させたいようだった。

「どんなオフィスで働いていましたか――

　通勤はどうやっていましたか――

　どこでランチを食べていましたか――

　どんなメイクをしていましたか――

　雑誌は何を読みましたか――」

　一瞬、チットサーイの目が遠くなった。もちろんこの少女にその部分の記憶はない。しかしじぶんに残酷な性格を付与したゲストはもともと、たしかにそんな日々を送っていたのだ、ということがチットサーイの思考をさまよわせたのだ。ランゴーニは続けた。

「きっと普通の、ひとだったと思う。じぶんのことをよく知っているひとだったと思う。じぶんの中にコントロール不能なところがあると知っていて、それがこわいから、唇を封じていましたね。でも、たぶんとてもスキルのある人だった。だからついダキラを作ってしまった……。それでぼくにくれた」

　天蓋の穴から、燃え崩れた麦鯨の破片が火の粉をまき散らしながら落ちてきた。チットサーイはすばやくランゴーニとの間を詰めていた。三日月刀が火の粉の流れを横に切って、ランゴーニの耳の上に吸い込まれるように突き刺さった。

　チットサーイの顔色が変わった。

耳に触れる直前で、刃先は止まっていた。中空に食い込んでいたのだ。

同時にくりだしていた片腕も、狙った場所の手前で食い止められていた。二度、三度。指先が潰れてもチットサーイはランゴーニの目をにらみつけたまま、手を突き出した。すべての指が折れてしまうと手首を刀で切り落とした。八つ当たりだった。

「残虐の文様……じぶんでじぶんに、こんな刻印をしなければなりませんか、お父さん。こうしなければ人殺しもできない善良なひと、それがあなただ」

チットサーイにはそれよりひどい侮辱はない。

「だまれ！」

「でも、それでいいのでは？

それを認めればいいのでは？

こんなことをしなくてもいいのでは？」

ランゴーニは両腕をチットサーイの背中に回した。

ランゴーニはチットサーイに短くキスをした。ふたりの髪や、肩の上で火の粉がくすぶった。

チットサーイは身体の自由がまったく利かなくなっていることに気がついた。こんなにももどかしいのは、文様を得てから、はじめてのこと。咬めない。爪を立てられない。引きちぎれない。まじわれない。世界と隔てられた感覚。こんなにもランゴーニをあたしは愛しているのに。抱きしめられたまま指一本ふれられない。

風神のようだった少女の目が、しばたたかれた。つんととがった鼻を心もち上にして、チットサーイは涙を噛みつぶした。

「さよなら、お父さん」

そうしてランゴーニは凡《すべ》ての蜘蛛の司、王として、眼下にうごめく工兵に命じた。プロセスを反転せよ、と。

最高優先度の付された命令が挿《さ》し込まれ、工兵蜘蛛たちは一斉に、ダキラの支配に背き、〈父〉のマテリアルの解体と属性初期化にとりかかった。

〈父〉の輪郭が曖昧になった。剝離した微細なオブジェクトが塵のように舞っているのだ。

〈父〉は見る見るやせ細りだした。生きながら全身を削られる。数千の口が白い歯を並べて、無声音で絶叫した。

消えかけた焰が煽られるように、チットサーイの髪が逆立った。燃えるような憤怒が、全身から輻射されていた。

「まだ、まだだ」

ランゴーニは少女を憐れむように、抱擁をほどいた。縛《いまし》めをとかれてくずおれそうな身体を憤怒が支えた。

「ブンロート！」チットサーイは叫んだ。「行け、ここはあたしが」

ブンロートは素早く動いた。ウーゴの槍《クローラ》をへし折り、眼下の、蜘蛛と工兵と〈父〉が織りなす危険のただ中にダイブした。

　二頭の蜘蛛とともに。

「しまった！」ランゴーニが叫んだ。「そいつが――その蜘蛛が、ダキラだ！　二体でひとつのダキラだ」

　ランゴーニの言うとおりだった。墜落しながら二体の蜘蛛は重なり合って一体となった。そのまま乗り手とともに、そよぐ指と花咲く歯の中へ呑み込まれた。

　ウーゴがいらだたしげに、槍を叩きつけた。

　チットサーイは三日月刀を構えて、ランゴーニを見据えている。

「行くつもりですか？」

　ランゴーニは少女に語りかけた。

「うん」

　あらたな火の粉が轟々と音を立てて、降ってきた。汎用樹と麦鯨を火葬する火だ。

「麦鯨の構造を――区界と区界を泳ぎわたる機構を盗んで？」

「おまえはなんにもわかっちゃいない」チットサーイは呆れたように頭を振った。「この、丸腰の王め。いいか、もうあたしたちはおまえには関心がないんだ。いま、おまえはじぶんが作ったまがい物を破棄してるつもりかもしれないけどな、よく見ろ」

　眼下の〈父〉は、突然すべての抵抗を放棄したようだった。蜘蛛《クローラ》の砲撃にも、蜘蛛《エンジニア》の解体にも、一切逆らわなくなった。燃えあがり、やせ細り、削ぎ落とされ、どんどん小さくなっていく。

「ダキラがここへたどりついたとき、まだな、完全には死んでいなかったんだ。麦鯨の子は」

チットサーイはほっそりした腹をなでた。

「ただ、そのままでは死ぬだけだ。それでな、ダキラは麦鯨に取引をもちかけた」

「……」

「ダキラはこう言ったよ……おまえをもう一度妊り直してやる。おまえの情報を〈白紙のAI〉の中に取り込み、今度こそ生を授けてやる。そのかわり——そのあとで、わたしをこの区界の外に連れだしてくれ、ってな」

〈父〉の身体がつぎつぎ剝がれ落ちる。

それは死の光景ではない。羊膜を引き裂き胎盤を脱ぎ捨てる、生へ向かう行程だ。

「ランゴーニ、いまおまえはあたしたちの分娩に協力してくれてるってわけだ。イキのいい、麦鯨が生まれるぜ」

言葉どおりのことが起こった。

青黒い背中がぬれぬれと光って、指や歯、目や腕や脚の叢《くさむら》を割った。

全長三十メートル。

あまりに未熟で、弱々しいが、まぎれもない麦鯨が、〈鳥〉のもたらした災厄と留保をくぐって、ようやくいま生まれ出た。

〈父〉が——あの女性が妊り、この仮想の世界で産んだ子だった。

……ねえ、
いつかだれか、
あなたの髪を気に入って、自分の子に盗用するかもしれない
面白いね
行ったり来たりするんだ
そんな声が聞こえたように思った。
声の主は、自分の影が盗まれたことなんてまるで知らず、今も物理世界で彼女の日常を生きているのだろう。自分の影が仮想の世界で殺戮をくり広げ、あるいはなにかを産んだなどとは、気がつくはずもない。
麦鯨は漂うように宙を泳ぎだした。すでにこの空洞の外壁も焰がひろがっている。そのもっとも激しい部分をあえて選ぶように麦鯨の子は進んでいく。
ふと気がつくと、チットサーイが目に涙を溜めていた。
「ランゴーニ」ウーゴがランゴーニの肩を掴んだ。「行こう」
子鯨が外壁に衝突した。焰でもろくなっていた外壁は大きく割れ、やがてそこから細かく砕けた。燃える流氷を押しのけて進む鯨みたいだった。あの中に、藍色の文様の男やダキラがいる。そしてきっと〈父〉の一部もそこにいるだろう。
そして泳ぎ出していく。
ゆっくりと、よたよたと。うまれたての鯨が。

「もうここはもたない」

「そうだね」

ランゴーニは蜘蛛たちを招集した。ランゴーニとウーゴの近くをゆっくりと旋回しながら徐々に間隔を狭め、球殻を構成していく。工兵たちがその隙間にきっちり嵌まっていく。

「なあ、おれについてこないか」ウーゴが言った。「退屈しないぞ」

「ウーゴは外で〈非の鳥〉と関係ある仕事をしているの？」

「ああ……、そういう名では呼ばないがな」

「〈非の鳥〉を、追うの？」

「……あれは危険だ。どんな区界にとっても」

「〈非の鳥〉に対抗しようとしているの？」

「そうだ」

「それにぼくを誘う？」

「話が早い」

「無謀ではないの？　あれに対抗する手は、ぼくも持ってない」

「だれもそうさ。でもこれは――」ウーゴは数値海岸のAIならだれでも知っているものの名を口にした。「――の意志だから」

「そうか――」

ランゴーニはチッットサーイへ手を伸ばした。

「来ないか」

ウーゴは横で目を丸くした。

「ごめんだね」肩をすくめた。細い鎖骨がほんとうに少女だった。「なあ、いま上がどうなっていると思う？」

数百の主幹、連理する橋枝、あみだ籤の世界に生きる無数のＡＩたち。

「あたしはおまえのだいじな世界を一束の薪にしてくべちまったんだぜ」

チットサーイは犬歯をのぞかせた。放火は野盗の常套だ。それで区界をまるごと焼き払う。殺戮の申し子の最後の仕事としては、文句のつけようがなかった。

「そいつを見届けなかったら、なあ、つまんないじゃないか」

ランゴーニはしばらく黙り――そして言った。

「なら、よく見ておいてくれ」

「あばよ、おれの――せがれ。達者でな」

燃え落ちようとする空洞の内壁を飛び跳ねながら、チットサーイは高く高く駈け上がっていき、すぐにあの苛烈な文様も火に呑まれ紛れてわからなくなってしまった。ウーゴがつぶやいた。

「あいつは……外へは行きたくなかったんだな。ここが、好きだった」

「ねえ、こいつらも連れていっていいんだろう」

ランゴーニはチットサーイのことなど忘れたような顔で蜘蛛の球殻をさした。

「そりゃありがたい。だが、なあ……」ウーゴはふと思いついて言った。「未練はないのか？　というか愛着はないのか、この区界の『王』として」

「ああ、なんだ、それはあるさ。でも」ランゴーニは球殻にほほえむ。「こいつらは情報収集ロボットだ。この球殻には、汎用樹の区界をそっくり再現できるほどの情報が詰まっている」

ウーゴは感嘆の呻きをもらした。いま炎に包まれ焼き殺されつつあるＡＩたちのことを、この王は歯牙にもかけていない。

そうして思った。

もしかしたら、おれは、野盗よりも、いやあの〈非の鳥〉よりも危険なものを外へ導きだそうとしているのではないか、と。

「汎用植物《オムニプランツ》って知っている？」

ランゴーニが訊いた。ウーゴは知らなかった。

「ダキラの図書館で読んだ。物理世界でのむかしの流行。『誘発』のキットがついていて、一株の植物にいろんな花や葉をつけることができる。モザイク状にね。こんなにこんなに小さな鉢なんだ」ランゴーニは両手でボウルの形を作った。「独り住まいの小さな部屋でも場所をとらず園芸が楽しめる、トイ・プランツ。――ねえウーゴ、この区界はそのパロディなんだよ。ただの冗談なんだ」

ふたりはなんとなく、上を見た。

物理世界の方角なんて、だれも知らない。ゲストたちが何を考えているか、知っている者もいない。もう百七十年もここは見捨てられている。それでも——

人間たちは、いる。いまも〈数値海岸《コスタ・デル・ヌメロ》〉はかれらの痕跡に翻弄されている。

ランゴーニは、焰の紋様を思った。

草花のように戦《そよ》ぐ指と歯を思った。

幼い鯨の背を思った。

数知れぬ区界のそれぞれに残された、おびただしいゲストの指紋、歯型、足跡を思った。

ランゴーニはウーゴを伴って球殻の開口部へと歩み入った。

蜘蛛たちが動いて、王の後ろ姿をかくした。

ノート

　本書は『グラン・ヴァカンス』ではじまった〈廃園の天使〉シリーズの、二冊目の本であり、最初の中篇集である。「夏の硝視体《グラス・アイ》」と「蜘蛛《ちちゅう》の王」は、仮想リゾート〈数値海岸《コスタ・デル・ヌメロ》〉の内部が舞台で、「ラギッド・ガール」と「クローゼット」には現実側——物理世界での出来事が書いてある。「魔述師」は、両方にまたがっている。

「夏の硝視体《グラス・アイ》」は『グラン・ヴァカンス』刊行時に、そのトレーラーとして発表した。〈夏の区界〉の平穏な一日を描いている。長篇の推敲直後であったせいか、あっという間に書きあがった。当時の自分がうらやましい。

「ラギッド・ガール」。『グラン・ヴァカンス』ではSF的設定を一切書けないという制約があった。そこのところを補完するつもりで書きはじめたのだが、書きおえてみると、思ってもみない化物《モンスター》がごろりと転がり出てきて、びっくりした。〈数値海岸〉の要素技術のひとつがどう開発されたかを、ある女性の視点から描いている。飛の、これまでの最高作だろう。短い作品だが、表題作とした。

「クローゼット」は「ラギッド・ガール」の後日譚。収録にあたってずいぶん推敲したが、まだしっくり来ない。この居心地悪さが、きっと重要なのだ。作者自身もオペレートしきれない、本質的な何かが露わになりたがっているのだろう。シリーズ完結時に真価がわかると思う。

〈大途絶《グランド・ダウン》〉は本シリーズで最も重要な事件である。それがいかにして起きたか、を「魔述師」であかしている。本書のための書き下ろし。以上の三作で、SF設定のようやく三分の一くらいが固まった。まだ先は長い……。

「蜘蛛《ちちゅう》の王」は、「夏の硝視体《グラス・アイ》」の直後に発表した。〈夏の区界〉を根こそぎ破壊したランゴーニの過去が語られる。飛の作品でこんなに派手な展開をするのは、他にない。長篇第二作の『空の園丁（仮）』は、たぶんもっと派手になるだろうけれど。

「魔述師」の初稿を九月下旬に書きあげたあと、忘れられない事件が起こった。購入四か月めの飛のコンピュータ、そのハードディスクがクラッシュしたのだ。そうか、クラッシュってこんなに静かなものだったのか（しーん）……と思った。だから本稿はコピー用紙にボールペンで書いている。

それにしてもハードディスクの中のデータたちはどうしているだろう。いずれ廃棄されるとは知る由もないだろう。スパムメールの断片とか、くだらないブックマークとか、三百枚くらいある次回作の書きかけとかが、ひっそりと、まだ残っているだろう。そのデータたちが飛と出会うことは、二度とない。

こうしてみると、いまも、世界中で無数の〈小途絶〉が起こっているのだ。

本書を、静かなハードディスクたちに捧げる。

編集部註——本稿は単行本版のために書かれたものです。

SF、この御しきれぬ野蛮

SF批評家
巽　孝之

SF的想像力は人類の未来や悠久の宇宙、機械文明の可能性から人間心理の内宇宙にまでおよぶ幅広い射程のなかで、さまざまなサブジャンルを生み出した。その歩みにおいて興味深いのは、ひとつの画期的作品が生まれると、それをきっかけにしてさまざまなオマージュが書かれ、そのオマージュ自体が新たな傑作に転じてきたことである。トム・ゴドウィンの宇宙船SFの傑作短篇「冷たい方程式」(一九五四年)は、とりわけ我が国で反響が強く石原藤夫の「解けない方程式」や筒井康隆の「たぬきの方程式」、栗本薫の「なまこの方程式」などのオマージュ群、いわゆる「冷たい方程式もの」をもたらし、ロバート・F・ヤングの時間SFの傑作短篇「たんぽぽ娘」(一九六二年)は梶尾真治の「美亜へ贈る真珠」や出渕裕の『ラーゼフォン』などのオマージュ群、梶尾いわくの「タイムトラベル・ロマンス」をもたらした。

一九七〇年代に入ると、いわゆるジェンダーSF勃興のもとに、ジェイムズ・ティプトリー・ジュニアの手に成り、サイバーパンクSFの原型とも言われる元祖ヴァーチャル・アイドルSF「接続された女」（七三年）が特異点を成し、それをパラダイムとして八〇年代から九〇年代にかけてはジョン・ヴァーリイの「ブルー・シャンペン」（八一年）やウィリアム・ギブスンの「冬のマーケット」（八五年）、『あいどる』（九六年）などの作品群が書き継がれていく。今日では電脳空間もヴァーチャル・アイドルも自然風景と化してしまったので必ずしも顕在化していないかもしれないが、「接続された女もの」と呼ぶしかないサブジャンルが脈々と形成されていたことは明らかだ。何らかのハンディキャップを負う生身の人間が人工身体と接続して自由自在に操縦するという、SFファンなら胸躍らせずにはいないガジェットだけ取るならば、最近でもジェイムズ・キャメロン監督の手になるSF映画では『アバター』（二〇〇九年）に活かされており、その原型にはティプトリーにもはるかに先立つハードSFの巨匠ポール・アンダースンの傑作短篇「我が名はジョー」（一九五七年）が求められるから、広くアバターSFの系譜から再検討することもできるだろう。だが、勃興期の性差論的政治学と電脳的想像力を連動させたティプトリーの独創性および影響力は疑いようもなく、一九七〇年代以降のサイバーパンクSFのみならずサイボーグ・フェミニズミ思想の指標となるひとつのパラダイムを生み出した。

二一世紀の日本SFを担う飛浩隆が二〇〇四年に発表した短篇「ラギッド・ガール」は、二一世紀の極東において右のティプトリー・パラダイムに挑戦し、「接続された女もの」のフォーミュラをあきれるほどラディカルに変奏してみせた衝撃作である。それは、ティプトリーの「接続された女」の主人公P・バークが二目と見られないブスで劣等感の塊なのに電脳ネットワークを経てヴァーチャル・アイドル「デルフィ」を操り大人気を博すいっぽう、「ラギッド・ガール」に登場する天才的プログラマー阿形渓《あがたけい》ときたら身長一七〇センチ、体重一五〇キロの二目と見られない醜女であり、巨大な「犀のケツ」にもたとえられる「ざらざら女」であるものの、包帯姿の美少女ネット・アイドル「阿雅砂《アガサ》」の製作者として名声を博していく経緯からも推察されるだろう。このヒロイン造型における飛ならではの独創は、阿形渓にはその醜悪さの要因たるひとつの皮膚疾患があるが、それは「直感像的全身感覚」なる高解像度の認識能力、すなわちいったん五感で知覚したものを目をつぶっても一から十まで思い出すことができる能力を伴うものと性格づけていることだ。写真並みのイメージだけではなく、そのときのイメージのぶれまで、彼女の皮膚であれば知覚することができる。本書で一貫して「キューブリック的室内《インテリア》」が強調されているところに留意するならば、ここで阿形渓が自己の指を媒介にアンナ・カスキの「私」の情報的総体を巻き取っていく場面に接した読者は、アーサー・C・クラーク執筆、スタンリー・キューブリック監督の名画『2001年宇宙の旅』（一九六八年）の結末、スターゲイトにおいてボーマン船長の人間的主体のデータがエイリアンの技術によって写し取られていく場面を想起するだろう。

　だが、本書表題作の意義はそれだけにとどまらない。注目すべきは、本書が先行する長篇小説『グラン・ヴァカンス』（二〇〇二年）に連なる「廃園の天使」シリーズの第二作であり、第一作で示された仮想現実リゾート「数値海岸《コスタ・デル・ヌメロ》」がいったいなぜ生まれたかを明かす前日譚を集めた中篇集であること、そして数値海岸の設計そのものの起源に阿形渓をもメンバーのひとりとするヴラスタ・ドラホーシュ教授の「情報的似姿」開発チームが存在していたことだ。ふりかえってみると、ティプトリーの「接続された女」では、P・バーク自身を美少女と錯誤した男性ファンがおしかけてくるところがどうしようもなく異性愛的発想であった。ところがいっぽう飛の「ラギッド・ガール」は、阿形渓とともにドラホーシュ教授のチームに入る、スウェーデンはイェーテボリ大学の美人研究者アンナ・カスキのほうを実質的なヒロインに仕立て、ネット・アイドル「阿雅砂」を中心に、ポストモダン・イギリス小説の巨匠ジョン・ファウルズの傑作『コレクター』（一九六三年）のモチーフを応用し、ふたりの愛憎関係とともに被害者意識と加害者意識の区分自体をラディカルに問い直す、痛ましくも美しい女性同性愛的物語を織り紡ぐ（ファウルズとの関連については小谷真理の論文「解かれた女を読み替える——飛浩隆『ラギッド・ガール』とその周辺」〔〈日本文学〉第五七巻第四号＝二〇〇八年四月号〕に詳しい）。

この表題作を基本にする限り、本書収録の五篇はすべて、密接につながる連作群であるのが判明するだろう。長篇小説『グラン・ヴァカンス』では華麗なる仮想現実リゾート「数値海岸」を製作し利用していた最大の得意先、すなわち人類「ゲスト」の訪問がぱったりと絶える「大途絶」が一千年も続き、そこに暮らすのはAIばかりという事態を迎え、やがて悪の権化ランゴーニ操る恐るべきAI蜘蛛の浸食でリゾート全体が滅亡の危機に瀕するのを防ぐべく、AIたちが攻防戦を展開した。他方、時間軸上ではそれよりはるかに先立ち「数値海岸」草創期の真相に迫る本中篇集『ラギッド・ガール』は、仮想現実の何もかもが夢にあふれながら悪夢の萌芽をも秘めていた時代を、生き生きと描き出す。

初期の「数値海岸」を知るには、ひとまず「魔述師」をひもとくのが好都合だ。このリゾートが世界で初めて、そしてただひとつ成功している仮想アトラクションであり、数万もの区界から形成されていること、区界のライブラリに格納されたシーケンスを周囲の文脈とは無関係に呼び出すこともできること、そこを浮遊する巨大なクジラは一頭ごとがひとつひとつの区界であることが、わかりやすく物語られる。人間のユーザは脳に造設された「視床カード」を活用し自身の「情報的似姿」（アバターと解釈してよい）を仮想世界に送り出し、そこで似姿がくぐりぬけ持ち帰った多様な「体験」を、再び視床カード経由で楽しめばよい。だが、大途絶の三百年後を舞台にした「夏の硝視体《グラス・アイ》」では、ＡＩの思念と直接連動する硝視体いわば「魔法の石」が、大途絶のあとになって初めて、いわばＡＩたち自身にとっての奇蹟として出現したことを記す。「ラギッド・ガール」の姉妹篇とも呼ぶべき「クローゼット」では、インド系日本人女性ガウリ・ミタリを主人公に、脳に「視床カード」を造設して多重現実を自然化した未来を舞台に、まさにその多重現実内部に仕掛けを施しハッキングして、いわば世界全体を衣裳よろしくやすやすと着脱してしまうテロリストの可能性を暗示する。末尾を飾る「蜘蛛《ちちゅう》の王」では、仮想世界を支配する巨大な汎用樹を「母」に、人類のゲストの女性を「父」とするＡＩ助攀手の少年ランゴーニが、誕生日プレゼントに贈られた「白紙のＡＩ」をもとに父を偽造したところ暴走する残虐な少女型ＡＩテロリストが生まれてしまい、その性格造型にはどうやら人類の「父」自身の内宇宙が関与していたのではないかという恐るべき可能性を匂わせる。ここには、『グラン・ヴァカンス』で世界を滅ぼす悪の権化のごとく描かれるランゴーニがまだ純真無垢な少年であった時代が、あたかも『スター・ウォーズ』におけるダース・ベイダー卿の少年時代のごとくに語られる。その結末には「父」の性格設定に見る性差攪乱のみならず、その末裔における人類を超えた種族攪乱があざやかに展開されており、読者はみな、クライマックスに至って怒濤のように畳みかけるSF的想像力に満たされることだろう。

＊

私が飛浩隆に初めて会ったのは彼が一九八三年にSFマガジンにデビューした夏、大阪で開かれた日本SF大会DAICONⅣの席上だった。アメリカン・ニューウェーヴを愛読する寡作で物静かな作家という印象だったが、以後のサイバーパンク一過、四半世紀を経てひとまわりもふたまわりも大きく成長した彼は壮大にして雄弁な「廃園の天使」シリーズを構築し、世界SFの最先端とも共振する独自の二一世紀SFを編み上げている。ロジャー・ゼラズニイを愛してやまぬ作家がグレッグ・イーガンを意識してやまなくなるまでのプロセスは、現代SFそのものの歩みである（その詳細については私との対談「レムなき世界の超越」が〈科学魔界〉四八号［二〇〇六年］掲載）。これが誇張ではないのは、日本SFの英訳出版社として知られる黒田藩プレスの社長エドワード・リプセット氏が第二六回日本SF

大賞受賞作『象《かたど》られた力』を賞賛し、若手フランス人日本学者のあいだでも『グラン・ヴァカンス』への感嘆の声が跡を絶たないからだ。

かくして飛浩隆はSFマガジン六百号記念号（二〇〇六年四月号）のオールタイム・ベスト企画では、国内短篇部門において「象られた力」で第二位、「ラギッド・ガール」で第三二位に食い込み健闘している。第一位はショートショートの神様・星新一の「おーいでてこーい」で、第三位は巨匠・小松左京の「ゴルディアスの結び目」だから、「象られた力」の高い評価には驚くほかはないが、それと同時に、当時発表されたばかりだった「ラギッド・ガール」に多くのファンが票を投じたことになる。

だが、本中篇集に関する限り、それが『SFが読みたい！　2007年版』が選ぶ「ベストSF2006」国内篇第一位を獲得したのみならず、第六回センス・オヴ・ジェンダー賞を、小松左京原作・樋口真嗣監督のリメイク版『日本沈没』と同時受賞し、二〇〇七年八月に日本で初めて開催された世界SF大会の席上で授賞式が行われたことを、特筆しなければならない。この賞は、前年度の一月一日から十二月三十一日までに刊行されたSF&ファンタジー関連作品を対象に、性的役割というテーマを探求し深めた作品に与えられるもので、小谷真理氏、柏崎玲央奈氏らを発起人とするジェンダーSF研究会が主宰運営にあたっている。言わば、アメリカの女性SF作家パット・マーフィーとカレン・ジョイ・ファウラーが発起人となって一九九一年に設立されたジェイムズ・ティプトリー・ジュニア賞の日本版であるが、双方の賞とも、男性作家が受賞することはきわめて珍しい（げんにセンス・オヴ・

ジェンダー賞を受賞した男性作家は飛浩隆が初めてである)。だが、上述のように、本書に収められた中篇には表題作以外にも性差実験を促進する傑作が多く、二〇〇六年度の小説作品としては、文句なく飛作品が首位に立つことになった。公表された審査員評は凡百の書評以上に本書の核心を突いているので、いささか長くなるが、以下にそのエッセンスを引く(全文は http://gender-sf.org/sog/2006.html)。

香山リカ(精神科医)

ここまで同性から「醜い」と言われる阿形渓。ところが、彼女だけが持つ特殊な能力のゆえに、そしてその「醜さ」のあまりのユニークさのゆえに、いつのまにか読者は、「醜い」というのが侮蔑語ではなく、個性のひとつを表現する形容詞さらには賛辞のようにさえ錯覚するようになる。「ラギッドであること。一様でないこと」、そしてそれを完璧に知覚的に把握できる阿形渓をジェンダー的に解釈するのは、きわめてむずかしい。しかし、ジェンダーの奥深い問題が、阿形の肉の襞の奥に隠れている。そんな陶酔や眩暈を感じさせてくれるSFの傑作。

小谷真理(SF&ファンタジー評論家)

アガサとキャリバン、安奈と渓の関係を読み解きながら、現実世界、仮想現実世界、さらに仮想現実世界に内蔵されたサイバースペースという三つの空間にまたがって、性差とセクシュアリティの諸問題が投げかけられ、人と人とのコミュニケーションについての思索を誘われる。見事としかいいようのない作品だった。性差の問題をSF的に探求する可能性をこれほど有効に使ったとは、とため息がもれるような傑作だ。

海老原豊（SF評論家）

この物語は、脱身体を謳ったサイバーパンクが逆説的に身体という檻のなかに閉じ込められるという挫折とその反省の後に書かれたものであるために、物語が執拗にリアルとヴァーチュアル・リアルの間を反復しながら、けっして物質性を捨象することはしない。いや、捨象することが不可能であることを知悉している。この物質性は世にも醜い女性と描写される阿形渓の身体に、彼女の皮膚のぎざぎざ（ラギッド）となって結晶化する。ただ、このようなリアルとヴァーチュアルの反復および物質性の結晶化はほかにもいくつか見られ、物語の構造を確実に深化させている。そして私たちが目を背けてはならないのは、このような物質性が結晶する点が、つねにジェンダー化された身体つまり女性であるということだ。ひとたびこの点に気がつくと、飛のSFはジェンダーを華麗なまでに問題化したフェミニストSFとして読むことが可能になるのだ。

yasuko（ミュージシャン）

一つ気になるのが、お会いした男性読者（三名ほどですが）のみなさんが読後感に強烈な「痛覚」を挙げていらしたのに対し、女性読者（ジェンダー研メンバー）に「痛覚」をそこまで訴えた方がいらっしゃらなかったことです。私もそうでした。男女で、見るものと見られるものに対する感覚が違うのでしょうか。或いは、見るものと見られるものの相互侵犯に対する感覚に相違があるのでしょうか。視線が時に痛みを与えるものであることを考えると、興味は尽きません。

この受賞に対する飛浩隆自身の挨拶がふるっている。彼は男性初のセンス・オヴ・ジェンダー賞受賞者になったことを喜びつつ、また短篇「ラギッド・ガール」が「接続された女」の影響下にあることを認めつつ「ジェンダー的、フェミニズム的言説について思いをいたすこともなかった、というか一顧だにしなかった」と告白し、以下のように続けている。

というのも「ラギッド・ガール」に専念した七ヶ月のあいだ、私の視野をおおっていたのは阿形渓嬢の圧倒的印象であり、それと格闘するだけでいっぱいいっぱいだったからです。格闘の相手は印象であり質感であって、つまりは言語化以前の領域でした。そして、阿形渓の質感とこすれ合うことによって、さらなる怪物、安奈・カスキがしだいしだいに飛の中から研ぎ出され形を得ていった、という記憶があります。

あれらの人物像はまぎれもなく飛の内部で象られたものではあるのですが、登場人物ではなくキャラでもない、まさに「印象」「質感」としか呼びようのないなにかであり、あえて別の言い方をすれば「魔述師」に一瞬だけ登場するあのカワカマスを抱き取ったときのなまなましい感覚、「御しきれぬ野蛮」そのものであります。書き終えて、さて女性読者の目に彼女たちがどう映るだろう、ということが、とても不安でありまたわくわくするような楽しみでもありました。

私にとってSFとは、そのような「野蛮」に、この不器用な指でふれるための方法にほかなりません。

「ラギッド・ガール」はそれが例外的にうまくいった作品であり、それゆえ愛着もあります。賞をいただけたこと、うれしくてなりません。

願わくば、どうか「彼女たち」が女性にとっても言語化しきれぬ野蛮でありますよう。

(http://gender-sf.org/sog/2006/01.html)

ここには飛浩隆のSF観そのものが簡潔明快に説明されている。だが、それだけではない。かつて安部公房が「SF、この名づけがたきもの」(一九六六年)で賞賛した「怪物としてのSF」の定義を「御しきれぬ野蛮」の名でさらに更新し、二一世紀SFの方向性を照らすひとつの展望もまた、ここには確実に拓けているのである。

初出一覧

「夏の硝視体《グラス・アイ》」　〈SFマガジン〉2002年10月号
「ラギッド・ガール」　〈SFマガジン〉2004年2月号
「クローゼット」　〈SFマガジン〉2006年4月号
「魔述師」　単行本版『ラギッド・ガール』
「蜘蛛《ちちゅう》の王」　〈SFマガジン〉2002年11月号

本書は、二〇〇六年十月に早川書房より単行本
として刊行された作品を文庫化したものです。

日本ＳＦ大賞受賞作

上弦の月を喰べる獅子上下
夢枕 獏
ベストセラー作家が仏教の宇宙観をもとに進化と宇宙の謎を解き明かした空前絶後の物語。

戦争を演じた神々たち［全］
大原まり子
日本ＳＦ大賞受賞作とその続篇を再編成して贈る、今世紀、最も美しい創造と破壊の神話

傀《く》儡《ぐつ》后《こう》
牧野 修
ドラッグや奇病がもたらす意識と世界の変容を醜悪かつ美麗に描いたゴシックＳＦ大作。

マルドゥック・スクランブル（全３巻）
冲方 丁
自らの存在証明を賭けて、少女バロットとネズミ型万能兵器ウフコックの闘いが始まる！

象《かたど》られた力
飛 浩隆
Ｔ・チャンの論理とＧ・イーガンの衝撃——表題作ほか完全改稿の初期作を収めた傑作集

神林長平作品

狐と踊れ

未来社会の奇妙な人間模様を描いたSFコンテスト入選作ほか六篇を収録する第一作品集

言葉使い師

言語活動が禁止された無言世界を描く表題作ほか、神林SFの原点ともいえる六篇を収録

七胴落とし

大人になることはテレパシーの喪失を意味した——子供たちの焦燥と不安を描く青春SF

プリズム

社会のすべてを管理する浮遊都市制御体に認識されない少年が一人だけいた。連作短篇集

完璧な涙

感情のない少年と非情なる殺戮機械との時空を超えた戦い。その果てに待ち受けるのは？

神林長平作品

猶予の月 上下

姉弟は、事象制御装置で自分たちの恋を正当化できる世界のシミュレーションを開始した

Uの世界

「真身を取りもどせ」——そう祖父から告げられた優子は、夢と現実の連鎖のなかへ……

死して咲く花、実のある夢

本隊とはぐれた三人の情報軍兵士が猫を求めて彷徨うのは、生者の世界か死者の世界か？

魂の駆動体

老人が余生を賭けたクルマの設計図が遠未来の人類遺跡から発掘された——著者の新境地

鏡像の敵

SF的アイデアと深い思索が完璧に融合しあった、シャープで高水準な初期傑作短篇集。

神林長平作品

敵は海賊・海賊版

海賊課刑事ラテルとアプロが伝説の宇宙海賊匋冥に挑む！　傑作スペースオペラ第一作。

敵は海賊・猫たちの饗宴

海賊課をクビになったラテルらは、再就職先で仮想現実を現実化する装置に巻き込まれる

敵は海賊・海賊たちの憂鬱

ある政治家の護衛を担当したラテルらであったが、その背後には人知を超えた存在が……

敵は海賊・不敵な休暇

チーフ代理にされたラテルらをしりめに、人間の意識をあやつる特殊捜査官が匋冥に迫る

敵は海賊・海賊課の一日

アプロの六六六回目の誕生日に、不可思議な出来事が次々と……彼は時間を操作できる!?

ハヤカワ文庫

著者略歴　1960年島根県生，島根大学卒，作家　著書『象られた力』『グラン・ヴァカンス　廃園の天使Ⅰ』（以上早川書房刊）

HM=Hayakawa Mystery
SF=Science Fiction
JA=Japanese Author
NV=Novel
NF=Nonfiction
FT=Fantasy

廃園の天使Ⅱ

ラギッド・ガール

〈JA983〉

二〇一〇年二月十日　印刷
二〇一〇年二月十五日　発行
（定価はカバーに表示してあります）

著者　飛《とび》浩《ひろ》隆《たか》
発行者　早川浩
印刷者　大柴正明
発行所　株式会社　早川書房
郵便番号　一〇一‐〇〇四六
東京都千代田区神田多町二ノ二
電話　〇三‐三二五二‐三一一一（大代表）
振替　〇〇一六〇‐三‐四七七九九
http://www.hayakawa-online.co.jp
乱丁・落丁本は小社制作部宛お送り下さい。
送料小社負担にてお取りかえいたします。

印刷・株式会社亨有堂印刷所　製本・株式会社川島製本所

ISBN978-4-15-030983-1 C0193

＊本書は活字が大きく読みやすい〈トールサイズ〉です